얼어죽을놈의
나무

잃어죽을 놈의 나무

연두 감성 소설

초판 1쇄 찍은 날 § 2003년 10월 7일
초판 1쇄 펴낸 날 § 2003년 10월 17일

지은이 § 연두
펴낸이 § 서경석

편집장 § 문혜영
편집책임 § 이종민
마케팅 § 정필 · 강양원 · 이선구 · 김규진 · 홍현경

펴낸곳 § 도서출판 청어람
등록번호 § 제1081-1-89호
등록일자 § 1999. 5. 31
어람번호 § 제5-0001호

주소 § 경기도 부천시 원미구 심곡1동 350-1 남성B/D 3F (우) 420-011
전화 § 032-656-4452 팩스 § 032-656-4453
http://www.chungeoram.com
E-mail § eoram99@chollian.net

ⓒ 연두, 2003

값 9,000원

ISBN 89-5505-845-4 04810

얼어죽을놈의
나무

| 연두 지음 |

얼어 죽을 놈의 나무

얼어죽을 놈: "그럼 결혼 안 하고 애만 낳자고?"

나무: "그래애애애애!! 말귀 드럽게 못 알아먹네. 애 하나만 낳자고."

프롤로그

밤 10시, 연말이라 호텔 앞은 늦은 시간임에도 많은 사람들로 북적였다. 도어맨들은 밀려오는 차량 때문에 민첩하게 움직였고, 호텔 앞 사람들은 차를 기다리는지, 사람을 기다리는지 옹기종기 서서 추위에 몸을 잔뜩 움츠렸다. 겨울임을 알려주는 듯 거의 대부분의 사람들이 까만 외투에 까만 가방을 들고 있었기에 그 모습이 마치 어떤 계층을 보여주는 것처럼 집단적인 느낌을 주었다. 나무는 왠지 알 수 없는 괴리감을 느끼고 있었다. 사실 연말이라고 호텔로 놀러온 건 처음 있는 일이었다. 매년 연말이면 꼭 마감과 겹치는지라 언제나 밤을 새워 그림을 그리다 어느새 잠이 들어 눈을 떠보면 새해가 훨씬 지난 낮이나 밤이 되기 일쑤였다. 어쩌다 마감과 겹치지 않은 연말은 서울 시내 가장 큰 만화방을 찾아 밤새도록 만화책을 보곤 했던 것이다.

지금 그녀는 거래하고 있는 회사 사람들과 망년회로 호텔 bar에 술 한잔하러 오는 길이었다. 정장을 말끔하게 차려입은 사람들과 자신의 옷차림이 다르다는 걸 은근히 신경 쓰면서 나무가 호텔 입구로 걸어갔다. 청바지에 색색깔의 손으로 뜬 목도리를 두른 자신이 왠지 어울리지 않는 곳에 온 것 같은 느낌이 들긴 했지만 〈그래서 뭐? 내 멋대로 사는 거지〉 그런 생각을 하며 동료들의 뒤를 따랐다. 호텔 입구, 사람들 사이를 요리조리 피해 걷고 있는데 그녀의 시야로 안내문 같은 것이 보였다. 까만색으로 정중한 느낌의 글씨가 오늘 호텔 연회장을 예약한 곳의 이름이 프린트되어 있었다.

〈진성그룹〉

걸어가던 나무의 발걸음이 순간 멈칫하고 세워졌다.

"여기 와 있겠네."

나무의 까만 눈동자가 동그랗게 커지며 그녀의 입가에 슬며시 미소가 어렸다. 문득 고개를 들어보니 벌써 동료들은 호텔 bar를 향해 계단을 내려가고 있었다. 그 모습을 놓칠세라 그녀가 멈추어 있던 발걸음을 움직여 얼른 따라 들어갔다. bar 입구에 들어가 보니 은은한 촛불이 어두운 실내 분위기를 아늑하게 만들고 있었고 맨 앞쪽 무대에선 외국인 밴드들이 익숙지 않은 음악을 연주하고 있었다.

진혁은 연회실에 마련된 진성그룹 망년회에서 잠시 빠져나와 비서실장과 이야기 중이었다. 유학을 마치고 돌아와 지난이 년간 말단으로 일을 하면서 보고 느낀 것을 바탕으로 그는 회사 시스템이 구체적으로 어떻게 돌아가고 있는지에 대해 비서실장과 의견을 나누고 있었다. 경영자인 아버지와 말단으로 몸소 겪고 있는 진혁의 경험이 다르기에 그는 이렇게 아버지의 오른팔인 비서실장과 자주 논의하곤 했다. 그러나 밴드가 연주하는 음악 소리가 커지자 그가 살짝 눈썹을 찡그리며 말을 멈추었다.

"음악 끝나고 다시 얘기합시다."

박 실장은 고개를 끄덕이곤 근처에 서 있는 점원에게 빈 술병을 흔들었다. 진혁은 앞에 있는 술잔에 손을 가져가며 밴드가 있는 쪽으로 고개를 돌리다가 어느 지점에 초점을 맞추며 멈추었다. 그는 눈이 조금 커지면서 시야에 포착된 나무의 모습을 바라보았다. 테이블 건너에 동료들과 함께 나무는 의자에 앉으며 목도리를 풀고 있었다. 진혁이 조용히 그 모습을 바라보았다. 까만 머리카락이 짧지만 풍성하게 그녀의 얼굴을 감싸고 있었다. 뭐가 그리 즐거운지 나무는 사람들과 얘기하며 킬

킬거리고 있었다. 그는 무표정한 얼굴로 나무의 행동 하나하나를 세심하게 눈으로 훑었다.

그가 나무의 모습을 바라보고 있는 동안 실내를 가득 울리던 음악 소리가 어느새 조용하게 변해 있었다. 옆에서 술을 한잔 마시던 박 실장이 그에게 말을 건넸다.

"결혼은 안 하실 겁니까?"

진혁이 나무에게 가 있던 시선을 실장에게 돌리느라 미처 대답을 못했다. 그러자 박 실장이 말을 이었다.

"회장님이 많이 속 태우시던데……."

"슬쩍 떠보라고 하시던가요?"

진혁이 다 안다는 듯 빙긋이 웃음을 짓자 박 실장이 난감한 기색이 역력한 얼굴로 고개를 끄덕였다. 둘은 회장의 울그락불그락한 얼굴이 떠오르는지 못 말린다는 듯한 얼굴로 고개를 저으며 웃었다. 그가 둘째긴 하지만 진혁의 형 진우는 회사 경영과는 전혀 다른 길을 걷고 있었다. 어릴 때부터 동물 다큐멘터리를 좋아하더니 결국 커서도 그런 쪽으로 진로를 정했다. 처음엔 아버지 이 회장의 반대가 심했지만 둘째인 진혁이 워낙 경영 쪽으로 재능을 보였기에 이 회장은 진혁이 있다는 생각에 결국 형의 진로를 허락해 준 것이다. 그렇기에 경영자가 될 사람이 서른을 한참 넘긴 나이에 가정을 꾸릴 생각이 없다는 듯 행동하니 이 회장은 속이 시커멓게 타고 있었다. 그렇다고 선을 보라 해도 아예 말도 꺼내지 말라는 식으로 행동하는 그였다.

다시 시끄러운 음악이 시작되자 진혁은 건너에 앉아 있는 나무를 바라보았다. 그제야 시선을 느꼈는지 맥주를 들이키며 음악에 맞춰 흥겹게 박자를 맞추고 있던 나무가 고개를 돌려 진혁을 응시했다. 그가 있다는 것에 놀랐는지 순간 그녀의 눈동자가 동그랗게 커지더니 옆에 있던 가방에서 핸드폰을 꺼냈다. 진혁이 물끄러미 그 행동을 바라보고 있는데 그의 핸드폰이 소리를 냈다. 문자 메시지였다.

〈어떻게 여기에 있는 거야? 망년회 있는 거 같던데.〉

진혁이 문자를 보곤 엷은 미소를 띠었다. 그리곤 다시 고개를 들어 나무를 쳐다보았다. 나무는 아직도 눈을 동그랗게 뜨곤 진혁을 응시하고 있었다.

〈잠시 이리로 온 거야.〉

나무가 고개를 끄덕이곤 시선을 돌려 밴드 연주에 집중했다. 진혁은 핸드폰을 가방에 넣곤 자리에서 일어났다.
"박 실장님, 이만 일어납시다."
밤 11시가 다 되어가고 있었다.
박 실장이 떠난 후 그는 운전기사를 부르곤 호텔 로비에서 잠시 앉아 있었다. 술은 조금밖에 안 했지만 연말이라 요즘 처리해야 할 일이 많았던지라 몸이 피곤했다. 그때 핸드폰이 소리를 냈다.

〈그냥 들어갈 거야?〉

나무였다. 진혁은 한 손으로 자신의 얼굴을 거칠게 쓸어 내곤 문자를 날렸다.

〈그럼? 너 오늘 밤새는 거 아니야?〉
〈아니야. 새벽엔 흩어질 것 같은데.〉
〈그럼 위에 방 잡아놓으면 올라올래?〉
〈오케이. 이따가 갈게.〉

두 시간 후, 객실 문이 빠끔히 열리며 나무가 들어왔다. 술기운인지, 아니면 진혁을 보고 좋아서 그런 건지 헤죽헤죽 웃음을 지으며 의자에 앉아 있는 진혁에게 걸어왔다. 걸어오면서 가방은 문 앞에 툭 떨어뜨리고 목도리와 잠바를 하나씩 벗어 내팽개치면서 말이다. 그리곤 그의 무릎에 털썩 걸터앉고는 귓가에 속삭이듯 말했다.

"많이 기다렸어, 자기?"

찬바람을 잔뜩 몰고 온 나무의 몸을 그가 따뜻하게 데워주려는 듯 그녀의 몸을 꽉 껴안고는 말했다.

"많이 마셨어?"

"아니……."

아니라고 얼른 고개를 저었지만 나무의 입에선 달짝지근한 술 냄새가 살짝 풍겨왔다. 진혁은 테이블에 부딪치지 않게 그녀를 조심스럽게 안아 올리곤 침대에 눕혔다. 그리곤 두꺼운 스웨터와 보기만 해도 차가운 청바지를 벗겨냈다. 그가 스웨터를 벗기면 가만히 팔을 들어 올리고, 바지를 벗기면 다리를 내밀던 나무가 그의 손이 브래지어를 벗기려고 할 때쯤 툭 하니 말을 뱉어냈다.

"아이 가지고 싶어."

순간 브래지어 고리를 풀고 있던 진혁의 손이 딱 멈추어졌다. 그리곤 고개를 들어 나무의 눈을 응시했다.

"무슨 뜻이야?"

나무가 눈을 동그랗게 뜨곤 결백하다는 걸 증명하듯 순진한 표정을 지으며 말했다.

"아무 뜻 없어! 그냥 아기 가지고 싶다고!"

진혁의 한쪽 눈썹이 휙 하고 치켜 올라갔다. 그의 입에서 뭔가를 기대하는 듯한, 그러나 의심쩍은 그런 목소리가 흘러나왔다.

"나랑 결혼해 주겠단 얘기야?"

진혁의 말이 떨어지자 나무가 멋쩍은 얼굴로 고개를 저었다. 잠시 침묵을 지키며 조심스러워하던 그녀가 한쪽 볼을 손으로 굵으면서 말을 이었다.

"아니, 그냥 아기가 갖고 싶다고! 결혼은 안 하고."

"그럼 낳아서 어떻게 할 건데?"

"뭘 어떻게 해? 기르면 되지. 너 돈 많으니까 양육비 줄 수 있잖아."

황당함이 담긴 그의 질문에 멀뚱히 넙죽넙죽 대답하는 나무를 보며 진혁의 얼굴이 뜨악해졌다가 이내 냉정을 찾으려는 듯 짧게 숨을 들이켜고 내쉬었다. 그리곤 벌떡 일어나 객실 한쪽에 있는 목욕 가운을 나무에게 던졌다. 그녀가 군말없이 가운을 받아채 입고는 침대에 걸터앉아 진혁의 반응을 살폈다.

"그럼 결혼 안 하고 애만 낳자고?"

같은 소리를 반복하게 하는 진혁의 질문에 나무가 짜증이 났는지 버럭 소리를 지르며 대답했다.

"그래애애애애!! 말귀 드럽게 못 알아먹네. 애 하나만 낳자고."

그는 지금 이 상황을 기뻐해야 할지 슬퍼해야 할지 알 수가 없어 떨떠름한 얼굴로 테이블에 있는 맥주를 들이켰다. 그리곤 나무의 얼굴을 뚫어지게 노려보며 말했다.

"성은?"

"당연히 내 성이지! 나씨."

일말의 주저함도 없이 튀어나오는 나무의 대답에 진혁이 입술을 일그러뜨리며 기가 차다는 표정으로 그녀를 응시했다.

"해."

"싫어."

"하라니까."

"안. 해."

옥신각신. 협박조의 속삭임과 무언가를 힘들게 참고 있는 듯한 남자의 저음이 널뛰기하듯 오가고 있었다. 둘은 지금 섹스 중이었다. 절정의 문 앞에서 나무는 사정을 하라며 그를 재촉하고 있었고, 진혁은 이를 악물고 몸 안에서 요동치는 욕구를 참고 있었다. 그가 땀을 뻘뻘 흘리며 온몸에 힘을 준 채로 사시나무처럼 부들부들 떨고 있자 나무가 음흉한 미소를 지으며 천천히 골반을 움직이려고 시도했다. 그러자 진혁이 재빠르게 나무의 골반을 양손으로 꽉 움켜잡고는 움직이지 못하게 고정시켰다.

"안 된다고 했어."

진혁이 잇새로 조용히 말을 뱉어내자 나무의 표정이 서서히 굳어져 갔다. 지금 서로가 잘못하면 둘의 결정적인 문제를 건드린다는 것을 알고 있기에 마음속에 떠오르는 감정적인 말을 자제하고 있었다. 아무 말 없이 나무가 진혁에게서 몸을 떼어내더니 옆으로 누웠다.

"나무야."

충족되지 않은 마지막 욕구를 채워달라고 그의 몸은 아우성이었다. 그는 가라앉지 않은 자신의 몸을 느꼈지만 애써 무시하며 그냥 대자로 누워 있었다. 진혁이 한쪽 팔을 자신의 이마에 올리자 그의 얼굴엔 음영이 드리워졌다.

"나무야……."

그녀가 대답이 없자 진혁은 다시 이름을 불렀다. 여전히 대답은 없었다. 객실 안은 그들이 함께한 시간만큼의 무게가 자리 잡고 있었다. 평온한 듯 보이지만 결코 평온할 수 없는, 둘 사이에 놓여진 삶의 방식이란 문제가 대립구도로 덩그러니 놓여 있었다. 그렇다. 덩그러니다. 덩그러니. 타협점이 찾아지지 않는, 하나씩 해결해 갈 수 없는 근본적인 방식의 차이가 말이다.

그가 다시 입을 열어 그녀를 부르려 할 때쯤 나무의 낮은 목소리가 흘러나왔다.

"나중에 얘기하자. 나 피곤해."

진혁은 자신에게 등을 보인 채 고개도 돌리지 않고 읊조리는 나무의 뒷모습을 응시했다. 느낄 수 있었다, 5년 전부터 결단을 내리지 못하고 그저 안고 가는 문제를 나무가 다시 생각하고 있다는 것을. 그걸 알고 있기에 그녀가 자신 옆에 누워 있는데도 멀어지는 느낌이었다. 가만히 그녀의 등을 보고 있던 진혁이 그 느낌을 떨쳐 내려는 듯 단호하게 나무의 몸에 손을 가져가 바싹 품 안으로 끌어당겼다. 힘 주어 안는 그의 손길을 느끼며 나무가 미동없이 눈을 감았다. 그녀의 입에서 작은 한숨 소리가 깃털이 움직이듯 그렇게 흘러나오자 그녀를 안고 있는 그의 손에 힘이 더 들어갔다.

"헤어지는 건 생각하지도 마."

부드럽지만 단호한 목소리로 그가 그녀의 귓가에 속삭였다. 눈을 감고 있던 나무의 얼굴에 잠깐이지만 짜증의 기운이 맴돌다 지나갔다. 진혁에게가 아니라 그녀 자신에게 짜증이 났다. 그를 사랑해서 놓지 못하고 있는 자신에게 말이다.

어느새 잠들어 있는 그녀의 얼굴을 물끄러미 바라보며 진혁은 5년 전의 어느 날을 떠올렸다. 나무라는 이 여자가 완전한 자기만의 것이 될 수 있다고 믿어 의심치 않았던 그때로…….

나무: "지랄 마, 나 바빠."

얼어죽을 놈: '으이그, 저걸 그냥.'

01

"**손**님, 주문하신 도시락 나왔습니다."

점원이 건네준 도시락은 정갈하게 포장되어 진혁의 손에 건네졌다. 그는 핸드폰으로 통화를 하며 잔돈을 거슬러 받기 위해 점원에게 손을 내밀었다. 통화에 집중하고 있던 그가 손 위에 올려진 돈을 주머니에 넣으려고 시선을 가져가자 손 위엔 작은 쪽지도 놓여 있었다. 일말의 표정 변화도, 그리고 조금의 주저함도 없이 그는 그 쪽지를 카운터 위에 휙 하니 던져 놓곤 등을 돌려 가게 안을 나왔다. 그의 등 뒤로 여자가 시뻘게진 얼굴로 그의 뒤통수를 노려보고 있었다. 못마땅한 건지, 아쉽다는 건지 그 출처가 불분명한 얼굴로 입술을 삐죽 내밀고 말이다.

"재수없어! 얼굴만 잘 생겼지, 성격은 완전 싸가지잖아!"

고급 일식집이라 이곳을 드나드는 사람들은 어느 정도의 부를 가지고 있음을 의미했다. 게다가 가끔 부모님과 함께 오던 모습을 봤을 땐 남자의 행동은 정말 예의 바르고 부드러워 보였다. 조각 정도는 아니더라도 그의 생김새가 지나가는 여자들이 한 번쯤은 눈길을 줄 정도로 쿨한 이미지였기에 점원 여자는 가벼운 만남이라도 시도해 볼까 했던 것이다. 설혹 그냥 한 번의 관계로 끝난다 해도 남자가 줄 떡고물은 꽤 커 보였다. 그러나 여자의 판단은 완전히 빗나가 버렸다. 그래도 자신이 꽤 예쁘게 생겼다고 자부했는데 말이다. 그러나 뒤통수를 노려보고 있는 그녀의 시선을 알 바 없는 진혁은 통화에 집중할 뿐이었다.

"제가 알아서 합니다, 글쎄."

[알아서 하긴 뭘 알아서 한다는 거야? 졸업한 지가 언젠데 계속 그러고 있을 거냐?!]

이 회장의 노발대발하는 목소리가 핸드폰에서 흘러나왔다. 길게 이어지는 아버지의 잔소리에 진혁이 잠시 딴청을 피우며 먼 산을 바라보았다. 어느 순간 그의 반응이 없다는 것을 알아챈 이 회장이 버럭 소리를 질렀다.

[여하튼 지체 말고 준비해!!]

뚝—!!

갑자기 들려오는 큰 소리에 진혁이 귀가 아픈지 머리를 비스듬히 치우며 핸드폰 폴더를 닫았다. 그리곤 짧은 한숨을 토해내곤 차가 있는 곳으로 성큼성큼 걸어갔다. 아버지의 뜻을 모르는 건 아니었다. 갈 길이 먼 놈이 계획된 공부를 늦추곤 늦장을 부리고 있으니. 그가 차 옆 좌석에 도시락을 올려놓곤 운전석에 털썩 몸을 실었다. 그의 입에서 긴 한숨이 흘러나왔다.

그는 지금 대학을 졸업하고 아버지 회사에서 말단직원으로 근무하면서 혼자 독립해서 살고 있었다. 사회경험을 하고 싶다는 입장을 내세우며 유학을 미루고는 있었던 것이다. 어차피 유학을 갔다 와도 말단으로 시작하는 게 예정되어 있지만 이 회장은 계속 이유없이 미적거리고 있는 진혁이 불안해지기 시작한 것이다. 혹시라도 공부할 때를 놓치는 건 아닐까 하고 말이다. 사실 될 수 있으면 빨리 공부를 마치고 자신의 버팀목이 되어주기를 바라고 있었기에 이 회장은 요즘 진혁을 말 그대로 들볶고 있었다.

잠시 후 그가 도착한 곳은 그가 살고 있는 빌라 앞이었다. 차에서 나온 그가 자신의 집 쪽으로 가는 골목길은 거들떠보지도 않고 나무의 집이 있는 쪽으로 발걸음을 향했다. 그리 멀지 않은, 아니, 너무나 가까운 그녀의 집 앞에 도착한 그가 현관문을 몇 번 두드리자 안에서 짜증 섞인 고함 소리가 들려왔다.

"그냥 들어와아아아!! 문 열려 있어!!"

순간 그의 눈썹이 살짝 찌푸려졌다. 진혁이 못마땅한 얼굴로 문을 열고 집 안으로 들어갔다.

"야! 문 열어두지 말라 그랬지? 너는 계집애가 어떻게 겁도 없냐?"

그가 급하게 말을 뱉어내고 있는데 거실 안에 있는 여자는 아무런 반응이 없었다. 책상에서 무언가를 그리고 있는 여자는 시선을 눈앞에 있는 종이에서 떼지 않은 채 중얼거렸다.

"지랄 마. 나 바빠."

'으이그, 저걸 그냥.'

그의 매끈한 입술이 짧은 순간 일그러졌다. 그러나 여자의 그런 반응에 익숙한지 진혁은 금세 아무런 일 없다는 듯 거실에 자리를 잡고 앉았다.

"밥은 먹었냐?"

그가 도시락을 주섬주섬 꺼내도 여자는 아무런 반응이 없었다. 그녀가 집중 모드에 들어가면 아무 소리도 안 들린다는 걸 그도 잘 알고 있기에 그저 묵묵히 포장된 도시락을 풀었다. 그리곤 느긋하게 풀어진 얼굴로 그가 잠시 책상에 앉아 있는 여자의 얼굴을 바라보았다. 여자의 한쪽 볼엔 파란색 물감이 묻어 있었고, 잔뜩 헝클어진 머리카락은 마치 야수와 같았다. 진혁은 왜 저런 모습이 됐는지 너무나 잘 알고 있기에 조용히 그 모습을 음미하고 있었다. 아마도 색깔을 정할 때 물감 묻은 손으로 볼을 연신 긁적이며 인상을 썼을 것이고, 색깔이 잘못 칠해지면 머리를 쥐어뜯었을 것이다. 그렇게 물끄러미 나무의 얼굴을 바라보고 있던 진혁의 얼굴이 차츰 진지하게 변해갔다.

친구로 지낸 지 칠 년이 다 되어간다. 그 칠 년 동안 수없이 기회를 노려왔지만 나무는 틈을 주지 않았다. 친구 그 이상의 관계로 가는 것을 그녀는 철저히 방어했다.

"푸아아아아아아아아!!"

난데없이 들려오는 엄청나게 큰 숨소리에 진혁이 깜짝 놀라며 거칠게 말을 뱉었다.

"야! 그거 하지 말랬지. 옆에 있는 사람 놀란다니까."

"선이 길어서 계속 참았단 말이야."

책상에서 기지개를 켜며 일어난 나무가 진혁이 있는 곳으로 걸어오더니 털퍼덕 자리에 앉았다. 그리곤 〈웬 거냐〉 라든지 아니면 〈맛있겠다〉 라든지 하는 말도 없이 바로 도시락에 손을 뻗었다. 고급스런 초밥이 먹어달라고 애교를 부리고 있으니 나무가 지금 다른 말 할 틈이 있겠는가. 그러나 그녀가 초밥 하나를 막 집으려 할 때 진혁이 손으로 쳐냈다.

"씻고 와!"

"귀찮은데……."

나무가 비루먹은 강아지처럼 애처로운 눈빛을 그에게 마구 날렸지만 그는 끄떡도 없었다. 그러자 나무가 툴툴거리며 싱크대로 걸어가더니 비아냥거리기 시작했다.

"더럽게 깨끗한 척하네! 씨이!! 내 손으로 집은 게 지 입으로 들어가나, 내 입으로 들어가지."

손을 다 씻고 수건으로 물기를 닦아낼 때까지 나무의 비아냥거림은 끝나지 않았다. 왜냐하면 진혁이 초밥 하나를 입에 넣곤 나무를 약 올리고 있었던 것이다.

"너 사람이 너무 깨끗한 것도 병이다. 그렇게 까탈스러우면 나중에 네 마누라가 죽어나."

나무의 비아냥거림에도 아랑곳없이 그가 두 번째 초밥을 입에 넣자 나무가 시니컬한 얼굴로 말했다.

"네 마누라 되는 여자는 꽝 팔려디 피박 쓰는 꼴이 될걸."

'그 마누라가 바로 네가 될걸.'

"안 돼애애애!!"

진혁이 세 번째 초밥으로 새우를 집자 나무가 부리나케 달려와 손으로 가로챘다. 그 모습을 그가 재밌다는 듯 쳐다보았다.

"돈 좀 아껴 써라, 인간아! 이래 갖곤 돈 못 모아. 봉급쟁이가 이렇게 헤퍼서야 원."

비싼 초밥 사 온 걸 훈계하듯 타박하면서도 나무가 입 안 가득 초밥을 물고 있었다.

'안 먹으면서 저러면 얄밉지나 않지.'

그가 뚱한 얼굴로 나무의 부푼 볼을 살짝 노려봐 주었다. 그러나 나무는 노려보든 말든 연신 초밥을 주워먹었고 조금 후 어느 정도 배가 찼는지 그제야 말이란 걸 했다.

"야! 네 주변에 괜찮은 놈 없냐?"

순간 그의 눈빛이 반짝였지만 나무는 눈치 채지 못하고 말을 이었다.

"괜찮은 놈 있으면 소개 좀 시켜줘! 나도 슬슬 연애란 좀 해

봐야겠다."

속이 울렁거렸지만 그가 무심한 얼굴을 가장하며 시니컬한 대답을 해주었다.

"너 소개시켜 주면 나 욕먹어."

우물우물거리며 락교를 씹고 있던 나무가 발끈한 얼굴로 외쳤다.

"야! 내가 어때서? 내가 지금이라도 꾸미고 나가면 남자 열은 후린다 이거야."

그녀의 입에서 작게 조각난 락교가 총알처럼 튀어나왔다. 진혁이 자신의 볼에 붙은 락교를 손으로 털어내며 시큰둥하게 대답했다.

"후리긴 누굴 후려? 연애도 못해봤으면서."

책상다리를 하고 앉아 있던 나무가 두 손으로 양 무릎을 짚곤 치미는 성질을 참아낸다는 얼굴로 차분하게 말을 이었다.

"후우, 나한테 좋아한다고 고백한 애들이 한둘이 아니었다니까. 문제는 고백만 하고 나면 나를 슬슬 피하는데 내가 어떻게 하냐고."

아주 짧은 순간 그의 눈썹이 꿈틀거렸지만 진혁의 입에선 느긋한 비아냥거림이 흘러나왔다.

"고백하고 나서 네 실체를 알았겠지."

"닥쳐라."

떫은 감 씹은 얼굴로 나무가 진혁을 쪼려보더니 기운이 없는

지 발라당 뒤로 드러누웠다.

"커피 좀 타줘."

"일 많이 남았냐?"

"마무리만 하면 돼."

그가 주섬주섬 도시락 포장지를 치우고 싱크대로 걸어가는 동안 나무는 거실 바닥에 뒹굴고 있는 담배갑을 집더니 담배 한 개피를 꺼내 물었다. 파랗게 너울거리는 라이터 불에 담배 끝이 빨갛게 타 들어갔다. 그녀가 하얀 담배 연기를 뿜어내며 싱크대로 걸어가는 진혁의 뒷모습을 물끄러미 바라보았다. 문득 나무의 눈에 그의 엉덩이가 눈에 들어왔다. 좁은 듯하면서도 군살이 없는 엉덩이가.

'어라? 저 녀석 엉덩이가 예술이네…… 쩝.'

엉덩이를 본 김에 나무는 진혁의 전체 모습도 쭉 훑었다. 사실 거리를 두고 보면 꽤 잘생긴 남자였다. 체격도 좋고, 스타일도 깔끔하고… 생각이 흐르는 대로 자신의 머리 속을 놔두던 나무가 갑자기 코웃음을 치며 담배를 재떨이에 털었다. 엉덩이 보느라 미처 털지 못한 재를.

'저놈하고 연애를? 아으… 말도 안 돼. 친구로 몇 년인데 쟤 앞에서 어떻게 옷을 벗어.'

나무가 진혁의 뒷모습을 보고 얄딱구리한 생각을 하는 동안 그는 싱크대에 쌓여 있는 산더미 같은 설거지를 보고 넋이 나간 얼굴로 서 있었다.

'이 초토화 속에서 커피를 타오라니…….'

그때 등 뒤로 나무의 무덤덤한 목소리가 들려왔다.

"거기 그릇 있잖아."

진혁이 천천히 고개를 돌려보니 냉면 그릇 같은 게 하나 보였다.

"거기다 타. 같이 마시자."

멍…….

잠시 후 진혁이 체념한 듯 한숨을 토해내며 커피를 타와보니 나무는 이미 잠들어 있었다. 아마도 밤샘작업을 한 상태에서 밥을 먹어서 순식간에 잠이 들어버린 것이리라. 가만히 그녀의 얼굴을 바라보고 있던 그가 커피 곱배기를 옆에 있는 탁자에 조용히 올려놓았다. 그리곤 나무를 안아 올려 침대가 있는 방으로 옮기더니 옆에 걸터앉아 이미 깊은 잠으로 빠져 버린 나무를 응시하며 뭔가를 생각했다. 나무가 왜 연애 경험이 없는지에 대해서. 그녀에게 고백한 남자애들을 처리했던 기억들을.

워낙 속에 있는 얘기를 담고 있지 못하는 성격의 나무는 시시콜콜한 얘기까지 그에게 다 말했고, 자랑하듯 그녀가 고백받았다고 뻐기면 그는 어떻게든 그 남자를 찾아내 때리든 어르든, 아니면 협박해서 나무에게서 떼어냈다. 군대에 있을 때가 가장 피 말리는 시간이었다. 그 시간 동안 어떤 놈이 나타나 나무의 곁을 차지하는 게 아닐까, 또는 그녀의 마음속을 비집고 들어가는 게 아닐까 하는 걱정으로 속이 까맣게 타 들어갔다.

그러나 나무는 아무것도 모르고 편지로 착실하게 무슨 일이 있었는지 모든 걸 말해 주었고, 진혁은 사람을 시켜 남자들을 떼어냈다. 어쩔 땐 약혼자라고 뻥을 치면서 말이다.

잠들어 있는 나무의 얼굴을 그가 조심스러운 손길로 어루만졌다.

올해 안에 결판을 내야 해. 어떻게든 엮어서, 아니, 들쳐 업고라도 같이 유학길에 오르는 거야.

또다시 군대에 있는 동안 겪었던 마음 졸임을 반복하고 싶진 않았다. 게다가 더 이상은 기다릴 수도 없었다. 유학을 갔다 오면 둘 다 서른 즈음이 될 테고 여자로서는 혼기가 된 나무가 그때까지 독신으로 지낸다는 보장이 어디 있겠는가.

뭔가를 결심했는지 그의 눈빛이 단호해졌다. 자연스러운 만남으로는 도저히 진척이 안 되니 이젠 방법을 써야 할 때가 왔음을 인정하는 그런 결심이었다. 물론 그동안의 시간이 헛되다거나 아무런 의미도 아니었다는 것은 아니다. 어찌 됐든 그의 끈기 어린 기다림은 나무의 속 깊은 친구 자리를 만들 수 있었으니까.

나무의 볼을 어루만지던 그의 손길이 멈추어지더니 그의 눈길이 그녀의 부드러운 목선에 머물렀다. 당장이라도 몸을 묻고 완전히 가지고 싶은 여인은 지금 아무런 방어 태세도 갖추지 않고 전적으로 그를 신뢰한다는 듯 쉽게 잠든 모습을 보여주고 있다. 그가 거칠게 숨을 들이켰다. 그리고 천천히 내쉰 그가 나무의 입술에 살짝 입맞춤을 했다. 혹시라도 깰까 조심스러웠지만 결국 유혹을 참지 못하고 그가 나무의 목 언저리에도 입술을 갖다 댔다. 그리곤 더 맛보고 싶다는 내면의 유혹을 뿌리치며 방을 걸어나왔다. 산더미같이 쌓여 있는 설거지가 그를 기다리고 있었다.

잠시 후 설거지를 끝내고 자신의 빌라로 돌아온 진혁은 한 시간째 거실 소파에 앉아 무언가를 골똘히 생각하고 있었다. 그가 앉아 있는 빌라 내부는 나무의 집과는 차원이 다른 깨끗함을 보여주고 있었다. 정돈되지 않고 이리저리 자료나 책을 쌓아놓고, 아니면 바닥에 다 펼쳐 놓고 있는 나무의 집과는 달리 진혁의 빌라 안은 한마디로 완벽하게 정리정돈되어 있었다. 책조차 길이대로 꽂혀 있었다. 다른 사람들은 어느 날 한 번 정리하는 게 그는 습관으로 배여 있었던 것이다. 그 완벽한 거실에 그가 그림처럼 앉아 깊은 고민에서 빠져나오질 못하고 있었다. 어떻게 하면 나무를 들쳐 업고 갈 수 있을까. 바로 그 문제였다.

'잘 꼬여서 안을까. 그리고 콘돔에 구멍을 내서 임신을 시켜버리는 거야. 아니야. 그 녀석이 그런다고 끌려올 녀석이 아니지.'

3년 전이던가. 그녀의 언니가 연애를 하다가 임신이 되어 결혼을 한다는 얘기를 하면서 길길이 날뛴 적이 있었다. 임신 때문에 결혼하는 게 말이 되냐 그러면서 어찌나 갑갑해하던지. 슬쩍 어쩔 수 없지 하는 어조의 말을 꺼냈더니 자기는 확신할 수 없는 관계에서 임신이 되면 남자 집에 던져 버리겠다는 말을 했다. 다분히 과장되고 공격적인 면도 섞여 있었지만 그래도 진혁은 그때 나무의 기본 입장은 알 수 있었다. 그가 기가 막혀서 아예 낙태를 하지 그래 하며 비꼬았더니 낙태하면 여자 몸이 너무 안 좋아진다며 단호한 입장을 보였다.

'하아… 그래, 그 녀석은 어중간한 관계에서 임신을 하면 나한테 아이를 던져 주고 떠날 인간이야.'

그가 손에 들고 있던 맥주를 한 모금 들이키고는 육포 하나를 질경질경 씹었다. 우스꽝스러운 입 모양과는 달리 그의 얼굴 표정은 너무나 진지했다.

'결혼이나 사랑을 무슨 흉기처럼 생각하는 인간이니… 고백했다가는 도망갈 게 뻔해. 나란 인간이 없으면 안 되는 상황을 만들어야 하는데. 곁에 있는 게 너무 익숙해서 없으면 허전하고 힘들어지는 그런 상황을 만들어야 해.'

탁!

일단 문제해결의 방향을 잡았다는 것에 시원함을 느끼며 그가 들고 있던 맥주를 힘차게 탁자 위에 내려놓았다. 전략을 세웠으니 이제 전술을 짜야 하리라. 둘이 같이 살 수 있는 방법을.

'나무가 어떤 상황이 돼야 내 집에 들어올까. 자발적으로 오게 해야 되는데. 그 녀석은 누가 뒤에서 밀면 반동으로 더 멀리 튕겨나갈 게 뻔하니까 들어오게 해달라고 부탁을 하는 상황이 돼야 해.'

전술을 짜는 것에 돌입한 진혁이 차근차근 나무의 상황을 고찰하며 생각하기 시작했다.

긴급 보고서 〈나무를 잡기 위한 프로젝트 제안〉

1. 변기를 막히게 한다.

막히게 한 다음? 그러면 그 녀석이 들어오나, 지 볼일만 보고 가지. 이건 아니야.

2. 천장에 물이 새게 한다.

어떻게? 천장에 물이 새는 게 말이 되냐? 아냐, 말이 돼. 오래된 집이니까 의심 안 할 거야. 문제는 나무가 가만히 있을 녀석이 아니라는 거지. 난리를 쳐대며 보수를 할 텐데 길어야 한 달밖에 있을 수가 없잖아. 한 달 동안 들쳐 업을 수 있을까?

3. 난방을 망가뜨려 얼음장을 만든다.

그런다고 선뜻 올까. 악바리 같은 녀석이라 그냥 담요 두르고 지낼걸. 그리고 난방도 고치면 그만이잖아.

4. 나무가 없을 때 불을 지른다.

담배를 피우니까 자기가 실수했다고 생각할 거야. 흠, 하지만 그렇게 되면 나무의 그림이나 아끼는 물건들이 다 없어질지도 모르는데…… 그렇다고 따로 보관해 두면 의심할 거야. 그리고 불은 너무 위험해.

5. 도둑이 들게 해서 겁에 질리게 한다.

안 돼애애애! 가뜩이나 가시 돋쳐 사는 녀석을 그렇게까지 몰아붙일 수는 없어.

6. 어디 한군데 다치게 해서 나를 필요하게 만든다.

아니야야야야야!! 그 녀석을 어떻게 네 손으로 다치게 하냐, 인간아.

7. 주인집을 꼬드겨 나무에게 보증금을 빼라고 한다.

그래서 뭐? 집이야 구하면 그만이지.

8. 들어오는 일을 끊기게 해서 방세를 못 내게 한다.

야, 이진혁, 너무한다, 그건. 나무 죽는 꼴 보고 싶냐? 일중독인 애한테 일이 없게 해? 그렇다고 그 녀석이 네 집에 오냐. 파출부를 뛸걸.

"아아아아아악!! 머리 아파!!"

그가 끙끙거리며 지끈지끈 아파오는 머리를 두 손으로 감쌌다.

'나무의 약점이 뭐였더라.'

순간 인상을 찡그리고 있던 진혁이 무언가가 스쳐 지나갔는지 그의 눈빛이 날카롭게 반짝였다.

그래, 그게 있었어. 그거라면 아무도 안 다치고 나무가 살고 있는 집만 없어질 수 있어. 과연 통할까. 아니야. 설혹 안 통해도 뒷수습을 할 수 있으니까 괜찮을 거야.

어느 정도의 시간이 흐르고 세부적으로 계획을 짜며 골몰해 있던 그가 구체적인 방안이 나왔는지 기지개를 켜며 깊은 숨을 토해냈다. 그리곤 탁자 위에 놓인 담배를 집어 들었다. 시계는 이미 자정을 가리키고 있었다.

치이익—!!

타 들어가는 속을 담배가 대신 타며 그의 마음을 위로해 주었다.

왜 이렇게까지 자신이 목을 매게 된 걸까.

타 들어가는 담배 끝이 그 질문의 기원을 알려주기라도 하려는 듯 그의 머리 속에 기억을 떠올리게 했다. 담배를 피우면 떠오르는 나무와의 첫 만남을.

고3 때였다. 아니, 고3을 시작하는 첫날이었다. 서울에 있는 외고를 다니고 있던 진혁은 고3이란 특수한 시간이 시작되었던 그날 아침 새로 배정된 반으로 향하지 않고, 새벽 공기를 맡으며 학교 옥상으로 무작정 발걸음을 옮겼다.

19살의 남자. 사람들은 그 나이엔 쇠를 씹어 먹어도 소화를 시킨다고 말한다. 물론 그도 다른 애들 못지않게 부글거리는 용암 같은 무언가를 가슴속에 담고 있었다. 그러나 그 용암을 어느 쪽으로 흘려보내야 할지 알 수가 없었다. 어느 정도 부유한 집안의 둘째아들로 태어나 부러운 것 없이 누리며 살아왔고, 장남이 아닌 자신에게 집안의 대를 이어야 한다는 의무도 지워주지 않았다. 또 무언가를 특별히 원해본 적도 없었다. 아니, 원하는 것을 찾지 못했다. 굳이 무언가를 원하는 욕구가 생기기도 전에 이미 손에 쥐어져 왔으니까.

19살, 그때 진혁은 무엇을 하고 싶은지, 무엇을 목표로 살아가야 하는지 그 답을 알 수 없었다. 따분하고 심심한 일상이 순조롭게 계속될 뿐이었다. 단지 자신의 위치에 맞는 행동과 능력을 관리하면 될 뿐이었다.

목표가 정해져 있지 않은 상태에서 자신을 밀어붙여야 하는 고3이란 시간은 그에게 꽤 곤혹스러웠다. 한곳을 바라보며 매진하는 친구들을 그는 강 건너 불 구경하듯 구경하며 떠돌고 있던 시간이었다. 그런 헛헛한 마음에 진혁은 곧장 교실로 향하지 않고 옥상으로 올라가는 계단으로 발걸음을 내디뎠다.

끼이이이익—

오래된 철제문이 괴상한 소리를 내며 열리자 아직은 뿌연 새벽 하늘이 그의 눈에 가득 들어왔다. 그러나 이내 자연스럽게 옥상 안으로 내밀어졌던 발이 멈칫하고 움직이지 않았다. 한 남자 아이가 난간에 기대어 담배를 피우고 있었던 것이다. 그 아이가 피우는 담배 연기가 싸늘한 새벽 공기 속으로 흩어지고 있었다. 예상치 못했던 곳에서 같은 느낌을 공유한 동료를 만난 것 같아 그는 묘하게 기분이 좋아졌다. 남자 아이는 뒷모습만 보였다. 뭘 보고 있는지 알 수는 없었지만 눈앞에 있는 허공한 곳을 미동도 않고 바라보고 있었다. 남자 아이치고는 몸집이 작았다. 짧게 커트 된 머리카락은 새벽 이슬을 맞아서인지 차분히 가라앉아 있었다. 헐렁한 청바지에 체크남방을 걸친 남자 아이는 소매를 둘둘 말고 남방 끝이 허리 밖으로 길게 나온 걸로 보아 성격이 꽤 자유분방해 보였다.

잠시 그 남자 아이를 바라보고 있던 진혁이 라이터를 찾기 위해 주머니를 뒤적이며 난간 쪽으로 걸어갔다. 그러나 라이터가 없었다.

"불 있으면 좀 빌려줄래?"

말없이 정면을 바라보고 있던 남자 아이가 뒤에서 들려오는 목소리에 천천히 고개를 돌렸다. 순간 그의 눈이 동그래졌다가 이내 얇게 가늘어졌다. 고개를 돌린 남자 아이는 여자 아이였다. 부드럽고 뽀얀 살결에 코는 작았고, 얼굴선은 부드러웠다. 추운 새벽 공기를 오래 맡고 있었는지 여자의 볼은 홍조를 띠고 있었다. 그러나 방금 전까지 남자라고 믿었기에 그는 자신이 잘못 본 게 아닐까 상대방의 얼굴을 뚫어지게 쳐다보았다. 라이터를 건네주려고 손을 내밀던 여자 아이가 그의 시선이 불쾌했는지 살짝 눈썹을 찌그러뜨렸다.

"왜 꼴아보고 지랄이야?"

난데없이 들려오는 욕지거리에 진혁이 멍하니 그녀의 얼굴을 응시했다. 곱상하게 생긴 얼굴과는 달리 하는 행동이나 보이는 눈빛은 온통 가시가 돋쳐 있는 듯했다. 〈건드리기만 해 봐!〉 하는 눈빛이랄까. 잘못 건드리면 금세라도 터질 것 같은 시한폭탄 같았다. 워낙 자신 앞에서 친절한 여자들을 많이 봐 와서 그런 건지, 아니면 앞에 있는 여자가 일상어처럼 자연스럽게 뱉어내는 욕들 때문인지 그는 호기심이 일어 더욱더 앞에 있는 여자에게서 시선을 떼지 못하고 있었다.

"눈깔 뽑아버리기 전에 시선 거둬라."

〈눈깔〉이란 단어에 문득 제정신이 돌아온 진혁이 어색하게 미소를 지으며 라이터를 건네받았다.

"아, 남잔 줄 알았거든."

그의 말에 여자의 눈동자에 불쾌한 기운이 잠시 서렸지만 이내 관심없다는 듯 다시 앞으로 고개를 돌리곤 담배 한 모금을 빨았다. 불을 붙인 그가 라이터를 건네주려 하자 여자 아이가 손을 내밀었다. 그가 무표정한 얼굴로 라이터를 건네주며 살짝 여자애의 손을 스쳤다. 순간 여자애가 무심한 눈길로 서늘하게 그를 노려보았다. 능청스럽게 왜 그러냐는 듯한 얼굴로 진혁이 부드럽게 엷은 미소를 짓자 여자애는 잠시 떨떠름한 표정을 하다가 곧 시큰둥한 얼굴로 손 위에 있는 라이터를 허공에 툭 하고 던져 버렸다. 그리곤 그가 뭐라고 말을 꺼내기도 전에 여자애는 등을 돌려 옥상 문을 향해 걸어갔다. 그렇게 첫눈에 반해 버렸다. 19살 때 남자 같은 여자애한테. 어릴 때의 짧은 호기심이라고 생각했던 관심은 시간이 흘러도 사라지지 않고 오히려 깊은 사랑으로 자리 잡아 버렸다.

아주 나중에 친해진 다음, 어느 날이었던가. 지나가는 말로 처음 만났던 그날 왜 그렇게 공격적이었냐고 물었을 때 그녀가 말했다. 그즈음에 아버지가 노름으로 집을 해먹어서 알거지가 되었다고. 그날 아침 엄마가 경기도로 내려가자는 말을 했다고. 그때 누군가 한 명만 걸리면 죽도록 패거나, 아니면 죽도록 맞을 생각이었다고.

나무의 아빠, 그리고 엄마. 그 두 사람이 나무의 약점이었다. 그리고 진혁은 그 사실을 잘 알고 있었다.

진혁의 전술이 개시된 지 일주일이 되는 어느 날.

나무는 방바닥에서 뒹굴거리며 새로 들어온 일을 구상하고 있었다. 〈신자유주의에서의 비주류 노동자의 기반약화문제〉가 주제였기에 나무는 공부 아닌 공부를 하고 있었다. 비주류 노동자인 여성, 외국인 노동자들이 비참한 모습으로 그려지는 게 아니라 조금은 희망차고 싸워 나가는 뉘앙스로 그려졌으면 하는 게 의뢰자의 요구였다. 그러나 그런 뉘앙스 속에서도 현실의 부조리가 반영되어야 했기에 나무는 며칠째 작업에 들어가지 못하고 이렇게 빈둥거리며 한쪽 뇌는 구상에 빠져 있었다. 신자유주의니 하는 문제는 대학 다닐 때나 접했던 문제였기에 오랜만에 이런 문제를 다루려니 머리가 뻑뻑하게 굳어지는 느낌이었다.

머리 속에서 뭔가가 떠오를 때마다 삽화로 스케치를 하고 있을 때쯤 그녀의 핸드폰이 소리를 내며 나무를 귀찮게 했다. 여전히 한쪽 뇌는 다른 쪽에 가 있는 나무가 핸드폰을 열어 수신자를 확인했다. 엄마였다. 나무는 바로 핸드폰을 받지 않고 잠시 망설였다. 집에만 있는 그녀의 엄마는 심심하면 이유없이 전화를 걸어 수다를 떨었고, 이렇게 무언가에 골몰해 있을 때 엄마의 전화를 받으면 나무는 솔직히 경계 어린 마음이 생겼다. 게다가 듣고 싶지 않은 소식이나 잡다한 얘기들을 풀어놓기에 그녀가 잠시 핸드폰을 노려보았다. 하지만 이렇게라도 수다를 떨고 싶어하는 엄마의 상황을 생각하며 나무가 부처님 반토막 같은 얼굴로 전화를 받았다.

"웬일이유?"

[나무야, 이 자식이 또 일쳤다!]

인사도 없이 바로 들려오는 〈이 자식〉이란 단어에 나무가 시니컬한 얼굴로 무심하게 받아쳤다.

"일? 왜, 이번엔 좀 크게 잃었대?"

[어제 경찰이 들이닥쳐서 아빠 잡아갔다. 알고 보니까 노름판에 끄나풀이 있었대나 봐.]

별 궁금하지도 않은 소식을 부리나케 전해주는 엄마의 의존적인 마음과 그 속에 깔린 자기연민적인 의도를 느끼면서 나무가 살짝 얼굴을 찡그렸다.

"보석금 내고 알아서 나오겠지."

[그래, 그렇겠지? 에효… 미안하다, 일하는데 정신산란하게 해서…….]

나무의 무뚝뚝한 반응에 엄마는 죄책감 가득한 목소리로 나무의 마음을 비집고 들어왔다. 뻔히 엄마의 의도를 읽으면서도 나무는 어쩔 수 없이 누그러진 목소리로 말했다.

"걱정 마슈. 돈 잘 버는데 감옥에 들어가겠수? 기다려 봐요. 내일이면 또 언제 그랬냐 하면서 노름하고 다닐걸. 그렇게 걱정해 준다고 그 인간이 눈 깜짝할 거 같아?"

퉁명스럽지만 애정 섞인 나무의 말이 끝나자 그녀의 엄마는 얼른 하던 일 하라며 전화를 끊었다. 그러나 나무는 잠시 핸드폰을 쥐고 바라보고 있었다. 무표정하지만 조금은 가라앉은 그런 얼굴로 핸드폰을 응시했다. 낮고도 깊은 한숨이 그녀의 입에서 흘러나왔다.

'후우… 이 사람은 나에게 뭘 바라는 걸까.'

엄마를 지켜야 한다고 생각한 적도 있었다. 나쁜 아빠에게서, 이기적인 아빠의 횡포에서 엄마 편에 서서 싸워야 한다고 생각한 적도 있었다. 그러나 그게 다가 아니란 걸 이미 너무 오래전에 알아버렸다. 그래, 알아버렸다. 깨달은 게 아니라 알아버렸다. 어느 날 문득, 대오 각성하듯이 그렇게 알아버렸다.

고3 때 어김없이 새벽 6시면 자고 있는 그녀를 가운데에 두고 말싸움 하는 부모님을 보면서, 그날 새벽 알아버렸다. 하지 말라고 해도 멈추지 않고 고3 내내 그 시간이면 어김없이 하는 그 말싸움을 들으며 언제나처럼 깨버린 그날, 이 사람들은 자신에게 투정을 부리고 있다는 것을 알아버렸다. 이기적인 사람들이었다는 걸. 그리고 의존적인 사람들이라는 걸. 이혼하기를 원했지만 그들은 하지 않았다. 왜냐하면 서로를 증오하고 미워하며 자신의 존재를 찾는 인간들이었으니까. 그 나이를 먹도록 그럴 수 있다는 게 놀라울 뿐이었다.

"젠장, 감옥에서 확 뒈져 버려라."

이죽거리며 싸늘한 저주를 내뱉은 나무가 싱크대로 걸어가 찬물을 벌컥벌컥 들이켰다.

"미친 새끼, 그 나이 처먹어도 그 지랄이니, 원."

한참 동안 욕을 씨부렁거리던 나무는 이제 자신의 일에 집중하기 위해 숨을 가다듬고는 다시 거실에 앉았다. 그리곤 뽑아 놓은 자료들을 다시 한 번 읽기 시작했다.

노동가치의 기준.

'미친놈.'

노동환경에 다른 이윤창출의 상관관계.

'웃기지도 않아.'

양쪽으로 갈라지는 뇌를 느끼며 나무가 다시 심호흡을 하며 흐트러진 마음을 가다듬었다. 그리고 자신에게 되뇌듯 말했다.

"넌 너고, 그 새끼는 그 새끼야. 신경 꺼."

그 한마디를 중얼거리곤 다시 일에 집중하기 시작했다.

퇴근을 한 진혁은 나무의 집 현관문 앞에서 우두커니 서 있었다.

'지금쯤이면 알 텐데…….'

혹시나 자신의 마음이 흔들릴까 진혁은 나무의 얼굴을 보기 전에 마음을 가다듬고 있었다. 그리곤 이 방법밖에 없다고 스스로에게 끊임없이 각인시켰다. 그렇게 한참을 문 앞에서 우두커니 서 있던 그가 어느 정도 마음이 진정되었는지 현관문을 열었다. 또 문이 잠겨져 있지 않았지만 온통 신경이 딴 데로 쏠려 있었기에 그냥 집 안으로 들어갔다.

"뭐 하나?"

"음, 왔어?"

그녀가 고개를 삐딱하게 기울여 방바닥을 응시하면서 대답했다. 멍하지만 뭔가를 골똘히 생각하는 것 같은 나무의 얼굴을 진혁이 유심히 살피며 은근슬쩍 떠보는 말을 꺼냈다.

"뭘 그렇게 생각해? 무슨 일 있어?"

여전히 방바닥무늬를 뚫어지게 쳐다보면서 나무가 중얼거리듯 말했다.

"삽화 때문에……."

"으응……."

'이상하다. 어제 분명 나무 아버지가 경찰서에 끌려갔을 텐데. 아직 모르고 있나.'

진혁이 말없이 서 있자 나무가 대뜸 말했다.

"진혁아, 피자 시켜먹자!"

"어… 그래."

삼십여 분 후 피자가 도착하고, 둘은 거실에 둘러앉아 햄이 더 큰 걸 먹겠다고 쟁탈전을 벌였다. 잠시 후 두 조각 정도를 먹은 나무가 옆에 굴러다니는 휴지를 북 찢어 손에 묻은 기름기를 닦아냈다.

"뭐야. 그거 먹으려고 시키자 그런 거야?"

"음… 삽화 때문에 신경이 날카로워서."

나무는 신경이 예민하면 위경련이 나는 체질이었다. 남들 보기엔 그야말로 소뿔도 부러뜨릴 기세였지만 사실 은근히 예민한 성격이란 걸 잘 알고 있는 진혁은 그저 고개를 끄덕였다. 나무가 손가락에 묻은 기름을 입으로 쪽쪽 빨고는 휴지에 닦아내자 진혁이 그 모습을 뚫어지게 쳐다보았다.

'저 녀석이 지금 누구 도발하나.'

진혁의 눈이 까맣게 탁해졌다. 나무가 그의 얼굴을 힐끔 보더니 너털웃음을 지으며 일어났다.

"알았어, 알았다구! 씻고 오면 되잖아, 이 결벽증 환자야!"

손을 씻고 온 나무가 아직 먹고 있는 진혁의 맞은편에 앉아 다시 자료를 집어 들었다. 그리고 종이를 한 장 넘기면서 무심한 어조로 말을 꺼냈다.

"어제 아빠 경찰한테 잡혀갔대."

'빙고!'

자, 자! 이진혁! 정신 똑바로 차려! 여기서 너무 놀라거나 너무 무심하면 이상해 보인다. 자! 레디큐!

한쪽 눈썹을 살짝 올린다. 약간 놀란 듯하지만 차분하게 말한다.

"왜?"

"왜긴 왜겠냐? 노름 때문이지. 짭새가 있었대나 봐."

여전히 종이 위에 시선을 고정시키고 있는 그녀가 빈정거리는 말투로 중얼거렸다. 진혁은 입 안에 있는 피자를 씹으며 나무를 유심히, 하지만 티 안 나게 살피기 시작했다.

"노름 40년 경력이면 짭새 정도는 가려내야 하는 거 아니냐? 아무리 생각해도 그 인간은 새대가리야! 안 그러냐?"

입 안에 피자가 들어 있는 걸 핑계 삼아 그는 대답을 회피하고 가만히 듣고 있었다. 미래에 장인 될 분을 〈새대가리〉라는 표현에 동의하면 안 될 것 같아서. 게다가 예전에 한 번 나무의 이야기를 듣다가 진혁이 하도 성질이 치밀어 〈네 아빠 도대체 왜 그런 거야?〉라는 말 한마디를 했다가 크나큰 위기를 맞은 적이 있었다. 그때 진짜 떫은 감 씹은 듯한 얼굴로 나무가 시니컬하게 말했다.

"야! 내가 네 아빠 욕하면 기분 좋아?"

'그래, 그래도 남이 욕하는 걸 기분 나빠하는 거 보면⋯ 내 생각대로 될 거야. 나무야, 미안! 나중에 결혼해서 아이 셋만 낳으면 얘기할게.'

하늘에서 나무꾼이 씨익 하고 웃었다.

아침 8시, 진혁은 출근을 하기 위해 주차장으로 향하고 있었다. 그가 리모콘으로 차 문을 열고 있을 때쯤 나무의 집 대문이 열리는 소리가 들려왔다. 고개를 돌려보니 나무가 졸린 눈을 비비며 대문 앞을 나오고 있었다. 해가 서쪽도 아니고 북쪽에서 뜰 일이라 진혁이 눈을 휘둥그레 뜨며 나무를 쳐다보았다. 생활리듬이 불규칙한 나무는 아침에는 거의 일어나는 법이 없었고, 간혹 일찍 일어나는 일이 있으면 집 안에 있질 않았다. 오랜만에 일찍 일어나게 되면 늦게 일어나서 갈 수 없었던 영화관이나 서점 등을 헤매고 다니기 때문이다. 여하튼 기이한 일이었다. 혹시나 아버지 문제 때문에 일찍 일어난 게 아닌가 싶어 진혁이 유심히 그녀의 안색을 살피기 시작했다.

"웬일이야, 이렇게 일찍?"

"후아아아암!! 그림 넘겨주러."

대답하는 나무의 얼굴은 방금 일어났는지 퉁퉁 부어 있었다. 두 눈꺼풀이 마치 거북이 두 마리를 붙여놓은 것처럼 벙벙하니 부풀어 있었다.

"잠 못 잔 거야?"

"으음… 2시간 잤어."

잠에 취해 해롱대는 목소리로 나무가 멀뚱하게 중얼거리자 진혁은 그 모습이 귀엽다는 듯 웃었다. 왜냐하면 그 얼굴을 하고도 이미지 메이킹을 한답시고 새빨간 루즈를 발랐던 것이다. 그가 얄궂은 미소를 지으며 빈정거렸다.

"아침부터 쥐 잡아먹었냐?"

"말본새 하고는……."

나무가 가볍게 투덜거리며 발걸음을 떼려는데 그녀의 가방 안에서 핸드폰이 울렸다. 세일러문의 지랄맞게 앙증맞은 목소리가 서늘한 가을 아침의 공기를 가르며 나무에게 얼른 받으라고 재촉을 했다. 피곤한지, 아니면 아침부터 걸려오는 전화에 짜증이 났는지 나무가 인상을 구기며 핸드폰을 꺼냈다. 밤새도록 그림을 그려서 욱신거리는 손목을 다른 쪽 손으로 주물럭거리며 그녀가 핸드폰 수신자를 확인했다. 엄마였다. 아주 짧은 순간 뜸을 들이며 폴더 화면을 쳐다보던 나무가 작은 숨을 토해내며 전화를 받았다.

"아침부터 무슨 일이에요?"

옆에 있던 진혁이 차에 타라고 손짓을 하자 나무가 그쪽으로 걸음을 옮기면서 엄마의 말을 묵묵히 듣고 있었다. 그가 차 안에서 시동을 걸며 그녀를 기다리고 있는데 뒤따라 탄 나무의 얼굴 표정이 딱딱하게 굳어 있자 진혁이 입 모양으로 누구냐고 물었다. 그러자 나무가 〈엄마〉라는 입 모양을 보이고 있는데 핸드폰에서 무슨 소리가 들리는지 나무가 버럭 소리를 질러댔다.

"잘됐지 뭐!! 감옥에서 확 뒈져 버리라고 해!!"

그리곤 씩씩대며 전화를 끊었다. 진혁은 이제 일이 본격적으로 들어갔음을 눈치 채고 겉으로는 무심한 얼굴을 가장하면서 속으로는 잔뜩 안테나를 곤두세웠다. 그러나 옆 좌석에 올라탄 나무는 말없이 창밖을 바라보고만 있었다. 무슨 생각을 하는지 알 수는 없지만 그녀의 기분이 지금 꽤 더럽다는 걸 느낄 수 있었기에 일단은 묵묵히 차를 출발시켰다.

그의 차가 도로로 나온 지 20분쯤 흘렀을까. 여전히 창밖에 시선을 두고 있는 나무에게 진혁이 조심스럽게 말을 붙였다.

"무슨 생각 하냐?"

뜨끔뜨끔 자신을 찔러대는 양심이란 놈을 진혁이 패대기치고는 아무것도 모른다는 얼굴로 궁금한 표정을 지었다. 느릿느릿 지나가는 가로수들을 의미없이 바라보던 나무가 무심한 얼굴로 입을 열었다.

"그냥… 사는 게, 지랄 같단 생각."

그가 소리없이 입 안에 고인 침을 삼키곤 다시 말을 붙였다.

"무슨 일인데 그러는 거야?"

진혁이 다시 슬금슬금 다가오는 양심이란 녀석에게 허리꺾기를 하곤 귀싸대기를 날려 저 멀리 던져 버렸다.

"보석금이 이천만 원이 나왔대. 두 번째 잡혀간 거라 세게 나왔나 봐."

"그래서 어머니는 뭐라셔?"

"아빠가 돈 없다고 그냥 살겠대. 그래서 나보고 어떻게 했으면 좋겠냐고."

"그래서 어떻게 할 건데?"

진혁의 질문에 나무가 말없이 정면에 있는 차 유리를 응시했다. 그리곤 시니컬한 어조의 말을 내뱉었다.

"뭘 어떻게 해? 지가 저지른 거, 지가 치러야지."

'어… 이게 아닌데.'

그가 의도대로 풀리지 않을지도 모른다는 초조함을 얼른 진정시켰다. 예전의 어느 술자리에서 들었던 나무의 말을 떠올리며.

나무가 25살쯤 되었던가. 함께 살자고 했던 그녀의 제안을 그녀의 어머니가 거절한 일이 있었다. 기반이 잡히지 않은 자식보다는 그래도 원수 같은 서방이 더 안정이 된다면서 나이 든 사람이 갑자기 있던 곳을 떠나 사는 게 쉬운 일이 아니라고 말이다. 나무는 그때 천생연분이라며 비아냥거렸다. 그러나 그렇게 비아냥거리며 조롱하던 나무는 그 이후로도 맛있는 걸 먹으면 어머니에게 소포로 챙겨 보냈다.

'그래, 내 생각대로 될 거야.'

기한은 아직 한 달이나 남아 있었지만 나무가 보석금을 내려면 며칠 안으로 결정을 내려야 했다. 전세금이 빠지려면 방이 나갈 시간이 필요했기 때문이다. 나무의 엄마에게서 전화가 온 날부터 그는 나무의 반응을 유심히 살펴보았지만 그녀는 나무에서 열매 따먹는 곰처럼 태평해 보였다. 삽화 일에 수정이 들어왔다고 죽을상을 쓰고 그저 일에만 몰두할 뿐이었다. 진혁은 방법을 잘못 썼나, 슬슬 불안해지기 시작했지만 이미 엎질러진 물이라 일단은 마음을 비우고 물길이 어디로 흐르는지 지켜보기로 했다. 워낙 겉으로는 힘든 걸 내색 안 하는 성격이니 속으로 아마 갈팡질팡하고 있을 거라고 그렇게 추측하며 그는 자신

의 마음을 다잡았다. 하지만 이젠 너무 다져서 그의 마음은 콘
크리트가 될 판이었다.

　나무의 엄마에게서 전화가 온 지 삼 일째 되는 날. 그가 야근
을 하고 피곤한 몸으로 차에서 내렸다. 오늘도 정탐을 하기 위
해 나무의 집으로 발걸음을 향한 진혁이 잠시 후 현관문 앞에
다다랐을 때쯤 문 밖으로 나무의 괴성 같은 외침이 흘러나왔
다.
　"그러니까 나랑 살자고오오오오!! 그 사람 죽든 말든 난 글쎄
모른다니까아아아!!"
　현관문을 열려고 가까이 갔던 그의 손이 딱 멈춰졌다.
　"그럼? 그럼 나보러 어쩌라구? 내가 그 자식 아가리에 내 전
세금 처넣어줄 것 같아? 지금 그러라는 거야야야?!"
　진혁이 굳은 얼굴로 현관문 앞에서 동상처럼 서 있었다. 알
고 있었기 때문에. 그녀가 어떻게 살아왔는지, 어떻게 돈을 모
았는지 잘 알고 있었다. 그의 입에서 깊은 한숨이 흘러나왔다.
그가 발길을 돌리려고 발을 떼려는 순간 발악 같은 나무의 고함
소리가 그의 귀속을 파고들었다.
　"맘대로 해애애애애!! 이리 이사 오든 거기 그렇게 살든 알아
서 해. 난 절대 그렇게 할 수 없으니까아아아아—!!"
　전화를 끊었는지 집 안에선 더 이상 아무 소리도 들려오질
않았다. 갑작스런 정적에 그가 신경을 곤두세우고 현관문을 뚫

어지게 바라보았다. 혹시라도 우는 소리가 들려올까 싶었지만 아무런 소리도 들려오지 않았다. 그가 터져 나오려는 한숨을 목 안으로 삼키곤 자신의 집 쪽으로 발길을 돌렸다.

'후우… 이 방법밖에 없다고 생각했는데.'

결과가 어떻게 되든 나무의 반응을 지켜보는 게 생각했던 것보다 더 괴로웠다.

집에 도착한 진혁이 거실에 가방을 던져 놓곤 바로 침대로 갔다. 그리곤 털썩 소리를 내며 침대 위로 몸을 날렸다. 푹신한 침대에 몸을 뉘이니 긴장과 야근으로 뻣뻣했던 몸이 철판에 떡 구워지듯 흐물흐물해지는 느낌이었다. 그는 정신을 잃은 사람처럼 순식간에 잠이 들어버렸다.

한편 한참 동안 씩씩거리며 방 안을 휘젓고 다니던 나무는 방금 전 하고 있었던 삽화 일을 다시 하기 위해 책상에 앉았다. 그러나 일이 손에 잡히질 않았다. 책상 위에 펼쳐진 종이를 그저 조용히 응시하고 있던 나무가 치미는 분을 삭일 수가 없는지 인상을 찌푸리며 짜증을 내다가 마침내 참아왔던 울음을 터뜨리기 시작했다. 소리 내며 한참 동안 울음을 토해내던 그녀가 거칠게 자신의 눈가를 손으로 문지르곤 옆에 있는 담배를 입에 물었다. 그리곤 필터 끝을 이빨로 질근질근 씹어대면서 담배를 빨아댔다. 진부한 시나리오대로 해주지 않겠다고 오래전부터 결심했던 그녀였다. 가족을 돌보지 않고, 아니, 가족을 괴롭히던 아버지란 사람이 늙어서 기댈 데가 없을 때 장성한 자식이 그 아버지를 거두는 그런 시나리오. 어릴 때부터 봐왔던 영화 속의 시나리오는 마치 사람들에게 세뇌를 시키는 느낌이었다. 그래도 아버지는 아버지라고 강요하듯 말이다.

"지랄까고 있네. 개새끼들."

20살 때부터 혼자 살아왔다. 맨몸으로. 전세금은 물론이거니와 살림살이 하나라도 다 자신이 벌어서 산 것이다. 맨손으로 시작한다는 게 어떤 건지, 기반이 없는 게 어떤 건지 그건 말로 설명해서 이해시킬 수 있는 게 아니다. 겪은 자만이 알 수 있는 생활의 처절함이 있다. 그런 자신에게 아버지는 아버지라고 말하다니.

아버지라는 이름을 들이대지 말라는 뜻으로 그녀도 자식의 이름을 들이대지 않아왔다. 가스가 끊겨서 한겨울에 냉골이 된 방에서 생활해도 아버지에게 손 벌리지 않았다. 〈아버지〉란 역할을 기대하지도, 아니, 조금이라도 꿈꿔본 적 없다.

어머니.

어머니.

차라리 아버지 보석금을 내달라고 하면 이렇게 화가 나진 않았을 것이다. 나이 든 사람이 옥살이를 하면 힘들다는 둥, 아버지 없이 혼자 있으니 불안하다는 둥 호적에 빨간 줄이 생기면 결혼할 때 힘들어진다는 둥.

"하! 놀고 자빠졌네."

어째서 사람의 마음을 조종하려 하는지. 아직도 그렇게 나오면 자신이 휘둘릴 거라 생각하는 건지. 내가 그런 개좆 같은 시나리오대로 행동할 것 같냐구우우우!

나무가 이미 다 타서 꽁초가 된 담배를 재떨이에 거칠게 비벼 껐다. 그리곤 연필을 잡곤 종이 위에 스케치를 해 나가기 시작했다.

"진혁아! 진혁아아아아!!"

그는 잠결에 누군가 자신의 이름을 부르는 게 느껴졌다. 잠과 현실의 문턱 그 중간에서 들려오는 목소리가 나무의 것이라는 걸 깨닫고 그가 퍼뜩 눈을 떴다. 눈을 떠보니 이제야 확연히 현관문 두드리는 소리도 들려왔다.

'지금이 몇 시지?'

아직 창밖은 어둑어둑한지라 그가 무심히 침대 옆에 있는 탁상시계를 확인했다. 새벽 5시였다. 나무가 새벽에 잘 깨어 있긴 하지만 그렇다고 이렇게 새벽에 찾아온 일은 없었기에 진혁이 어리둥절한 얼굴로 현관문을 열어주었다.

"웬일이야? 이렇게 이른 새벽에… 후아아아암."

잠이 묻어나는 그의 나른한 목소리를 나무가 차가운 새벽공기를 몰고 와 싹둑 잘라 버리곤 다급하게 말을 쏟아냈다. 눈앞에 있는 나무는 밤을 꼴딱 샜는지 눈에 빨갛게 충혈되어 있었고, 얼굴은 새하얗게 창백해져 있었다.

"나 지금 집에 내려가는데 차로 데려다줄 수 있어?"

'집?'

〈집〉이란 단어에 순간 그의 정신이 팍 들어왔다. 방금 전과는 전혀 다른 긴장된 얼굴로 그가 물었다.

"왜, 무슨 일인데?"

진혁이 상황파악을 위해 질문을 했지만 나무는 급한 마음에 짜증이 났는지 인상을 찡그리며 재촉했다.

"있어, 없어?"

곤두서 있는 그녀의 말투에 진혁이 알았다는 듯 얼른 고개를 끄덕였다. 그러자 그녀가 몸을 휙 돌려 현관문을 뛰어나가면서 소리쳤다.

"5분 줄게. 얼른 준비해."

뛰어가는 나무의 뒷모습을 잠시 넋 놓고 바라보던 진혁의 눈이 심상치 않은 시간에 잔뜩 굳어졌다.

정확히 5분 뒤. 그가 차가 있는 곳으로 나가보니 나무는 이미 기다리고 서 있었다. 시동을 걸고 차를 출발시키며 진혁이 차분하게 입을 열었다.

"도대체 무슨 일이야?"

침묵. 그의 재촉 어린 질문에 나무가 물끄러미 정면을 바라보고 있다가 무표정한 얼굴로 중얼거렸다.

"엄마 병원에 있대."

철렁!! 순간 그의 심장이 저 아득한 계곡 아래로 번지점프를 하고 왔다.

"많이… 안 좋으시대?"

"몰라, 가봐야 알지. 응급실이래."

무뚝뚝하게 내뱉는 나무의 말투 속에 긴장감과 초조함이 잔뜩 서려 있었다. 차가 출발하고 병원에 도착하기까지 그녀는 눈을 감은 채 좌석에 몸을 기대고 있었고, 진혁은 기도하는 마음으로 차를 몰았다. 나무가 깨어 있다는 것을 알았지만 그도 나무를 달래줄 어떤 말을 꺼낼 기분이 아니었다. 차 안은 긴장 어린 정적이 감돌았다.

그들이 병원에 도착했을 땐 나무의 어머니는 일반 병실로 옮겨져 있었다. 나무는 병실로 가지 않고 곧장 의사부터 만났다. 의사에 말에 의하면 순간적으로 혈압이 올랐던 것으로 보인다고 했다. 평소에도 고혈압을 앓고 있었는지라 아마도 심장이 죄고 뒷목이 뻣뻣해졌는지 어머니 스스로 새벽에 119에 전화를 했다고 한다. 내일 퇴원해도 된다는 의사의 말에 나무가 소리 나지 않게 안도의 숨을 뱉어냈다.

작은 병원이라 병실엔 두 개의 침대만이 덩그러니 놓여 있었다. 한쪽 침대엔 나무의 어머니가 링거를 맞으며 잠들어 있었고, 다른 쪽 침대는 비워 있었다. 병실 입구에서 나무는 더 이상 들어가지 않고 문 앞에서 우뚝 발걸음을 멈추어 서더니 무표정한 얼굴로 어머니의 모습을 응시했다.

이제는 흰머리가 듬성듬성 나 있는 그녀의 어머니는 머리카락이 부스스하게 풀어진 채 초췌한 모습으로 그렇게 누워 있었다. 다른 여자보단 좀 더 체구가 컸지만 가꾸지 않은 나이 든 여자의 모습은 꽤 초라한 느낌을 주었다. 장승처럼 서서 감정이 없는 그런 무심한 얼굴로 엄마의 얼굴을 뚫어지게 쳐다보던 나무가 킥킥거리며 새된 웃음을 흘렸다. 그리곤 낮은 목소리로 중얼거렸다.

"지랄맞은 인생 같으니… 그래, 자알 돌아간다."

그리곤 어금니를 꽉 깨물며 말을 잇지 못하던 그녀가 그대로 등을 돌려 병실을 나왔다. 그 뒤에 홀로 남은 진혁이 우두커니 서서 어머니에게 속으로 말했다.

'죄송합니다. 어머니, 죄송합니다.'

그리곤 그도 나무가 향했던 복도 쪽으로 걸어갔다. 주차장에 내려온 진혁이 나무를 태우고 다시 서울로 향했다. 이제 하늘은 새벽공기를 거둬들이고 햇살을 담고 있는 아침으로 변해 있었다. 차 안에서 나무가 집주인에게 전화를 거는 모습을 진혁이 말없이 듣고 있었다.

나무가 부동산에 집을 내놓은 지 일주일이 되는 날, 진혁은 속이 타서 까맣게 숯이 되기 직전이었다. 일주일이란 시간이 흘렀음에도 나무는 집에 대한 일언반구의 말도 꺼내지 않고 있었다. 아마도 다른 수를 생각하느라 골몰해 있는 게 틀림없었다. 거의 모든 속내를 털어놓는 나무였지만 정작 부탁은 해오지 않고 있었다. 나무의 그런 면을 너무나 잘 알고 있었기에 진혁도 강수를 띄웠던 것인데 그런 강수에도 부탁을 해오지 않는 나무를 보면서 그는 왠지 모르게 기분이 가라앉는 느낌이었다.

서글서글하고 넉살이 좋아 다른 사람이 보기엔 꽤 편안한 성격으로 보지만 사실 나무는 결정적인 상황이 오면, 특히나 위기에 몰리면 혼자 벼랑에 선 인간처럼 스스로를 밀어붙이는 면이 있었다. 뭐랄까. 위기상황일 때 남에게 의지하는 걸 무서워한다고 할까.

주말 저녁, 그가 부모님 집에서 오랜만에 식사를 하고 집으로 돌아오는 길이었다. 유학길을 서두르라는 부모님의 닦달에 그가 묵묵히 벙어리처럼 앉아 있다가 식사가 끝나자마자 집을 나섰다. 그가 타고 있는 차가 골목길로 들어가려는 찰나에 저 멀리 있는 공원에서 무언가를 강타하는 듯한 소리가 들려왔다.

퍼어어어억! 퍼어어억!!

둔탁하지만 꽤 거세게 들려오는 소리에 그가 속도를 늦추며 공원 안을 살폈다. 공원 한쪽 구석에 나무가 야구방망이를 들고 재활용 타이어로 만들어진 놀이기구를 힘껏 쳐대고 있었다.

"후우우우우……."

진혁의 입에서 깊은 한숨이 흘러나왔다.

나무의 지랄발광을 말없이 바라보고 있은 지 십여 분이 지났을 때쯤, 미친 듯이 타이어를 내려치던 그녀가 어느새 지쳤는지 허리를 굽히고 비틀거렸다. 그녀의 입에서 터져 나오는 거친 숨소리가 진혁의 귓가에까지 들려왔다. 나무가 손에 쥔 방망이를 땅바닥에 휙 던져 버리더니 그 자리에 그대로 털퍼덕 대자로 누웠다. 별을 찾는 건지, 아니면 달빛을 보는 건지 그녀가 물끄러미 밤하늘을 응시했다. 그 모습을 묵묵히 지켜만 보고 있던 진혁이 차에서 내려 나무에게로 걸어갔다.

파삭— 파삭—

그의 발소리가 조용한 놀이터에 울려 퍼졌다. 하늘을 응시하며 숨을 고르고 있던 그녀가 고개를 돌려 소리의 주인을 확인하더니 다시 밤하늘로 시선을 가져갔다.

"나, 담배 좀 줄래."

아무 말 없이 진혁이 그녀의 입에 담배 하나를 물려주곤 라이터를 불을 붙여주었다. 임무를 마친 그가 그녀의 옆에 털퍼덕 양반다리로 앉았다. 흙바닥에 누운 그 자세 그대로 나무가 담배를 피웠다. 그녀의 입술에서 나온 담배 연기가 하늘로 승천하듯 그렇게 날아올라 갔다.

"많이 힘드니?"

진혁이 조용히 나무에게 심경을 물었지만 나무는 대답없이 그저 담배만 뻐끔뻐끔 피워댈 뿐이었다. 그리곤 어느새 꽁초가 된 담배를 흙바닥에 비벼 끄고는 덤덤한 목소리로 말했다.

"괜찮아! 사는 게 다 그런 거지."

진혁의 눈에 나무가 쓴물을 삼키는 듯이 침을 삼키는 게 보였다. 아마도 지금 흔들리는 건 바람결에 춤추는 그의 머리카락이 아니라 그의 마음이리라. 담담한 어조로 툭 하고 말을 뱉어내곤 쓴물을 삼키는 나무의 모습이 진혁을 그 전의 상황보다 더 힘들게 했다. 울컥! 그의 가슴속에서 뭔가가 치미는 느낌이 들었다. 차라리 사실을 말하고 정면돌파해 버릴까 하는 생각이 지금 그의 온정신을 휘젓고 있었다.

"사실……"

그러나 그의 말이 시작될 찰나에 그녀가 대뜸 말을 꺼냈다.

"나 네 집에서 일 년만 살게 해주라."

순간 진혁의 입에서 터져 나오려던 말이 꿀꺽하고 입 안으로 들어갔다. 그가 잠시 정신을 차리느라 아무 말 없이 그녀를 쳐다보자 나무가 민망한 얼굴로 너털웃음을 지었다.

"싫음 됐고! 나도 좀 뻔뻔하다 싶었으니까. 아무래도 고시원으로 들어가면 돈 모으기가 쉽지 않을 것 같아서."

"들어와."

진혁이 씨익 웃으며 간결하게 대답을 하자 나무가 빤히 그의 얼굴을 쳐다보았다.

"괜찮겠어? 저기, 잊어먹은 모양인데 나 여자거든."

진혁이 피식 웃음을 터뜨리곤 능청스럽게 대답했다.

"그랬나? 그건 또 몰랐네."

"으이구!"

나무가 웃음 띤 얼굴로 이죽거리는 진혁에게 주먹을 휘두르는 시늉을 보이며 민망한 자신의 마음을 숨겼다.

"동거기념으로 술 한잔할까?"

"오케바리."

벌떡 일어난 진혁이 나무의 손을 끌어 일으켜 세웠다. 땅바닥에 누워 있었던지라 나무의 뒤쪽에 흙이 잔뜩 묻어 있었다. 진혁은 자신이 털어주고 싶었지만 들뜬 마음에 오버하지 말자는 생각을 하며 나무의 등만 털어주었다. 천연덕스런 미소를 지으며.

저런, 얼어 죽을 놈.

놀이터에 있는 나무들이 진혁을 노려보고 있었다.

낡고 오래된 집이었지만 교통편이 편리한 곳에 위치했기에 집은 금세 나갔다. 삼 주 됐을 때 입주자가 나타나 아슬아슬하게 보석금을 치르고 나무는 입주자가 들어오기 전날 이사를 했다.

"야! 왜 거기로 가?"

둘은 지금 침대를 옮기고 있었다. 앞쪽을 잡고 먼저 방향을 잡은 그가 큰방으로 향하자 나무가 어리둥절한 얼굴로 물었다. 둘 다 침대 끝을 잡고 있는지라 일단은 큰방에 내려놓았다.

"나야 잠만 자는데 뭐. 넌 집에서 일하잖아."

진혁의 말에 나무가 뭔가 이상하다는 얼굴로 유심히 그의 얼굴을 응시하자 그가 퉁명스럽게 말을 뱉었다.

"싫어? 싫으면 작은방 쓰던가."

"아, 아니, 싫은 게 아니라……."

나무가 말을 얼버무리며 머리를 긁적였다.

"그럼 됐어."

그가 간단하게 나무의 혼란을 정리해 주곤 아직 남아 있는 자잘한 물건들을 옮기기 위해 그녀의 집으로 다시 향했다. 걸어가는 그 뒷모습을 나무가 물끄러미 바라보았다.

'이상하다. 그렇다고 큰방을 내주다니… 이상하네.'

진혁의 집이 가까운지라 차를 부르기가 애매해서 둘이 직접 다 나르다 보니 이사가 끝났을 땐 어느새 어둑어둑한 밤이 되어 있었다. 정리되지 않아 어지러운 거실에서 둘은 자장면을 시켜 먹고는 각자의 방에 들어가서 말 그대로 뻗어버렸다. 잠 속으로 빠져들면서도 진혁의 입가에 웃음이 어려 있었다.

'흐흐흐흐. 이제부터 시작이다. 나무야, 호랑이 굴로 들어온 걸 진심으로 온몸 바쳐 축하한다.'

얼마나 잠들었을까. 그가 달디단 잠에서 헤어나오질 못하고 있는데 어디선가 챙강거리는 금속성 소리가 그의 신경을 예민하게 긁었다. 피곤한지라 잠은 깨지 않았지만 소리가 계속 들려와 그는 인상을 찡그렸다. 요 몇 년 동안 혼자 생활해 온 것도 있고, 은근히 잠귀가 밝은지라 진혁이 그 소리를 무시하지 못하고 결국 눈을 떴다. 새벽 4시였다.

"후아아아아암."

하품을 늘어지게 해대며 그가 방문을 열자 나무가 동작을 멈추고 그를 바라보았다.

"어! 깼어? 시끄럽게 해서 미안해."

"아니, 괜찮아. 근데 뭐 하나?"

그가 멍한 얼굴로 중얼거리자 나무가 방금 전 하고 있었던 일을 하면서 대답했다.

"쫄면 만들어."

머어어어엉.

쫄면? 예상치 않은 대답에 잠시 그가 멍하니 서 있었다. 마치 입력이 안 된 컴퓨터처럼.

"쫄면이라니?"

"배고파서."

나무는 어깨를 으쓱하고는 체에 받아놓은 쫄면의 물기를 탈탈 털어내었다. 그리곤 그릇에 담더니 만들어놓은 양념장을 넣어 비비기 시작했다.

"근데 쫄면은 어디서 났어?"

그녀가 젓가락으로 쫄면을 빙빙 돌려가며 멀뚱한 얼굴로 말했다.

"어디서 나긴? 사 왔지."

그의 입이 쩍 벌어졌다.

"이 새벽에?"

"응."

뭘 그렇게 당연한 걸 묻느냐는 얼굴로 나무가 고개를 한번 강하게 끄덕이곤 쫄면을 입 안에 넣고 우물거렸다. 그가 흡사 외계인을 보는 듯한 눈빛으로 그녀를 쳐다보았다. 먹고 싶은 건 먹어야 하고, 하고 싶은 건 하고야 마는 나무의 성격을 잘 알고 있었지만 그렇다고 새벽에 쫄면을 만들어 먹을 줄은 몰랐다. 게다가 양념은 이삿짐 속에 다 묶여 있었을 텐데. 그럼 그걸 다 찾아냈단 말 아닌가. 진혁이 스윽 고개를 돌려보니 역시나 박스들이 다 열려 있었다.

사실 나무에겐 그렇게 이상할 일이 아니었다. 워낙 새벽에 활동을 해온지라 일찍 잠이 든다고 해도 새벽에는 깨는 경우가 다반사였다. 쫄면. 그건 앞으로의 생활을 예고하는 예고편 같은 거였다. 〈난 꼴리는 대로 산다〉와 같은 뜻이랄까. 진혁의 생활방식이 나무의 존재로 인해 뿌리 채 흔들릴 것을 예고하는 전초전 같은 광고. 여하튼 진혁은 그 이후, 나무의 생활방식에 적응하기 위해 참을 인을 백 번도 넘게 새기게 되었다.

아침 10시쯤, 온몸이 비명을 질러대는 걸 느끼며 진혁이 잠에서 깨어났다. 정말 말 그대로 삭신이 쑤셨다. 이사를 한 게 아니라 누군가한테 엄청 맞은 느낌이랄까. 그러나 몸이 울부짖든 말든 그는 이 집에 나무가 있다는 사실에 싱글벙글한 얼굴이 되어 거실을 둘러보았다. 그러나 그녀는 보이지 않았다. 책을 넣었던 박스만 납작하게 정리되어 한쪽 구석에 놓여 있었다. 아마도 새벽에 책을 정리하고 자러 들어간 것 같았다. 그의 입에서 피식하고 새된 웃음이 흘러나왔다.

'새벽에 쫄면을 먹었으니 아마도 퉁퉁 부어서 나오겠지. 가관이겠군. 큭큭큭.'

그가 문득 눈에 들어오는 책장을 바라보니 나무가 정리한 책들은 들쭉날쭉하게 꽂혀 있었다. 진혁이 눈썹을 찡그리며 책장 앞으로 가까이 다가갔다. 순서는 엉망진창, 길이는 제각각이었다.

'이게 지금 정리라고 한 거냐?'

밤새도록 나무의 발소리와 이런저런 소리에 잠을 설쳤던 진혁은 기가 막힌 듯 책장을 쳐다보았다. 그가 한숨을 토해내며 고개를 가로젓더니 욕실을 향해 발걸음을 돌렸다. 잠들 때 잠옷바지만 입고 자는 버릇이 있는 진혁은 나무가 자고 있다는 생각에 굳이 위에 옷을 걸치지 않고 있었다. 씻고 나면 책부터 정리해야겠다고 생각하면서 그가 욕실 문을 열어젖혔다.

파악—!!

머어어어어어어엉—

문을 열어보니 팬티만 입은 나무가 욕실 가운에 손을 가져가던 자세로 눈을 동그랗게 뜨고 그를 쳐다보고 있었다. 진혁이 멍한 얼굴로 눈을 껌벅이면서 앞에 있는 나무의 몸을 위아래로 훑어보았다. 그러다 어느 순간 뭔가를 깨달았는지 기겁한 얼굴로 문을 다시 닫았다.

쾅—!!

문을 닫았지만 진혁의 눈앞에서 나무의 몸이 계속 어른거렸다. 뽀얀 살결에 잘록한 허리며 깨물어주고 싶을 정도로 탐스런 엉덩이에(빠르다, 이 녀석! 그새 그걸 다 보다니)… 게다가 가슴이… 가슴이… 엥? 가슴이 진짜 조그맸다. 그가 침을 꿀꺽 삼키곤 고개를 돌려 욕실문을 노려보았다. 그의 미간이 잔뜩 좁아졌다.

'아니, 무슨 여자 가슴이 저렇게 조그맣다냐.'

그러나 진혁은 자신도 모르게 가쁘게 숨을 쉬고 있었고, 얼굴은 검붉게 달아올라 있었다. 조그만 가슴이 모양은 꽤 예뻤다. 게다가 한 손으로 쥐면 자신의 손 안에 쏘옥 들어올 것 같았다. 부드럽고 말랑거리는 가슴을 손 안에 가득 쥐면…

'그마아아안!!'

스스로에게 고문을 가하고 있던 그가 머리를 세차게 저으며 머리 속에서 날뛰고 있는 상상의 날개를 꺾으려 할 때쯤 욕실문이 벌컥 열렸다.

"야야야야야야야!! 너… 너……."

급하게 옷을 입었는지 물이 뚝뚝 떨어지는 머리를 하곤 나무가 욕실에서 튀어나왔다. 냅다 소리를 지른 나무가 씩씩거리며 눈에서 무슨 레이져 빔을 쏠 거 같은 얼굴로 진혁을 노려보았다.

"응, 좀 작던데……."

그가 멀뚱히 대답하자 〈봤다〉는 거에 열이 받아 있던 나무가 〈작다〉라는 거에 다시 열이 받아 되받아쳤다.

"웃기네. 남자들이 맨날 포르노만 봐서 그러는데 걔네 다 수술한 거야. 내가 정상이라 이거야. 내 가슴이 얼마나 예쁜 가슴인데… 씨이."

'그래, 예쁘긴 예쁘더라.'

"하! 그게 가슴이냐? 가슴팍이지! 난 무슨 남자앤 줄 알았다."

진혁의 말을 가만히 듣고 있던 나무가 잠시 그를 쪼려보더니 휙 하고 자신의 방으로 들어가 버렸다. 방으로 들어가는 나무의 뒷모습을 그가 짙게 변한 눈빛으로 한참을 응시했다. 문이 닫히자 그가 주먹을 꽉 쥐곤 욕실로 들어갔다. 그리곤 냉기가 느껴지는 찬물이 쏟아지자 그가 참아왔던 숨을 토해내며 자신의 몸이 식기를 기다리고 서 있었다.

한편 방에 들어온 나무는 방금 전 보았던 진혁의 상체가 머리 속에서 떠나지 않아 계속 욕을 중얼거렸다. 모른 척 담담하려고 했지만 은근히 신경이 쓰였다. 분명 20살 즈음에 수영장에서 봤던 적이 있었는데 그때와는 느낌이 사뭇 달랐다. 뭐랄까. 젖살이 섞여 있는 어설픈 몸이 아니라 완전히 성인 남성의 몸이라고 해야 할까. 탄탄하게 근육으로 이루어진 상체가 묘하게 자신과 차이가 나 보여서 신경이 쓰였다. 아주 갑작스럽게 어느 날 문득 옆에 있던 무성의 인간이 남성이란 걸 깨달은 기분이랄까. 나무는 무언가 자신의 머리를 강타한 느낌을 받았지만 너무 피곤한지라 그 느낌에 집중하지 못하고 어느새 포기해버렸다. 따뜻한 드라이 바람이 자신의 머리를 감싸자 잠이 몰려왔기 때문이다. 젖은 머리를 대충 말린 그녀가 침대에 누운 지 얼마 안 돼 순식간에 기절하듯 잠이 들어버렸다.

얼어죽을 놈: "어떻게 자면서까지 욕지거리냐?"

나무: "오줌 마려."

02

"정리는 하고 있는 거냐?"

"조금만 시간을 주세요. 때가 되면 가지 말라고 해도 갑니다."

이 회장은 말없이 앞에 앉아 있는 자신의 아들을 응시했다. 어릴 때부터 자기관리가 워낙 철저한 놈이었던지라 별 속 태운 일이 없었는데 요즘 따라 아들 녀석이 미덥지 않게 행동하고 있었다. 친족경영에 대한 비판이 많이 있는 요즘 이 회장 자신도 자식이라고 기업을 물려주는 것에 반대해 왔던 사람이다. 단지 기업을 이끌어가는 데 경영인으로서의 몫을 해주기를 바랐기에 누구보다 진혁에 대한 기대가 남달랐다. 첫째보다는 기업경영에 대한 능력을 보여온 둘째아들이 아무 속 끓인 일 없이 지금까지 커왔는데 왜 요즘 들어 이러는지 이유를 알 수가 없었다. 그렇다고 다 큰 자식을 부모 마음대로 할 수도 없는 문제고, 또 진혁이 누구보다 속이 깊은 아이인지라 나름대로 생각이 있을 거라고 마음 놓고는 있지만 조급한 마음이 드는 건 어쩔 수 없었다. 유학을 갔다 오면 나이가 나이인지라 젊을 때 빨리 자리 잡는 모습을 보고 싶었다. 십 년 동안 아이가 없어 고생했던 부부가 늦게야 기적처럼 얻게 된 아들들이라 이 회장의 애착이 남달랐던 것이다.

진혁은 까만 가죽소파에 느긋하게 앉아 녹차를 한 손으로 천천히 돌리고 있었다. 나이가 많은 부모님의 조급한 심정을 너무나 잘 알고 있었지만 지금 이 시점에서 나무가 부모님을 만나게 되면 다 된 밥에 코 빠뜨리는 일이 될 것이다. 아직 그녀가 자신에게 목을 매고 있는 것도 아닌데 부모님까지 나서서 나무를 만나자고 하면 아마 나무는 그 자리에서 운동화를 갈아 신고 냅다 줄행랑을 칠 것이 뻔했다.

"혹시라도 뒷조사하실 생각은 마세요."

"뭔 이유가 있긴 있는 모양이지?"

이 회장이 빈정대며 되받아쳤지만 그의 눈은 따스한 기운이 흐르고 있었다. 아들을 신뢰하고 있음을 보여주는 눈빛이랄까. 진혁이 의뭉스런 미소를 짓더니 찻잔을 테이블에 내려놓곤 일어서더니 문을 향해 걸어가면서 말했다.

"그리고 여기로 부르지 좀 마세요. 부르시려면 월급 좀 올려주시든가요."

웃음기 어린 얼굴로 이 회장이 아들의 등 뒤에 대고 욕을 중얼거렸다.

"저런, 썩을 놈."

그러나 문이 닫히자 이 회장의 얼굴이 진지하게 변해 있었다.

'아예 유학 갈 때 짝을 맺어서 보내 버릴까.'

진혁은 일이 끝나자마자 집으로 향했다. 나무가 이사 온 지 보름이 지났지만 아직도 집에 들어갈 때마다 그녀가 있다는 것에 기쁘기 그지없었다. 오늘 아침엔 일어나 보니 장을 봐야 할 목록을 적은 종이가 식탁 위에 놓여 있었다. 아마도 진혁이 일어날 땐 자신은 분명 잠들어 있을 테니 그리했을 것이다. 같이 장을 보면 좋았을 텐데. 그가 아쉬운 얼굴로 대형마트가 있는 곳으로 향했다. 그가 마트 곳곳을 다니며 목록에 적힌 것들을 열심히 찾고 있을 때쯤 그의 핸드폰이 울렸다.

"왜? 뭐 빼먹은 거 있냐?"

[생리대 좀 사다 줘.]

핸드폰 안에서 다 죽어가는 나무의 목소리가 들려왔다. 〈생리대〉를 사 오라는 말에 진혁이 두 눈동자를 위로 치켜뜨며 망설이듯 대답했다.

"아, 알았어."

어디가 아픈지 그녀가 모기같이 작은 목소리로 생리대 이름을 중얼거렸다.

[화이트 울트라 중형에 날개 달린 걸로.]

"음."

오질라게 긴 이름을 들은 진혁이 난감한 얼굴로 얼굴을 찌푸리며 핸드폰 폴더를 닫았다.

한 시간 후, 그가 아파트 초인종을 눌렀지만 안에선 아무 소리도 들리지 않았다.

'그새 또 잠들었나.'

열쇠로 문을 열고 들어갔지만 여전히 집 안은 정적이 감돌았다. 그가 살짝 나무의 방문을 열어보니 나무가 침대에 웅크리고 누워 있었다.

"어디 아프냐?"

진혁의 말에 눈을 감고 나무토막처럼 움직이지 않고 있던 나무가 인상을 팍 쓰며 중얼거렸다.

"휴우… 네가 생리통이란 걸 알랑가 모르겠다. 남자 새끼들도 생리를 해봐야 하는 건데. 젠장맞을."

나무의 기분이 심히 더럽다는 걸 알아챈 진혁이 입을 합죽이처럼 다물곤 거실에서 생리대를 가져와 나무의 눈앞에 들이댔다.

"이거 맞아?"

나무가 게슴츠레 눈을 뜨고 눈앞에 있는 생리대를 유심히 쳐다보더니 냅다 소리를 질렀다.

"이건 울트라가 아니잖아아아아!! 너 대학 나온 거 맞… 으윽."

배가 아픈지 나무가 아랫배를 손으로 감싸곤 고슴도치처럼 몸을 말았다. 식은땀을 흘리며 그녀가 창백한 얼굴로 인상을 찡그리고 있자 그녀가 소리를 지른 건 신경 쓰지도 않고 조심스럽게 그녀에게 말을 걸었다.

"많이 아프냐?"

나무가 짜증난다는 듯 이를 갈며 중얼거렸다.

"그럼 이게 행복한 걸로 보이냐?"

그 와중에도 끊임없이 시비를 거는 나무의 모습을 쳐다보며 그가 슬며시 입술을 깨물었다. 몸을 사려야 할 때라는 판단이 들었다. 그러나 그녀가 끙끙거리는 아픈 신음을 삼키자 진혁이 허둥대며 급하게 말했다.

"어떻게 해주면 괜찮은 건데? 약 같은 거 없어?"

입은 살아 있는지 나무가 웅크린 자세로 금세 말을 토해냈다.

"진통제는 먹었는데 더 먹으면 안 좋을 것 같아서. 따뜻한 물수건으로 아랫배에 대주면 괜찮아져."

"오케이."

그녀의 말이 끝나기가 무섭게 진혁이 싱크대 있는 곳으로 달려나갔다. 잠시 후 그가 침대 옆에 걸터앉아 나무의 아랫배에 물수건을 올려주었다. 식으면 다시 데우기를 몇 번 반복했을 때쯤 나무는 약 기운 때문인지, 물수건의 효과 때문인지 서서히 잠이 들고 있었다.

"괜찮냐?"

진혁의 걱정스런 물음에 나무가 몽롱한 얼굴로 무뚝뚝하게 중얼거렸다.

"안 괜찮아."

잠 속으로, 잠 속으로 빠져들어 가면서 나무는 생각했다.

'왜 이렇게 잘해주는 걸까? 아마, 원래 성격이 남한테 친절한 놈이니까 그런 거겠지. 그래도 참 좋구나. 하지만 나무야, 내가 아닌 남에게 의존하기 시작하면 위험해. 알고 있지? 언제든 혼자 살 수 있는 준비가 되어 있어야 해. 이런 건 그냥 스쳐 지나가는 산들바람일 뿐이니까.'

잠이 든 나무의 얼굴을 진혁이 물끄러미 응시했다. 한편으로 걱정스러웠지만 한편으로 신기하기도 했다. 창백한 얼굴로 생리통을 호소하며 징징거리는 나무는 참⋯ 여자 같았다. 나무라는 존재, 그 자체에 매력을 느꼈지만 지금 이 순간 새삼스럽게 나무가 진짜 여자인 게 느껴졌다. 언제나 혼자 서 있는 나무는 주변에 손을 내밀지 않았다. 이렇게 징징거리며 누군가에게 떼를 쓰는 모습이라니.

방금 전 나무의 말이 떠올라 그가 피식 너털웃음을 터뜨렸다. 〈계속 해줘〉라고 말하면 될 걸 죽어도 제 입으로 부탁은 하기 싫어서 〈안 괜찮다〉고 말하던 모습이라니. 그것조차도 약한 모습으로 느껴질까 봐 일부러 무뚝뚝하게 말하는 모습이 생각나 그가 큭큭거리며 웃었다. 그러나 어느 순간 그가 진지한 얼굴로 그녀를 응시했다. 그의 입에서 낮은 한숨이 흘러나왔다.

"나 오늘 회식 있어서 늦을 것 같아."
[응, 알았어.]
달칵—
수화기를 내려놓으며 진혁이 씁쓰레한 얼굴로 전화기를 바라보았다. 무뚝뚝한 성격인 건 알고 있었지만 아주 가끔은 화를 내고 싶을 정도로 섭섭한 감정이 들었다. 혹시라도 자신이 올 때까지 저녁을 안 먹고 기다리고 있을까 봐 전화를 한 건데 이거야 원, 전화를 한 사람이 더 무안해질 판이었다. 일말이라도 아쉽다거나 허전한 듯한 반응이 없는 나무를 보니 진혁은 갑자기 입 안이 쓰게 느껴졌다. 책상 위에 있는 담배를 들고 그가 휴게실로 향했다.
'이상하다. 며칠 전부터 낌새가 이상해졌어!'
퇴근하자마자 거의 매일 일찍 들어간 진혁은 저녁마다 나무와 식사를 하고 집 밖을 산책했다. 그런데 며칠 전부터 뭐랄까. 티나지 않는 거리감이랄까. 여하튼 독립된 개체로서의 생활방식을 다시 찾으려는 듯해 보였다. 담배를 물고 있던 진혁의 입술이 약하게 일그러졌다.

전화를 끊은 나무는 싱크대 쪽을 물끄러미 바라보았다. 싱크대 위엔 조금 전 만들고 있던 된장찌개 재료가 널브러져 있었다.

'뭐야, 기다리고 있었던 거야?'

나무는 자신이 된장찌개를 먹고 싶어서 만들었지만 전화를 받고서야 자신도 모르게 진혁의 퇴근 시간에 맞추어 하고 있었던 걸 깨닫고는 은근히 기분이 상했다.

'내가 왜 걜 기다려?'

나무는 방금 전 썰고 있었던 호박을 다시 썰면서 분주하게 움직이기 시작했다. 보글보글 끓는 물 속에 퍼져 있는 멸치들을 젓가락으로 건져 내면서 나무는 딴생각에 빠져들었다. 요즘 들어 진혁이 씻고 나올 때나 같이 거실 바닥에 누워서 비디오를 볼 때 가끔씩 낯선 사람처럼 느껴졌다. 자신이 오랫동안 알고 있는 진혁이 아니라 처음 보는 낯선 남자가 자신을 응시하고 있는 느낌이랄까.

며칠 전 그녀가 샤워를 하고 나오는데 진혁이 퇴근하고 집에 들어서다가 그녀와 마주친 일이 있었다. 신발을 벗다가 그녀를 본 진혁이 아주 짧은 순간 말없이 그녀를 응시하다가 무뚝뚝한 얼굴로 그의 방으로 들어갔다. 그때 기분이 이상했다. 뭐가 아주 긴장된 기운이 감돌았다고 해야 하나.

'불편하면 말로 하면 될 거 아니야.'

사실 말이 그렇지 남녀가 함께 산다는 게 처음엔 아주 간단한 일인 것 같아도 서로 집 안에서 예의를 차린다는 게 그렇게 말처럼 쉬운 일은 아니다. 게다가 원래 자신의 집이었던 진혁으로서는 편하게 지내다가 그녀 때문에 신경 쓸 일이 생기니 꽤 짜증이 난 것이리라. 나무는 그렇게 상상하며 씨부렁거렸다.

'말을 하면 될 거 아니야. 남자 새끼가 쫀쫀하게시리.'

여하튼 나무는 지 맘대로 상상의 나래를 펴대고는 찌개를 완성시켜 식사를 했다. 그가 없어도 자기 자신을 위해 음식 했다는 것을 스스로에게 증명하듯 평소보다 더 잘 차려서 말이다.

그녀가 커피를 마시며 거실에 앉아 삽화 일을 한 지 두 시간쯤 되었을까. 사이트에 들어갈 수채화 일이 들어온지라 시안을 그리고 있던 나무가 옆에 펼쳐져 있는 책을 다시 들쳐 보고 있는데 초인종이 울렸다. 시계를 보니 밤 9시가 조금 넘은 시간이었다.

'어? 벌써 온 건가?'

나무는 무의식중에 벌떡 일어나 현관 쪽으로 달려가다가 자신이 너무 기뻐한다는 생각에 천천히 문 쪽으로 다가갔다. 그리곤 문만 턱 열어주곤 제자리로 다시 걸어갔다.

진혁은 동료들의 2차행을 뿌리치고 돌아왔는데 나무가 멀뚱히 〈왔어?〉라는 인사만 중얼거리곤 자기가 하던 일에 집중하는 모습을 보곤 괜히 부아가 치밀었다.

'왜 저렇게까지 삭막하게 살려고 하는 걸까. 가까운 사람에

게 마음을 준다고 해서 누가 뭐라고 하는 것도 아니고.'

사람의 감정이란 참 웃기지도 않아서, 그는 자신의 모순된 감정에 대고 비웃음을 날렸다. 꿋꿋이 혼자 서려는 그녀에게 반했으면서 이제는 오히려 그 모습에 분노를 느끼다니.

그가 쓸쓸한 기분을 스스로 다독이며 나무가 엎드려 일하는 모습을 지켜보았다. 그녀 주변으로 수 많은 책들이 어지러이 펼쳐져 있었고, 하얀 용지들이 사방으로 나뒹굴고 있었다. 일할 때의 나무는 전체 모습을 눈에 들어오게 하기 때문에 언제나 그렇듯 그녀 주변으로 스케치된 종이들이 빙 둘러져 있었다. 진혁이 소리나지 않게 짜증 섞인 신음을 삼키고는 자신의 방으로 발걸음을 옮기려는데 발바닥으로 까끌까끌한 무언가가 느껴졌다. 천천히 고개를 내려 바닥을 보니 지우개 가루와 나무의 머리카락이 흩어져 있었다. 나무가 일이 잘 안 풀리면 머리를 쥐어뜯는 버릇이 있다는 걸 잘 알고 있었던지라 지금까지는 일 끝날 때까지 꾹 참고 그냥 기다렸지만 지금 이 순간 정말 짜증이 치밀었다.

"그 일 언제 끝나?"

낮지만 무뚝뚝한 진혁의 목소리에 불편한 기운을 느꼈는지 나무가 퉁명스럽게 대답했다.

"해봐야 알지."

나무의 무심한 듯한 대답에 그가 짜증스런 어조로 말을 뱉어냈다.

"그럼 내일까지 이렇게 두겠다고? 너 일 끝나면 그냥 자버리잖아. 네가 일어나서 치우려면 결국 내일 아침까지 이럴 거 아니야."

진혁이 슬슬 긁어대자 나무가 고개를 들어 그를 쳐다보았다.

"알았어. 이따 자기 전에 치울게."

굳은 얼굴로 딱딱하게 말을 뱉어낸 그녀가 다시 바닥에 있는 종이에 시선을 가져가자 진혁이 못 믿겠다는 듯한 얼굴로 거실 한쪽에 있던 진공청소기를 가져왔다. 순간 거실 한가득 청소기의 굉음이 울려 퍼졌다.

"야야야!! 시끄럽잖아! 나 일하는 거 안 보여?"

굳어 있던 얼굴이 이제는 터지기 일보 직전의 얼굴이 되어버린 나무가 잇새로 말을 씹어뱉었다. 진혁도 잔뜩 부어터진 얼굴로 진공청소기를 계속 돌리면서 말했다.

"그럼 너 일할 때마다 이렇게 지저분하게 살란 말이야? 중간중간에 치우고 하면 일도 잘되고 좋잖아."

"야야야야야!!"

나무가 앙칼지게 소리를 냅다 질렀다. 그리곤 씩씩거리며 자리에서 일어나 양손을 허리에 대고 서서 진혁을 노려보자 그가 청소기를 끄고는 거칠게 바닥에 내던졌다. 그리곤 식탁으로 걸어가 냉수를 벌컥벌컥 마시곤 〈탕〉 소리를 내며 컵을 식탁 위에 내려놓았다.

"청소 좀 하고 살아! 하기 싫어도 하면 좋은 게 있어! 습관을 뜯어고치란 말이야!"

정작 하고 싶은 말은 하지 못하고 진혁은 청소를 트집 삼아 속내를 말하고 있었다. 스스로에게도 어처구니없을 정도로 치사하게 느껴졌지만 그러나 그냥 넘어가기엔 이미 감정이 상해 있었다.

그가 〈습관〉까지 걸고넘어지자 나무가 씨근덕거리며 가쁜 숨을 토해냈다. 잔뜩 날이 선 눈으로 그녀가 진혁을 노려보며 턱을 앞으로 쭉 빼고는 약 올리듯 말을 뱉어냈다.

"난 더러워야 일이 잘돼! 깨끗하게 정리되어 있으면 불안한 체질이야. 네가 깨끗한 게 좋다고 그걸 나한테 강요하는 건 일종의 폭력이야. 내가 더러운 거 좋아서 너한테 더러워지라고 강요한 적 있어?"

진짜 기가 막히고 코가 막힌다는 얼굴로 진혁이 거친 코방귀를 뀌어대곤 입을 벌리며 그녀를 응시했다.

"그게 말이 된다고 생각해?"

"그래, 된다고 생각해. 난 더러운 게 졸라게 좋아. 어쩔 거야?"

나무가 바락바락 대들며 강짜를 부리자 진혁이 열이 잔뜩 받았는지 얼굴이 울그락불그락해졌다. 그가 무언가를 참듯이 주먹을 쥐더니 나무를 날카롭게 노려보았다. 그리곤 식탁을 주먹으로 내려쳤다.

콰아아앙―!!

식탁을 강타하는 소리가 집 안 가득 퍼지면서 순간 정적이 감돌았다. 진혁이 숨을 고르며 화를 지그시 누르고 있는데 나무의 얼음장 같은 목소리가 들려왔다.

"너… 지금 폭력 썼어?"

'폭력?'

진혁이 입술을 일그러뜨리며 빈정거렸다.

"폭력? 이게 폭력이냐? 화가 나서 그런다. 어쩔래?"

그가 〈어쩔래?〉라는 나무의 말을 이어받아 비아냥거리자 둘의 눈이 쨍하고 부딪쳤다. 나무가 한쪽 입술을 위로 그리며 씨익 비웃음을 지었다.

"화가 나서 그런 거라고?"

조용히 그 한마디를 속삭인 그녀가 싱크대 옆에 있는 냉장고 쪽으로 걸어가더니 낑낑거리며 냉장고를 옆으로 밀기 시작했다. 진혁이 그 모습을 황당한 얼굴로 지켜보았다.

"뭐, 뭐 하는 거야?"

그의 제지에도 아랑곳없이 나무가 땀을 삐질삐질 흘리며 어금니를 꽉 깨물고는 들썩거리는 냉장고를 순간적으로 팍 하고 쓰러뜨렸다.

쿠우우우우우우우우우우우우웅—!!

워낙 큰 물체인지라 냉장고는 쓰러지는 순간에도 마치 정지 화면처럼 곡선을 그려가며 거실 바닥에 엎어졌다. 아주 짧은 순간 거실 바닥이 진동하며 떨어대는 동안 냉장고 안에서는 와

장창거리며 그릇 부딪치는 소리가 입체 서라운드처럼 소리를 내며 울려 퍼졌다. 진혁이 벙찐 얼굴로 냉장고와 나무의 얼굴을 번갈아 쳐다보았다. 살다 살다 이런 여자는 처음인지라 어안이 벙벙한 얼굴로 그가 아무 말도 못하고 있었다. 아직도 화가 안 풀렸는지 나무는 여전히 숨을 씩씩거리며 진혁의 시선을 맞받아치고 있었다.

"내가 네 집에 얹혀 산다고 네 맘대로 될 거라고 기대했다면 그건 오산이야!"

나무의 입에서 흘러나오는 말을 그가 이해할 수 없다는 듯 미간을 찌푸렸다.

"뭐?"

나무의 눈이 천천히 붉어지더니 물기가 어른거렸다. 그녀가 거칠게 한 손으로 눈가에 맺힌 눈물을 닦아내며 말했다.

"치사하게, 같이 사는 게 불편하면 나가라고 하면 될 거 아니야? 이런 걸로 되도 않는 트집이나 잡구."

눈물이 흐를세라 연신 손으로 눈가를 훔치면서 그녀가 분한 듯 진혁을 노려보았다. 진혁은 그제야 나무가 무슨 뜻으로 말하는지 알아들었지만 그가 뭐라고 말을 꺼내기도 전에 나무가 방으로 걸어가더니 문을 쾅 닫고 들어가 버렸다. 진혁은 아차 싶은 얼굴로 얼른 나무의 방을 따라 들어갔다. 들어가 보니 씩씩거리며 흥분해 있을 거라고 생각했던 나무는 침대에 걸터앉아 바닥을 조용히 응시하고 있었다.

"오해야. 그런 거 아니야."

진혁이 부드럽게 달래듯 말을 꺼내며 그녀의 옆에 걸터앉았다. 무슨 생각을 하는지 나무는 그저 바닥만 응시하면서 차분한 어조로 대답했다.

"…알았어."

그가 작은 숨을 토해내며 안심을 하는데 나무의 말이 이어졌다.

"나 나갈게."

순간 그의 눈빛이 눈에 띄게 굳어졌다.

"오해라니까."

"그거랑 상관없이 그냥 내가 불편해서 그래. 너한테 얹혀 산다는 것 때문에 나도 모르게 눈치를 보게 돼."

"나무야."

"알아! 네가 그럴 의도가 아니었다는 거. 근데 아니라고 해도 난 화를 내려면 나 자신이랑 싸워야 돼. 비굴해지려는 나랑 싸우는 게 짜증이 나."

"이렇게까지 굴 거 없잖아. 그냥 부딪쳐서 싸운 거 갖고 나간다고 그러면 난 어떻게 화를 내?"

진혁이 나무의 양쪽 어깨를 손으로 잡고는 자신과 시선이 마주치도록 돌렸다. 그러자 나무가 눈을 감고는 짜증스럽게 외쳤다.

"그래, 안다고! 네가 잘못했다는 거 아니래두! 내 문제라니까!"

그녀가 진혁의 손에 잡힌 어깨를 빼려고 양팔을 허우적거리며 몸을 비틀어대자 진혁이 어깨를 잡고 있던 한 손을 그녀의 뒷목에 가져가 더 강하게 안았다.

"놔아아아—!!"

나무가 소리치며 저항하자 그가 그녀의 입 안으로 혀를 집어넣으며 깊은 키스를 하기 시작했다. 다소 거친 듯한 그의 키스에 나무는 순간 말 그대로 온몸이 굳어졌다. 진혁이 그녀의 혀를 빨아들이곤 뜨거운 혀로 입 안 곳곳을 헤집고 다니자 그녀가 휘청거리며 그의 어깨를 꽉 움켜쥐었다. 어느 정도 제정신을 차린 나무가 그의 어깨를 주먹으로 내려치며 고개를 돌리려고 애를 썼지만 그의 강한 손이 더욱더 그녀의 뒷덜미에 힘을 주어 빠져나가지 못하게 할 뿐이었다.

시간이 지날수록 점점 더 노골적으로 변해가는 그의 키스에 나무는 점점 몽롱해지는 느낌이었다. 그러나 자신이 알고 있던 평소의 진혁이 아닌 완전한 한 남자로서 자신에게 키스를 퍼붓고 있는 그가 당혹스러워 의식은 점점 또렷해져 갔다. 그녀의 입 안 가득 혀를 밀어 넣어 그녀의 이 하나하나까지 다 핥으며 맛보던 그가 이제는 나무의 목으로 내려가 그녀의 팔딱대며 뛰고 있는 목 언저리를 입 안 가득 물었다. 그리고는 쇄골에 얼굴을 묻고 애무하기 시작했다. 갑자기 일어난 이 상황에 나무가 정신을 차리지 못하곤 당황스러워하고 있을 때 그의 손이 그녀의 가슴 한쪽을 움켜쥐듯 덮고는 엄지손가락으로 젖꼭지를 은

밀하게 쓰다듬었다. 순간 몽롱하게 풀려 있던 나무의 눈이 휘둥그레 커지며 그녀가 있는 힘껏 그의 가슴을 밀었다. 순간적으로 솟구쳐 오른 욕망에, 아니, 그동안 참고 있던 욕망이 분출되면서 나무의 몸에서 입술을 떼지 못하고 있던 진혁이 그제야 떨어져 나갔다. 방 안은 둘의 헐떡대는 거친 숨소리만 가득했다. 둘 다 서로의 눈을 뚫어지게 응시하며 입 밖으로 터져 나오는 가쁜 숨을 몰아쉬고 있었다.

"뭐… 뭐야?"

당혹감과 혼란스러움이 가득 묻어나는 목소리가 그녀의 입에서 흘러나왔다. 그 불안한 목소리에 그녀의 얼굴에 시선을 고정시키고 자신의 욕망과 싸우고 있던 진혁이 차츰 현실을 인식했다. 지금, 바로 지금 당장 그녀를 안고 싶었다. 오랫동안 참아오고 스스로 제어했던 욕구라는 놈이 한 번 그녀의 맛을 보고는 괴물처럼 날뛰고 있었다. 그러나 지금 나무에게 그 욕구를 들이대며 관계를 맺으려 한다면 아마도 그 관계는 그냥 짧은 불꽃이 될 뿐이리라. 그 다음으로 이어지는 단계가 아니라 공허한 밤하늘에 터지는 폭죽 같은 육체 관계가 될 것이다.

진혁이 거칠게 숨을 몰아쉬며 한 손은 자신의 이마를 짚어 표정을 숨기곤 다른 손을 하얗게 되도록 주먹을 꽉 쥐어 날뛰는 욕망을 다잡았다. 잠시 후 그의 입에서 무뚝뚝한 목소리가 흘러나왔다.

"미안해. 내가 잠시 제정신이 아니었어."

빠르게 말을 뱉어내곤 그가 몸을 일으켜 그녀의 방을 나가 버렸다. 그의 말이 끝나도 미동없이 침대를 응시하고 있던 나무가 순간 인상을 찡그리며 진혁이 사라진 문을 노려보았다.

'뭐? 제정신이 아니었다구? 그럼 제정신이면 안 했다는 거야? 저 새끼가 죽고 싶나.'

그녀가 발딱 침대에서 내려와 방문을 열고 거실로 나갔다. 일부러 욕을 하며 자기가 느꼈던 미묘한 느낌을 털어내려고 했지만 거실에 나가자마자 말 한마디 못한 채 멈칫하고 섰다. 진혁이 묵묵히 쓰러져 있는 냉장고를 일으켜 세우고 있었던 것이다. 분명 아주 일상적이고 대수롭지 않은 움직임으로 냉장고를 치웠지만 그의 얼굴이 어둡게 가라앉아 있었기에 나무는 평소 때처럼 너털거리는 웃음을 짓지 못하곤 안절부절못하고 있었다. 뭔가 자신이 큰 잘못을 한 것 같은 느낌이었다. 자신이 진혁을 괴롭히고 있는 것 같다는 생각까지 들자 나무가 조용히 입술을 깨물었다. 그녀가 멀뚱히 거실 한곳에 우두커니 서 있자 진혁이 비아냥거리듯 퉁명스럽게 말을 건넸다.

"거기 그렇게 서 있지 말고 같이 좀 치우지 그래?"

"으... 응."

멋쩍은 얼굴로 나무가 고개를 끄덕이곤 냉장고가 있는 곳으로 가까이 다가갔다. 그가 냉장고 안에서 개차반으로 뒹굴고 있는 반찬 그릇들을 나무의 손에 쥐어주면서 지나가는 말처럼 말했다. 그러나 그 목소리 안에 진지함이 깔려 있었다.

"나간다는 말 또 꺼내지 마. 알았냐?"

"으응……."

그의 말에 깔려 있는 단호한 어떤 기운을 무의식중에 느낀 나무가 그 기세에 눌려 엉겁결에 대답을 하곤 그릇들을 싱크대로 옮겼다. 그녀의 등 뒤로 진혁의 장난 섞인 투덜거림이 들려왔다.

"기운도 좋지, 어떻게 냉장고를 쓰러뜨리냐! 아마 차력하면 떼돈 벌 거다."

비아냥 섞인 그 말에 나무가 입술을 부루퉁하게 내밀었지만 한 짓이 하도 가관이라 민망한 표정으로 묵묵히 그릇들을 옮길 뿐이었다.

둘 다 평소의 행동대로 장난과 비아냥거림으로 그 미묘한 공기를 애써 털어내려 했지만 둘 사이에 흐르는 공기는 그날 이후 틀어져 있었다. 뭐라고 딱히 달라지거나 불편한 건 아니지만 서로 조심스러워졌다고나 할까. 진혁은 자신의 욕구가 또 언제 튀어나올까 싶어 조심했고, 나무는 이제 확연히 남자로 인식되는 진혁 때문에 신경이 쓰였다. 예전엔 샤워하고 끈나시에 반바지를 입고 나왔던 나무가 이젠 소매가 있는 윗도리를 입고 나왔고, 그녀가 일찍 일어나야 할 때 진혁이 그녀의 방에 들어와 깨우고 했던 것도 이젠 방문을 두드려 깨우게 되었다. 티나지 않는 미세하고 엷은 긴장감이 두 사람 사이에 감돌고 있었다.

그렇게 보름이 지난 어느 날 저녁, 그날은 고등학교 동창끼리 모임이 있는 날이었다. 한 친구가 이번에 행정고시를 붙은지라 축하 겸 이래저래 얼굴 한번 보기로 한 날이었다. 진혁과 나무는 같은 고등학교였고, 나무가 친했던 친구들과 진혁이 친해졌기에 둘은 함께 모임에 나가기로 했다. 워낙 예전부터 함께 붙어 다닌지라 둘이 함께 나타나도 별 생각 없을 친구들이었다.

토요일, 하루 종일 잠만 퍼질러 잔 진혁이 슬슬 일어나 준비를 했다. 요즘 진혁은 평일에 못 잔 잠을 주말에 몰아 자고 있었다. 생활리듬이 들쭉날쭉인 나무가 새벽에 돌아다니는지라 평일엔 잠을 푹 잘 수가 없었다. 퇴근하고 돌아와 그녀와 이런저런 얘기를 하다 보면 새벽 2시가 넘어가기 일쑤였다. 진혁이 욕실로 어슬렁거리며 걸어가는데 그녀의 방 안에서 짜증 섞인 외침이 들려왔다.

"아아아아!! 씨팔!!"

욕실로 향하고 있던 발을 돌려 그가 나무의 방 가까이 다가갔다. 열려져 있는 문 사이로 빼꼼이 방 안을 둘러보니 나무가 거울 앞에서 얼굴을 바싹 디밀고 있었다.

"뭐 하냐?"

순간 거울 속에서 나무와 진혁의 시선이 부딪쳤다. 아주 짧은 순간 나무의 얼굴이 굳어졌다가 평소대로 씹주구리한 표정을 지으며 불평 섞인 말을 중얼거렸다.

"이젠 화장을 해도 변신이 안 돼."

변신이 안 된다고 투덜거리는 나무를 진혁이 물끄러미 응시했다. 꽤 신경을 쓴 티가 역력히 드러나는 옷차림이었다. 무릎 아래에서 넓게 퍼지는 보라색 치마에 까만 니트를 걸친 그녀의 모습은 꽤 예뻤다. 조용히 그 모습을 바라보던 진혁의 눈빛이 무언가를 떠올렸는지 불쾌한 기운이 감돌았다.

'오늘 민철이가 오기 때문일까?'

고등학교 때 어렴풋이 눈치를 챘었다. 오늘 행정고시 붙은 턱을 내기로 한 민철이를 나무가 한때 좋아했었다는 걸. 같이 모여서 놀 때 나무가 민철이를 바라보고 있는 걸 자주 볼 수 있었다. 그러나 시간이 꽤 지난 일이었고 민철이와 나무가 연락을 자주 하는 편도 아니었기에 별 신경을 쓰지 않아왔다.

논리적으로 말도 안 되는 추측이지만 진혁은 은근히 속이 뒤틀리는 것 같았다. 그가 딴생각에 골몰해 있는데 나무가 획 하고 몸을 돌리더니 연극적인 애교의 몸짓을 보이며 말했다.

"어때? 나 예쁘지?"

당연히 진혁이 갈구는 한마디를 날릴 것으로 예상하고 있던 나무는 그가 진지한 얼굴로 고개를 끄덕이자 당혹감과 부끄러움에 볼이 붉어졌다. 진혁의 시선이 전혀 장난기를 담고 있지 않다는 걸 깨달은 나무가 약간은 허둥대며 가방을 둘러멨다.

"나 들를 데 있어서 먼저 나갈게. 이따 보자."

"어디 가는데?"

그의 속을 알 리 없는 나무는 곧이곧대로 말할 뿐이었다.

"민철이 선물 좀 사려고."

나무의 말이 끝나기가 무섭게 그의 얼굴이 못마땅한 듯 굳어졌지만 나무는 눈치 채지 못하고 신발을 신고 나가 버렸다.

모임 장소 근처에 도착한 나무가 옷가게에서 넥타이를 하나 사고는 약속 장소로 향했다. 요즘 들어 진혁과 함께 있는 게 숨이 막혔다. 팽팽히 긴장된 분위기를 따끔따끔하게 무언가가 찌르는 느낌이 들어서 그녀 혼자 서둘러 나왔다. 둘이 함께 선물을 사가지고 갈 수 있는데도 혼자만의 시간을 가지고 싶어 일부러 틈을 안 주고 나온 것이다. 진혁의 시선에서 좀 벗어나고 싶었다. 다른 때와 별 특별한 차이가 없는데도 왜 자신에게 시선이 고정되어 있다는 느낌을 받는 걸까. 아까도 거울 속에서 눈빛이 마주쳤을 때 순간적으로 심장이 멎는 느낌이 들었다. 일순간에 공기가 멈춘 것 같은 느낌. 나무는 고개를 절레절레 흔들어 그 기억을 털어버리고는 갈 길을 향해 힘차게 걸었다.

약속 장소는 지하에 있는 재즈 바였다. 문을 열고 들어가 보니 이미 몇 명은 벌써 흠뻑 이야기꽃을 피우며 분위기가 들떠 있었다. 나무가 자리에 앉자마자 민철에게 종이 가방을 내밀었다.

"뭐야?"

의아스러운 얼굴로 민철이 나무에게 묻자 나무가 퉁명스럽게 대답했다.

"선물이다, 임마!"

민철이 특유의 나른한 미소를 지으며 고맙다고 하자 나무가 못마땅한 얼굴로 웃으며 말했다.

"여전하구나."

그녀의 말에 민철이 한쪽 눈썹을 찡그리며 엷은 미소를 지었다.

"무슨 뜻이야?"

"그냥, 여전히 매력적이란 뜻."

민철이 인상을 찌푸리며 싱긋 웃고는 병 맥주를 마셨다. 둘다 지금 오간 말을 가볍게 넘기면서 다른 친구의 말에 귀 기울였다. 나무는 웨이터가 갖다 준 맥주 뚜껑을 열며 힐끔 민철을 쳐다보았다.

나른한 듯한 웃음기를 담은 민철은 별로 변한 것 같지 않았다. 사람이란 잘 변하지 않는다는 걸 새삼스럽게 깨달았다. 누구에게나 친절하고 부드러워 보여 여자들의 마음을 사로잡던 저 녀석에게 한때는 들뜨는 감정을 갖기도 했었다. 그러나 누군가를 좋아한다는 게 그때는 자존심이 상했다. 마치 약점을 만드는 것 같아 혼자 그 감정을 삭였고, 시간이 지나면서 그 감정이 이성보다는 부정애의 결핍에서 오는 애정에서의 갈구였다는 것을 차츰 깨닫게 되었다.

나무가 병 맥주를 시원하게 들이키고는 앞에 놓인 마른안주 하나를 오독오독 씹었다. 다시 맥주 한 모금을 더 들이키며 민철을 응시했다.

저 녀석이 진심으로 누군가에게 속내를 비추는 사람이 있을까. 언젠가 저 녀석이 결혼할 여자는 어떤 사람일까. 사람들에게 어느 정도의 거리를 두고 예의 바르게 행동하는 민철에게서 확실하게 감정을 끌어낼 수 있는 여자가 나타나기를 바랐다.

'어떤 여자일까, 민철의 감정을 흩트려 놓을 수 있는 여자는.'

나무가 앞에 있는 민철을 관찰하며 호기심 어린 생각에 빠져 있을 때 진혁의 목소리가 들려왔다. 순간 편하게 풀어져 있던 나무가 약간은 긴장 어린 표정으로 얼굴이 굳어졌다. 진혁은 진혁대로 들어오자마자 나무가 민철의 바로 맞은편에 앉아 있는 게 시야에 들어오자 얼굴이 굳어졌다. 물론 주변 사람들은 둘의 그런 상태를 눈치 채지 못하고 그동안 사는 얘기를 나누느라 정신이 없었다. 나무는 둘 사이에 흐르는 이상한 분위기가 불편해 옆에 있는 지선과 이야기를 나누었다.

고등학교 때 단짝이었던 지선은 나무와 담배를 피우면서 알게 된 이상한 친구 관계였다. 담배라는 것. 이제 막 열아홉 먹은 여자 아이가 우리 나라에서 담배를 피운다는 것. 그건 사람들의 따가운 시선과 몸에 해롭다는 걸 뻔히 알면서도 피우게 되는 어떤 심리상황을 의미한다. 그래서 겉으로는 전혀 다른 두 사람이 담배를 매개로 그 심리를 공유하게 되었다. 중독적인 그 무언가라도 하지 않으면 미쳐 버릴 것 같았던 열아홉 살 때의 마음을.

　나무가 약간은 장난기 가득한 꼴통 같은 막내라면 지선은 후덕하지만 시니컬한 큰언니 같았다. 지선이 담배를 물자 나무가 시선을 보내며 씨익하고 웃었다.

　"이년아! 내숭 좀 떨어라. 어째 그렇게 꼬인 팔자냐? 네 나이에 담배까지 피우면 인생 난감해진다."

　나무가 장난스럽게 비아냥거리자 지선이 여왕마마 같은 얼굴로 우아하게 대답했다.

　"걱정 마셔! 나 남자 생겼어. 내가 또 살아 있는 매력의 화신 아니겠니?"

　"오오오오오~"

　믿을 수 없다는 듯 나무가 눈알을 떼구르르 굴리며 감탄 어린 탄성을 뱉어냈다. 지선이 머리를 휙 넘기며 앙큼한 표정을 짓자 나무가 입술을 일그러뜨리며 담배를 집어 던졌다.

　"지랄을 한다, 지랄을 해."

　지선이 담배를 다시 나무에게 던지자 나무가 손으로 휙 받아채 담배 한 개피를 입에 물곤 불을 붙였다. 잠시 후 지선과의 얘기에 푹 빠져 담뱃재가 타고 있는 걸 깜빡한 그녀가 문득 재를 털려고 테이블 주위를 쳐다보고 있는데 너무나 자연스럽게 진혁이 재떨이를 그녀 근처로 놓아주었다. 사실 아무것도 아닌 것 같은 행동이지만 나무는 재떨이와 진혁을 번갈아 보며 살짝 인상을 찌푸렸다. 진혁이 소리를 내지 않고 입만 벌려 〈왜?〉라고 물었지만 나무는 고개만 젓고는 담뱃재를 털었다. 그리곤 시선을 피하듯이 다시 지선에게 관심을 돌렸다.

지선과 이야기를 하고 있었지만 나무는 사실 짜증이 솟구치고 있었다. 자신의 행동 하나하나 지켜보면서 너무나 자연스럽게 그 타이밍을 맞춰 재떨이를 갖다 대는 진혁이 신경 쓰였다. 원래부터 친절한 성격이라 잘해주는 거라고 생각했는데 지선이에게도 똑같이 행동하는 건 아니었다. 그렇다면 자신이 느끼고 있는 이 미묘한 긴장이 그녀 혼자만의 착각은 아니란 이야기다.

어릴 때부터 부모님이 싸우는 걸 오랫동안 보고 커온 나무는 사실 다른 사람보다 긴장된 분위기를 못 견뎌하는 성격이었다. 그게 어떤 성격의 긴장이든 일단 그런 기운을 느끼면 스스로 짜증이 나서 괴로워했다. 그래서 어쩌면 넉살 좋고 직설적으로 속내를 이야기해 긴장된 상황을 안 만드는 것인지도 모를 일이다. 여하튼 그의 존재감이 한순간도 여유없이 살갗 구석구석까지 느껴지자 그녀는 결국 짜증으로 술을 퍼마시게 되었다.

모임이 파장될 즘엔 나무는 술에 잔뜩 취해서 비틀거릴 정도였다. 어느새 모두들 각자의 집으로 가는 길을 향하고 나무와 진혁도 그의 차가 있는 곳으로 향했다. 나무가 그의 집요 어린 시선에 반항하듯 기세 좋게 앞장서 걸었지만 몇 걸음도 되지 않아 휘청거렸다. 옆에 보폭을 맞추며 걷고 있던 그가 얼른 나무의 허리에 팔을 둘러 그녀를 부축했다. 그러자 순간 나무가 거칠게 그의 팔을 뿌리치고는 다시 혼자 걸음을 떼었다. 이제 긴장감은 서서히 그 날을 세우며 둘을 몰아대고 있었다. 진혁이 성질을 참아내는지 크게 숨을 들이켰다가 뱉어내고는 다시 그녀의 뒤를 따라 걸었다. 만약에라도 나무가 엎어지면 받아낼 준비를 하며.

비틀거리면서도 나무는 꿋꿋이 자신의 다리로 차 앞에 도착했다. 진혁이 운전석에 몸을 싣고는 시동을 걸자 그녀가 안전띠를 매고는 창 쪽으로 얼굴을 돌렸다. 그녀의 행동을 바라보던 진혁도 슬금슬금 긁히는 느낌이 드는지라 침묵을 지킨 채 운전만 했다.

30여 분 후, 차가 집 가까이에 있는 골목길에 도착하자 그가 내리기도 전에 나무가 문을 벌컥 열고는 차에서 내렸다. 그리곤 그가 내리는 걸 기다리지도 않고 혼자 집 안으로 들어가 버렸다. 차에서 내리던 진혁이 나무의 행동을 말없이 노려보더니 차 문을 부서져라 닫고는 집으로 향했다.

진혁이 집 앞에 도착해 보니 현관문은 닫혀 있었다. 뒤에 사람이 따라 들어온다는 걸 뻔히 알면서도 문을 닫았다는 건 일종의 감정표현일 것이다. 그러나 그것이 어떤 감정표현인지를 따지기 전에 이미 진혁은 닫힌 문을 보는 것만으로도 화가 꼭대기까지 치미는 느낌이었다.

사람이 화가 치미는 건 어떤 행동 그 하나 때문이 아니라 그 행동과 연관되어 떠오르는 다른 부분 때문일 것이다. 그래서 연인들은, 그리고 부부들은 사소한 하나를 가지고도 집요하게 물고 싸우는 게 아닐까? 지금 진혁이 그랬다. 닫힌 문이 그냥 닫힌 문이 아니라 닫힌 나무 같았다. 감정의 교류나 어떤 위기 상황일 때 나무는 꼭 이렇게 혼자만의 공간으로 들어가 문을 닫아 걸어왔다. 그 문을 강제로 열려고 하면 나무는 부담스러워하는 기색을 보이며 상대를 밀어냈다. 그런 성격을 존중하다가 지금까지도 관계가 진전되지 않았다. 그러나 관계의 진전보다 정작 화가 나는 건 아직도 자신의 존재가 나무에게 있어 문을 닫는 상대라는 거였다. 가까워졌다고 생각하면 언제나 이렇게 타인임을 확인했고, 그때마다 좌절감에 힘들어했다. 이제 더 이상 이런 확인은 하고 싶지 않았고, 또 이런 확인을 참아줄 인내심도 남아 있지 않았다.

진혁이 닫혀 있는 현관문을 벌컥 열어젖히고는 거칠게 신발을 벗어 던졌다. 그러나 나무는 보이지 않았다. 그가 일말의 주저함도 없이 곧장 나무의 방으로 걸어가 방문을 열었다. 나무는 그가 방문을 열고 자신을 쳐다보는데도 그를 무시하며 장롱문을 열어 옷걸이를 하나 빼냈다.

"옷 갈아입어야 돼. 나가."

감정이 깃들지 않은 차분한 말투였지만 나무의 말투는 정나미가 뚝뚝 떨어질 정도로 차가웠다. 그러나 진혁은 상관없다는 듯 방 안으로 들어왔다. 그의 행동에 나무가 인상을 팍 쓰며 고개를 돌려 그를 노려보았다. 어느새 그녀 가까이에 다가온 진혁이 그녀의 팔을 잡아 돌려세우곤 조용하게 낮은 목소리로 말했다.

"도대체 왜 그러는 거야?"

그의 평온한 얼굴이 그녀의 화를 부채질하며 더욱더 참을 수 없게 만들고 있었다. 그녀는 불편하고 긴장되어서 미치겠는데 그는 왜 그러냐고 아무렇지 않게 묻고 있는 모습이라니. 더 이상 참을 수 없다는 듯 나무가 짜증이 가득 묻어나는 얼굴로 소리쳤다.

"너야말로 왜 그러는 거야야?!"

민철이 때문에 잔뜩 날이 서 있던 진혁은 말이 부드럽게 나가질 않았다. 평소에는 잘 보이지 않던 서늘한 얼굴로 진혁이 끓어오르는 속을 잠재우며 차갑게 물었다.

"뭐가?"

그의 차분한 태도에 더 화가 치미는지 나무가 한 손에 들려져 있던 니트를 바닥에 집어 던졌다.

"몰라서 묻는 거야야?! 네가 얼마나 신경 쓰이게 하는 줄 몰라서 그래?!"

화가 나면 오히려 무섭도록 냉정해지는 진혁은 조금 전보다 더 차분하고 냉랭한 어조로 말했다.

"그래서 이렇게 행동해도 된다는 거야?"

그의 목소리가 너무나 냉정하자 나무는 더욱더 화가 부글부글 끓는지 점점 얼굴이 시뻘게졌다. 그러나 자신이 말하고자 하는 감정이 잘 해석되지 않자 짜증과 억울함이 가득 묻어나는 얼굴을 온통 일그러뜨리곤 한 손으로 이마를 벅벅 문지르며 말을 토해내기 시작했다.

"몰라, 나도 모르겠다구. 너랑 있으면 편하지가 않아. 근데 왜 그런지 나도 모르겠어. 그냥 짜증이 나는걸. 예전엔 안 그랬는데 요즘 들어 네가 계속 신경 쓰이게 한단 말이야. 뭐가 문제인지 나도……."

분노가 어려 있던 목소리는 점점 횡설수설 혼란스러운 목소리가 되어가고 있었다. 나무의 말이 계속되어 갈수록 진혁의 얼굴이 점점 묘하게 바뀌어갔다. 처음엔 냉정한 얼굴에서 차츰 혼란과 놀라움으로, 그리고 나중엔 지그시 엷은 미소를 그리고 있었다.

혼란스러운 거였다, 지금 나무는. 처음 만난 남녀라면 서로 신경 쓰이는 감정이 호감이라는 걸로 바로 알아차릴 수 있는데, 너무나 오랫동안 친구 관계이다 보니 감정의 실체를 깨닫기가 어려운 것이다. 아니, 인정하기 어렵다고 해야 할까?

'그렇다고 이렇게 난리를 치다니.'

못마땅하단 얼굴로 진혁이 나무의 얼굴을 응시했다. 상대에게 퍼붓기 위해 했던 말들이 차츰 자신의 감정을 파악하기 위한 말이 되어가면서 나무는 이제 혼잣말처럼 중얼중얼거리고 있었다.

"도대체 뭐가 문제지? 너랑 나랑 왜 이렇게 불편해진 걸까?"

소리없는 한숨을 내쉬며 진혁이 자기만의 세계로 빠진 나무의 입술에 천천히 입술을 갖다 댔다. 살포시 공단같이 매끄럽고 부드럽게 나무의 아랫입술을 스치곤 살짝 그녀의 입술을 이로 깨물었다. 갑작스런 그의 행동에 나무는 눈을 휘둥그레 뜨고 그를 응시하다가 그가 전해주는 부드러움에 취한 듯 천천히 눈을 감았다. 조심스럽게 키스하고 있던 진혁이 살며시 입술을 떼자 나무의 입술 사이로 불만 섞인 신음이 흘러나왔다. 순간 나무가 눈을 팍 뜨며 자기 자신에게 황당했는지 놀란 얼굴이 되었다. 그러나 나무가 다른 생각, 그러니까 뭔가를 더 깨닫기 전에 진혁의 입술이 덮쳐왔다. 그렇다. 말 그대로 덮쳐왔다. 나무의 반응을 보는 순간 그는 제어해 왔던 욕망의 끈이 툭 하고 끊어지는 느낌이었다. 절박하게 그가 나무의 입술을 먹어버릴 듯 입술로 덮으며 그녀의 입 안으로 거칠게 혀를 밀어 넣었다. 방안 공기는 이제 또 다른 열기로 팽팽하게 곤두서 있었다. 나무가 팔을 들어 올려 진혁의 목을 감싸자 그는 미칠 것같이 흥분되었다. 그의 거친 키스를 받아들이느라 급급해 그녀가 나중엔 힘겨워하며 떨어지려고 몸을 움직이자 진혁은 더욱더 밀어붙이며 그녀의 엉덩이를 양손으로 꽉 움켜쥐었다.

　어느 순간 그의 입술이 떨어지자 나무는 참아왔던 숨을 몰아쉬느라 급급했다. 그녀가 숨을 헐떡이며 가득 공기를 마시는 동안 진혁은 그녀를 그대로 들어 올려 침대로 걸어갔다. 조급한 움직임으로 그가 나무를 침대에 누이면서 자신도 몸을 겹쳤

다. 손은 벌써 그녀가 입고 있는 치마 아래로 들어가 허벅지를
애타게 쓰다듬고 있었다. 정신을 차릴 수 없는 급박한 열기가
둘을 몰아치고 있었다. 그 급박함이 두려웠는지 그의 키스에
화답하며 열기 안으로 빠져들어 갔던 그녀가 그의 움직임을 제
지했다.

"진혁아, 난……."

머뭇거리면서도 뜨거운 숨결을 뱉어내는 나무의 입술을 그
가 가쁜 숨을 토해내며 지그시 바라보더니 천천히 고개를 숙여
그녀의 아랫입술을 핥았다. 그녀에게 의사를 묻듯 그는 부드럽
게 움직였다. 그의 입술이 그녀의 턱 선을 따라 부드럽게 애무
하더니 고개를 들어 나무의 눈을 마주 보았다. 짙게 변한 그의
눈빛 속에서 그녀를 배려하는 따스함이 깃들어 있다는 걸 느낀
나무가 참고 있던 숨을 토해내며 그에게 손을 가져갔다. 그리
곤 그의 셔츠를 밀어내며 어깨와 가슴 쪽을 쓰다듬자 진혁의 입
에서 쥐어짜는 듯한 신음 소리가 애처롭게 흘러나왔다. 그가
더 이상 지체할 수 없는지 나무의 니트를 밀어 올려 그녀의 젖
가슴 하나를 입 안 가득 물었다. 동시에 다른 손으론 그녀의 치
마 속에 있는 팬티를 끌어 내렸다. 그의 혀가 젖꼭지를 핥으며
입 안 가득 넣어 이로 물고 희롱하자 나무가 몸을 움찔거리며
허리를 활처럼 휘었다. 짜릿할 정도로 묘한 느낌에 그녀가 그
의 머리를 손으로 한가득 움켜쥐고는 헝클어뜨렸다. 진혁이 나
무의 머리 뒤를 손으로 고정시키며 귓불을 핥아대곤 뜨거운 숨

결을 불어 넣자 나무는 이 이상한 열기에 온몸이 달아오르는 느낌이었다. 진혁의 다른 손은 급하게 허리벨트를 풀고 있었다. 바지만 허벅지까지 내린 채 그녀의 다리 사이에서 자리를 잡은 그가 잔뜩 커져 있는 단단한 남성을 나무의 중심부에 갖다 댔다. 순간 뜨거운 열기에 휩싸여 몽롱해 있던 나무가 자신의 은밀한 곳에 닿아 있는 단단한 힘에 놀라 눈을 크게 뜨고 진혁을 응시했다. 그러자 진혁이 까맣게 흐려진 눈빛으로 그녀의 눈을 똑바로 응시하며 속삭였다.

"이미 늦었어. 여기서 널 놔줄 것 같아?"

나무가 무언가를 말하려고 입을 여는 순간 그의 남성이 그녀의 몸 안으로 들어오기 시작했다. 그러자 얼굴을 완전히 일그러뜨리며 입술을 벙긋거렸다. 한 번도 남성의 몸을 받아들이지 않았던 그녀의 몸이 지금 아프다고 거세게 항의하고 있었다. 그가 움직임을 멈춘 채 아픔이 가라앉기를, 그리고 그의 몸에 적응하기를 기다렸다. 달디단 쾌락에서 어느 순간 아픔으로 변한 게 적응이 안 되는지 나무가 입을 벙긋거리며 인상을 찡그리고 있자 진혁이 그녀의 입 안으로 혀를 넣어 혹시라도 있을 저항 어린 외침을 막았다.

지금 움직임을 멈추고 있는 것도 그에게는 최대한의 제어였다. 여기서 멈추라고 하면 아마 돌아버릴지도 모를 일이다. 어느새 서서히 적응이 되는지 나무가 그의 키스에 조금씩 반응하기 시작했다. 그러자 진혁이 자신의 몸을 끝까지 밀어붙이며 한 치의 틈도 없이 깊숙이 그녀 안으로 들어갔다. 순간 나무가 더 이상은 아픔을 참을 수 없다는 듯 눈물을 글썽이며 얼굴을 구겼다.

"아악, 졸라 아파. 씨팔."

험한 욕설을 중얼거리며 나무가 진혁의 어깨를 사정없이 쳐대기 시작했다. 그녀의 여성 안에서 당장 몸을 움직이고 싶다는 욕구와 아픔으로 인한 나무의 저항 사이에서 그는 극한의 인내심을 테스트받는 기분이었다. 그의 이마에서 땀이 송골송골 맺히기 시작했다.

그가 움직임을 멈추고 아픔이 가라앉기를 기다리는데도 나무가 때리는 걸 멈추지 않자 진혁이 그녀의 머리와 어깨를 두 팔로 완전히 가두듯이 안았다. 그의 입에서 신음 섞인 애원이 흘러나왔다.

"나무야, 제발……."

절박하게 애원 어린 말을 중얼거리면서 진혁이 그녀의 목에 얼굴을 묻고는 나무의 저항을 가만히 받아내자 차츰 아픔이 가라앉았는지 때리는 나무의 손이 힘을 잃어갔다. 그리고 어느 순간 그녀의 손이 때리는 걸 멈추자 진혁이 천천히 애태우듯 몸을 움직이기 시작했다.

"하아. 하아아……."

그녀의 몸을 향해 쉼없이 자신을 밀어붙이던 진혁이 끝을 향해가는 느낌에 온몸을 긴장시켰다. 휘몰아치는 열기에 그는 속도를 조절할 수 없을 정도였다. 그가 잠시 움직임을 멈추고 있자 나무가 항의하는 듯한 말을 중얼거리며 그의 어깨를 움켜쥐고 있던 손을 폈다가 움켜쥐기를 반복했다. 나무가 고개를 뒤로 젖히며 그의 이름을 부르며 달뜬 신음 소리를 냈다.

"진혁아……."

그의 눈으로 나무의 붉게 부푼 입술과 가는 목과 쇄골이 들어왔다. 나무가 미처 그의 이름을 다 부르기가 무섭게 그가 더 이상은 참을 수 없다는 듯 그녀의 입술을 자신의 입으로 막고는 거칠게 몸을 움직이기 시작했다. 그의 남성과 허벅지가 그녀의 안쪽 깊숙한 곳을 강하게 부딪치며 알싸한 아픔이 섞인 쾌락의 열기를 강하게 심고 있었다. 어느 순간 미친 듯이 그녀의 여성에서 터질 듯이 부풀어 있는 남성을 뺐다가 깊게 들어가기를 반복했던 그가 괴로운 듯 얼굴을 찡그리며 쥐어짜는 듯한 낮은 신음 소리를 내질렀다.

어느 정도의 시간이 흘렀을까, 경련하듯 몸을 움찔거리며 진혁이 나무의 몸 위에서 그대로 쓰러져 숨을 고르고 있은 지. 나무의 목으로 이어지는 귓불 사이에 얼굴을 묻고 가쁜 숨소리를 토해내고 있는데 그의 귓가로 나무의 새근거리는 숨소리가 들려왔다. 고개를 비스듬히 들어 바라보니 나무는 이미 잠들어 있었다. 곤히 잠들어 버린 나무의 얼굴을 그가 난감한 얼굴로 뚫어지게 응시했다. 자신은 한껏 흥분해 버려서 사실 쉬었다 한 번 더 할 생각이었는데 잠들어 버리다니. 그렇다고 잠든 여자를 안는 건 왠지 찔리고.

어느새 그도 마음을 비웠는지 짧은 숨을 내뱉고는 그녀 안에서 몸을 뺐다. 얼얼하게 쑤셔오는 하체를 느끼며 그가 미간 사이를 찌푸렸다. 사실 그도 처음이었다. 나무를 마음에 두면서 다른 여자를 안는 건 당기지가 않았다. 그래서 그 오랜 날을 그냥 참아왔었다. 사실 나무가 눈치를 못 채게 했지만 아까 처음 시작할 때 진혁은 혼자 길을 찾느라 애를 먹었다. 이미 눈을 감고 깊은 잠에 빠진 나무를 진혁이 손으로 쓰다듬었다. 아직은 식지 않아 붉게 달아오른 볼과 그가 남긴 흔적이 빨갛게 남아 있는 목과 쇄골, 그리고 가슴을. 탁하게 흐려졌던 그의 눈빛이 이내 굳은 결심을 보여주듯 날카롭게 반짝였다.

'나무야, 오늘 너는 되돌아갈 수 없는 다리를 건넌 거야!'

진혁이 머리를 숙여 나무의 입술에 입맞춤을 했다. 부드럽지만 강한 그런 입맞춤을.

"으응……."

몸 안쪽 깊숙한 곳에서 얼얼하게 아파오는 느낌에 잠들어 있던 나무가 몸을 뒤척이면서 작은 신음 소리를 냈다. 더 편하게 자세를 취하려고 옆으로 돌아 눕다가 팔다리 구석구석이 뻐근하게 아파오자 그 아픔에 그녀가 잠에서 깼다. 삭신이 쑤신다는 말을 이제야 제대로 알 것 같은 느낌이랄까. 의미를 해석할 수 없는 말을 투덜거리면서 나무가 눈썹을 찌푸렸다. 그러자 무언가가 그녀의 미간 사이를 문지르는 게 느껴졌다. 그 생뚱맞은 느낌에 나무가 퍼뜩 눈을 떠 대상을 확인했다. 진혁이 웃음을 머금고 자신을 바라보고 있는 게 아닌가. 황당하게도 그는 손가락으로 그녀의 좁혀진 미간 사이를 살살 문지르고 있었다.

"어떻게 자면서까지 욕지거리냐?"

끔벅끔벅. 눈앞에서 너무나 자연스러운 태도로 웃고 있는 진혁을 나무가 빤히 응시했다. 그가 여전히 자신의 얼굴에서 시선을 떼지 않자 나무가 살짝 시선을 바꿔 아래쪽을 향했다. 눈앞에 진혁의 단단한 가슴이 보였다. 허리와 허벅지에 비스듬히 걸쳐져 있는 침대 시트도. 그제야 지난밤 둘이 했던 행위가 나무의 머리 속으로 물밀듯이 밀려오기 시작했다. 그녀의 얼굴이 순간 확 붉어지면서 빨간 사과가 되어버리자 진혁이 그 모습을 보면서 속으로 웃음을 삼켰다. 그가 입술을 꽉 깨물고는 웃음을 참았지만 아주 미세하게 몸이 떨렸다. 그러나 그가 웃음을 참을 정도의 행복은 그리 오래가지 않았다. 그의 가슴팍을 뚫어지게 응시하고 있던 나무가 몸을 휙 돌려 침대를 빠져나가려고 했던 것이다.

'도망가시겠다? 이젠 안 통하지.'

그의 얼굴이 단번에 굳어지면서 얼른 팔을 뻗어 나무의 허리에 둘러 안았다. 움직이고 있던 몸이 저지당하자 나무의 몸이 기우뚱거리며 뒤로 기울어졌다. 그녀의 머리가 진혁의 가슴에 닿자 나무의 얼굴에 잔뜩 긴장감이 어려지더니 이내 애써 침착한 태도를 가장하며 더듬거리듯 말했다.

"왜, 왜 그래?"

"어디 가?"

진혁이 짓궂게 그녀의 귀에 대고 낮게 속삭이자 나무가 그에 저항하듯 눈을 끔벅거리며 퉁명스럽게 말을 뱉었다.

"오줌 마려워."

그녀의 말 한마디로 끈적끈적했던 분위기가 순식간에 뜨악한 현실이 되어버렸다. 그렇다. 사람은 자다 일어나면 오줌이 마려운 것이다. 웬만큼 방광이 크지 않고서는. 여하튼 이 뜨악함에 진혁이 순간 얼어버렸다. 그의 팔에서 힘이 빠져나가는 순간 나무가 침대에서 몸을 벌떡 일으켰다.

머엉…….

벌떡 선 나무가 고개를 내려 자신의 벗은 몸을 알아차리곤 잠시 멍한 얼굴로 굳어 있었다. 당황하면 뭔가 꿀리는 느낌이 드는지라 나무는 끝까지 의연함을 가장하며 침대 아래 떨어져 있는 니트 옷을 걸치고는 화장실을 향해 몸을 돌렸다. 진혁이 팔짱을 끼고 그 모습을 바라보았다. 그의 입가엔 미소가 어려 있었지만 눈은 예리하게 빛나고 있었다.

물론 그녀가 살랑거리며 애교를 부리는 것까진 기대한 적도 없지만 그렇다고 저렇게 무뚝뚝하게 나올 줄도 몰랐다. 아니, 오히려 더 그런 것 같았다.

나무는 나무대로 이 상황이 당황스럽고 민망한지라 얼른 화장실로 가려고 했지만 걸을 때마다 욱신거리는 느낌에 약간은 걷기가 불편했다. 화장실로 걸어가는 나무의 얼굴은 잔뜩 찌푸려져 있었다.

볼일을 마친 그녀가 언뜻 거울에 비치는 자신을 보곤 입을 벌리며 거울 속에 있는 자신의 몸을 뚫어지게 응시했다. 파란 멍이 목 여기저기에 자리 잡고 있던 것이다. 그녀가 서둘러 니트를 끌러 올리고는 가슴을 확인했다. 그녀의 입이 경악스러운 듯 더 벌어졌다. 젖꼭지 근처와 허리 부근에도 멍이 보였던 것이다. 순간 애써 털어내려 했던 기억이 다시 떠올랐다. 처음엔 부드럽게 움직였던 진혁이 나중엔 거칠게 밀어붙였던 기억이. 그때는 열정적인 쾌락에 흠뻑 빠져 있었던지라 이런 자국이 남을 줄은 미처 예상치 못했던 것이다. 그녀가 세면대 양쪽을 손으로 잡고는 크게 숨을 들이켰다가 천천히 내쉬었다.

'어쩐다? 이 상황을 어찌한다?'

잠시 무언가에 골몰해 있던 나무가 몸을 세우고 문을 열었다. 그리곤 주저함없이 자신의 방으로 걸어갔다. 문 앞에 다다르니 여전히 진혁은 딴생각에 빠진 듯 굳은 얼굴이더니 그녀가 온 걸 알아차리곤 미소를 머금었다. 그가 침대에서 비스듬히 몸을 기대고 자신을 바라보자 나무는 다시 머리 속이 헝클어지는 느낌이었다.

'내 침대가 저렇게 작았나.'

그녀의 침대에 비스듬히 앉아 있는 진혁은 마치 여유로운 표범처럼 느긋한 모습이었다. 그 모습이 괜히 그녀를 위축들게 하는지라 나무는 다시 자신을 다독이곤 책상에 있는 담배를 집어 들었다.

"빈속에 피우면 몸에 더 안 좋아."

그녀가 입에 문 담배에 불을 붙이려고 할 때 진혁의 부드러운 목소리가 들려왔다. 그러나 그 의도가 무엇이든 간에 지금 상황에서 그 말은 나무에게 조금 불쾌하게 느껴졌다. 관계를 한 번 맺은 걸로 어떤 권리를 가진 것처럼 행동하는 전형적인 남자의 모습으로 해석되자 그녀가 짧은 순간 인상을 쓰곤 담배에 불을 붙였다. 담배 한 모금을 깊게 빨아들여 하얀 연기를 내뿜은 나무가 고개를 들어 진혁의 시선을 똑바로 응시했다.

"그건 내가 알아서 해."

차가움이 서린 나무의 말투에 엷은 미소를 짓고 있던 진혁의 얼굴이 순간 딱딱하게 굳어졌다. 그러나 이내 작은 한숨을 내쉬고는 부드러운 얼굴로 그녀에게 손을 내밀었다.

"오케이. 알았어. 그런데 거기 서 있지 말고 이리 좀 와봐."

지금, 나무가 고슴도치처럼 가시를 세우고 있는 게 느껴졌다. 알아서 한다는 말이 친밀한 관계로 향하는 걸 밀어내는 걸로 느껴져 순간 마음이 가라앉았지만 이내 다르게 해석되었다. 지금 자신이 여자라는 걸 확연히 느끼면서 그가 남자의 권력을 행사할까 봐 신경이 곤두선 것이다.

어찌 보면 화를 낼 수도 있는 그녀의 말에 진혁이 바로 수긍
하고 들어오자 곤두서 있던 그녀의 마음이 약간은 풀어졌다.
나무가 담배를 재떨이에 비벼 끄고는 진혁이 있는 침대가로 다
가갔다. 그리곤 그와 약간은 거리가 떨어진 곳에 걸터앉았다.
그가 유심히 그녀의 그런 행동을 지켜보았다. 나무가 목을 한
번 가다듬더니 이내 차분하게 입을 열어 말했다.

　"어제… 우리가 관계를 맺었다고 달라지는 건 없었으면 좋겠
어."

　순간 그의 눈빛이 위험스럽게 빛을 냈다가 다시 평온해졌다.
그가 말없이 자신을 바라보고만 있자 나무는 진혁도 그녀처럼
혼란스러울 거라고 생각하곤 자신의 생각을 명료하게 덧붙였
다.

　"만약에 후회한다고 해도 친구 관계를 끝내거나 그런 건 아
니었으면 좋겠다는 거야."

　그의 입꼬리가 한쪽으로 포물선을 그렸다.

　"누가 후회하고 있다는 거야?"

　의미없이 정면을 응시하고 있던 나무가 그의 말을 듣고는 고
개를 획 돌려 그를 마주 보았다.

　'후회 안 한다… 후회 안 하면 무슨 뜻이지?'

　나무의 입에서 사무적인 어조의 말이 조심스럽게 흘러나왔
다.

　"그럼 넌 이 상황을 어떻게 처리했으면 좋겠는데?"

〈처리〉라는 단어가 나오자 진혁의 얼굴이 눈에 띄게 굳어졌다.

'어째서 이 녀석은 이렇게 생겨먹은 걸까?'

그 앞에서 눈을 말똥말똥거리며 자신의 대답을 기다리고 있는 나무를 진혁이 무표정한 얼굴로 응시했다. 그의 입술이 한 일자로 굳게 다물어져 있었다. 그가 침묵을 지키고 묘한 얼굴로 그녀의 얼굴을 응시하자 눈을 말똥거리며 그의 대답을 기다리고 있던 나무가 이상하게 어색한 기분이 들었는지 약간 당황하기 시작했다.

"뭐, 뭘 봐?"

그녀가 당황스러운 표정으로 말을 더듬거리자 그가 씨익 짓궂은 미소를 지으며 그녀 얼굴에 자신의 얼굴을 가까이 들이댔다.

"지, 징그럽게 왜 그래?"

나무가 얼른 퉁명스러운 말을 뱉어내며 등을 뒤로 젖혔다. 그러자 진혁이 재빨리 손을 그녀의 등 뒤로 가져가 더 이상 물러나지 못하게 만들었다. 나무가 몸을 뒤로 더 휘려고 하는 순간 그의 입술이 아주 부드럽게 그녀의 입술을 스쳐 지나갔다. 진혁이 닿을락 말락 입술을 가까이 대고 속삭였다.

"이렇게 처리하고 싶은데."

그의 행동은 장난 섞인, 아니, 어찌 보면 느글거릴 정도의 낯 부끄러운 거였지만 목소리가 너무나 진지했기에 나무는 마음속 깊은 곳에서 무언가가 툭 떨어졌다가 올라오는 기이한 느낌이 들었다. 진부하게 말하면 바로 심장이 철렁했던 것이다. 느낌으로, 그리고 암묵적으로 서로를 신경 쓰고 있다는 것을 알았을 때와 이렇게 공개적으로 그 마음을 들이대는 건 생각보다 차이가 컸다. 마음이 동하는 대로 행동을 하기엔 뭔가 조심스럽고 겁이 났다. 더 이상 불쑥불쑥 벌어지는 상황에 자신을 놓아두면 안 되겠다는 생각이 들었는지 나무가 양손으로 진혁의 가슴을 밀어내며 말했다.

"말해 봐!"

"뭘?"

진혁의 질문에 나무가 무언가 곰곰이 생각하는 얼굴로 그의 얼굴을 뚫어지게 응시했다. 그녀의 입에서 조심스럽지만 당당한 그런 말이 흘러나왔다.

"어제 그랬던 거 너한텐 어떤 의미야?"

'그래, 이럴 줄 알았다. 나무라면 그저 끌려가는 대로 끌려오지는 않을 줄 알았다. 이렇게 정면으로 부딪치고 들어올 줄 알았다.'

진혁은 자신이 방심하고 있었다는 것을 인정했다. 일단 관계를 맺고 나면 자연스럽게 연인관계가 될 거라고. 그가 나무의 눈을 똑바로 응시하며 천천히 입을 열어 말했다.

"안고 싶었던 여자를 안은 거야."

말을 하는 진혁의 눈빛이 이글거리며 짙은 까만색으로 빛나자 나무는 순간 급하게 숨을 들이켰다. 그리곤 자기도 모르게 고개를 휙 돌려 그의 뜨거운 시선을 피하자 진혁이 그녀의 얼굴을 손으로 움켜쥐어 자신을 바라보게 만들었다. 항상 약간은 풀어진 듯한 표정으로 장난 섞인 행동을 하던 진혁이 너무나 진지한 얼굴로 자신을 쳐다보자 나무가 약간은 놀란 듯 그를 빤히 응시했다. 나무가 그 열기에 숨이 막히는 것 같은 느낌이 들 때쯤 진혁이 입을 열었다.

"너는?"

묻고 있었다. 지금 그는 나무에게 주체적으로 이 상황을 끌고 나가라고 요구하고 있었다. 당당하지만 내심 이 상황을 두려워했던 나무에게 도망가지 말라는 경고였다. 어느새 그의 태도가 위압적인 느낌까지 들자 나무가 위축되어 가는 자기 자신을 꾸짖으며 그에게 반항하듯 당당하게 고개를 꼿꼿이 들어 말했다.

"나도 좋아서 한 거야. 됐냐?"

그녀의 말에 무섭도록 진지했던 그의 얼굴에 엷은 미소가 어리기 시작했다. 이 상황이 만족스러웠는지 아주 흐뭇한 얼굴이었다. 그 표정에 왠지 약이 오른 나무가 뚱한 얼굴로 입술을 비틀며 침대를 빠져나가려 하자 진혁이 빠르게 손을 뻗어 나무를 침대 위로 눕혔다.

"왜… 왜 이래?"

슬금슬금 그의 손이 나무의 허벅지를 쓰다듬으며 올라오기 시작하자 나무가 몸을 뒤틀며 퉁명스럽게 소리쳤다.

"나 배고파!"

진혁은 나무의 허리를 바싹 끌어안고는 그녀의 귓가에 속삭였다. 그의 다른 손은 그녀의 팬티를 끌어 내리고 있었다.

"나도 지금 무지 배고픈데… 어떡하지?"

"놀고 있…….."

그의 은밀한 말투에 그녀가 벙찐 얼굴로 눈을 휘둥그레 뜨고 냉소적인 말을 뱉으려 했지만 이미 그녀의 입 안으로 진혁의 뜨거운 혀가 들어오고 있었다.

다음날, 일요일 낮, 집 안은 조용한 정적이 감돌았다. 공기가 발목 아래에서 휘감길 것 같은 그런 느낌이랄까. 한낮인데도 집 안은 조그만 소리도 없이 조용했다. 잠시 후 시간이 멈춘 것 같은 집 안에 조그만 목소리가 들려왔다. 약간은 짜증이 섞인 웅얼거림이었다.

"…제… 발… 좀…….."

나무의 목소리였다. 나무는 인상을 찡그리며 자신의 몸을 쓰다듬는 진혁의 손길을 손으로 탁 치워냈다. 그러나 그의 손길은 집요했다. 잠에 취한 그녀가 팔을 움직이는 것도 힘들다는 얼굴로 이내 포기하고 낮은 한숨을 내쉬었다. 온몸이 무겁게 가라앉는 것처럼 피곤해서 눈도 못 뜨고 어떻게든 잠을 자보려고 하는데 가슴을 훑는 그의 입술이 느껴졌던 것이다. 혀로 젖꼭지를 희롱하고 입 안 가득 물어 빨아들이는 그의 애무에 그녀가 괴로운 표정을 지으며 신음 소리를 흘렸다. 나무는 지금 온

몸이 아팠다. 어제 낮부터 지금까지 새벽녘에 밥 한 그릇 달랑 먹고는 계속 침대에서 뒹굴었다. 어찌 된 인간인지, 진혁은 쉼 없이 그녀에게 대드는지라 나무는 말 그대로 침대에 꽁꽁 묶여 있었던 것이다. 새벽에 간신히 잠을 잘 수 있었는데 몇 시간 되지 않아 진혁이 또 요구를 해오니까 나무는 짜증이 난 것이다. 게다가 더 짜증난 건 그의 애무에 몸이 반응하며 잠이 깨는 거였다. 나무가 괴로움이 가득한 얼굴로 흐느끼듯 중얼거렸다.

"아으… 조오옴!!!"

그러나 나무의 흐느낌은 어느새 묘하게 변해 있었다. 그의 입술이 이젠 그녀의 여성 깊숙한 곳을 맛보기 시작하자 연신 저항 어린 신음을 토해내던 그녀의 입술에서 간간이 흥분 섞인 흐느낌이 흘러나왔다. 그가 예민하고 부드러운 빨간 속살을 핥다가 그 안으로 혀를 깊숙이 집어넣으면 눈을 감고 잠에서 깨어 나오지 못한 그녀가 움찔거리며 몸을 떨었다. 밤새도록 나눈 육체 관계에 그녀는 온몸이 욱신거려서 크게 요동을 치지도 못하고 그저 반사적인 반응을 보이고 있었다. 그녀의 여성이 촉촉하게 젖어오자 어느 순간 그의 입술이 느껴지지 않았다. 나무가 다시 찾아온 휴식을 몽롱한 의식 속에서도 반가워하고 있는데 그녀의 몸 안으로 단단한 무언가가 밀고 들어왔다.

하룻밤 동안 너무나 익숙해진 그의 몸이었다. 잔뜩 흥분했는지 그의 남성은 뜨겁게 달아올라 있었다. 진혁이 나무의 목에 얼굴을 묻고는 가쁜 숨을 몰아쉬고 있었다. 급박하게 자신을 휩쓸고 있는 욕망에 그는 거칠게 그녀를 안고 싶었지만 지금 나무는 많이 지쳐 있었다. 자신이 동물이 아닐까 싶을 정도로 어제부터 진혁은 쉬지 않고 그녀를 안았지만 얼핏 잠에서 깨어 나무를 본 순간 다시 흥분해 버렸던 것이다. 너무나 오랫동안 기다려 와서 그런 걸까. 오랫동안 참아왔던 육체적 욕망이 한꺼번에 폭발되고 있는 것 같았다.

사실 남자가 27살 때까지 육체적 관계가 없이 지내왔으니 얼마나 많은 욕구가 쌓여 있었겠는가. 그러나 그런 걸 알 바 없는 나무는 지치지 않고 다가오는 그에게 이젠 짜증을 넘어 애원하고 싶을 정도였다. 연속적인 관계 때문에 그녀의 여성 근처가 쓰려오자 나무가 다리를 바둥거리며 그의 허벅지를 치기 시작했다. 그러자 진혁이 그녀의 허벅지를 손으로 고정시키며 나무의 귓가에 애원하듯 중얼거렸다.

"나무야, 미안… 하아."

그의 애원 섞인 속삭임이 뜨거운 숨결과 함께 그녀의 귓속을 파고들자 나무의 반항이 조금은 누그러졌다. 그러나 그의 남성이 거세게 움직이며 부딪쳐 오자 나무가 다시 몸을 뒤틀기 시작했다. 진혁이 그녀의 이름을 애처롭게 부르며 그녀의 귓불을 입 가득 넣어 빨아대기 시작했다. 하룻밤 동안 알아낸 그녀의 성감대였다. 나무가 순간 몸을 활처럼 휘면서도 인상을 찌푸렸다.

얼어죽을 놈: "다시 보니까 못 생겨서."

나무: "어쩌라고?"

03

나무와 진혁이 연인이 된 지 몇 달이 지난 어느 주말이었
다. 일요일 아침, 그는 정신없이 잠에 빠져 있었다. 지난 몇 달
동안 퇴근 시간만 되면 총알처럼 집으로 날아와 그녀를 안고 또
안았으니 사람이 뒤로 뻗을 만도 했다. 게다가 요즘 회사는 한
창 신상품 개발 중이라 낮에는 시장조사를 하기 위해 시내 구석
구석을 돌아다녀야 했고, 밤에는 나무를 안느라 지금 완전히
곯아떨어져 있었던 것이다. 그러나 알 게 뭔가. 나무는 그가 시
체가 되었든 떡이 되었든 관계없다는 듯 달디단 잠을 마음껏 누
리고 있는 그의 몸 위로 날듯이 올라타고 앉았다.

"으으윽……."

잠들어 있던 진혁이 신음을 흘리며 인상을 찌푸렸다. 그의 배 위로 묵직한 무언가가 느껴졌지만 그가 눈을 감은 채로 여전히 시체 흉내를 내자 나무가 그의 귓가에 입술을 가져가 뜨거운 숨결을 불어 넣었다.

"하아아아아……."

"으……."

간지럽지만 묘한 느낌을 불러일으키는 그녀의 숨결에 진혁이 몸서리치며 이불을 휙 하고 뒤집어썼다. 그러나 그녀가 누구인가. 아랑곳 않고 이불을 확 걷어내더니 그의 어깨를 억세게 흔들기 시작했다.

"야야야~ 놀자. 나 이렇게 아침에 일어나는 거 오랜만이란 말이야."

그녀가 기세 좋게 그의 몸을 흔들어댔지만 진혁은 뚝심있게 시체처럼 흔들면 흔들리는 대로 움직일 뿐이었다.

"어쭈?"

진혁은 눈을 감고 있었지만 이미 어느 정도 잠이 깬지라 조용히 나무의 행동에 귀를 기울이고 있었다. 어느새 그의 귓가로 아무런 소리도 들려오지 않자 그가 이내 안심을 하고 다시 잠을 청하려고 하는데 순간 나무의 서늘한 목소리가 들려왔다.

"오케이, 그렇게 나온다 이거지? 앞으로 한 달 동안 나 만질 생각도 하지 마."

그 소리에 죽은 체하고 있던 진혁이 흡사 좀비처럼 눈을 감

딴 곳에 정신이 팔려 있는 그녀가 띄엄띄엄 대답을 했다.

"해부학 책으로 공부하는 건 한계가 있거든. 나 혼자 아무리 파악하려고 해도 힘들어서 많이 고생했었어. 그래서 그런 거야."

어느새 중얼거림 같은 대답을 마친 나무가 입을 다물곤 다시 눈앞에 있는 상완골과 하완골을 면밀하게 뜯어보고 있었다.

그랬다. 나무에게 이 전시회는 공부의 장이었다. 미대를 다니지 못한 나무로서는 크로키나 체계적인 해부학 공부를 하기가 어려웠던지라 〈인체의 신비전〉은 구원의 밧줄 같은 거였다.

두 시간에 걸쳐 전시회장을 돌아다닌 둘은 나오자마자 담배를 꺼내 물었다. 약품으로 처리한 시신은 처음에는 느껴지지 않았지만 나중에는 속이 울렁이고 머리가 아파왔다. 벤치가 있는 건물 뒤뜰에서 나무가 담배를 꺼내 물자 진혁이 어느새 다가와 라이터로 불을 붙여주었다. 얼떨결에 그녀가 담뱃불을 붙이면서 잠시 무표정한 얼굴로 그를 응시했다. 진혁은 왜 그러냐는 얼굴로 나무에게 시선을 보내면서 자신의 담배에 불을 붙였다.

"아니야."

나무가 고개를 가로젓고는 입 안에 물려져 있는 담배를 힘껏 빨아들였다. 그리곤 큰 호흡으로 담배 연기를 뱉어내며 지끈거리는 머리를 달랬다. 기분이 이상했다. 좋으면서도 불안하다고 해야 할까. 자신한테 너무나 잘해주는 그의 행동이 내심 기분

좋긴 했다. 세심하게 그녀를 배려하고 그녀가 먹고 싶다는 건 그냥 흘려 말해도 다음날이면 준비되어 있었다. 아니, 어쩔 땐 곧장 사들고 왔다. 사실 담배를 피우는 그녀에게 딴죽을 걸며 비아냥거리는 남자들을 많이 만나왔기에 재떨이를 갖다 주고 불을 붙여주는 그가 참 좋았다. 그리고 우쭐해지기까지 했다. 어떤 누구보다 대접받고 있는 느낌이랄까. 그러나 그냥 시원한 그런 기분 좋음은 아니었다. 과연 자상하고 너그러운 진혁의 모습이 다일까. 그녀가 일부분만 보고 있는 건 아닐까 하는 불안함이 스멀스멀 가슴속에 피어올라 항상 그녀의 뒷덜미를 잡아당기는 느낌이었다.

　담배를 다 피운 둘은 출출한 속을 채우러 음식집을 찾아 나섰다. 대학로 근처인지라 둘은 먹자골목 쪽을 두리번거리며 무슨 음식을 먹을까 즐겁게 떠들었다. 결국 나무가 잘하는 집을 안다며 뒤를 따르라고 개선장군처럼 앞장을 서자 진혁이 느긋한 얼굴로 그녀의 뒤를 따랐다. 그러나 기세등등하게 걸음을 옮겼던 그녀가 어느 지점에서 걸음이 늦춰지자 나무의 시선을 따라 진혁이 고개를 돌려보니 인형 가게였다. 가게 앞에 큼지막한 곰인형을 나무가 아주 짧은 순간 물끄러미 응시하다가 다시 앞을 바라보았다. 스치듯 보면서도 곰인형에 이끌리듯 고정되었던 눈동자를 진혁이 놓치지 않고 알아챘다.

　'호오… 의외네.'

　약간 주춤거리며 걸음을 늦추었던 나무가 다시 힘차게 걸었

물을 한입 떠먹었다. 그러나 그의 눈빛은 다른 생각을 하는 것 같았다. 다른 생각을 할 수밖에 없는 그였다. 성규라면 한번 나무와 함께했던 술자리에서 본 적이 있는 남자였다. 그때 그 남자가 나무를 쳐다보는 시선이 꽤 의미심장했기에 진혁은 유심히 그를 지켜보고 있었다. 나무가 가끔 연락하는 동료 같은 관계였고 아직 이렇다 할 움직임이 보이지 않았기에 별다른 조처를 취하지 않고 있었다. 일로 만나는 관계였지만 그 눈빛이 그를 신경 쓰이게 했다.

전시회를 갔다 온 지 며칠이 지난 후였다. 아직 아침 햇살이 반짝이기는 이른 시간에 진혁이 언제나처럼 습관마냥 눈을 떴다. 무심결에 고개를 돌려보니 침대 옆은 비워져 있었고 베개 위에 있는 작은 쪽지가 눈에 들어왔다. 이렇게 이른 아침에 움직이는 경우가 없는 나무가 새벽부터 나갔다는 게 이상한 일이라 그가 의아한 얼굴로 쪽지에 손을 가져갔다.

〈오늘 엄마 생신이라서 갔다 온다. 아마 밤에나 오게 될 것 같아! 그럼 저녁에 보자!〉

간단한 요점정리를 건네듯 쓰여 있는 쪽지를 그가 잠시 멍하니 있다가 주먹을 쥐어 쪽지에 들이댔다.
"으이그."

〈사랑하는 나무〉라든지 〈너의 나무〉라든지 하는 글귀 하나 덧붙이면 어디가 덧나나. 사무적일 정도로 딱딱한 언어들이 마음에 들지 않았다. 생신이라는 사실에 그가 무심히 날짜를 확인했다. 며칠 있으면 나무 생일이었다.

같은 시간 나무는 막 기차에서 내리고 있었다. 싸늘하고 탁한 푸른빛의 햇살을 살포시 머금은 이른 아침의 공기가 서울과는 다른 곳에 왔다는 것을 느끼게 해주었다. 진혁의 집을 나서자마자 근처에 있는 가게를 찾아내 산모미역을 손에 쥐고 그녀가 기차역 밖으로 향했다. 경기도 양평, 나무의 부모님이 살고 있는 곳. 그녀가 고3 때 아버지가 그나마 있는 전셋집을 날려먹고 빚쟁이를 피해 야반도주하듯 내려온 곳. 그녀가 오랜만에 보는 집 근처 풍경을 우두커니 서서 둘러보았다. 작은 가게의 상표만이 하나둘 달라졌을 뿐, 변한 것은 거의 없었다. 정체되어 있는 것 같은 그 분위기에 숨이 막히는지 그녀가 깊게 호흡을 들이켰다. 그리곤 기차역에서 두 정거장쯤 떨어져 있는 집을 향해 뚜벅뚜벅 발걸음을 떼었다.

삐거어억—

부식된 녹으로 여기저기 상처처럼 흠집이 나 있는 철문을 여니 집으로 들어가는 좁은 길이 보였다. 그녀의 아버지가 모아 놓은 수많은 고철과 잡동사니들이 그 길을 따라 가득 쌓여 있었다. 어느 가게가 망하면 떼오는 알루미늄 문과 누군가 버리면 주워온 세탁기와 냉장고, 그리고 종이박스들이 차곡차곡 묶여

그녀의 마음이 짧은 순간 가라앉아 갔다. 우울함, 그리고 무력감. 이 나무들이 죽어갈 때 아무것도 할 수 없었던 자신의 예전 모습이 떠오르자 그녀의 표정이 씁쓸하게 변해갔다. 자신혼자 살기도 바빠서 주변 상황을 돌아볼 새도 없이 공부에만 매달렸었다. 살아내야 한다는 그 한 가지만 머리 속을 가득 채우던 나날들이 바람결에 실려 오는 듯했다. 쓰러져 가는 어머니와 도망치듯 결혼하는 언니를 그녀는 지켜볼 수밖에 없었다.

잠시 마당에 서서 생각에 빠져 있던 그녀가 발길을 돌려 현관문으로 향했다. 문을 여니 지저분한 부엌 바닥과 여기저기 놓여있는 그릇들이 눈에 들어왔다. 한쪽 구석엔 그녀가 예전에 읽었던 책들이 먼지와 바퀴벌레 똥을 뒤덮어쓰고 마치 시체처럼 나뒹굴고 있었다. 현실을 인식 못하고 공상의 세계에 빠져 있었던 그녀의 흔적들이 눈앞에서 나뒹굴고 있었다. 무심한 눈길로 나무가 그 정경들을 둘러보곤 신발을 벗었다. 그리곤 흙먼지로 때가 구질구질하게 묻은 거실 바닥을 가로질러 안방으로 다가갔다. 안방 한가운데에 그녀의 어머니가 누워 자고 있었다. 텔레비전을 보다가 잠들었는지 그쪽으로 머리를 향하고 이불도 깔지 않고 그냥 아무렇게나 말이다. 어머니가 베고 있는 베개엔노란 침 자국들이 시간이 지나면서 갈색의 얼룩덜룩한 흔적들로 변해 있었다. 나무가 고개를 비스듬히 돌려보니 방 한쪽에상이 놓여 있었다. 언제 드셨는지는 모르지만 상 위엔 말라붙은열무와 딱딱하게 보이는 멸치가 덩그러니 놓여 있었다.

저 여자를 구해야 한다고 생각한 적도 있었다. 몇 년 전까지만 해도 어머니를 생각하면 울컥하고 눈물을 쏟아낸 적도 있었다. 어머니가 아버지에게 구걸하듯 돈을 타서 그녀의 손에 쥐어주면 그 돈으로 책을 샀다. 그 돈으로 공부하는 자신이 경멸스러웠던 적도 있었다. 어머니가 그녀에게 기대했던 공부를 때려치우고 그림을 선택했을 때의 그 죄책감 또한 그녀를 오랫동안 괴롭혔었다. 하지만 여전히 답을 모르겠다. 노름하는 남편을 떠나지 않고 그대로 주저 앉은 어머니의 삶을 〈선택〉이라고 말하며 탓해야 하는 걸까, 아니면 가부장제 사회에서 엿 같은 남자를 만나 인생 조졌다고 말해야 할까.

모르겠다.

모르겠다.

다만, 다만 확실한 건 어머니처럼 되지 않겠다는 것.

생존의 방식을 남자에게 의지하지 않겠다는 것.

남자의 기반에 그녀의 몸을 의탁하지 않겠다는 것.

생존의 필수조건에 남자의 존재를 넣지 않겠다는 것.

그 한 가지.

그 한 가지만은 확실하게 다가왔었다.

"후우우……."

나무가 깊게 숨을 내쉬고는 자신의 잠바를 벗어 한쪽에 대충 걸어놓았다. 그리곤 소매를 둘둘 말아 올리곤 싱크대에 있는 고무장갑을 꼈다. 바닥에 놓인 그릇 안엔 썩은 음식들이 가득

엄마의 넋두리가 시작되자 아버지에 대한 집착을 보이는 엄마의 내면을 읽은 나무가 약간 무뚝뚝하게 그 말을 잘라냈다.

"아, 됐어. 관심없어."

나무의 차가운 반응에 그녀의 어머니는 무표정한 얼굴로 입을 다물더니 옆에서 나오고 있는 텔레비전으로 시선을 돌렸다. 한 달에 얼마씩 생활비를 내놓는 것이 아니라 하루에 만 원, 이만 원씩 생활비를 내놓는 아버지의 행동을 나무나 나영이나 어릴 때부터 지긋지긋하게 겪었던지라 새삼스럽게 보고를 들을 필요는 없었던 것이다. 게다가 그 행동에 대한 엄마의 넋두리도 계속되어 었었고. 두 사람의 오랜 행동패턴을 너무나 잘 아는 나무로서는 이젠 아예 이야기의 포문을 열지 못하게 한 것이다. 그녀의 언니 나영은 못 들은 척하고 삶고 있던 나물을 건져 내 찬물에 담갔다. 나영과 나무, 잘하는 음식이 다른지라 나무가 무치는 음식을 하고 있었다. 나무가 오이를 무치기 위해 양념통 있는 곳을 두리번거리며 설탕을 찾았다. 하지만 설탕이 보이지 않자 그녀가 순간 인상을 찌푸렸다. 워낙 살림에 손을 놓은 분인지라 장 볼 때 사소한 것도 다 챙겨 샀지만 설마 설탕이 없을 줄은 몰랐던 것이다. 그녀가 다시 나갈 생각에 잠시 입술을 비틀며 앞으로 삐죽 내밀자 가만히 지켜보고 있던 어머니가 대뜸 말을 꺼냈다.

"왜? 뭐가 없니?"

"설탕."

그녀의 대답에 잠시 침묵을 지키고 있던 어머니가 얼른 좋은 생각이 났다는 것처럼 입을 뗐다.

"아버지한테 사 오라고 할까? 이 근처 어딘가에 있을 테니 금방 사 올 텐데."

그녀의 어머니는 자주 김치나 양념이 떨어지면 아버지에게 사 오라고 시켰다. 몸이 안 좋으신 어머니에겐 그게 일상이었지만 지금 상황은 그런 의미와는 또 다른 의미가 숨어 있었다. 그 의미를 너무나 잘 알고 있는 나무가 인상을 팍 쓰며 입술을 일그러뜨렸다.

"됐어. 설탕 하나로 맘 편하게 음식 먹게 해줄 것 같아?"

비틀린 내면에서 불쑥 튀어나온 나무의 말에 그녀의 어머니가 머쓱한 얼굴로 침묵을 지키고 있자, 옆에 있던 나영이 제지하듯 부드럽게 말을 꺼냈다.

"무섭다, 얘. 뭐 그렇게 심각하게 생각하니? 그냥 사 오라고 해."

언니의 타박 어리지만 달래는 듯한 말투에 나무의 발끈했던 성질이 누그러졌다. 나무가 입을 꾹 다물고 썰고 있던 오이를 만지작거리자 어머니는 얼른 아버지에게 전화를 걸었다.

'좋기도 하겠수.'

나무가 입술을 이죽거리며 애꿎은 오이만 노려보았다.

어머니가 전화를 건 지 10분쯤 지났을까. 그녀의 아버지가 현관문 밖에서 걸어오는 소리가 들려왔다. 나무는 무표정한 얼굴로 손에 비닐을 낀 채 우두커니 앉아 있었고 나영은 가스 불에 올려놓은 음식을 젓가락으로 젓다가 현관문 쪽으로 다가갔다.

"오셨어요?"

나영의 인사에 그녀의 아버지가 어색하게 고개를 끄덕이곤 설탕이 든 까만 봉지 하나를 내밀었다. 나무는 말없이 아버지에게 고개를 살짝 숙여 대충 인사하곤 양은그릇에 있는 음식거리만 바라보고 있었다. 나영이 아버지의 손에 들려져 있는 설탕을 가져와 그릇에 덜어주자 나무가 묵묵히 나물을 무쳤다.

미워하지 말자고, 오래전부터 스스로에게 되뇌곤 했었다. 누군가를 미워하면 똑같은 사람을 만난다는 이야기를 누군가에게 들은 후부터 아버지를 미워하지 말아야겠다는 결심을 했었다. 그래서 그때부터 미워하지 않을 수 있는 방법을 찾았다. 그건 무관심이었다. 가족으로, 또 아버지로 기대할 때는 해주지 않는 것에 대해 분노가 일었지만 일단 타인으로 인정하고 나니까 아무런 원망도 들지 않았다. 사람에게 무언가를 기대했기 때문에 괴로웠다는 것을 깨닫게 되곤 그때부터 아무것도 기대하지 않았다. 그런 생각을 한 지 10년이 넘자 이제는 얼굴을 봐도 정말 남 같았다. 약간 아는 사이 정도랄까.

나무가 아무런 말 없이 설탕을 고루 섞어 음식을 무치기만 하자 그녀의 아버지는 약간 어색함을 느꼈는지 몇 번의 헛기침을 한 후 안방으로 들어갔다.

"당신 또 짓고땡 하다 왔지?"

"이 사람이이이!! 당신이 봤어어어?!"

아버지가 자리에 앉자마자 보란 듯이 두 사람은 또 옥신각신하고 있었다. 새콤달콤하게 오이와 오징어를 무친 나무가 작은 접시에 아담하게 담아내며 속으로 중얼거렸다.

'놀고들 있네!'

"엄마, 오늘은 그런 얘기 하지 말아요. 좋은 날인데……."

하나의 연극 공연 같은 두 분의 말싸움—물론 항상 싸우는 게 아니라고 한다. 대화를 한다고 하지!—을 나영이 조심스럽지만 얼굴을 딱딱하게 굳히고 잠재웠다. 두 분은 주변의 간섭을 기다렸다는 듯 입을 다물곤 텔레비전 화면으로 시선을 집중했고, 나영은 다시 언제 그랬냐는 듯 한쪽에서 뜨거운 김을 내며 끓고 있는 갈비를 젓가락으로 콕콕 찔러보고 있었다. 나영의 그런 모습을 나무가 물끄러미 응시했다.

느껴졌다, 일 년에 한 번 온 친정집에서 언니가 다른 가족들처럼 화기애애하게 가족의 정을 느끼고 싶어한다는 것을. 상업 고등학교를 졸업하자마자 돈을 벌어 엄마에게 꼬박꼬박 갖다주고 또 저축한 언니는 어느 날 갑자기 결혼으로 이 집을 벗어났다. 그리고 어느 집 여자들처럼 가사와 육아와 노동을 동시에 해가면서도 착실히 적금을 부어 전세를 마련하는 억척스러움도 보여주었다. 아등바등 살아가는 언니의 삶을 나쁘다거나 잘못되었다고 말할 수는 없지만 나무는 뭔가 괴리감을 느꼈다. 그런 삶의 가장 위험 요소는 남편이었다. 가정의 기반이 삶의 목표가 되면 남편의 행동여하에 따라 그 행, 불행이 달라지게 되어 있다. 나무는 알고 있었다. 형부가 가끔 언니를 때린다는 것을. 아주 가끔 술에 취하면 개가 된다는 것을.

저녁 식사를 한 후 케이크에 촛불을 켜고 생일 노래를 부른 나무가 지체없이 집을 나섰다. 지끈지끈한 머리는 차치하고라도 일단 몸이 너무 피곤했다. 아침 일찍부터 움직인 것도 있었지만 워낙 묵은 때들을 닦아낸지라 양팔이 다 저릿저릿했다. 지친 몸을 이끌고 그녀가 기차에 몸을 싣고는 잠은 청하려는 듯 좌석에 몸을 기대자마자 고개를 뒤로 젖히고는 눈을 감았다.

덜컹. 덜컹.

평일 밤이라 기차 안엔 사람이 별로 보이지 않았다. 덜컹거리는 기차의 리듬에 맞춰 잠시라도 눈을 붙여보려 했던 나무가 어느 순간 잠이 안 오는지 미간을 찌푸리며 눈을 떴다. 머리가 쪼개질 듯 아파왔다. 그녀가 얼굴을 구기며 자신의 눈두덩을 꾹꾹 눌러댔다.

한참 동안 그렇게 눈과 이마 쪽을 주물럭거리던 나무가 옆에 있는 유리창을 멍하니 응시했다. 밤인지라 창 유리는 외부의 어떤 것도 보여주지 않고 나무의 얼굴을 비쳐 주었다. 창 유리에 비추이는 자신의 모습을 그저 말없이 쳐다보다가 문득 정신이 차려보니 서울에 도착해 있었다. 그녀가 기차에서 내리고 있을 때쯤 핸드폰 벨소리가 울려왔다. 진혁이었다.

"왜?"

감정의 소용돌이에 휩싸이고 그 감정을 지켜보며 에너지를 쏟아낸 하루인지라 나무의 대답이 어느 때보다 무뚝뚝하게 튀어나왔다. 그러나 그녀의 그런 말투에 아무런 영향 없이 진혁의 즐거운 듯한 목소리가 들려왔다.

[언제 오냐구. 나 배고파.]

배고프다는 그의 칭얼거림에 나무가 순간 눈을 감고는 참는 듯한 한숨을 흘렸다. 그리곤 눈을 팍 뜨고 낮은 목소리로 단어 하나하나를 끊어서 말했다.

"차려 먹으면 되잖아. 어쩌라고?"

그녀의 의미심장한 말투에도 그는 여전히 즐거웠다.

[뭐 안 싸오나 기다리고 있었지. 생일상인데 뭐 없냐?]

"없어. 다 먹어치웠어."

[그래, 너 혼자 맛있는 거 먹으니까 기분 좋냐?]

나무가 무표정한 얼굴로 눈을 가늘게 뜨더니 핸드폰을 노려보았다. 너무 지쳐서 소리 지를 기운도 없었다.

"응, 기분 좋아."

뚱하게 대답을 마친 나무가 핸드폰을 폴더를 탁 닫고는 개찰구를 향해 발걸음을 옮겼다. 그녀가 꽤 걸음을 옮겼을 때 어디선가 그녀의 이름을 부르는 목소리가 들려왔다.

"나무야야야야야야!!"

난데없이 들려오는 소리에 그녀가 멍한 얼굴로 소리가 들려오는 진원지를 찾아 고개를 두리번거렸다. 개찰구 너머에서 진혁이 손을 흔들고 있었다. 나무가 눈을 휘둥그레 뜨고 진혁을 응시했다. 기분이 참 이상했다. 사람들의 시선에 민망하면서도 너무 반갑고 좋았다고나 할까.

그녀가 개찰구에서 나오자 그가 나무의 손에 있는 가방을 받아 들곤 그녀의 손을 잡았다. 차가 주차된 곳으로 향하면서 나무는 그가 이끄는 대로 따라갈 뿐이었다. 마음은 반갑고 좋았지만 아직 집에 갔다 온 흔적이 그녀에게 남아 있었고, 웃으며 그에게 반응을 보일 정도의 기운도 남아 있질 않았다.

사실 진혁은 그녀가 집에만 갔다 오면 우울해지는 경향이 있다는 것을 아는지라 어디쯤 왔나 알아볼 겸 전화를 해서 놀려댄 것이다. 그리고 빨리 그녀가 보고 싶기도 했다.

나무에게 차 문을 열어주고 그녀가 좌석에 올라타자 진혁이 안전띠를 매주었다. 나무는 어떤 표정을 지어야 할지 몰라 그저 무표정한 얼굴로, 아니, 그것보다는 좀 더 뚱한 얼굴로 진혁의 행동을 지켜볼 뿐이었다. 자신을 무슨 소중한 보석 다루듯 하는 진혁의 행동이 꽤 민망하기도 하고 당혹스럽기도 했다. 그런 대우를 받는 여자는 하얀 살결에 금방이라도 바람이 불면 쓰러질 것같이 여리여리한 모습일 거라고 생각했기 때문에. 아무리 생각해도 자신의 모습은 이런 것과 잘 안 어울리는지라. 그러나 나무는 말없이 있었다. 왜? 그런 대우 받고 기분 나쁠 여자가 어디 있겠는가? 나무도 그랬다.

진혁이 운전석에 몸을 싣고는 시동을 걸지 않고 그녀를 빤히 쳐다보았다. 그새 나무는 눈을 감고 좌석에 몸을 기대고 있었다. 차가 출발하지 않는 게 이상했던지 그녀가 눈을 슬쩍 뜨고는 그를 바라보았다. 자신을 빤히 쳐다보고 있는 그의 시선이 어색하게 느껴져서 그녀가 퉁명스럽게 말을 뱉었다.

"뭘 봐?"

그가 씨익 웃으며 장난스럽게 말했다.

"다시 보니까 못 생겨서."

끔벅, 끔벅. 나무가 표정 변화 없이 그를 바라보더니 한쪽 눈썹을 치켜 올리며 말했다.

"어쩌라고?"

"큭큭큭."

그가 입술을 깨물며 즐거운 듯 웃음을 흘리자 나무가 별 싱거운 걸 다 보겠다는 듯 한번 쪼려봐 주곤 다시 눈을 감고 좌석에 몸을 깊숙이 묻었다. 그러나 얼굴에 그의 손길이 느껴지자 나무가 눈을 다시 떴다. 눈앞에 진혁이 자신을 진지한 얼굴로 응시하고 있었다. 그녀가 당황으로 눈을 껌벅거리고 있는데 진혁이 나무의 입술을 덮치며 뜨거운 키스를 퍼부었다.

'딱 하루 떨어져 있었는데, 사실 그가 출근해서 떨어져 있는 시간이랑 비슷한데도 왜 이렇게 반가운 걸까. 아침에 제대로 얼굴도 못 보고 나와서 그런 걸까?'

나무의 머리 속에 갑작스런 의문이 떠올랐지만 지금 그의 혀가 입 안 가득 들어와 있기에 아무 생각을 할 수 없었다. 나무가 천천히 팔을 들어 올려 진혁의 뒷목을 끌어안았다.

잠시 후 그가 차 안에서 나무를 끌어안고 키스를 퍼부으며 나무의 존재에 취해 있는 동안 어디선가 코 고는 소리가 약하게 들려왔다. 쌔근쌔근, 숨소리 속에 코로로거리는 방울진 소리가 섞여 있었다. 진혁은 그녀의 목덜미와 귓불을 맛보느라 약간 몽롱한 상태였기에 처음엔 그 소리를 알아차리지 못했지만 어느 순간 나무가 반응없이 가만있는 게 이상하게 느껴져서 고개를 들어보고 나서야 알았다. 잠들었다는 것을. 약간 입을 벌린 채 기절하듯 잠들어 있는 나무를 진혁이 황당하듯 한참 동안 쳐다보다가 이내 조심스러운 손길로 그녀를 좌석에 기대게 했다. 혹시라도 머리가 부딪칠까 그녀의 머리를 감싸 부드럽게 놔주었다. 나무는 전혀 미동없이 잠에서 깨어나질 않았다.

잠들어 있는 나무를 진혁이 가만히 바라보았다. 지친 듯 창백한 얼굴빛이 가슴 아프게 눈에 들어왔다. 화장도 안 한 맨얼굴에 정리되지 않은 자연스런 눈썹과 자잘하게 뿌려져 있는 주근깨, 그리고 작은 코를. 피곤한지 입술은 메말라 부르터 있었다. 게다가 방금 전 그와의 키스로 나무의 입술은 빨갛게 부풀어 있었다. 진혁이 천천히 손을 뻗어 조심스럽게 그녀의 입술을 어루만지더니 부드럽게 손가락을 움직여 귓불을 어루만졌다. 귓불에 있는 섬세한 솜털이 자신이 여자라는 걸 증명하듯 투명한 빛을 내며 도드라져 보였다. 그가 살며시 손을 내려 그녀의 손을 잡고는 자신의 입술 가까이에 가져갔다. 그리곤 그녀의 손등에 입맞춤을 남겼다.

'널 존경해, 나무야. 그리고 사랑해.'

차가 집 앞에 도착했을 때쯤 나무는 반쯤 잠이 깨어 있었다. 그러나 온몸이 솜방망이처럼 축축 가라앉는 느낌인지라 눈을 감고 잠시 잠의 손길에 취해 있었다. 어느새 차를 주차시킨 진혁이 시동을 끄고 먼저 차에서 내렸다. 그리곤 반대쪽으로 걸어가 나무가 있는 쪽 차 문을 열고 그녀의 숨결을 살폈다. 나무는 움직이기 귀찮아서 뭉그적거리며 시간을 끌었는데 순간 진혁이 그녀를 들어 올리는 게 아닌가. 그 바람에 잠이 확 깼지만 나무는 제 발로 걸어가는 게 귀찮은지라 그가 하는 행동을 그냥 모른 척하고 눈을 감고 있었다. 진혁이 성큼성큼 걸어 집으로 향했다. 나무의 머리 속으로 무언가가 빠른 속도로 스쳐 지나갔다. 하나의 장면이 너무 빨라서 그 모양새를 잡지 못하고 그냥 그 느낌을 가로채듯 느낄 뿐이었다. 이렇게 누군가에게 안겨 잠을 자는 척하고 있었던 어떤 느낌을. 그러나 기억이 나지 않았다. 언제 누구와 이런 상황이 있었는지……. 아마도 대학 때 술 먹고 그랬나. 아니면 기시감인가.

드디어 침대에 그녀를 눕혔을 때서야 나무가 눈을 게슴츠레 뜨고 진혁을 바라보았다.

"저기… 나 깨 있었어."

그녀의 고해성사 같은 말에 진혁이 지친 얼굴로 살짝 노려봐 주곤 엷은 미소를 띠었다. 사실 그녀가 깨어 있다는 것을 알고 있었다. 그러나 그게 내숭이나 잔머리이기보단 자신에게 기대는 것 같아 기분이 좋았다(콩깍지가 씌었군!!). 그냥 끝까지 모른 척하고 공주처럼 잠들면 될 일을 막판에라도 고백하듯 얘기하는 나무의 성격에 그는 왠지 웃음이 났다. 지가 내숭 떨었다고 생각하면 지가 놀라니… 원.

"피곤할 텐데 자."

진혁이 옆에 있는 이불을 그녀에게 덮어주며 말했다. 보살핌을 받는 느낌에 나무가 약간 어색한 미소를 입가에 그리며 다시 눈을 감았다. 그녀의 귓가로 씻으러 욕실을 가는 그의 걸음 소리와 방으로 들어가 옷을 갈아입는 소리가 약하게 들려왔다. 뻐근하게 에이듯 아파오는 몸을 뒤척이며 나무가 잠이 들려고 노력했지만 점점 더 정신이 또렷해져 왔다. 그의 존재로 잠시 집에서의 흔적을 잊을 수 있었지만 혼자 누워 있으니 다시 그 흔적들이 그녀의 머리 속을 파고들었다. 그녀가 그 흔적들을 반추하며 정리하지 못한 마음의 실타래를 관조하고 있을 때 진혁이 방 안으로 들어와 침대 옆에 걸터앉았다.

"잠이 안 와?"

방에 들어와 보니 나무는 우울함이 가득한 얼굴로 베개 옆을 응시하고 있었다. 그의 부드러운 물음에 나무가 작게 중얼거렸다.

"으응… 내일 나가봐야 하는데."

나무가 몸을 뒤척이다 아픈 신음을 흘리자 진혁이 그녀의 다리를 주무르기 시작했다. 퉁퉁 부어서 뻣뻣해 있는 다리를. 나무가 약간 미안해하는 얼굴을 하면서도 몸이 말이 아닌지라 그냥 받고 있었다. 그의 손이 나무의 팔 하나를 잡더니 저릿저릿한 팔 근육을 풀어주었다. 그의 손놀림에 나무의 눈이 서서히 감겼다. 나른하게 풀리는 자신의 육체를 느끼며 나무는 생각했다. 그가 있어서 참 좋다고.

다음날, 진혁이 출근 준비를 할 때쯤 나무가 방 안에서 어슬렁거리며 나오더니 피곤했는지 어깨를 두드리며 욕실로 향했다. 그녀가 씻는 동안 진혁은 커피 두 잔을 만들었다.

"후아아암."

나무가 늘어지게 하품을 해대곤 커피 한입을 홀짝이자 진혁이 말을 건넸다.

"오늘 어디 가는 거야?"

"으응, 성규 선배랑 기획사에. 캐릭터 일 준비할 게 있거든."

별일 아니라는 듯 나무는 무심히 말했지만 그의 눈빛 속에 짧은 순간 반짝임 같은 게 떠올랐다. 그러나 이내 편해진 눈빛으로 그가 고개를 끄덕이곤 자리에서 일어났다.

나무는 오늘 기획사에 가서 점검해야 할 일을 생각하느라 이미 자신의 생각에 푹 빠져 있었다. 현관에서 신발을 다 신은 그가 갔다 오겠다는 말을 하려고 식탁에 앉아 있는 그녀를 쳐다보았다. 그러나 그녀는 이미 자기세계에 빠져 있었다. 그가 입술 한쪽을 올리며 쓴미소를 짓다가 약간 퉁명스럽게 말했다.

"갔다 올게."

"으응."

그의 말에 생각의 흐름이 끊긴 나무가 얼렁뚱땅 대답을 하며 손을 흔들었다. 진혁이 현관문을 닫고 나가자 나무는 커피 한 입을 더 마시곤 나갈 준비를 했다.

잠시 후 기획사에 도착한 그녀가 성규와 함께 대략의 사전준비를 하며 시간을 보냈다. 직접 캐릭터를 그려주는 일이기 때문에 의상이라든지 그리는 속도, 가격에 맞는 퀄러티를 조정하는 일이었다. 성규가 기획사에 그녀를 소개시켜 주는 입장이었기에 나무는 포트폴리오를 보여주는 걸로 간단하게 테스트를 거쳤다. 회의를 마친 후 통일성있는 의상을 준비하기 위해 성규 선배와 옷을 사고 미술용품도 준비하다 보니 어느새 저녁이 되었다.

"결혼 생각은 없는 거야?"

부대찌개에 있는 라면을 먹고 있는 나무에게 갑자기 성규가 말을 건네자 그녀가 빤히 그를 쳐다보았다. 결혼이라는 말이 워낙 낯설게 들리는, 그러니까 딴 세상의 언어인 것 같은 느낌도 있었지만 그런 것에 관심없다고 생각했던 선배가 그런 질문을 하니 약간은 의외였던 것이다. 입속에 든 라면을 다 먹고는 나무가 말했다.

"글쎄… 하게 되면 하고 뭐 그렇지. 형은?"

그냥 한번 물어보는 나무의 질문에 성규의 얼굴이 묘한 얼굴이 되었다. 분위기상 가벼운 얼굴을 하고 있었지만 진지함이 묻어나는 그런 표정이었다. 그가 약간은 장난스러운 어조로 말을 꺼냈다.

"나중에 서로 할 사람 없으면 우리끼리 할까?"

"큭큭… 그것도 좋지!"

둔탱이 나무는 성규의 얼굴에 어려 있는 진지함을 눈치 채지 못하고 얼씨구나 맞장구를 쳤다. 사실 그녀 입장에서는 그럴 만하기도 했다. 그동안 둘 다 격의없이 지낸 사이기도 했고, 어쩔 땐 성적인 농담을 주고받기까지 했으니 말이다. 같이 일을 하다 보면 화실에서 단둘이 남아 밤을 새던 일도 허다했지만 둘 사이에 묘한 감정이 흐르거나 그런 적은 없었다. 애인 사이가 되기 전 진혁과는 조금 선이 그어져 있는 오랜 친구 사이라면 성규 선배와는 격의없는 선후배 관계였던 것이다. 특히나 나무가 그림 전공을 하지 않아서 주변에 그림을 그리는 동료가 부족했다. 그런 면에서는 진혁과 함께 나눌 수 없는 고민들을 성규와 이야기하곤 했다.

둘은 이틀 후에 세미나가 있는 호텔 앞에서 만나기로 약속하고 밤 11시가 다 되어서야 일어났다. 그동안 혼자 안고 있었던 고민들을 나무가 성규에게 풀어놓았던지라 늦게까지 이야기가 계속되었던 것이다. 정적으로 보이는 그림을 어떻게 하면 움직임이 느껴지게 할 수 있는지, 어려운 각도에서의 연출은 어떻게 해야 느는지, 평면적으로 나오는 인체의 근육이라든지 하는 등의 고민들이 쏟아져 나왔다. 그동안 나무 혼자 끙끙거리며 머리 싸매고 있었던 것이다.

늦은 시간이라 성규가 바람 쐴 겸 집까지 바래다준다고 했고, 나무는 아직 하고 싶은 말들이 더 있었기에 둘은 같이 지하철을 탔다. 집 앞까지 둘이 걸어오다 골목길 한쪽에 있는 어느 집 계단에 앉아 담배를 피웠다. 어둠 속에서 빨간 담뱃불만이 빛을 내며 사람의 흔적을 나타내고 있었다. 한참 동안 말없이 나무가 담배를 피우다가 조그만 목소리로 입을 열었다.

"그림 그리며 산다는 게 힘들다는 말 요즘에야 새삼 느껴."

옆에 앉아 있는 성규는 말없이 나무의 말을 듣고는 〈그래〉라는 말을 중얼거릴 뿐이었다. 같은 길을 걷는 둘이 무슨 할 말이 더 있겠는가. 말하지 않아도, 그리고 설명하지 않아도 경험으로 알 수 있는 공감대가 형성되었던 것이다. 나무가 다시 입을 열어 되뇌듯 중얼거렸다.

"내가 그림 그리겠다고 했을 때 형이 한 달 동안 붙잡고 말렸던 거 요즘 들어 많이 생각나. 그때 좀 더 말려주지 그러면 내가 싸가지가 없는 거겠지?"

이번에도 성규는 말없이 씁쓸한 웃음을 흘리려는데 의미없이 정면을 바라보고 있던 나무의 눈에서 뚝 하고 눈물이 하나 떨어졌다. 어두운 밤 속인지라 나무의 눈물은 성규에게 보이지 않았다. 나무의 담담한 듯한 말소리만 들려올 뿐이었다.

"이번 일 끝내고 나면 한동안 그림 접어야 할 것 같아."

성규의 한쪽 눈썹이 약간 올라가며 의아한 듯 조심스럽게 물었다.

"왜? 이제 어느 정도 생활은 꾸릴 정도가 되잖아."

나무는 그저 멍하니 앞을 보면서 말했다.

"아빠가 사고쳐서 전세금 날렸어."

조용한 정적이 흘렀다. 툭 하고 뱉어지는 나무의 말은 어두운 골목길을 적막으로 감싸는 듯 그렇게 허공을 떠돌았다. 이내 그녀의 입에서 물기 어린 목소리가 흘러나왔다.

"도대체 언제쯤 난 미술 교육이란 걸 받아볼 수 있을까."

자존심 강하고 남 앞에서 잘 울지 않는 그녀가 자신 앞에서 울고 있자 성규는 그 마음이 무거워서 차마 위로의 말이나, 아니면 또다시 시작하라는 식의 말 같은 건 할 수 없었다. 그저 조용히 옆에서 지켜보았다. 자신은 가난한 건 아니었다. 단지 그림을 반대하는 집에서 뛰쳐나와 사는지라 조금 고생스러울 뿐 비빌 언덕이 존재했던 것이다. 말없이 앉아 있던 성규가 담배를 하나 꺼내 나무의 손에 건넸다. 그러자 나무가 눈물을 훌쩍이며 담배를 입에 물었다. 닭똥 같은 눈물을 뚝뚝 떨어뜨리면서 성규가 불 붙여준 담배를 빨아들였다. 하얀 담배 연기가 그녀의 깊은 한숨과 함께 공기 속으로 나오며 흩어져 갔다.

앞으로 나무가 헤쳐 나가야 할 길을 생각하면서 성규도 담배를 빨고는 한숨 섞인 연기를 뿜어냈다. 그림을 접는다는 게 어떤 의미인지. 접은 세월만큼 다시 감을 잡으려면 그 세월만큼 다시 훈련을 해야 했다. 어느 유명한 피아노 연주자가 그랬다지. 하루 연습을 안 하면 그 차이를 자기가 느끼고, 이틀을 안 하면 주변 사람들이 알고, 삼 일을 안 하면 모든 사람이 알게 된다고. 한마디로 원점으로 돌아간다는 이야기였다. 그 과정을 반복해야 하는 것이다. 아직 새내기 그림쟁이가 그림만 그려서 살기는 빠듯한 상황이었다. 간신히 생활비를 벌 수 있을 뿐. 그래서 다른 부업을 함께 겸하는 그림쟁이들이 많았다. 둘이 피워대는 담배 연기만 허공 속에서 의미없이 떠돌 뿐이었다.

밤 12시, 진혁은 거실에서 초조하게 이리저리 걷고 있었다. 밤이 늦도록 연락도 없이 늦는 나무 때문에. 사실 새벽에 밤새고 들어오는 거에 별 생각 없는 나무였지만 그래도 그는 걱정이 되었다. 그리고 동시에 그가 기다리고 있다는 것을 염두에 두지 않고, 연락도 안 하는 나무에게 화가 났다. 핸드폰은 배터리가 다 되었는지 꺼져 있었다.

어느 순간 진혁이 더 이상 집에서 기다리기를 포기하고 재킷을 걸쳤다. 그리곤 현관문을 향해 걸어가려는데 순간 삐걱하는 쇳소리와 함께 현관문이 열렸다. 나무가 약간 비틀거리며 문앞에 서 있었다. 그녀가 나타나자 어느새 화가 났던 마음은 사라지고 안도의 한숨이 그의 입에서 흘러나왔다.

"왜 이렇게 늦은 거야?"

진혁의 딱딱한 말투에 나무가 헤죽헤죽 웃으며 진혁에게 걸어왔다. 그리곤 덥석 진혁의 허리를 팔로 감싸고는 몸을 기댔다. 그녀가 진혁의 가슴에 얼굴을 묻고는 기분이 좋았는지 얼굴을 부비면서 중얼거렸다.

"으응… 성규 선배랑 술 한잔했어."

순간 진혁의 손이 나무의 머리를 쓰다듬으려다가 허공에서 멈칫했다. 그러나 그가 부드럽게 말을 꺼내며 그녀의 머리카락을 손으로 만지작거렸다.

"나도 좀 부르지. 한잔하고 싶었는데."

"얘기하다 보니까 시간 가는 줄 모른 거 있지."

나무가 간단하게 변명 섞인 말을 중얼거리곤 얼굴을 떼었다. 그리곤 묘한 눈길로 진혁의 얼굴을 응시했다. 누구보다 가까운 사이였지만 자신의 가장 큰 고민까지는 나눌 수 없는 진혁을. 담담히 가라앉은 부드러운 눈길로 나무가 빤히 쳐다보자 진혁이 의아하다는 듯 고개를 갸웃거렸다.

"왜?"

"아니야. 그냥."

나무가 엷은 미소를 띠며 고개를 젓고는 그의 품에서 빠져나와 털레털레 방으로 들어갔다. 그리곤 침대에 걸터앉아 양말 하나를 벗겨냈다. 나무의 뒤를 따라 들어온 진혁이 그녀 앞에 앉아 다른 쪽 양말을 벗겨냈다. 그리곤 나무의 팔을 번갈아 들어 올려 잠바를 벗겨내고 스웨터를 끌어 올리는데 나무가 물끄러미 그런 진혁의 행동을 바라보다가 작게 웅얼거렸다. 예의 바름이 묻어나는 그런 말투였다.

"고마워."

옷을 벗겨내는 데 집중하고 있던 진혁이 고개를 들어 나무의 얼굴을 응시했다.

'고맙다라……'

그렇다. 나무는 아직도 고마운 거였다. 당연히 해줄 수 있는 그런 관계라 생각하면 그냥 아무렇지 않게 받을 수 있는 배려인데 아직도 이렇게 배려하는 진혁의 행동이 자신에게 당연한 게 아니었던 것이다. 당연한 관계라고 생각하지 않는 것이다. 그건 일종의 서로 상관없는 타인이라는 걸 말해 주는 듯했다. 물론 나무로서는 진심으로 고마운 마음을 전하려고 한다는 걸 잘 알고 있었지만 〈고마워〉라는 말속에 담겨져 있는 의미를 헤아리며 진혁이 못마땅한 눈빛으로 나무를 바라보다가 입술을 살짝 비틀며 비아냥거리듯 웃으며 말했다.

"고마울 거 없어! 다 벗기면 잡아먹을 거니까."

"큭큭큭… 맛있는 건 알아가지구!"

나무가 장난이 가득한 웃음을 흘리며 농담을 했다. 그러나 진혁은 잡아먹지 않았다. 그저 옷만 벗겨주고 같이 잠들었을 뿐.

새벽녘, 시계가 세 시를 향해 아주 천천히 움직이고 있을 때 나무가 뒤척이며 잠에서 깨었다. 술을 먹었던지라 속이 탔던 것이다. 옆에 자고 있는 진혁이 깨지 않게 그녀가 조심조심 침대를 내려갔다. 그리곤 거실로 걸어나가 주방에서 찬물 한 잔을 벌컥벌컥 들이마시곤 거실 소파에 앉아 거실 창에 어른거리는 새벽의 어둠을 물끄러미 응시했다. 그녀 자신을 비추고 있는 까만색의 유리에서 시선을 떼지 않고 있던 그녀가 이내 상념을 털어내듯 고개를 저으며 테이블에 있는 담배를 집어 들었다.

"후우……."

탄식 같은 한숨 소리가 담배 연기와 함께 흘러나오며 맑은 거실 공간 사이로 뿌연 연기가 춤추듯 너울거렸다. 덩그러니 존재하는 현실의 끝자락을 그녀가 매만지고 있는 동안 진혁은 잠결에 나무의 존재를 찾아 손으로 옆자리를 쓰다듬었다. 그러다 빈 침대만 느껴지자 그가 가늘게 눈을 뜨며 옆자리를 확인했다. 비어 있었다. 화장실에 갔겠지 하며 다시 눈을 감고 잠을 청했지만 무심결에 방문에 귀를 기울였다. 그러나 시간이 지나도 방문이 열리는 듯한 소리가 들리지 않자 그가 자신의 뒷머리를 헝클어뜨리며 침대에서 내려왔다. 그리곤 천천히 거실로 걸어나갔다. 문이 살짝 열려 있었기에 소리는 나지 않았다. 그가 거실로 발을 내민 순간 소파 한쪽에 우두커니 앉아 담배를 피우고 있는 나무의 모습이 눈에 들어왔다. 무표정한 그녀의 얼굴 위로 우울한 그림자가 드리워져 있었다. 차마 목소리를 내어 그녀를 부르지 못하고 진혁이 천천히 나무 가까이로 걸어갔다. 어느 순간 인기척을 느낀 나무가 약간 표정을 바꿔 고개를 들었다.

"잠 안 자고 왜 나왔어?"

"그냥 깼어."

진혁의 말에 나무가 고개를 끄덕이곤 테이블에 있는 담배 하나를 또 집어 들었다. 진혁이 그녀의 손을 따라 시선을 가져가 보니 재떨이에 있는 담배꽁초 세 개피가 눈에 들어왔다.

"오늘 무슨 일 있었어?"

걱정스러움이 묻어나는 그의 말에 나무가 피식 웃고는 고개를 저었다.

"아니, 그냥 잠이 안 와서 그래."

그리곤 다시 쓸쓸한 얼굴로 담배를 피우고 재떨이에 재를 털었다. 그는 왠지 모르게 씁쓸했다. 이렇듯 혼자 거실에 나와 자신의 고민을 삭히고 있는 그녀를 보며 그는 무력감을 느꼈다. 그가 옆에서 미동없이 그녀의 얼굴을 바라보고 있자 나무가 담배를 비벼 끄고는 계면쩍은 얼굴로 말했다.

"자자! 졸리다."

나무가 앞장서듯 침대가 있는 방 안으로 걸어갔다. 그녀의 뒷모습을 잠시 응시하던 그가 소리없는 한숨을 내쉬고는 함께 들어갔다. 나무는 언제 그랬냐는 듯 진혁에게 빨리 오라고 침대를 손으로 탁탁 치며 그를 재촉했다. 그가 옆에 눕자 그녀는 그의 품 안으로 파고들었다. 잠을 청하며 눈을 감고 있는 그녀를 진혁이 말없이 내려다보다가 손으로 그녀의 옆머리를 귀 뒤로 넘겨주었다. 그러자 잠에 취한 나무가 작게 웅얼거렸다.

"음… 좋다."

진혁이 엷은 미소를 띠며 그녀의 옆머리를 계속 넘겨주었다. 이미 넘겨진 머리를 계속 쓰다듬으며 그녀의 머리카락을 부드럽게 만지작거렸다.

'나무야, 너한테 나는 어떤 의미니?'

그가 짧은 숨을 토해내곤 눈을 감았다.

그녀가 눈을 떴을 땐 이미 해가 중천에 떠 버티고 있었다. 눈꺼풀 사이로 잔뜩 끼어 있는 눈곱을 손으로 비비적거리며 나무가 자리에서 일어났다. 어제 술을 꽤 마신지라 속이 용광로처럼 뜨거웠고, 입은 텁텁했다. 힐끔 옆 자리를 확인하니 진혁은 이미 출근을 한 것 같았다.

"우하하암."

한껏 기지개를 켜며 그녀가 거실로 나가더니 텁텁한 입 안부터 일단 씻어야겠다는 생각에 싱크대로 다가갔다. 나무의 칫솔은 싱크대와 욕실을 왔다 갔다 항상 여행을 했다. 귀찮을 때는 싱크대에서 칫솔질을 하고 다시 침대 위에서 빈둥거리며 쉬는 버릇이 있었던 것이다. 처음엔 진혁이 나무의 그런 버릇을 고치려고 어지간히 잔소리를 퍼부어댔지만 나무의 확고부동한 행동에 어느 순간 진혁은 포기한 지 오래였다. 나무가 칫솔에 치약을 가득 묻혀 입 안을 닦으면서 주방을 휘 둘러보았다. 설거지는 말끔하게 씻겨져 가지런히 정리되어 있었다.

'밥 먹기 편하겠다.'

"치카치카."

칫솔질을 멈추지 않고, 주변을 둘러보던 나무가 식탁에 있는 신문을 응시했다. 그릇들 위로 신문이 덮여져 있었다. 그녀의 미간이 살짝 찌푸려졌다.

'이 자식, 먹고 안 치웠군.'

손으로 신문을 확 젖히자 나무의 예상과는 다른 모습이 눈앞에 펼쳐졌다. 빈 국그릇과 밥그릇이 가지런히 놓여 있었고, 반찬들이 접시에 담겨져 있었다. 누군가를 위해 새로 차려진 상차림이었다. 의아한 눈길로 시선을 고정시키고 있던 나무가 한쪽에 있는 작은 쪽지를 발견하곤 얼른 손을 가져갔다.

〈가스렌지 위에 미역국 끓여놨다. 생일 축하해, 나무야!〉

어! 오늘이 내 생일이라구?

입 안 가득 거품이 물려 있는지라 나무가 쪽지를 식탁 위에 다시 내려놓곤 싱크대 쪽으로 급하게 다가갔다. 그리곤 물에 입을 헹궈내고 수건으로 입가를 박박 닦아냈다. 식탁 의자에 앉은 나무가 다시 쪽지를 손으로 집어 올렸다. 그녀의 입가에 얄궂은 웃음이 걸려 있었다.

"킥킥, 바보 아니야?"

그녀의 생일은 음력이다. 계산하면 아직 보름 정도 더 있어야 하는데 진혁은 생일 날짜 그대로 해석한 것이다. 음력이라고 그렇게 이야기해도 못 알아들은 게 틀림없었다. 둘 다 같은 땅에서 살아온 사람들이 분명한데 진혁은 음력이나 가족 관계 호칭 같은 것에 더럽게 약했다. 나무와는 반대로. 예를 들어 언니의 남편이나 고모의 아들을 어떻게 부르는지 그는 항상 헷갈려 했다. 그런 점이 가끔은 둘의 삶이 참 달랐구나 하는 생각을 하게 했다. 그러나 틀린 날짜라 해도 기분은 좋았다. 두 번 챙겨 먹을 기회라 생각하곤 나무는 노래를 흥얼거리며 미역국을 그릇에 담았다.

'선물 받고 알려줘야지.'

그날 하루 종일 나무는 모레 있을 일 때문에 손을 풀고 있었다. 5분에 한 사람씩 빠르게 스케치를 해야 하는 일이었기 때문에 감각을 최대한 높여놔야 했다. 얼굴의 특징을 빠르게 잡을 수 있게 잡지에 있는 사람들의 캐릭터를 그리다 보니 어느새 밖은 어두워져 있었다. 사실 그녀가 늦게 일어난지라 눈 깜빡하면 저녁이 되는 것도 있었다.

아침 겸 점심으로 진혁이 끓여준 미역국에 밥을 말아 후르륵 먹고는 4시쯤 되었을 때 주전부리를 한 나무가 조금 출출하다 싶을 때 핸드폰 벨소리가 울렸다. 진혁이었다.

[나 오늘 늦게 들어갈 것 같아. 갑자기 야근이야.]

순간 나무의 입이 부루퉁하게 나왔다.

"나 오늘 생일인데?"

뻔뻔한 나무는 자신의 생일을 주장하며 진혁의 마음을 쿡 쑤셨다. 진혁이 난감한 듯, 하지만 약간은 놀리는 듯한 어조로 나무의 협박 어린 강짜를 받아쳤다.

[그러게 말이야. 미안해서 어쩐다냐?]

"할 수 없지 뭐."

다소 풀 죽은 목소리로 나무가 대답하곤 전화를 끊었다. 생일이 기든 아니든 사실과는 별개로 기대하는 마음으로 어느 정도 부풀어 있었던 나무로서는 진혁의 야근 소식에 바람 빠진 풍선처럼 축 하고 늘어지는 기분이 들었다. 그녀가 어깨를 한번 으쓱이곤 방금 전까지 하고 있던 일을 하려고 연필을 집어 들고 있는데 갑자기 현관문 벨소리가 들려왔다.

'수도세 받으러 왔나.'

전기세나 가스비는 자동이체로 빠져나가지만 수도세는 한 건물에 사는 집에서 나오는 총액수에서 분할되어 나오는지라 격월로 주인이 수도세를 받으러 왔던 것이다. 나무는 주인 아줌마이겠거니 생각하며 털레털레 현관문으로 다가가 문을 열었다. 그런데 나무의 예상과는 달리 눈앞에 들어온 것은 커다란 곰인형의 눈동자였다. 까만 두 눈이 복슬복슬한 털 속에 떡 하니 자리 잡아 나무를 쳐다보고 있었다. 순간 나무는 멍한 얼굴이 되어 그냥 곰인형의 장난 섞인 듯한 눈길을 쳐다보고 있는데 인형이 조금씩 작아지더니 인형을 안고 있는 진혁의 모습이 보였다. 곰인형보다 더 장난 섞인 그런 얼굴로 진혁이 씨익 웃으며 서 있었다. 멍한 얼굴로 곰인형을 안고 있는 진혁의 얼굴을 얼빵하게 쳐다보고 있던 나무의 입에서 중얼거림 같은 말이 무심결에 흘러나왔다.

"아빠……."

아빠… 아빠?

둘 다 그 누구도 예상치 못한 말인지라 나무는 나무대로 자신의 발언에 어처구니없다는 듯 황당한 얼굴로 눈동자를 굴렸고, 진혁은 진혁대로 묘한 표정이 되어 신기하다는 듯 나무를 응시했다.

'아빠라… 흐음. 아빠라…….'

아주 짧은 순간 무심결에 툭 튀어나온 나무의 말 한마디는 그에게 묘한 감정을 불러일으켰다. 단순히 그녀를 기쁘게 해주고 싶었던 마음에서 그보다는 더 복잡한 묘한 마음, 그리고 나무의 아주 깊은 마음속을 엿본 것 같은 그런 느낌. 진혁이 나무의 얼굴을 응시하며 계속 서 있자 나무가 민망했는지 어설픈 웃음을 흘리며 진혁의 품에 있는 곰인형을 휙 낚아챘다.

"하하……."

그러나 어색한 웃음을 더 흘릴 새도 없이 이미 나무의 시선은 곰인형에 고정되어 움직이지 않고 있었다. 너무나 갖고 싶었던 걸 품에 안은 듯한 그런 얼굴이었다. 진혁이 현관문에서 거실로 들어오든지 말든지 나무는 곰인형을 안고 거실을 이리저리 서성였다.

"그렇게 좋냐?"

"응!"

나무가 강하게 고개를 끄덕이며 확실한 대답을 해주었다. 그녀의 입가는 볼까지 올라가 있었다. 헤벌쭉. 바로 그런 표정이었다. 진혁의 표정은 애매한 얼굴이었다. 생각보다 크게 좋아하는 나무의 반응을 보며 기분은 정말 좋았지만 선물을 하는 상대의 마음보다는 정말 선물 자체에 기뻐하는 나무의 반응이 뭐랄까. 어린아이를 보는 것 같아 기가 차는 그런 웃음도 함께 나왔다. 사실 평소에 선물을 하는 성격이 아닌지라 진혁이 집에 오는 내내 민망해서 고개를 들 수 없었다. 게다가 곰인형이라니. 으윽. 하지만 그런 쪽팔림을 무릅쓴 가치가 있는 것 같았다. 일단은 나무의 반응에 진혁 자신이 선물을 받은 기분이었으니까. 여하튼 진혁이 이런 복잡다단한 생각에 빠진 채 옷을 갈아입고 가방을 놓고 할 때도 나무는 여전히 곰인형을 안고 있었다. 그 모습이 마치 영락없는 아이 같았다. 아니, 영락없는 어미 곰이라고나 할까.

그가 샤워를 마치고 저녁 준비를 하기 위해 부엌 쪽을 서성이고 있는데 나무는 인형을 안고 식탁에 앉아 그런 진혁의 모습을 물끄러미 바라보았다. 사실 진혁이 곰인형을 들고 오기 전까지 자신이 이렇게 기뻐할 줄은 자신도 몰랐다. 받아 들고서야 사실은 정말 갖고 싶어했다는 걸 깨달은 것이다. 나무에게 곰인형이란 흔히 말하는 평범함의 코드, 그러니까 아빠와 딸의 이미지를 말할 때 가장 보편적인 코드로 쓰이는 그런 선물이었다. 어쩌면 현실적으로 그런 코드는 만들어진 허상일 수도 있다. 아니, 허상일 것이다. 사실 몇 명의 딸들이 아버지에게 곰인형을 받는 경험을 할 수 있을까. 그런 걸 잘 알면서도 나무에게 곰인형은 자신이 가질 수 없었던 어떤 것이었다. 동경과 질투가 섞인 눈길로 길거리에서 그저 힐끔거리며 쳐다보던 그 곰인형이 떡하니 자신의 품 안에 있는 게 신기하기까지 했다. 게다가 자신이 그냥 무심결에 흘린 이야기, 그리고 무심결에 힐끔 한번 눈길을 주었던 곰인형을 잊지 않고 사 온 진혁의 마음에 기분이 너무 좋았다.

생각했던 것보다 진혁은 그녀에게 대한 마음이 더 깊은 게 아닐까 그런 생각이 들었다. 아무리 연인이라 해도 사실 너무 오랫동안 격의없는 친구 사이였기 때문에 서로 멜랑꼴리한 단어나 표현은 하지 않았던 것이다. 뭐 서로 모르는 게 있어야 분위기를 잡힐 텐데 오만가지 지랄발광을 떨어도 당최 분위기가 잡히지 않는 사이랄까. 여하튼 나무로서는 친구와 애인 그사이에 있는 진혁의 존재가 성큼 애인으로 느껴지는 순간이었다.

"도와줄까?"

나무가 약간은 서먹한 듯이 옆에서 중얼거리자 진혁이 미소를 지으며 말했다.

"됐네, 아가씨. 생일이니까 오늘은 봐주지."

냉장고에 아침에 끓여놓은 미역국이 많이 남아 있는지라 데우기만 하면 되는 거였지만 나무로서는 선물에 대한 고마움을 그런 식으로 표현한 것이다. 도와줄까라는 말로(멋대가리없는 여자 같으니).

그의 웃음 띤 말에 나무는 목구멍까지 나오려는 진실을 차마 말하지 못하고 그냥 꿀꺽 삼키기로 했다. 사실은 오늘이 생일이 아니라고. 진혁이 네가 잘못 계산했다고. 언젠가는 그가 알게 될 수도 있지만 지금은 말하고 싶지 않았다. 저렇게 흐뭇해하는데 어떻게 저 얼굴에 대고 진실을 말하리. 앞으로 내 생일은 오늘이다. 나무는 속으로 그렇게 결심하고는 식탁에 앉았다. 여전히 곰인형을 꼭 껴안고.

함께 저녁을 먹고 케이크과 맥주 한잔을 마시며 둘은 시시껄렁한 평일 밤의 TV 프로그램을 시청했다. 처음엔 둘 다 앉아 있었지만 나무가 슬렁슬렁 바닥에 배를 대고 엎드리더니 어느새 진혁의 허벅지에 머리를 베고 있었다. 둘이 키득대며 밤 11시에 하는 오락 프로그램을 보고 있다가 거의 다 끝나갈 때쯤 진혁이 무심히 아래를 내려다보니 나무는 잠들어 있었다. 사실 내일 있을 캐릭터 일 때문에 나무의 신경이 조금은 날카로워져 있었는데 진혁과 늘렁늘렁한 저녁 시간을 보내다 보니 팽팽한 신경줄이 어느 순간 풀어졌던 것이다. 그가 허벅지에서 느껴져 오는 축축한 무언가에 아래를 내려다보니 잠들어 있는 나무가 그의 바지 위로 침을 질질 흘리고 있었다. 진혁이 잠긴 신음 소리를 내는가 싶더니 휴지로 침을 닦아내곤 나무를 안아 침대에 눕혔다. 그가 나무의 얼굴을 잠시 살피고는 방 안의 불을 꺼주었다. 그리곤 맥주와 여러 가지 물건들로 널브러져 있는 거실을 정리하기 위해 방 안을 나왔다.

"그만 자고 일어나 봐, 이 잠꾸러기야."

졸려 죽겠는데 어디선가 자신을 재촉하듯 깨우는 푸근한 목소리에 나무가 무거운 눈꺼풀을 떴다. 진혁인 줄 알고 무심히 눈을 떴는데 이게 웬일인가. 눈앞에서 곰인형이 씨익 웃으며 말을 거는 게 아닌가. 나무가 믿을 수 없다는 듯 손으로 눈을 비비적거리며 눈을 깜박였다. 곰인형은 그런 나무의 행동을 상관없다는 듯 부드러운 털이 가득한 손으로 그녀의 한쪽 손을 감싸 쥐고는 그녀를 어딘가로 향해 끌어당겼다. 나무는 이 상황이 당황스러웠지만 곰인형이 가는 곳이 어딘지 궁금했기에 말없이 따라나섰다.

곰인형이 거실과 통해 있는 방문을 열자 한 번도 본 적이 없는 그런 풍경이 눈앞에 펼쳐졌다. 땅은 진한 노랑색으로 물들어 있었고, 연보라색 나무들이 가로수 길처럼 일렬로 나란히 줄 서 있었다. 그리고 하늘은 녹색이었다. 그녀가 놀라움으로 입을 벌리며 그 길로 발걸음을 내딛자 노란색 흙이 물결처럼 파동을 일으켰고, 눈앞으로 물고기들이 유영하듯 공간 속을 헤엄치며 지나갔다. 곰인형은 그 물고기들과 아는 사이인지 손을 흔들며 인사를 건넸다. 영문을 모르는 나무는 그저 멀뚱히 그런 곰인형의 인사를 주저주저하며 따라했다. 물고기들은 나무를 아는지 그녀의 얼굴에 입맞춤을 하더니 그녀 주변을 맴돌며 떼를 지어 뒤를 따라다녔다. 나무는 어색해하면서 물고기들에게 미소를 지으며 곰인형이 이끄는 길 쪽으로 계속 발걸음을 옮겼다.

얼마 동안 걸었을까. 이젠 그녀 주변에 펼쳐진 풍경에 어느덧 익숙해져 조금은 심심하다고 생각하고 있을 무렵 나무의 눈앞에 작은 창문이 보였다. 길 한가운데 두둥실 달처럼 그렇게 창문이 떠 있었다. 그녀가 걸음을 멈추고 우두커니 서 있자 곰인형이 창문 가까이에 다가가더니 나무에게도 가까이 와보라고 손짓을 했다. 주춤거리며 나무가 창문으로 다가갔다. 왠지 꺼려지면서도 익숙한 무언가에 그녀가 머뭇거리며 창문 안을 쳐다보았다.

창문 안엔 작은 방이 있었다. 그리고 작은 방 안에 두 명의 여자 아이와 중년의 부부가 있었다. 약간 큰 아이는 한쪽에서 얌전한 모양으로 자고 있었고, 작은 여자 아이는 대자로 팔다리를 뻗고 사선으로 누워 있었다. 중년의 남자는 늦은 저녁을 먹고 있었고, 중년의 여자는 상 앞에 앉아 자근자근 이야기를 하고 있었다. 남자가 식사를 다 하자 여자는 상을 치우기 시작했고, 남자는 대자로 뻗어 자고 있는 작은 아이를 안아 들었다. 그러면서 흐뭇함이 감도는 그런 목소리로 중얼거렸다.

"이 녀석 이젠 무겁네."

남자는 낑낑거리며 큰 아이가 있는 자리로 아이를 옮기기 시작했다.

나무는 말없이 창문 안에서 일어나는 일련의 상황들을 그저 구경하듯 바라보고 있다가 누워 자고 있는 작은 아이의 얼굴에 시선을 고정시켰다. 느껴졌다, 저 아이가 지금 살짝 깨어 있다는 걸. 아이는 지금 아빠가 자신을 품에 안고 옮겨주는 게 좋아서 잠든 척하고 있다는 것을 나무는 느낄 수 있었다. 나무의 얼굴 위로 짧은 순간 시니컬한 기운이 감돌았다가 다시 씁쓸한 표정이 되었다. 그 다음에 일어날 일이 무엇인지 잘 알고 있었기에. 아이는 잠든 척 부모가 자신이 얼마만큼 컸는지, 아이가 요즘 어떻게 행동하는지 뭐 그런 얘기를 할 거라고 기대를 하며 귀를 기울였지만 그녀의 부모는 역시나 언제나처럼 말다툼을 벌일 거라는 걸, 그리고 살림살이 몇 개가 부서지고, 아빠는 진저리난다는 얼굴로 집을 나가 새벽에야 돌아온다는 것을. 그리고 엄마는 설핏 잠이 깬 아이들을 붙잡고 늘어지게 남편 욕을 해대며 감정적으로 딸들에게 의존할 거라는 걸 알고 있었다.

그녀의 생각대로 두 아이가 누운 바로 옆에서 부부는 말다툼을 하기 시작했다. 무표정하게 굳어 있던 나무의 얼굴이 점점 일그러지며 괴로운 표정이 되어갔다.

투둑—

가늘게 떨고 있던 나무의 입술 위로 눈물 한 줄기가 흘러내렸다. 눈물은 참을 새도 없이 그녀의 심장을 뚫고 나와 어느새 조용한 눈물방울은 비통한 울음소리로 변해 있었다. 그녀 옆에서 말없이 서 있던 곰인형이 위로해 주려는 듯 손을 내밀어 나무의 머리를 쓰다듬었다. 나무는 곰인형의 품에 머리를 묻고 아이처럼 펑펑 울기 시작했다.

거실을 치우고 설거지를 하고 있던 진혁은 방 안에서 들려오는 울음소리에 고개를 돌려 방문을 쳐다보았다. 고양이 울음소리인가 싶어 고개를 갸우뚱거리며 귀를 기울이자 그 소리는 나무의 울음소리였다. 진혁이 손에 끼고 있던 고무장갑을 얼른 벗어 던지곤 방 안으로 쏜살같이 달려들어 갔다. 침대에 가까이 다가가니 나무는 괴로운 듯 흐느끼고 있었다. 진혁이 조심스럽게 나무의 어깨를 살짝 흔들며 그녀를 깨웠다.

"나무야. 나무야."

잠결이었는지 나무가 퍼뜩 눈을 뜨곤 멍하니 진혁을 응시했다. 아직 꿈과 현실이 분간이 안 되는지 초점이 없는 그런 눈빛이었다. 그녀의 얼굴 전체에 눈물 자국이 나 있는 걸 본 진혁은 일단은 손으로 그녀의 눈물을 닦아주곤 다시 나무를 바라보았다. 나무는 잠이 깼는지 안 깼는지 멍한 얼굴로 허공을 응시하고 있었다. 눈앞에 진혁이 걱정스러운 듯 자신을 살피고 있었다. 그녀가 자신의 얼굴을 쓰다듬는 진혁을 물끄러미 쳐다보았다.

아버지와 타인으로 지내오면서 그녀에게 아버지의 존재는 필요없다고 오랫동안 생각해 왔다. 하지만 사실은 그녀 안의 저 깊은 곳 어딘가에서는 아버지의 사랑을 받고 싶어했음을 나무는 지금 이 순간 각성하듯 인정했다.

그래서 그렇게 나이 많은 남자들에게 인정받고 싶어했구나. 그래서 그렇게 칭찬받고 싶어했구나.

그래서 그렇게 가슴 한구석이 허허로웠니?

멍한 머리 속으로 기억의 파편들이 스쳐 지나갔다. 술자리에 남자가 없으면, 아니, 남자가 있다 해도 나무 자신이 마치 보호자처럼 친구들을 보살피고 챙겨주었던 기억이다. 술에 취한 친구가 여자면 더욱더 철저하게 택시까지 태워 집에 보내고, 차 번호까지 적는다는 것을 기사에게 암묵적으로 보여주면서 만약에라도 있을 위험한 상황을 그녀가 대비하곤 했었다.

그래서 그렇게 강해지려고 했던 거였을까? 엄마를 구해내야 하는데 아버지도 없다고 생각해서?

그래서 그렇게 응석을 부릴 줄 몰랐던 거니? 네가 차라리 너 자신에게 아버지가 돼야 된다고 생각했구나. 그치?

멈추어가고 있던 그녀의 눈물이 다시 볼을 타고 흘렀다. 그녀의 눈물이 다시 흘러내리자 옆에서 말없이 지켜보고 있던 진혁이 걱정스러운 듯 미간을 찌푸리며 나무의 얼굴을 쓰다듬었다.

"왜 그래, 나무야? 안 좋은 꿈 꿨니?"

자애로운 진혁의 목소리와 애틋할 정도로 따스한 손길을 느끼면서 나무가 그의 얼굴을 가만히 응시했다.

아버지에게 응석 부리지 못했던, 아버지의 정에 굶주렸던 자신이 진혁에게 그 정을 찾고 있었다. 나종문이라는 남자가 싫어 아버지라는 그 존재 의미, 아버지란 존재의 정까지 부정하며 살아왔다는 것을 지금에야 나무는 깨달았다. 나종문이라는 남자와 자신이 그리워한 아버지의 정은 별개의 부분이었다는 것을.

그래, 그랬구나. 사실은 아버지의 정을 그리워하고 있었구나.

오랫동안 부정하고 거부해 왔던 자신의 일부분을 지금 나무는 그대로 받아들이고 있었다. 아마도 그럴 수 있는 건 진혁을 통해 나무의 숨겨진 본심이 자극되었던 것이리라. 또한 그의 애정에 그녀가 진실을 마주 대할 용기가 생긴 것이리라. 아버지의 정을 그리워했다는 걸 인정할 만큼 나무가 지금 많이 강해져 있다는 반증일는지도 모른다.

훌쩍이며 연신 눈물을 흘리던 나무가 조그맣게 말을 중얼거렸다.

"휴지……."

진혁은 나무가 진정이 되는 대로 왜 우는지 그 이유를 들을 수 있을 거라는 생각에 얼른 휴지를 그녀 앞에 갖다 바쳤다. 나무가 코를 팽하니 풀고는 휴지를 침대 아래로 휙 던졌다. 그의 미간이 살짝 찌푸려졌다. 바닥에 내팽개쳐진 휴지가 못내 신경 쓰였지만 우는 애 앞에서 뭐라 그럴 수도 없고 해서 진혁은 휴지뭉치를 신경 쓰지 않기 위해 애를 쓰며 나무의 얼굴을 계속 바라보았다.

"잘 자다가 갑자기 왜 우는 거야? 응?"

나무가 코 안에 있는 콧물을 다 풀어버렸는지 조금은 시원한 듯한 얼굴로 진혁을 쳐다보았다. 두 눈이 토끼처럼 붉게 충혈되어 있었다. 게다가 자다가 울면 다들 알겠지만 눈꺼풀이 벙벙하게 부풀어 있었다. 꼴은 가관이었지만 진혁은 여전히 진지한 얼굴로 나무의 눈을 마주 보고 있었다.

"아빠 꿈을 꿨어."

툭 하고 내뱉어진 나무의 말에 진혁이 의아한 얼굴로 한쪽 눈썹을 치켜 올렸다. 약간 의외의 대답이었지만 진혁은 그냥 있는 그대로 받아들이며 고개를 끄덕였다. 굳이 말로 다 설명하지 않아도 나무의 아버지에 대해서 어느 정도 알고 있는 그였고, 또 그렇게 아버지에 대해서 십주구리한 그녀가 이렇게 자다가 아빠 꿈에 우는 걸 보면 지금 그녀의 마음이 어떤 건지 왠지 추측할 수 있을 것 같았다. 진혁이 아무 말 없이 나무의 머리를 부드럽게 쓰다듬어 주자 나무가 조그맣게 명령조의 말을 중얼거렸다.

"나 좀 안아봐."

곧 죽어도 부탁은 싫다는 거냐? 진혁이 얄궂은 미소를 지으며 나무를 품 안에 안았다. 그러자 나무가 진혁의 품 안으로 파고들어 다시 눈을 감고 잠을 청했다. 그리곤 어느새 새근새근 소리를 내며 잠들기 시작했다.

얼어죽을 놈 : "여기서 결혼식 치르고 함께 가고 싶어."

나무 : "난 네 뒤치다꺼리할 생각 전혀 없어."

04

며칠 후 진혁은 한창 밀려왔던 일들을 처리하고 오랜만
에 여유로운 오후를 지내고 있었다. 급박한 일이 몰고 지나간
후의 사무실 풍경이 다 그렇듯 오후 네 시 정도의 사무실은 모
두들 약간은 나른한 그런 모습들이었다. 진혁도 지금 사무실에
앉아 아침에 바빠서 미처 챙겨보지 못했던 신문을 찬찬히 훑고
있었다. 그 옆에는 평소에 먹던 자판기 커피가 아닌 커피 전문
점에서 파는 향기가 풍부한 그런 모카커피가 놓여 있었다. 신
문에 있는 기사를 눈으로 훑으면서 그의 머리 속 한쪽은 다른
생각을 하고 있었다. 그동안 나무의 집 문제로 살얼음을 걷는
기분이었는지라 진혁은 어느새 원래의 목적을 약간은 잊고 있

었다. 사실 나무와 지내는 즐거움에 푹 빠져 해롱대고 있었던 것이다.

이제 어느 정도 나무와의 관계는 진척이 이루어졌고, 부모님의 성화를 방어할 시간적 여유도 별로 남아 있지 않았다. 이제 결정을 내려야 할 때가 왔다. 정면으로 나무와 부딪쳐야 한다.

여유로운 손길로 신문을 넘기는 그의 움직임과는 다르게 그의 눈은 의미심장하게 번뜩였다.

'언제 어떻게 어디서 부딪쳐야 나무가 순순히 따라줄까. 과연 그녀는 나를 완전히 받아줄까.'

그의 머리 속으로 나무가 자신을 아빠라고 부르던 장면이 떠올랐다. 그리고 자신의 품에 안겨 편하게 잠들던 모습도. 생각에 골몰해 있던 진혁이 옆에 있는 커피 한 모금을 마시곤 사무실 유리창을 바라보았다. 커다란 창 유리 밖으로 회색 빛의 건물과 바쁘게 움직이는 사람들과 차, 그리고 나무들이 눈에 들어왔다. 그 모습을 한참 동안 응시하고 있던 진혁이 무슨 생각을 했는지 살며시 눈을 내리깔아 허공을 응시했다.

'그래, 나무가 지금 하고 있는 일만 마무리되면 그때 이야기하자.'

요즘 진혁은 나무 얼굴 보기가 힘들었다. 나무는 며칠째 새벽 6시면 일어나 세수만 하고 총알처럼 튀어나갔다가 새벽 1시가 되어서야 들어오곤 했다. 낮에 세미나가 있는 동안은 캐리커처를 그리고, 세미나가 끝나면 스케치해 두었던 그림에 색칠을 하느라 밤이고 낮이고 시간이 부족했던 것이다. 어제는 거의 기어들어 오는 것처럼 그렇게 흐느적거리며 거실 안으로 걸어오더니 그 자리에서 바로 잠들어 버렸다.

진혁이 앞으로의 일정을 따지며 계산을 하고 있는데 양복 주머니 안에서 핸드폰 벨소리가 울려왔다.

"예, 이진혁입니다."

[아비다.]

아버지의 목소리가 들려오자 진혁의 눈썹이 살짝 올라갔다.

'웬일이시지?'

별 특별한 일도 없었거니와 어제 아침에도 회장실에서 얼굴을 봤던지라 의아했던 것이다.

"무슨 일이세요?"

[오늘 저녁에 시간 되냐?]

나무는 오늘도 늦게야 돌아올 것이다.

"예."

[그럼 퇴근하면 저번에 식사했던 그 호텔로 오거라.]

"오늘 무슨 날인가요?"

[오랜만에 가족끼리 식사나 좀 했으면 해서 그런다, 이놈아!]

아버지의 말에 진혁이 싱긋 웃고는 약속 시간과 장소를 확인하고는 전화를 끊었다. 폴더를 닫은 그가 잠시 망설이듯 무슨 생각에 빠져들었다. 저녁 식사 자리로 정한 호텔을 생각해 보니 나무가 지금 일하고 있는 곳이었다. 혹시라도 부딪치면 꽤 난감할 일이었다.

'차라리 자연스럽게 보여드릴까.'

그러나 그의 사념이 쓸데없는 것임을 그도 알고 있었다. 첫날 나무가 하는 이야기를 들어보건대 나무는 2층에서 의자에 앉아 계속 그림을 그릴 것이고 자신은 1층에 있는 룸으로 들어갈 것이니 얼굴 마주치기 어려운 구조였다. 일하고 온 첫날 나무는 밀려드는 사람들을 그리느라 기절하는 줄 알았다고 씩씩거리며 분통을 터뜨렸던 것이다.

저녁 6시. 진혁은 퇴근하자마자 호텔로 향했다. 잠시 후 호텔에 도착한 그가 로비를 뚜벅뚜벅 걸어가던 발걸음을 멈추곤 잠시 위층에 시선을 가져갔다. 아마 저기 어딘가에서 한창 일하고 있을 그녀가 떠올라 그는 잠시 이층으로 올라가는 계단을 응시하고는 다시 발걸음을 움직여 룸으로 향했다. 호텔 직원이 이미 기다리고 있다가 문을 열어주자 진혁은 살짝 고개를 숙여 감사의 뜻을 전하고는 안쪽으로 들어갔다. 이미 룸에 앉아 계시는 부모님을 보고 진혁이 엷은 미소를 띠며 발걸음을 옮기다가 부모님 옆에 앉아 있는 낯선 여자를 보고는 우뚝 멈춰 섰다. 부드럽게 올라가 있던 그의 입술이 순간 딱딱하게 한일자를 그리며 그의 눈이 예리한 빛을 띤 채 여자를 관찰했다. 자세히 보니 언젠가 한번 아버지 친구 분 집에서 본 적이 있는 여자였다. 친구 수영의 동생 수진이있다.

수영과는 친하게 지냈지만 수진인 고등학교 때 유학을 간지라 알아볼 수 없을 정도로 낯설었다. 수진은 소녀 때와는 다른 성숙한 여인의 모습을 하고 있었다. 뭔가가 그의 머리를 스치면서 진혁이 시선을 돌려 아버지를 응시했다. 아버진 그저 침묵을 지킨 채 앉으라는 시선을 보내고 있었다. 진혁이 묵묵히 자리에 앉자 그의 어머니가 자연스럽게 말을 꺼내기 시작했다.

"진혁아, 수진이 오랜만이지?"

"네."

그가 잔뜩 굳은 얼굴로 무례할 정도의 짧은 단답형 대답을 하고는 앞에 있는 메뉴판으로 손을 가져갔다. 식사를 하자고 했으니 식사만 하고 갈 생각이었다, 그는. 그의 태도에 어머니는 난감하다는 얼굴로 입가를 올리며 계속 말을 이었다.

"수진이가 이번에 공부 끝내고 한국으로 돌아왔잖니. 그래서 겸사겸사 모인 거야."

"네."

그가 가볍게 고개를 끄덕여 알았다는 듯한 태도를 보이자 그의 부모는 서로 눈짓을 보내며 그의 눈치를 살폈다. 침묵이 감도는 방 안의 기운을 조용히 앉아 있던 여자의 목소리가 살짝 깨고 들어왔다.

"오랜만이에요, 오빠."

사심없는 맑은 목소리에 진혁이 표정을 풀고 인사를 건넸다.

"그래, 오랜만이다. 졸업했다고?"

"네!"

수진이 밝게 미소를 지으며 고개를 끄덕였다. 사실 이런 자리에서 만난 게 아니라면 수진은 꽤 괜찮은 여자였다. 성격도 사근사근하고 총명한 사람이라 매력적인 친구였다. 게다가 예쁘기까지 했으니. 그러나 그런 수진의 모습이 진혁의 눈에는 그냥 평범해 보였다. 워낙 마초 같은 행동거지에 지랄맞은 성격의 나무랑 있다 보니 괜찮은 수준이라고 칭해지는 여자들이 그냥 심심하게 느껴졌던 것이다. 물론 진혁 스스로는 나무가 훨씬 매력이 많아서라고 생각하겠지만. 사람이란 게 소설이든 영화든 보고 있으면 반전을 기다리고 또 의외성을 기대하는 건데 그런 면에서 나무는 다른 여자들에 비해 예측불허의 행동을 했으니 진혁이처럼 안정적인 친구는 나무 같은 여자가 더 매력적이리라. 여하튼 두 사람을 지켜보던 그의 부모님이 소리없는 안도의 한숨을 쉬는 게 진혁 귓가에 들리는 듯했다.

서먹서먹하면서도 그냥 그런대로 편하게 시간은 지나갔고 어느새 식사는 거의 끝나가고 있었다. 어느 정도 식사가 마무리되자 이 회장이 슬쩍 운을 떼듯 무심히 말을 꺼냈다.

"우린 집으로 들어갈 테니 진혁인 수진이 졸업 선물 좀 사주고 들어오렴."

이 회장의 말을 얼씨구나 거들면서 그의 어머니가 입을 열었다.

"그래, 깜박하고 생각을 못했지 뭐니. 그리고 젊은 애 취향은 우리보단 네가 더 잘 알잖니."

식사 시간 내내 수진의 질문에 짧은 대답만 하고 거의 침묵을 지키고 있던 진혁이 대뜸 무뚝뚝한 어조로 대답했다.

"저도 잘 모릅니다."

순간 분위기가 싸늘해졌다. 진혁이가 무뚝뚝한 놈이란 걸 알고 있었지만 그의 어머니는 이 밉살스런 자식의 얼굴을 살짝 눈빛으로 흘겼다. 진혁이 상관없다는 듯 무표정한 얼굴로 앞에 있는 커피를 마시자 껄끄러운 분위기를 수진이가 풀어주려는 듯 화사하게 웃으며 말했다.

"오빠, 나 오늘 선물 챙기려고 온 건데 정말 이러기예요?"

순간 아무도 모르게 그의 눈썹이 파르르 떨려왔다. 수진이야 수진이 나름대로 애교를 부려본다고 부린 거였지만 진혁이는 자신도 모르게 닭살이 돋아버렸던 것이다. 평소 같으면 듣지 못한 것처럼 그냥 그 자리를 떠버렸겠지만 자리가 자리인지라 차마 무안을 줄 수는 없었다. 그가 대꾸없이 그저 가만히 수진의 얼굴을 쳐다보자 수진이 살짝 얼굴을 붉히며 입술을 깨물었다.

수진은 속으로 침을 꼴깍 삼켰다. 예전에 저 정도는 아니었는데 어떻게 인간이 저렇게 무뚝뚝할 수가. 편한 아저씨 같은 진혁의 형 진우에 비해 진혁은 뻣뻣한 나무토막 같았다.

여하튼 네 사람은 자리에서 일어나 천천히 밖으로 나갈 채비를 했다. 그의 어머니가 먼저 화장실에 가겠다며 얼른 윗옷을 걸치고 룸을 나갔고, 나머지 세 명은 천천히 벗어두었던 상의를 챙겨 로비로 걸어나왔다.

　진혁의 어머니는 화장실로 향하는 도중 흡연 장소에 있는 어떤 사람에게 시선이 갔다. 큰 창문 앞에 위치한 흡연 장소에 어떤 여자가 남자와 함께 담배를 피우고 있는 게 아닐까. 사실 요즘 많은 여자애들이 담배를 피우고 있다는 걸 알고는 있지만 이렇게 눈으로 직접 보니 꽤 놀라웠다. 게다가 저렇게 많은 사람들이 오가는 곳에서 대놓고 피우는 여자애는 처음이었다. 여자는 마치 선머슴처럼 머리카락은 짧았고, 까만 에이프런 위에는 물감이 잔뜩 묻어 있었다. 게다가 한쪽 손에는 미술 연필이 들려져 있었다. 아마도 위층에서 무슨 행사가 있는 모양이었다. 진혁의 어머니는 자신과 상관없는 사람인지라 슬쩍 여자의 얼굴을 호기심에 쳐다보곤 그 옆에 있는 화장실로 발걸음을 옮겼다. 혀를 끌끌 차면서 말이다.

　나무는 지나가는 중년 여성이 자신을 쳐다본다는 걸 알았지만 별로 신경 쓰지 않았다. 그런 일이 한두 번도 아니었고, 사실 담배 때문에 남자애들이랑 신경전을 하느라 이미 도가 튼 상태였다. 그렇다고 시선이 신경 쓰여 화장실에 들어가서 몰래 피우는 건 죽어도 싫었다. 차라리 안 피우고 말지.

　'자기들이 뭔데 함부로 상대를 평가하려고 드는 건지. 젠장.'

　나무가 입술을 이죽거리며 거의 다 타 들어간 담배를 재떨이에 비벼 껐다. 그리곤 방금 전 챙겨놓았던 가방과 이젤을 어깨에 메고 함께 일한 기획사와 거래처 사람들과 인사를 나누었다.

"수고하셨어요, 선생님. 이제 내일 하루만 더 고생해 주십쇼."

"예."

거래처 사람의 인사에 나무가 미소를 지으며 대답을 했다. 물론 속으로는 부글부글 끓고 있었다. 거래처 사람 때문이 아니라, 요 며칠 겪은 일 때문에.

처음 기획사에서 제안했을 땐 사람의 특징만 잡아서 간단하게 캐리커처를 그려주면 된다고 해서 그쪽에서 제안한 가격대로 계약서를 쓴 것이다. 그런데 일이 꼬여갔다. 기획사야 거래처인 의약회사와 그렇게 계약을 한 거겠지만 실질적으로 현장에서는 그렇게 되지 않은 것이다. 설명을 하자면 이런 것이다. 나무가 참여하게 된 행사는 〈세계 심장병 학술세미나〉였다. 이런 곳엔 국내 의약회사들이 병원에 약을 공급하기 위해 세계에서 몰려오는 의사들과 국내 의사들의 연락처와 신상을 알아내려고 혈안이 되어 있다. 그래서 세미나가 있는 호텔 로비에는 의약회사 부스가 차려져 있고, 의사들의 신상명세를 받는 대신 가방이나 여타 기념물을 선물하는 것이다. 나무가 계약한 기획사는 그 기념품을 캐리커처를 그려주기로 하는 것으로 한 의약회사와 계약을 한 것이다.

단순한 캐리커처로 제안했기에 한 명당 그려주는 가격은 터무늬없이 낮았고, 나무로서는 간단한 그림이면 하루에 그릴 수 있는 양이 많은지라 좋아라 계약을 한 것인데, 상황은 마음처럼 속도가 붙질 못했다. 그런 계약을 알 바 없는 의사들은 간단한 캐리커처보다는 초상화를 원한 것이었다. 그중 몇몇 의사들은 나무의 실력을 의심하며 자존심을 긁어댔고, 의약회사에서 부스를 지키는 사람들은 부탁조로 의사들의 비위를 맞춰줄 것을 계속 요구해 왔던 것이다. 나무는 일하면서 점점 기분이 더러웠다. 물론 일이란 게 서로 서로에게는 손님인지라 비위를 맞추는 거지만, 이상하게 벨이 꼬여 자신이 그동안 애지중지 아꼈던 그림이 사실은 가진 자의 유희거리라는 생각까지 들었던 것이다. 성규는 그동안 오랫동안 그림으로 돈을 벌어온 사람이라 그런 것에 좀 무감각했지만 나무는 초상화 수준의 그림을 그려주고 계산된 돈이 만 원이 안 된다는 사실에 너무나 자존심이 상한 것이다.

여하튼 지금 나무의 기분은 한마디로 엿 같았다. 게다가 슬슬 자존심을 긁으며 이 선생님은 초상화는 못 그리나 봐 하고 말했던 의사들의 얼굴까지 떠올라 순간 그녀의 얼굴이 험상궂게 일그러졌다. 〈선생님〉이란 호칭이 나무의 귀에는 너무나 거슬렸다. 높이 띄워주고 사실은 손재주있는 사람 정도로 치부되는 것 정도는 이미 느끼고 있었다. 왜 사람들은 변호사나 의사는 진짜 고생해서 얻은 기술이라고 생각하고 그림은 단지 손재주, 그러니까 천성으로 얻은 아주 쉬운 기술이라 생각하는 걸까. 웃기지도 않는 생각들이었다.

나무가 살짝 미간을 찌푸렸다가 다시 얼굴 표정을 풀고는 마지막까지 예의 바른 인사를 다 건네곤 성규와 2층을 내려왔다.

"아, 배고프다. 오늘 뽀지게 좀 먹자."

그녀의 말에 성규가 웃으며 고개를 끄덕였다.

"그래, 영양보충 좀 해야지. 막판에 정말 기운이 달리더라."

대리석으로 깔려 있는 고급스런 계단 하나하나를 둘이 터벅터벅 걸으면서 나무가 갑자기 시니컬한 웃음을 터뜨렸다.

"내참… 나중엔 의사들이 사람으로 안 보이고 오천 원으로 보이는 거 있지. 오천 원 세 개 걸어간다 이런 식으로."

"큭큭큭."

나무의 적나라한 표현에 성규도 함께 웃음을 터뜨렸다. 둘은 요 며칠 전쟁 같은 일정을 함께한지라 지쳤지만 다른 사람은 모르는 느낌을 공유한 것 같아 즐겁게 웃음을 흘렸다. 피곤한데 인상까지 찌푸리면 더 피곤한지라 웃음으로 피곤함을 떨쳐 내는 그런 분위기였다.

"난 오늘 20장만 색칠하고 집에 들어갈래."

"야, 그럼 나머지는? 그 많은 걸 나 혼자 다 하라고?"

성규가 잔뜩 겁먹은 얼굴로 항변하자 나무가 손을 내저으며 앞으로 걸어나갔다.

"아, 몰라, 몰라. 차라리 날 죽여."

기세 좋게 먼저 걸어가던 나무가 1층 로비에 도착하자마자 갑자기 발걸음을 멈추고 한곳을 응시했다. 성규가 나무의 시선을 따라 눈을 가져가 보니 나무의 친구인 진혁이 다른 일행과 함께 차를 기다리는지 로비에 서 있었다. 진혁은 그들을 뚫어지게 응시하고 있었다. 그의 위협적인 눈빛에 성규가 순간 긴장하며 다시 나무를 쳐다보았다. 나무는 무슨 생각을 하는지 움직이지 않고 진혁과 그 옆에 있는 사람들을 바라보고만 있었다.

　도어맨이 차를 내오기를 기다리며 서 있던 진혁은 귓가로 들려오는 나무의 웃음소리에 무심결에 고개를 돌렸다. 이층 계단에서 나무가 그녀 특유의 터벅거리는 발걸음으로 성규와 뭐가 그렇게 즐거운지 즐겁게 떠들며 그렇게 내려오고 있었다. 진혁의 머리 속으로 빠르게 옆에 있는 부모님과 수진이를 나무가 볼거라는 생각이 들었지만 일단은 나무와 성규의 모습에 먼저 순간적인 감정의 동요가 일어났다. 그와는 공유할 수 없는 어떤 것, 그러니까 친구와 연인으로는 다 공유할 수 없는 이른바 동료애가 나무와 성규 사이에 존재했다. 물론 한 남자와 한 여자가 만나 공유하는 감정이 인간이 느낄 수 있는 모든 것을 함께 공유할 수 없고, 또 동료애보다는 사랑이나 열정, 그리고 신뢰 같은 것을 더 우선순위에 두는 경우가 많지만 진혁으로서는 그 동료애가 없다는 것이 굉장히 위협적으로 느껴졌다. 우선 나무란 여자가 일을 너무나 중요하게 여기는 사람이었고, 예술분야는 진혁으로서는 이해하는 데 한계가 있는 영역이었던 것이다.

또한 나무가 애정을 바탕으로 한 남녀 관계보다는 왠지 동료애를 바탕으로 한 감정을 더 지속적인 것으로 생각한다는 걸 잘 알고 있기에 지금 진혁은 신경이 예민하게 타는 듯한 그런 기분이었다. 그리하여 자신도 조절이 안 될 정도로 둘의 모습에 거부감이 들었고, 성규에 대한 적대감이 끓어올랐다. 게다가 너무나 편안한 듯한 나무의 행동은 그의 그런 적대감을 더 부채질하고 있었다. 그러나 그가 그런 감정에 취해 있을 새도 없이 나무의 시선이 그와 딱 마주쳤다. 나무는 정말 그대로 굳어버린 듯 그렇게 우뚝 서서 진혁 옆에 있는 부모님과 수진이를 응시했다.

그녀는 로비에서 진혁을 발견하는 순간 사고회로가 멈춰지는 것 같은 기분이 들었다. 그는 자신이 그를 발견하기 전부터 그녀를 보고 있던 것 같았다. 그녀의 시야로 진혁과 옆에 있는 사람들이 한눈에 들어왔다. 가르쳐 주지 않아도, 서로 인사하지 않아도 느낌이 왔다. 그 옆에 있는 나이 든 중년의 부부가 그의 부모님이라는 것을. 오해하기엔 두 분의 얼굴에서 그와 닮아 있는 부분이 확연히 느껴졌다. 고급스런 의복을 걸친 그의 부모는 오랜 삶의 경륜과 가진 자로 살아온 여유와 위엄이 느껴지는 그런 사람들이었다. 나무는 그 사실을 인식하는 동시에 눈에 들어오는 여자를 응시했다. 곱게 자란 티가 역력한 해맑은 여자가 단정한 옷차림을 하고 진혁 옆에 서 있었다. 그녀가 아무리 애를 써도 절대 안 되는 그런 찰랑거리는 생머리에 나무로서는 죽어도 소화해 낼 수 없는 하얀 스타킹을 신은 여자는 이마에 〈나 귀하게 자란 몸이야〉 그런 말을 써놓고 있는 것 같았다. 지금 느끼는 이 괴리감과 차이가 스스로의 콤플렉스라고 설명하기엔 너무나 외부적으로 확연하게 느껴지는 부분이라 나무는 그저 담담하게 인정하고 있었다. 그런 세 사람과 너무나 자연스럽게 함께 서 있는 진혁을 보며 그녀는 생각했다.

다르다는 것.

그녀와 그가 다르다는 것.

살아온 날도, 살아온 기반도, 살아온 환경도. 살아온 대부분의 것들이 다르다는 것.

넌 그렇게 자랐구나.

넌 그렇게 살아왔구나.

지금 이 순간 나무는 진혁이란 남자가 너무나 낯설게 느껴졌다. 함께 장난치고 함께 라면을 끓여 먹던 진혁의 모습을 지금은 그 어디에서도 찾아볼 수 없었다. 원래 그런 분위기의 사람처럼 그는 그렇게 서 있었다.

나무가 뻣뻣하게 서서 그들을 바라보고 있는데, 성규가 주책없이 진혁이 있는 곳으로 가까이 다가갔다. 사실 그렇게 어려운 것 없이 자란 성규는 그런 분위기의 진혁에게서 괴리감 같은 건 잘 느끼지 못하는 분위기였다. 그저 서로 성향이 다르다고 생각할 뿐.

"오랜만이다, 이진혁."

성규가 인사를 건네며 악수를 청하자 진혁이 입술 한쪽 끝을 살짝 올리면서 악수를 했다.

"예, 오랜만입니다, 선배님."

성규의 출현에 진혁의 부모님과 수진이 호기심 어린 눈으로 그들을 쳐다보았다. 그리고 진혁의 어머니는 약간 놀란 눈으로 나무를 응시했다. 아까 보았던 그 담배 피우던 여자가 진혁과 알고 있는 사이였기에.

나무는 천천히 걸음을 떼어 성규의 뒤에 섰다. 그런 그녀의 모습을 진혁이 응시하곤 눈빛이 묘하게 변했다. 뭐라고 딱히 설명할 수 없는 그런 복잡한 일렁임이었다. 나무와 진혁 사이에 놓인 이상한 거리감을 눈치 채지 못한 성규가 넉살 좋게 그의 부모에게 인사를 건넸다.

"안녕하세요. 진혁이 학교 선배입니다. 유성규라고 합니다."

성규의 인사에 그의 부모님이 고개를 끄덕이며 반갑다는 듯한 그런 미소를 지었다.

"그래요? 반가워요. 진혁이 어미예요."

성규의 뒤에서 멀뚱하게 그 광경을 보고 있던 나무는 진혁의 부모님이 보내는 호기심 어린 시선에 못 이겨 자신도 인사를 건넸다.

"안녕하세요. 진혁이……."

잠시 말을 주저하던 나무가 담담하게 말을 이었다.

"친구 나무라고 합니다."

순간 나무의 얼굴에 고정되어 있던 진혁의 눈빛이 짙은 색으로 변했다. 무슨 생각에 잠겨 있는지 진혁의 눈빛은 무겁게 가라앉아 있었다. 성규는 예의 바르게 그저 말을 이어야 한다는 생각에 수진을 힐끔 보며 폭탄을 건드렸다.

"진혁이 여동생 되시는가 보죠?"

그의 말에 진혁이와 부모님 가운데 서 있었던 수진이 살짝 고개를 저으며 공손하게 대답했다.

"아뇨. 집안끼리 아는 사이입니다. 홍수진이에요."

집안끼리? 성규는 얼른 무슨 말인지 눈치 채고는 살짝 고개를 끄덕거렸다. 진혁의 어머니가 옆에서 애가 탄다는 듯이 약간 수다스럽게 말을 꺼냈다.

"진혁이가 조금 있으면 유학을 가야 해서 될 수 있으면 짝을 지어 보내려고 해요. 혼자 보내려니까 영 마음이 편치 않아서."

"아, 네…."

성규는 사실 관심없는 일이었지만 어머니의 말에 예의 바르게 호응하는 반응을 보였다. 사실 어머니 입장에서도 그런 이야길 굳이 할 건 없었지만 진혁이 들으라는 의도로 우회적으로 이야기를 꺼낸 것이다. 부모의 의중을 알고 있으라는 의미이리라.

'유학?'

성규 옆에서 가만히 입을 다물고 있던 나무의 입술이 순간 딱딱하게 굳어지며 그녀의 눈 속에 놀라는 듯한 기운이 스며 나왔다.

'유학이라고?'

나무가 의미심장한 눈빛으로 진혁의 눈을 응시했다. 진혁의 얼굴은 말 그대로 딱딱하게 굳어 어둡게 변해 있었다. 무언가를 확인하듯 그의 얼굴을 급히 바라보던 나무가 진혁의 얼굴에 드리워져 있는 어두운 기운을 느끼고는 알았다는 듯한 시선을 보냈다. 그리곤 진혁의 부모님에게 공손히 인사를 건넸다.

"그럼 저흰 이만 가보겠습니다."

"아… 그래요, 그럼."

진혁의 어머니는 나무를 유심히 응시했다. 여자애가 담배를 피우는 거나 입고 있는 차림새를 보아서는 꽤 자유분방해 보였는데 의외로 깍듯했다. 그러나 그의 어머니가 나무를 더 관찰할 새도 없이 나무는 고개를 숙이곤 바로 방향을 돌려 그 자리를 걸어나갔다. 성규는 나무가 자리를 뜨자 황급히 인사를 건네곤 나무의 뒤를 따랐다. 진혁은 그저 입술을 꽉 다문 채 걸어가는 둘의 모습을 뚫어지게 응시할 뿐이었다.

'젠장, 일이 사정없이 꼬이는군.'

그날 저녁, 나무는 성규와 저녁을 대충 사먹고, 곧장 성규의 작업실로 향했다. 눈앞에 닥친 일들이 산더미인데다 며칠 동안의 강행군으로 그녀는 이미 지칠 대로 지쳐 있어서 저녁에 있었던 일들에 대해 깊게 생각할 여력이 없었다. 씨앗이 하나 떨어졌지만 가지를 뻗을 에너지가 없다고나 해야 할까. 다만 낮에 그려놓은 스케치들을 색연필로 기계적으로 색칠해 가면서 머리 속엔 〈유학〉이란 단어가 떠나지 않고 있었다. 그리고 그녀가 직접 보았던 그 장면 그대로 멈춘 채 그렇게 그녀의 머리 속에 정지되어 있었다. 전혀 다른 세계의 사람으로 느껴졌던 진혁의 모습이. 전혀 다른 세계와 조우하는 것 같았던 자신의 모습이. 이질적인 진혁의 세계 그 자체로 그렇게.

시간이 지날수록 책상 위에 있는 재떨이에는 담배꽁초들이 가득 쌓여 있었고, 나무의 눈 밑은 밀려오는 졸음과 그동안의 피로로 그늘진 채 퀭하게 움푹 들어가 있었다.

어느새 시계 바늘은 밤 12시를 가리키고 있었다. 이쯤 되면 어느 정도 그림은 마무리되었고, 나무가 가방을 챙겨 집에 돌아갈 시간이었다. 그러나 시간이 지났음에도 나무가 의자에서 일어날 기색이 없자 성규가 색칠하는 손은 멈추지 않은 채 말을 중얼거렸다.

"나무야, 집에 안 들어갈 거야?"

"아……."

나무가 읊조리듯 대답을 하면서 마지막 한 장 남은 그림을 마무리지었다. 그리곤 벌떡 일어나 허리를 한껏 뒤로 제쳤다.

"으윽."

그녀의 입에서 아픈 신음이 저절로 터져 나왔다. 나무는 책상 앞에 서서 잠시 멍한 얼굴로 시계를 응시했다. 지금 나가면 집에 갈 수는 있었지만 집까지 갈 생각을 하니 앞이 까마득했다. 택시를 탈까. 그러나 지하철이 다니는 시간에 택시를 타는건 돈이 아까웠다. 뜨거운 물에 온몸을 푹 삶아버렸으면 좋겠다는 생각이 간절했다. 그러나 그녀의 몸이 요구하는 것과는 또 다르게 그녀의 머리 속은 술을 퍼부어달라고 주장했다. 이모든 잡념과 머리 아픈 고민들, 그리고 충격과 혼란을 술로 잠재워 달라고.

한동안 말없이 허공을 응시하던 나무가 고개를 돌려 성규의 작업 속도를 확인했다. 남아 있는 그림이 몇 장 되지 않는 걸 확인한 그녀가 불쑥 말을 꺼냈다.

"술 한잔할래요?"

그 말에 성규가 색칠을 계속하며 고개를 끄덕이곤 중얼거렸다.

"좋지. 시원하게 맥주 한잔하면 좋겠다."

"오케이."

나무가 화장실에 갔다 오고 지갑을 챙기는 동안 성규가 작업을 다 끝냈는지 양손을 허리에 대고 고개를 한껏 젖혔다. 둘은 책상 온 주변에 흩어져 있는 색연필을 챙기곤 그림들을 정리했다. 그리곤 맥주와 안주를 사러 밖으로 나섰다.

한편 진혁은 식구들과 헤어진 후 바로 집으로 돌아왔다. 저녁 내내 그는 전화를 할까 말까 고민하다가 결국 나무가 올 때까지 기다리기로 결정했다. 일단은 그녀가 처리해야 할 일들이 있었고, 그 와중에 얘기를 하자며 전화를 하는 건 나무를 괴롭히는 것밖에 되지 않는다는 생각이 들어 힘겹게 불안감을 내리누르고 있었다. 그리하여 새벽 1시가 될 때까지 진혁은 까맣게 속이 타는 걸 잠재우며 그녀를 기다렸다. 그러나 시계 바늘이 1시를 넘어섰는데도 나무가 나타나지 않자 거실 소파에 앉아 조용히 책장을 넘기던 그의 손이 갑자기 주먹을 쥐더니 손에 있는 책을 거칠게 바닥에 집어 던졌다. 그리곤 머리가 지끈거리는지 자신의 이마를 손으로 꾹꾹 눌러댔다.

시간은 이미 새벽 1시 30분을 넘어 이제 2시를 향해가고 있었다. 진혁이 고개를 들어 거실 벽 한가운데에 걸린 시계를 확인하고는 소파에서 벌떡 일어났다. 그가 거실을 서성이며 무섭게 변한 눈빛으로 나무의 방문을 응시했다.

나무가 맥주 한 캔을 다 마시고 두 번째 맥주 캔을 따려고 하는데 책상 위에 있는 핸드폰이 울려댔다. 직감적으로 진혁이임을 느낀 나무가 잠시 핸드폰이 있는 곳을 바라보더니 천천히 다가가 핸드폰을 귓가에 댔다.

"왜?"

나무가 전화를 받자마자 용건을 묻듯 딱딱하게 말을 꺼내자 핸드폰에서 잠시 침묵이 흘렀다. 잘 들리진 않았지만 왠지 그가 성질을 참는 듯한 그런 숨소리가 들려오는 듯했다. 나무가 말없이 기다리고 있는데 진혁의 목소리가 이내 들려왔다. 차분하지만 서늘한 목소리였다.

[일 많은 거야?]

나무는 순간 거짓말을 할까 하다가 회피하는 건 좋은 게 아닌 것 같아 솔직히 대답했다.

"아냐, 일은 끝났어. 근데 가는 게 귀찮아서."

나무의 한숨 섞인 말에 진혁이 방금 전보다는 부드러워진 목소리로 말했다.

[데리러 갈게. 위치 말해.]

순간 나무가 짜증이 났는지 손으로 머리를 거칠게 헝클어뜨리며 인상을 찌푸렸다. 나무가 굳은 목소리로 중얼거렸다.

"그냥 여기서 자고 내일 곧장 호텔로 갈래. 네가 데리러 와도 일단은 왔다 갔다 하는 게 피곤해."

핸드폰에선 침묵이 감돌았다. 나무의 귓가로 진혁의 복잡한 심경이 가득 묻은 그런 목소리가 들려왔다. 왠지 날이 서 있는 그런 날카로움이 목소리 뒤에 깔려 있었다.

[오케이. 알았어. 내일 이야기하자.]

내일 이야기하자는 말이 나오자 짜증 섞여 있던 나무의 얼굴이 무표정하게 변했다.

"그래, 내일 이야기하자."

[뚝—]

핸드폰 안에서 차가운 기계음이 울려 퍼지자 나무의 눈빛이 회상에 잠긴 듯 뿌옇게 변했다. 다시 그녀의 머리 속으로 아까의 장면들이 비집고 들어왔다. 잠시 책상에 기대어 눈을 질끈 감고 있던 나무가 한쪽 의자에 앉아 있는 성규를 바라보았다. 성규는 어느새 잠들어 있었다. 그녀는 성규를 깨우려고 손을 가져가다가 이내 포기한 듯 거두어들였다. 그리곤 지갑을 들고 찜질방이 있는 곳으로 향했다. 일단은 잠이 자고 싶었다. 잠이. 그리고 소원대로 나무는 찜질방에 도착하자마자 말 그대로 뻗어버렸다.

다음날, 세미나 마지막 날이라 의사 대부분이 각국으로 돌아갔고, 또는 짐을 싸서 호텔 앞에서 택시를 잡는 광경이 보였다. 나무와 성규도 12시가 넘어서자 마지막 사람을 그리곤 일을 마무리지었다. 기획사 사람들과 거래처 사람들 몇 명과 함께 곧장 삼겹살 집으로 몰려간 그들은 밥 한 그릇을 뚝뚝 해치우고 소주 한잔을 곁들였다.

그동안 쌓인 피곤에 잠을 못 자 온몸이 딱딱하게 굳어 마치 좀비처럼 된 나무는 삼겹살과 소주 한잔을 먹으니 말 그대로 멍했다. 마치 육체이탈처럼 몸은 여기에 있는데 정신은 어딘가로 날아간 듯했다. 간신히, 정말 간신히 사람들과 인사를 나누고, 지하철을 타고 나니 어느새 발은 집 앞에 나무를 데려다 놓았다. 문이 잠겨 있는 걸 보니 진혁은 아직 퇴근하지 않은 것 같았다. 그녀가 기계적인 움직임으로 열쇠를 꽂아 문을 열고 신발을 벗어 던졌다. 그리곤 곧장 터벅터벅 방 안으로 들어가 침대에 말 그대로 고꾸라져 잠이 들었다.

"커어어어어……."

순식간에 방 안 가득 나무의 코 고는 소리가 울려 퍼졌다. 삼십 분 후 쯤 진혁이 도착해 그녀를 물끄러미 바라보고 있다는 것도 모르고.

진혁은 퇴근하자마자 곧장 나무에게 전화를 걸었지만 오는 내내 나무가 전화를 받지 않자 잔뜩 신경이 예민해진 터였다. 그래서 욕을 연신 내뱉으며 일단 집으로 들어왔다. 사실 그녀가 어디에 있는지 알 수가 없었고 호텔로 전화를 걸어보니 이미 철수했다는 것이다. 그런데 집에 와보니 나무의 신발과 가방들이 보였고, 방문을 열어보니 그녀가 얌전하게 잠들어 있는 게 아닌가. 알 수 없는 안도감과 잔뜩 날이 서 있었던 자신에 대한 허탈함으로 그가 주저앉듯 그렇게 침대 옆에 걸터앉았다. 그리곤 잠들어 있는 나무를 물끄러미 바라보았다. 며칠 새에 나무의 얼굴은 반쪽이 되어 있었다. 약간은 통통했던 볼살이 홀쭉해져 있었고, 눈 밑은 그림자가 져 있었다. 조용히 그녀의 얼굴을 응시하던 진혁이 슬금슬금 그녀 옆에 다가가 누웠다. 자신도 새벽까지 잠들지 못하고 뒤척이다 회사를 갔기 때문에 몸이 무거웠다.

몇 시간이나 흘렀을까? 쨍쨍하게 빛을 발했던 대낮의 하늘은 어느새 어둑어둑하게 붉은 어둠이 드리워져 있었다. 토요일 낮의 화창한 햇살도 그냥 어느 날의 대낮과 다르지 않다는 걸 보여주듯 어둠에 밀려 서서히 빛을 잃어갔다. 잠들어 있는 두 사람의 얼굴 위로 햇살 대신 검붉은 노을빛이 자리 잡을 때쯤 죽은 시체처럼 잠들어 있던 진혁이 퍼뜩 눈을 떴다. 깜박 잠이 들었는데 꽤 오랜 시간을 잔 것 같았다. 그가 잠시 눈을 껌벅이며 잠을 떨치고 있다가 고개를 돌려 옆에 자고 있는 나무를 쳐다보았다. 나무는 여전히 새근거리는 소리를 내며 깊게 잠들어 있는 듯했다. 진혁이 천천히 손을 그녀의 얼굴에 가져가 볼을 쓰다듬었다. 그러자 전혀 깨어날 것 같지 않았던 나무가 미간을 찌푸리며 인상을 쓰더니 천천히 눈을 떴다. 잠에 취해 몽롱한 나무의 두 눈이 그의 눈을 빤히 응시하자 진혁이 목 안에 잠긴 듯한 신음 소리를 내며 거칠게 그녀의 입술에 키스했다. 그러나 나무가 입 안이 텁텁해서 약하게 저항하며 고개를 젓자 진혁이 거부의 몸짓은 용납하지 않겠다는 듯 그녀의 턱을 한 손으로 강하게 쥐었다. 그리곤 그녀의 허리 안쪽으로 나머지 한 손을 밀어 넣어 자신의 몸에 밀착되게 끌어당겼다. 그의 혀가 미친 듯이 그녀의 입 안으로 들어오며 강한 소유욕을 드러냈다. 나무가 숨이 막혀 힘들어할 때쯤 그의 입술이 떨어져 나갔다. 참았던 숨을 토해내며 그녀가 헐떡거리고 있는데 진혁은 급하게 둘을 휘감고 있는 시트를 걷어 젖혔다. 그리곤 주저없이 빠른 손길로 나무의 바지를 벗겨내기 시작했다. 그녀의 청바지가 휙 하고 침대 밖으로 떨어지자마자 진혁이 그녀의 입술을 먹어버릴 듯이 덮쳐 오며 자신의 바지 버클을 풀어헤쳤다. 지퍼를 여는 금속성 소리가 방 안에 울리더니 그의 풀어헤쳐진 바지 사이로 단단하게 부풀어 오른 남성이 위협적으로 모습을 드러냈다.

둘은 말이 없었다. 평소 같으면 장난 섞인 농담을 주고받으며 어색한 기운을 몰아냈지만 지금은 그런 장난을 칠 기분이 아니었다. 왠지 안개가 그들 주변에 무겁게 가라앉아 있는 것 같아 둘은 침묵을 지킨 채 서로의 눈을 응시했다. 나무는 멍하니 그의 턱 주변에 난 수염자국들을 바라보았다. 그리고 잔뜩 헝클어진 머리카락과 그의 상체에 걸쳐져 있는 구겨진 와이셔츠도.

어제 호텔에서 마주친 이후 그녀 앞에 있는 진혁은 그 전날까지 자신이 알았던 그 진혁이 아닌 것처럼 보였다. 이상한 낯설음과 그리고 너무나 익숙한 친숙함이 뒤범벅되어 나무는 혼란스러운 눈빛으로 그를 빤히 응시했다.

'유학을 간다고?'

그녀의 머리 속으로 진혁과 선을 본 게 틀림없는 여자가 떠올랐다. 자신과는 전혀 다른 기반에서, 안정적인 가정에서 자란 듯한 고운 여자의 얼굴을.

어느새 나무는 진혁의 거대한 몸 안에 갇혀 있었다. 한 팔은 그녀의 머리 위에서 둘려져 마치 그녀를 가두는 듯했고, 한쪽 손은 그녀의 허벅지를 타고 올라 그녀의 골반을 움켜쥐었다. 진혁은 그녀의 여성 가까이에 자신의 하체를 가까이 대면서 어제 보았던 성규와 나무의 모습을 떠올렸다. 너무나 잘 어울렸던 두 사람을. 나무의 얼굴을 바라보고 있던 진혁의 눈빛이 위험스럽게 번뜩였다. 그가 거칠게 나무의 몸 안을 파고들었다. 그러자 그녀의 입에서 고통스러운 비명이 흘러나왔다. 나무가 화가 난 듯 얼굴을 찡그리며 진혁의 어깨를 주먹으로 쳐대기 시작했다.

'뭐? 유학을 간다고? 유학을 간다고?'

나무가 입술을 깨물며 눈을 질끈 감자 진혁이 더 거칠게 그녀의 몸 안으로 깊숙이 자신의 남성을 묻었다. 그녀의 몸을 끝까지 밀어붙이는 진혁의 거친 행동에 나무가 순간 등을 활처럼 휘었다. 그녀의 머리가 뒤로 젖히며 크게 숨을 몰아쉬자 진혁이 그녀의 목을 눈으로 훑어 내려갔다. 그의 입술 사이로 흥분 어린 신음 소리가 쥐어짜듯 흘러나왔다. 지금 둘은 한 치의 틈도 없이 맞대어져 있었다. 둘 다 머리 속 가득 혼란과 고민이 들어차 머리가 아파왔지만 그런 혼란이 가져오는 긴장 때문인지 몸은 평소보다 더 예민하게 감각적이었다. 둘은 흥분으로 얼굴이 벌겋게 달아올라 있었고, 모두 가쁜 숨을 내쉬고 있었다. 나무의 몸 안에서 깊숙이 자리 잡은 진혁이 천천히 몸을 움직이기 시작했다. 그 움직임에 나무가 눈을 퍼뜩 떴다. 짜릿짜릿하게 발끝으로 타고 흐르는 육체의 노랫소리에 취해 나무의 눈빛이 뿌옇게 흐려져 갔다. 그녀가 몸으로 타고 흐르는 감각적인 쾌락에 못 이겨 낮은 신음 소리를 흘리며 허리를 뒤틀자 그의 움직임이 순간 거세지며 그녀의 목에 얼굴을 묻었다. 그리곤 그녀의 목 줄기를 입술로 아프게 빨아들였다. 나무가 흥분을 참지 못하고 가까이에 있는 진혁의 어깨를 이빨로 물자 진혁이 새된 외침을 질러대며 그녀의 몸 안으로 강하게 파고들어 갔다.

쾌락의 정점에 갔다 온 두 사람은 그대로 움직이지 않고 숨을 내쉬었다. 거친 숨소리와 땀에 젖은 둘의 육체가 마치 정지화면처럼 그렇게 멈추어 있었다. 경련하듯 두 사람은 한참 동안 움찔거렸고, 진혁의 몸이 주는 무게에 나무는 숨이 막혔지만 둘은 어떠한 말도 꺼내지 않고 그냥 지금 이 순간을 느꼈다. 있는 그대로. 서로의 몸에 꼭 맞는 그들의 육체와 상대의 육체가 주었던 느낌을. 숨을 고르며 나무의 목과 쇄골, 그리고 가슴에 부드러운 키스를 퍼붓던 진혁이 나무의 몸을 안아 그대로 몸을 굴려 그녀 옆에 누웠다.

이제 창밖엔 사람의 기분을 이상하게 건드리던 검붉은 노을이 사라지고 어둠이 자리 잡혀 있었다. 진혁은 말없이 나무의 얼굴을 응시하며 그녀의 얼굴을 쓰다듬었다. 잠시 그의 손길을 받아들이며 조용히 누워 있던 그녀가 천천히 몸을 일으켜 앉았다. 멍하니 침대를 바라보고 있던 나무가 침대에서 빠져나가 책상에 있는 담배를 집어 들었다. 그리곤 무표정한 얼굴로 입에 문 담배에 불을 붙였다. 그 모습을 말없이 지켜보고 있던 그도 그녀를 따라 일어나 앉았다. 둘 다 한바탕 전쟁을 치른 사람처럼 꼴이 말이 아니었다.

나무가 담배 한입을 빨아들이는가 싶더니 어지러운지 책상 옆에 있는 의자에 천천히 주저앉았다. 며칠 새에 몸이 많이 안 좋아진 것 같았다. 아니면 방금 전의 육체 관계로 기력이 소모되어서 그런 건지 담배 한 모금은 위력을 발휘했던 것이다. 새까맣던 눈앞에 조금씩 빛이 들어와 이제 앞에 있는 광경들이 확실하게 들어오자 나무가 재떨이에 담뱃재를 털며 말했다.

　"어떻게 된 거야?"

　일말의 거짓도, 그리고 잔머리도 용납할 수 없다는 그런 눈빛으로 나무가 진혁의 눈을 똑바로 응시했다. 흔들림없이 그에게 고정되어 있는 그녀의 시선을 마주한 진혁이 무언가를 생각하는 듯 잠시 허공을 응시하다가 손으로 자신의 머리를 헝클어뜨렸다. 그리곤 땀에 절어 진득한 바지를 추슬러 입고는 나무가 앉아 있는 곳에 다가가 침대 끝에 걸터앉았다. 그 모든 움직임을 나무는 시선을 떼지 않고 빤히 쳐다보았다. 나무의 얼굴을 진혁이 유심히 응시하다 천천히 입을 열었다.

　"경영 쪽으로 유학 갈 생각이야."

　무표정한 얼굴로 나무가 그를 쏘아보았다.

　"왜 진작 말 안 했어?"

　"내가 진작 말했으면 넌 어떻게 했을 것 같은데?"

　그의 질문에 나무가 침묵을 지켰다. 진혁 말대로 아마도 진작 말했으면 나무는 그와 사귀는 짓은 하지 않았을 것이다. 이렇게 마음을 주는 짓 따위는 하지 않았을 것이다.

무얼 말해야 하는 걸까?

언제 떠나냐고?

아니면 우리 관계는 어떻게 되는 거냐고?

그것도 아니면 그 여자랑 같이 떠나는 거냐고?

나무가 미간을 찌푸리며 잠시 창밖의 어둠을 무심히 쳐다보더니 다시 냉정한 얼굴로 담담하게 말을 꺼냈다.

"그래서 넌 어떻게 하고 싶은데?"

상대의 눈치를 보며 그 의향을 살피기보단 지금 나무는 그에게 조건을 말하라고 요구하고 있었다. 들어줄 수 있는 조건이면 듣고 아니면 박차 버리겠다는 그런 얼굴이었다.

"결혼하자."

일말의 주저함도 없이 진혁이 프로포즈를 하자 나무가 놀라움과 당황으로 가득한 눈빛으로 그를 쳐다보았다. 사실 나무는 유학을 가게 됐을 경우 원거리 연애를 계속할 것인지, 아니면 지금 헤어질 것이지 뭐 그런 논의가 될 줄 알고 있다가 아닌 밤중에 홍두깨로 두들겨 맞은 느낌이었다.

결혼?

결혼?

"하아……."

나무가 약간 기가 찬 듯 당황스런 웃음소리를 피식 내고는 이내 진지한 얼굴로 옆에 있는 담배를 다시 집어 들었다. 그녀가 하얀 담배 연기를 한입 뿜어내고는 차분하게 말을 이었다.

"결혼하면? 어쩔 생각인데?"

나무의 말에 진혁의 입꼬리가 살짝 올라갔다. 다음 과정을 묻는 걸 보면 나무가 자신과 결혼할 의향이 있다는 뜻이리라.

"여기서 결혼식 치르고 함께 가고 싶어."

나무가 조용히 담배를 재떨이에 비벼 껐다. 그리고 목이 칼 칼한지 불쑥 일어나 거실로 나갔다. 식탁 위에 있는 컵에 물을 잔뜩 따라 다시 방 안으로 들어온 나무가 컵을 책상 위에 소리 가 날 정도로 거칠게 내려놓았다.

"난 네 뒤치다꺼리할 생각 전혀 없어."

약간은 공격적으로 나무가 험악하게 말을 뱉어내자 진혁이 약간은 딱딱하게 굳어진 얼굴로 맞받아쳤다.

"나야말로 네가 내 뒤치다꺼리하는 거 원하지 않아."

"그럼? 그게 아니면 뭐야? 너 졸라게 공부하는 동안 난 살림 하는 것밖에 더 있어? 거기 가서 내가 삽화 일을 할 수 있다고 생각해?"

당연히 할 수 없는 일이다. 유럽이든 미국이든 서구 쪽은 일 단 기획사에 소속되지 않은 작가에게는 일이 들어오질 않았고, 일단 기획사를 뚫는다는 건 그렇게 쉬운 일이 아니었다. 그림 체라는 게 각 상품과 일에 따라 맞는 스타일이란 게 있어서 그 사회에서 스타일이 통할지 그것도 미지수였다. 아무리 서양적 인 그림이라 해도 서양에 가면 동양적인 느낌이 물씬 풍긴다는 얘기를 듣게 되고, 그렇다면 그 그림은 보편적 쓰임새로 쓰이는 게 아니라 동양적인 컨셉과 맞아야 일을 딸 수 있는 것이다. 그러나 그럴 경우 차라리 완전한 동양 스타일의 그림을 찾게 되는지라 나무의 그림은 그 사회에서 통할지 알 수 없게 되는 것이다. 최소한 기획사 하나와 연관을 맺으려면 1년은 넘게 포트폴리오를 들고 다녀야 할 것이다. 나무는 혹시나 진혁이 이쪽 세계의 일을 몰라 저런 소리를 하나 싶어 반문하듯 그렇게 말하고 있었다. 그녀가 어처구니없다는 듯 진혁의 얼굴을 노려보자 그가 달래듯 차분하게 말을 꺼냈다.

"너 오래전부터 미술 공부 하고 싶어했잖아. 같이 가서 둘 다 공부하잔 뜻이야."

"나 돈 없어!"

나무가 눈을 동그랗게 뜨고 고개를 내저었다. 그녀의 벙찐 얼굴에 진혁이 잠시 고민을 하는가 싶더니 조심스럽게 말을 꺼내기 시작했다.

"내가 댈게."

"네가 무슨 돈으로? 네 유학비만 해도 빠듯할 텐데?"

의아스럽다는 듯 나무가 눈썹을 치켜뜨자 진혁이 방금 전보다 더 조심스러운 어조로 말을 이었다.

"부모님께 일단은 일부를 보조받을 생각이야. 어느 정도 자리 잡으면 아르바이트 자리가 생길 거고."

묵묵히 그의 말을 듣고 있던 나무가 입을 꾹 다물고 생각에 잠겼다. 진혁의 뜻대로 일이 풀릴 것인가. 또 그의 부모님이 결혼을 허락하실까. 그런 모든 걸 차치하고 가장 중요한 건 나무 스스로 그와 결혼할 마음이 있느냐는 귀착점에 도달하고 있었다. 과연 그녀가 쌓아놓은 기반을 다 두고 그와 함께 떠날 수 있는가. 만약 결혼했다 둘이 헤어질 경우 과연 자신은 혼자 돌아와 그 공백을 메울 수 있을까. 결혼해서 유학을 가자는 진혁의 제안이 달콤할 정도로 달게 들려왔다. 얼마나 미술 공부를 하고 싶어했던가. 그러나 동시에 회의가 들기도 했다. 과연 남의 손에 의해 쥐어진 기회를 덥석 손에 쥐어도 괜찮은 걸까? 아무런 대가 없이 굴러오는 그런 게 있을까? 그리고 만약 헤어지게 되면? 그녀의 마음속으로 스멀스멀 공포감이 밀려왔다. 혼란으로 나무의 얼굴이 잔뜩 찌푸려졌다. 고개를 숙여 방바닥을 응시하는 나무가 오랫동안 침묵을 지키자 진혁이 침대에서 내려와 그녀 앞에 앉았다. 그리곤 그녀가 앉아 있는 의자의 팔걸이를 잡아 그녀를 자신 안에 가두듯 그렇게 만들었다. 깊은 생각에 빠져 있던 나무가 살며시 고개를 들어 진혁의 눈을 똑바로 응시하자 진혁이 결연한 어조로 말했다.

"결혼하자."

그의 채근 어린 말에도 나무는 묵묵부답으로 입을 꽉 다물고 그저 진혁의 눈을 응시했다. 팽팽한 긴장감이 감도는 적막 어린 방 안에 나무의 중얼거리는 듯한 속삭임이 울려 퍼졌다.

"시간을 좀 줘."

시간을 달라는 나무의 말이 있고 난 후에도 둘의 생활은 변함없이 잘 굴러갔다. 진혁은 언제나처럼 회사를 다녔고, 나무는 나무대로 쉬엄쉬엄 쉬어가며 들어오는 일들을 처리하고 있었다. 둘 다 결혼 문제에 대해서는 일언반구 어떠한 말도 꺼내지 않았다. 그저 일상을 영위해 가며 진혁은 기다리고 있었고, 나무는 고민하고, 또 고민하고 있었다. 둘은 여전히 장난을 치며 서로를 갈구기도 하고, 설거지를 미루며 신경전을 벌이기도 했다. 물론 얇은 긴장감이 둘 사이에 흐르고 있었다.

그렇게 일주일여가 지난 어느 날이었다. 금요일 낮, 진혁은 이미 출근한 뒤였고, 나무는 어슬렁어슬렁 일어나 하품을 늘어지게 하며 거실로 나오고 있었다. 그녀가 싱크대에 있는 칫솔을 찾아 눈을 굴리고 있는데 칫솔이 보이지 않았다. 나무가 갸우뚱거리며 미간을 찌푸렸다. 그녀의 칫솔이 욕실과 싱크대를 왔다 갔다 하는지라 자신도 어디에 뒀는지 확실하게 몰랐던 것도 있지만 몇 미터 되지도 않는 욕실까지 걸어가는 게 귀찮아서이기도 했다. 나무가 조금 투덜거리며 욕실로 들어가 보니 칫솔이 진혁의 칫솔과 나란히 걸려 있었다. 나무가 미간을 잔뜩 좁히고 그 모양을 빤히 노려보았다. 평소의 나무는 저렇게 단정하게 칫솔을 걸어놓는 인간이 아니었다. 욕실에서 써도 컵에 툭 하고 넣어놓거나, 아니면 사물함 같은 데 툭 하고 놓기 일쑤였다. 그렇다면 이건 분명 진혁의 짓이리라.

아주 사소한 일이었지만 나무는 뭔가 찜찜했다. 물론 진혁이 나무의 칫솔을 알아서 정리해 준 것은 고마운 일이었지만, 칫솔의 위치를 둘러싼 그동안의 싸움과 신경전, 그리고 갈굼이 있고 난 후 어느 정도 소강상태에 있었던 요즘 나무는 그가 이제 나무의 생활방식을 그냥 인정하고 넘어간 것으로 생각하고 있었다. 그러나 그렇지 않았다. 이젠 진혁은 말하지 않고 자신의 방식대로 위치를 바꿔놓은 것이다. 마음속 저 어딘가에서 찜찜하고도 켕기는 무언가가 스멀스멀 생겨났다. 그녀가 부루퉁하게 입술을 내밀고 칫솔에 손을 가져갔다. 그리곤 치약을 짰다.

'아… 치약 중간부터 짠다고 또 지랄하겠군.'

나무가 얼른 중간 부분을 손으로 꾹 누르다 끝을 잡았다. 그러나 왠지 반항심이 생겼다.

'아니야. 이렇게 사소한 것부터 밀리기 시작하면 나중엔 결정적인 부분까지 밀리게 될 거야.'

나무가 치약 중간부분을 짜며 어떤 기억을 떠올렸다. 열흘 전 관계를 맺었을 때의 진혁의 행동을. 그때 나무는 진혁의 진짜 모습, 또는 그녀에게 보여주지 않았던 다른 모습을 본 것만 같았다. 언제나 친절하고, 그녀가 미안할 정도로 잘해주는 그였지만 그때 그의 뜻대로 일이 풀리지 않는다고 생각되었을 때 자신을 안는 그의 손길을 그전에 보였던 배려라든지, 또는 나무의 마음을 살핀다든지 하는 그런 모습은 보이지 않았다. 그때 육체적으로 흥분하고 서로 신경이 날카로워서 정신없이 육체 관계를 맺었지만 나무가 저항 어린 행동을 했을 때 그가 보였던 반응은 나무의 기억 속에 자리 잡아 찜찜하게 남아 있었던 것이다. 그때 그의 강압적인 태도에 약간 놀라고 당혹스러웠지만 그녀는 순간적인 흥분 때문인가 헷갈려서 아직도 판단이 잘 되지 않았다.

'아… 머리 아파. 내가 너무 오버 해석하는 것일 수도 있어.'

나무가 절레절레 머리를 흔들며 사념들을 털어냈다. 그동안 한 가지 생각에 빠지면 집요하게 물고 늘어져 일반화하는 오류를 많이 범해왔기 때문에 진혁에 대한 부분도 그러는 게 아닐까 싶어 자신의 생각에 회의를 느꼈다. 그러나 머리를 흔들어 털어내도 그건 털어내지는 게 아니라 그냥 잠재우는 것이었다. 진혁과 결혼해서 유학을 가는 문제에 있어서 과연 나무가 진혁을 제대로 알고 있는 것인지가 참 중요한 부분을 차지하고 있었다. 왜냐하면 그녀가 지금껏 만들어놓은 이 땅에서의 생활을 모두 접고 오로지 진혁 한 사람을 믿고 가야 하는 것이기 때문이다. 과연 그녀의 기반, 그 변화의 기준을 진혁에게 모두 걸어도 되는 것일까? 오랫동안 그녀 스스로 남자에게 그 변화의 열쇠를 주지 않겠고 결심해 왔기에 나무는 지금 자신의 오랜 결심과 정면으로 부딪칠 수밖에 없었다.

그녀가 칫솔질을 다 하고 무심결에 다시 컵에 툭 하고 넣었다. 그러곤 세수를 한 물기 어린 얼굴을 뽀득뽀득 수건으로 닦고 있는데 핸드폰이 방 안에서 혼자 울고 있었다. 폴더를 열어

번호를 확인해 보니 전혀 모르는 번호였다.

"네……."

[안녕하세요. 홍수진이라고 합니다.]

'홍수진? 어디서 들어본 이름이긴 한데.'

나무가 고개를 갸웃거리며 의아한 얼굴이 되어 물었다.

"누구시죠?"

핸드폰 안에서 잠시 침묵이 흐르더니 공손한 어조의 목소리가 들려왔다.

[일주일 전쯤에 호텔에서 진혁 오빠랑 함께 있었죠. 기억 안 나세요?]

'아… 그 여자. 엥? 근데 이 여자가 왜 나한테… 근데 내 번호는 어떻게 안 거지?'

〈오빠〉라는 단어를 강조하며 말하는 수진의 말투에 나무가 살짝 미간을 찌푸리며 대답했다.

"네, 기억나요. 근데 제 번호는 어떻게 아셨죠?"

[진혁이 오빠한테 그림일 의뢰할 게 있다고 했더니 알려주던데요.]

"아… 네……."

나무가 그저 멀뚱한 반응을 보이자 상대가 좀 더 강한 어조로 말을 꺼냈다.

[오늘 시간 되시면 저 좀 볼 수 있을까요?]

"뭐… 그러죠."

사실 오늘은 별일이 없는지라 거절하기도 애매했고, 과연 홍수진이란 여자가 무슨 얘기를 할지 궁금하기도 했기에 나무는 별 생각 없이 만나기로 약속을 정했다.

 몇 시간 후 나무는 약속 장소로 향하고 있었다. 대학로에 있는 작고 조용한 카페에 들어가 보니 홍수진은 보이지 않았다. 먼저 커피를 시킨 그녀가 십 분 정도 앉아 있다가 딱 십 분이 되자 벌떡 자리에서 일어났다.

 '먼저 만나자고 한 사람이 늦게 나오는데 내가 뭐가 아쉽다고. 쳇.'

 그녀가 속으로 욕을 중얼거리며 가방을 들고 나오려는데 홍수진이 약간 급하게 걸어왔는지 살짝 숨을 고르며 문을 열고 들어왔다.

 "죄송해요. 차가 막혀서 늦었어요."

 "아… 네."

 나무는 다시 앉았던 자리로 돌아갔고, 수진은 맞은편에 앉아 커피를 주문했다. 나무는 그저 가만히 앉아 있기가 애매해서 방금 전 가방에 넣었던 담배를 꺼내 입에 물었다. 그녀가 라이터를 켜려는데 수진의 약간 놀라운 목소리가 들려왔다.

 "담배 피우세요?"

 "네."

 담배를 입에서 빼고 묵묵히 대답을 마친 나무가 불을 붙였다. 그 모습을 빤히 쳐다보던 수진이 약간은 걱정스러운 어조로 말을 꺼냈다.

"휴우… 고민이시겠네요?"

"네?"

나무가 고개를 돌려 담배 한 모금을 뿜어내곤 의아한 얼굴로 수진을 쳐다보았다.

"오빠네 집이 꽤 엄격한데 맞출 생각 하면 고민이시겠다고 요."

결혼을 하겠다고 결정을 안 했으니 그렇다고 할 수도 없고 해서 나무는 그냥 무표정한 얼굴로 수진을 쳐다보았다. 그렇게 어색한 분위기가 만들어지려는데 점원이 탁자 위에 수진의 커피를 놓고 갔다. 수진은 커피 한 모금을 단정하게 마시더니 본격적으로 하고 싶었던 말을 하려는 듯 조그맣게 숨을 들이 내쉬었다. 그리고 살짝 미소를 지으며 입을 열어 말했다.

"궁금했거든요, 진혁 오빠가 결혼한다고 하는 여자가 어떤 여자인지."

"결혼이요? 진혁이가 그렇게 말하던가요?"

나무가 살짝 얼굴을 굳히며 반문하자 수진이 눈을 동그랗게 뜨고 말했다.

"양쪽 집안에서 오빠랑 제 결혼을 조성하는 분위기거든요. 그래서 제가 오빠한테 솔직하게 물어봤죠. 여자가 있냐고. 그랬더니 나무 씨라고 말해 주던데요."

"아… 네."

나무가 고개를 주억거리며 더 이상 말이 없자 수진이 말을 이었다.

"결혼하면 쉽지 않을 거예요. 그게 좀 걱정이 되네요."

나무가 말없이 멀뚱한 얼굴로 눈을 동그랗게 뜨며 수진을 쳐다보자 그녀가 마치 자신만이 알고 있는 대단한 걸 알려준다는 듯 그렇게 말을 꺼냈다.

"오빠네 집 분위기에 맞추려면 아마 꽤 힘들 거란 뜻이에요. 워낙 규모가 크다 보니 신경 써야 할 것도 많고 남의 시선에도 자유롭지 못하고요. 행동 하나하나가 조심스럽죠."

계속 이어져 나오는 수진의 말을 들으며 나무가 빤히 그녀의 얼굴을 응시했다. 걱정이 되어서 말해 준다고는 하지만 왠지 긁는 느낌이 나는 건 왜일까? 마치 물러서라는 의도가 강한, 그래서 그 자리에 자기가 딱 알맞다는 뜻인가?

나무는 그녀의 걱정 어린 말투가 왠지 거슬려 퉁명스럽게 말했다.

"뭐 그래 봐야 세상 사는 거 다 거기서 거기죠. 진혁이 아버지가 사업한다고 뭐 그렇게 다르겠어요? 똥 싸고 밥 먹는 거 다 똑같죠."

그녀의 말에 수진이 약간 벙찐 듯한 얼굴로 나무를 응시하더니 억지스런 웃음을 흘리며 대답했다.

"뭐 그렇긴 하죠. 그래도 진성그룹 며느리로 사는 게 그렇게 간단하진 않을 거예요."

'진성그룹?'

나무가 인상을 찌푸리며 기억을 떠올려 봤다. 아주 가끔 뉴스나 신문에서 나오는 걸 들었던 것 같기도 하다.

'헉! 진성그룹?'

우리 나라 30대 기업 안에 드는 그룹이었다. 저번에 신자유주의에 대한 삽화일 할 때 우리 나라 기업들의 고용형태에 관한 분석 자료에서 한 귀퉁이를 차지한 기업이었다. 나무의 입이 순간 하마처럼 쩌억 벌어졌다.

"진성그룹이요?"

무심결에 튀어나온 나무의 당황스런 반응에 수진이 의기양양한 미소를 지었다. 어느새 나무의 얼굴이 무표정하게 바뀌며 약간 딱딱하게 굳어졌다. 나무가 앞에 있는 커피를 벌컥 마시곤 탁자 위에 탁 내려놓곤 다짜고짜 물었다.

"그래서 수진 씨가 저에게 하고 싶은 말이 뭐죠?"

나무의 태도에 수진이 약간 당혹스러워하며 눈을 굴리며 말했다.

"아까 말했잖아요. 그냥 어떤 여자인지 한번 보고 싶었다고."

'네가 날 봐서 어쩔 건데? 놀고 있네.'

나무는 수진이 같은 성격은 딱 질색이었다. 자기가 뭘 원하는지 정면으로 자신의 마음을 인정하지 않고 슬금슬금 상대의 뜻을 먼저 꺾으려 드는 그런 성격. 그것도 차라리 대놓고 너 꺼져, 그런 것도 아닌 걱정해 주는 척하면서 사람을 자신의 뜻대로 움직이려 하는 그런 성격.

나무가 무표정한 얼굴로 차분하게 입을 열었다.

"왜 보고 싶었는지는 내가 알 바 아니지만 앞으로는 진혁이랑 해결해요. 만약 진혁이랑 결혼하고 싶은 거라면 그것도 진혁이랑 논의할 문제지 내가 끼어들 문제는 아니라고 보거든요."

담담하지만 쓸데없이 엮이고 싶지 않다는 뜻을 확실하게 표현하는 말이었다. 수진은 입술을 꽉 다문 채 침묵을 지켰고, 나무는 그런 수진의 모습을 물끄러미 응시했다.

'자신의 마음이 뭔지 아마도 나를 통해 확인하고 싶었던 걸까? 그래서 내가 너보다 더 잘나고 괜찮은 여자면 네 감정은 아무것도 아니고, 내가 너보다 못나면 네 감정은 제대로 된 감정이라고 판단하려고 했니?'

더 이상 생각하기도 귀찮다는 듯 나무가 탁자 위에 있는 담배와 라이터를 가방에 넣었다. 그리곤 먼저 일어나겠다는 말을 하곤 카페를 나왔다. 무작정 카페를 나왔지만 나무는 곧장 집으로 들어가고 싶지 않았다. 오늘 또다시 알게 된 진혁에 대한 새로운 사실과 그리고 웃기게도 수진을 만나면서 알게 된 자신의 감정에 그녀는 마음이 먹먹하고 무거웠다. 그녀랑 헤어진다고 해서 진혁이 그저 정략결혼이니 그런 것을 쉽게 받아들일 놈은 아니란 생각이 들었지만 문제는 그가 다른 여자와 결혼한다는 상상을 하니 나무는 강한 거부감이 들었던 것이다. 생각했던 것보다 그녀의 마음속에 진혁이 차지하는 부분이 컸다는 것을 깨달은 나무는 멍하니 하늘을 바라보았다.

사랑하는구나. 그치?

그를 사랑하게 된 거야.

다른 여자를 안는 그를 상상할 수조차 없어. 그건 용납할 수 없어. 그치?

멍하니 하늘을 응시하던 나무의 눈빛 속에 작은 그림자가 일렁였다.

유학 문제부터 집안에 대한 이야기까지.

진혁에겐 나무가 모르는 성격이 있었다. 하나부터 열까지 미리 계산하고 덫을 놓는 그런. 나쁘게 말하면 음흉스럽고 좋게 말하면 무섭도록 신중한.

그래서 그때 그렇게 다른 세계의 사람이란 느낌을 받은 걸까?

내가 진혁에 대해 다 알고 있는 걸까?

그에 대해 완전히 확신할 수 없는 지금 그를 사랑한다고 해서 결혼해도 되는 걸까?

우뚝 멈춰 서서 하늘을 올려다보던 나무가 문득 시간을 확인했다. 곧 있으면 진혁이 퇴근하고 돌아올 시간이었다. 나무가 시계 차고 있는 손을 주머니에 쑤셔 넣으며 피식 쓴웃음을 흘렸다. 지금 그녀가 하는 고민과 별개로 이미 그녀와 그는 일상을 함께 했고, 서로가 곁에 있는 거에 너무나 익숙해져 있었다.

'젠장.'

잠시 후 그녀가 지하철 역으로 향하는데 가방 안에 있는 핸드폰이 울어댔다.

'오늘 무슨 날인가. 웬 전화가 이렇게 많이 와?'

사실 그날 온 전화는 딱 두 통이었지만 기분이 영 아니었기에 그녀가 씨부렁거리며 핸드폰을 꺼냈다. 엄마였다. 그녀의 표정이 딱딱하게 굳었다. 눈을 가늘게 뜨고 폴더 화면을 노려보던 나무가 이내 포기했다는 듯 전화를 받았다. 안 받으면 계속 거는 인간이 엄마였다.

'아…그래, 그래. 그 하소연 받아준다고!'

나무가 어느 정도의 각오를 다지곤 핸드폰을 귀에 갖다 댔다.

"웬일이유?"

[잘 지내냐?]

"잘 지내요."

[…그냥 생일 때 보고 한동안 못 봐서 궁금해서 걸었다.]

"으응……."

[참! 나무야, 나영이 말이다.]

"응."

[나영이 이혼한다고 집 나갔대.]

"뭐?!"

엄마의 말을 조용히 한 귀로 들으며 물처럼 흘리고 있던 나무가 버럭 큰 소리를 냈다.

"이혼? 진짜야?"

[그래, 그렇다니까. 그래서 혹시 말인데 박 서방한테서 전화 오면 모른다고 그래.]

집에만 계시는 엄만 이렇게 알리지 않으면 문제가 안 될 것을 알려놓고 문제를 봉합하려 드는 요상한 버릇을 가지고 있었다. 가만히 텔레비전을 보며 혼자 상상의 나래를 펴다가 형부가 연락할 거라는 생각까지 미쳤음에 틀림없었다. 나무가 생뚱맞은 목소리로 투덜거렸다.

"그럼 내가 알아? 모르지."

[혹시나 해서… 그리고 박 서방이 너한테 가서 행패 부릴지도 모르니까 사는 데 알려주지 마.]

'후우…….'

엄마의 말에 나무는 천천히 숨을 내쉬며 슬슬 끓어오르려 하는 화를 내리눌렀다. 살고 있는 집 날려먹고 지금 친구 집에 얹혀 있는데 알려줄 집은 또 어디란 말인가?

"아, 걱정 마. 내가 바보로 보여?"

[그래, 알아서 하겠지만 그래도 혹시나 해서.]

"알았어요. 참 근데……."

나무의 대답에 엄마는 덜컥 전화를 끊어버렸다. 나무가 인상을 찡그리며 핸드폰을 노려보며 중얼거렸다.

"아… 뭐야. 말 좀 하자, 말 좀 해."

맨날 이런 식이었다. 자신의 사념이 뻗쳐 먼저 전화 걸어 잔뜩 감정을 배설해 놓고 더 이상 할 말 없으면 상대와 대화할 생각 없이 그냥 툭 끊었다.

"후우……."

나무가 깊은 한숨을 토해내곤 짜증난다는 듯이 핸드폰을 다시 가방에 쑤셔 넣었다.

〈참, 근데 언니는 괜찮아?〉라는 말을 하려고 했는데. 왠지 그녀의 입에서 그 말이 자꾸 맴돌았다. 의외였다. 그렇게 그냥 주구장창 살 거라고 생각했던 언니가 이혼을 하겠다고 뛰쳐나오다니.

언니와는 나이 차도 있었고, 둘 다 일찍 결혼과 독립으로 헤어졌기에 그저 소식을 전해 듣는 거 외에는 뾰족한 생각이 안 들었다. 그렇다고 당장 뛰쳐가 이혼을 지지한다고 그럴 수도 없고, 대신 방 하나를 내주겠다고 할 형편도 아니고. 잠시 언니를 생각하며 이런저런 사념에 빠져 있던 그녀가 이내 씁쓸한 얼굴로 길을 걷기 시작했다.

'이혼이라… 그 조용하고 착실한 언니가.'

언니가 이혼한다는 소식은 그녀에게 묘한 파장을 일으켰다. 뭐랄까. 한 번의 선택이 평생을 좌우하는 건 아니라는. 결국 자기 자신이 그 끈을 끊어내고 나올 수 있다는 것을.

자신의 선택한 결과를 지속시켰던 엄마는 결국 결과의 책임을 모두 아버지에게 돌려서였던 걸까?

자신을 피해자로 규정해 그 안에 갇혀서 그랬던 걸까?

언니에게서 엄마에게로 이어지는 생각에 곰곰이 빠져 있던 나무가 머리가 아픈지 고개를 절레절레 흔들었다. 자신의 문제만으로도 머리가 아픈 상황이었다.

집에 도착해 보니 진혁은 방금 퇴근했는지 양복 상의를 벗고 있었다. 나무가 현관에서 신발을 벗자 그가 상의를 마저 벗으며 무심히 물었다.

"어디 갔다 오냐?"

"밖에 좀……."

나무가 잠시 뜸을 들이다 말을 얼버무리곤 거실로 들어갔다. 그리곤 거실 소파에 뒤로 다이빙하듯 그렇게 몸을 날려 한껏 고개를 뒤로 젖혀 소파에 잠기듯이 기댔다. 잠시 그녀가 눈을 감고 무언가를 생각하는 듯 약간은 딴 세상에 가 있는 얼굴로 가만히 앉아 있자 진혁이 양복 상의 벗어 손에 쥐고는 그녀의 얼굴을 물끄러미 응시했다.

"무슨 일 있어?"

"……."

진혁의 말을 음미하는 건지 나무는 여전히 눈을 감고 아무런 반응을 보이지 않았다. 그가 어깨를 으쓱이고는 주방으로 발길을 돌리려는 순간 나무의 담담한 목소리가 들려왔다.

"홍수진 만나고 왔어."

순간 그의 발걸음 딱 멈추며, 그의 눈빛이 날카롭게 예리해졌다. 그가 천천히 돌아서서 호기심 어린 눈빛으로 나무를 바라보자 나무는 심드렁한 얼굴로 그를 바라보며 말을 이었다.

"몰라. 지도 지 마음을 잘 모르겠나 봐. 그냥 너랑 해결 보라고 그렇게 말했어."

그녀가 진혁의 얼굴을 살피며 반응을 기다렸지만 진혁은 아무 말 없이 입을 꾹 다문 채 고개를 끄덕일 뿐이었다. 그리곤 방에 들어가 편한 옷으로 갈아입고 나왔다.

"커피 마실래?"

둘 다 점심을 늦게 먹어서인지 밥 생각이 없었다. 진혁이 묻자 나무가 고개를 끄덕였다.

그냥 지나가는 일이라는 뜻인지, 그는 거실에 다시 나와서도 별 말이 없었지만 나무는 여전히 앞을 응시하며 무언가를 생각하는 듯했다.

그가 꽤 부잣집 아들인 건 어느 정도 알고 있었다. 사실 그녀가 다녔던 고등학교가 외고인지라 잘사는 애들이 많았고, 또 친구들 얘기 듣다 보면 누가 어느 정도 사는지 알 수 있었다. 문제는 생각보다 너무 부자였다.

수진에게서 그 사실을 들었을 때 생겨난 마음은 두려움이었다. 기쁘고, 속으로 큰 건 잡았다는 그런 쾌재가 아니라 덜컥 겁이 났다. 과연 그런 집안에서 내가 살아갈 수 있을까? 겁이 났다. 우습게도 그런 생각이 들었다.

'내가 내세울 건 뭐가 있지?'

살아오면서 별 신경 쓰지 않았던 기준들, 그저 그녀 자신만 바라보며 살아온 나무는 갑작스럽게 사람들이 말해 오는 그런 기준들을 생각하고 있었다. 그리고 조금씩 가라앉아 갔다. 그녀가 내세울 건 아무것도 없었다. 흔히 말하는 재산도, 부모의 지위도, 자신의 학력도, 아니면 미모라도. 재산은 그나마 있는 전세금도 날렸으니 결혼반지 외에는 혼수를 전혀 준비할 수 없었고, 학력은 대학 중퇴하고 그림을 그렸으니 결과적으로 고졸이고, 부모님은 사람들이 흔히 말하는 노동자 계급이었고, 미모는… 그런대로. 그런대로?

무표정한 얼굴로 앞을 응시하고 있던 나무가 순간 피식거리며 입술을 이죽거렸다.

'그래, 미모를 내세우면 되겠군.'

자조 어리게 나무가 비틀린 웃음을 흘렸다. 기분이 조금씩 더러워지기 시작했다. 이런 부분에 대해 별 생각도 없었고, 자기 자신의 가치만을 따지며 살아왔는데 비교우위식의 사고를 하게 되다니. 무엇을 지향하고 자신은 어떤 인간인가를 고민하다 갑자기 세상의 틀에 자신을 맞춰보게 되니 그런 생각을 하게 되는 상황 자체가 짜증이 나기 시작했다.

'씨팔. 좆 같네.'

아버지 회사가 진성그룹이란 사실이 그에겐 별 게 아닌 걸까?

그래서 나한테 굳이 말하지 않는 걸까?

아니면 유학 문제와 똑같이 미리 밝히지 않는 그런 난제 중의 하나로 생각하는 걸까?

어떻게 생각해야 하는 거니, 이진혁.

소파에 앉아서 가만히 정면을 응시하고 있던 나무가 벌떡 일어나 방 안으로 들어갔다. 그리곤 편안한 옷으로 갈아입고 욕실로 향했다. 주방에서 커피를 내리고 있던 진혁이 고개를 돌려 욕실 문을 바라보았다.

"후우……."

깊은 한숨이 그의 입에서 흘러나왔다. 며칠 전 집에 들러보니 수진이 와 있었다. 물론 집안끼리 친한 사이니까 그럴 수 있는 거겠지만 혼담이 얘기되는 이 상황에 어머니와 집에서 차를 마시는 모습이 신경이 쓰였다. 그래서 수진에게 사실을 밝히고 단념을 시키려고 한 건데. 그때 수진이 꽤 명쾌하게 알았다는 대답을 하기에 나무에게 일을 의뢰한다는 그녀의 말을 사심없이 받아들였던 것이다. 게다가 그녀가 공부한 분야가 출판 쪽과 관련된 일이었다.

"젠장."

진혁이 나지막이 욕설을 중얼거렸다. 그가 커피 두 잔을 거실 탁자에 놓고 자신의 커피를 한 모금 마실 때쯤 나무가 욕실에서 뜨거운 김을 뿜어내며 나타났다. 욕실가운을 대충 걸친 그녀가 진혁이 앉아 있는 소파에 털썩 앉더니 탁자 위에 있는 커피를 가져갔다. 계속 침묵을 지키고 있는 나무를 보면서 진혁이 조금씩 긴장하기 시작했다.

'도대체 무슨 이야기를 주고받았기에 얘가 이러는 거지? 흠…….'

그가 소리없는 한숨을 삼키려는데 불쑥 나무의 말소리가 들려왔다.

"이런 걸 두고 사람들은 소가 뒷발로 쥐 잡았다 그러겠지?"

"응?"

진혁이 의아한 얼굴로 나무를 빤히 쳐다보았다. 무슨 소리냐라는 듯이 능청을 떠는 그의 얼굴을 나무가 눈을 가늘게 뜨고 말없이 노려보았다.

"후우… 관두자."

나무가 지쳤다는 듯 너털거리는 한숨을 쉬며 고개를 가로저었다. 그리곤 방 안으로 들어가려고 소파에서 일어나자 진혁이 나무의 손목을 얼른 잡고는 진지한 얼굴로 물었다.

"무슨 소리를 들은 거야?"

나무가 짜증스러운지 진혁의 손에 잡힌 손목을 거칠게 빼내며 잇새로 말을 뱉어냈다.

"내가 두 번째도 먼저 말을 꺼내야 돼? 너 나랑 게임하니?"

그녀의 분노 어린 말투에 진혁이 빤히 그녀의 얼굴을 쳐다보더니 짧은 한숨을 토해냈다.

"수진이가 우리 집에 대해 말했구나."

나무는 서 있는 그대로 팔짱을 끼고 말했다.

"그래."

그의 얼굴이 서서히 무표정해져 갔다. 조금은 딱딱하게 굳은 얼굴로 나무를 올려다보더니 부드럽게 속삭이듯 말했다. 그러나 그의 눈빛은 꽤 날카로워져 있었다.

"그래서 뭐가 달라졌니?"

순간 나무는 그의 마음속에 있는 비틀린 무언가를 훔쳐본 것 같은 기분이 들었다. 그러나 결혼이란 걸 할 경우엔 결국 그녀가 겪어 나갈 집안이었다. 나무는 지금 진혁의 비틀린 마음을 이해시키고 다독일 기분이 아니었다. 게다가 숨긴 게 이번이 두 번째였다.

'그래, 그렇게 나온다 이거지?'

나무로서는 진혁이 겪었었던 일들을 모를 일이고 또 그 입장이 되어보지 않았으니 이해도 할 수 없었다. 그저 지금 이 자체, 지금 이 순간의 그의 태도에 분개할 뿐. 그녀가 약을 올리는 얼굴로 툭 하고 말을 뱉었다.

"응, 아주 많이 달라졌어. 그렇게 부잣집 아들인 줄 알았으면 얼씨구나 결혼했을 거야."

서늘한 얼굴로 나무의 말을 듣고 있던 진혁이 조금씩 무표정한 얼굴이 되더니 급기야는 큭큭거리며 쓴웃음을 터뜨렸다. 방금 전 둘 사이에 있었던 팽팽한 긴장이 풀리면서 나무가 힘이 빠졌는지 그 옆에 털썩 소리를 내며 앉았다. 그의 웃음소리 속에 왠지 복잡한 기운이 서려 있는 것 같아 나무는 입을 다물고 그의 웃음소리가 잦아질 때까지 기다렸다. 상쾌한 미풍 같은 웃음을 짓던 진혁이 저런 웃음소리를 낼 수 있는 줄은 미처 상상해 보지 않았었다. 이제 그는 뭔가를 곰곰이 생각하는지 말이 없었다. 그녀가 침묵을 견디지 못하고 탁자 위에 있는 담배에 손을 가져가려는데 진혁의 조용하지만 진지한 그런 목소리가 들려왔다.

"나무야, 그게 그렇게 중요한 거니?"

단지 반동적인 그런 느낌의 질문은 아니었다. 진혁의 목소리엔 27년이란 시간 동안의 고민이 묻어나는 그런 진지함이 서려 있었다. 나무가 그 질문을 꼬지 않고, 느껴지는 대로 있는 그대로 받아드리곤 자신의 입장을 피력하기 시작했다.

"중요해, 나한텐. 일단은 내가 너랑 결혼하면 나한테 닥칠 현실이니까. 최소한 내가 뭘 감수하고 각오해야 하는지는 알아야 되는 거 아니야?"

설득하듯 자근자근 속내를 풀어내는 나무를 진혁이 마치 벽 너머에 있는 외부인의 말을 듣는 것처럼 그렇게 쳐다보았다. 동시에 상대의 깊은 무의식까지 꿰뚫어볼 것 같은 그런 눈빛이었다. 귀 기울여 그녀의 말 하나하나를 듣던 진혁이 조용히 입을 열었다.

"역으로 말하면 그건 내 배경 여하에 따라 선택이 달라진다는 뜻 아냐? 그게 부정이든 긍정이든 결국 선택 조건으로 들어

간단 뜻이잖아."

진혁의 말에 나무가 빨리 이해가 안 되는지 미간을 찌푸렸다. 〈돈이 너무 많으면 좋아〉라는 전제 하에 말했으니 〈돈이 너무 많으면 싫어〉라는 전제의 이야기를 어찌 금세 흡수할 수 있을까. 나무가 인상을 찡그리며 그의 얼굴을 빤히 응시했다.

"아, 뭔 소리야? 쉽게 말해. 머리 아파."

그녀가 벌컥 화를 내자 진혁이 짧은 한숨을 토해내곤 마치 수학공식 풀듯 자신의 생각을 풀어내기 시작했다.

"네가 어떻게 사는지, 그리고 어떤 배경에서 살았는지 난 구체적으로는 몰라. 대충 들었을 뿐이지. 그렇다고 그걸 알아야만 결혼을 결정할 수 있다고는 생각하진 않아. 넌 그냥 너니까. 내가 반하고 내가 사랑하는 여자니까."

〈반하다〉, 〈사랑하다〉라는 단어가 튀어나오자 나무가 민망한지 인상을 더 심하게 찌푸렸다. 얼굴은 붉어져서는. 그러나 그녀의 얼굴 표정에 상관없이 진혁은 계속 말을 이었다.

"내가 너한테 그런 걸 요구한 적 있니? 근데 왜 난 말하지 않으면 속인 사람이 되는 거지? 왜 난 그런 걸 일일이 표명해야 하는 거냐고? 내 아버지가 진성그룹 경영자라서? 그게 나랑 뭔 상관인데? 그래서 그 회사가 내 거야? 어차피 서로 어느 정도 사는지, 어떻게 컸는지 대충 알잖아. 근데 왜 내가 이런 비난을 들어야 하는 거야?"

진혁은 조금씩 흥분하고 있었다. 막판에 정말 성질이 치미는지 크게 숨을 내쉬었다. 나무는 그의 말이 옳은 것 같기도 하고, 아닌 것 같기도 하고 해서 혼란스러운 표정이 되어 있었다. 옳다고 하기엔 뭔가 억울한지라 나무가 대들듯이 소리쳤다.

"너야 내 집이 얼마나 더럽게 개판인지 신경 안 써도 상관없잖아. 결혼한다고 네가 데릴사위로 들어올 것도 아니고, 또 네 생활에 변하는 게 있을 것 같아? 하지만 난 아니야."

"결국 넌 있는 그대로의 날 받아들일 준비가 안 돼 있단 얘기야. 너네 집 가난하고, 아버지 노름하는 거 같고 내가 만약 이리저리 재고 있다면 그거랑 뭐가 다르지? 만약 살면서 네 아버지가 빚을 잔뜩 지고 갚아달라고 하면? 내가 그런 거 생각 안 하고 있는 줄 알아?"

진혁의 적나라한 말에 나무의 표정이 순간 딱딱하게 굳어졌다. 가슴속에서 무언가 울컥하고 치밀어 오르면서 응어리진 무언가가 그녀를 아프게 하고 있었다. 그녀가 치밀어 오르는 울컥한 감정을 참으려고 입술을 깨물더니 이내 눈을 번득이며 쏘아붙였다.

"누가 너한테 갚아달라고 한대? 웃기지 마, 이진혁. 그렇게 걱정되면 안 하면 되는 거 아니야. 누가 너한테 결혼해 달라고 목매고 있니?"

아버지였다. 물론 밉고 싫은 아버지였지만 진혁에게 이런 취급을 받을 이유는 없었다.

열이 받아버린 나무가 속사포처럼 말을 쏘아붙였다.

"그리고 우리 아버지가 너한테 피해준 적 있어? 너한테 등록금을 안 줬냐고! 나한테 안 준 거야. 근데 네가 뭔데 지랄이야?"

나무가 씩씩거리며 진혁을 노려보자 그가 조용히 그녀의 얼굴을 응시하며 말했다.

"꼬지 마, 이 여자야. 내가 지금 그런 뜻으로 이야기한 게 아니란 거 너도 알고 있잖아."

자신이 말을 좀 심하게 했다는 걸 알고 있는지라 진혁의 목소리는 냉소적지만 부드러웠다. 나무도 그가 한 말이 맞다는 걸 알지만 한번 건드려진 감정이 쉽게 가라앉질 않아 뚱한 얼굴로 씩씩거릴 뿐이었다. 나무가 여전히 성이 난 얼굴로 담배를 입에 물자 진혁이 한숨을 토해내며 중얼거렸다.

"사과할게. 말이 심했어."

"알았어."

무뚝뚝하게 대답을 한 나무는 여전히 입을 내밀고 담배를 피워댔다. 그 모습을 진혁이 눈을 가늘게 뜨고 응시했다. 이럴 때 보면 영락없이 골 질하는 애 같았다.

'저걸 내가 좋다고 데리고 살아야 하나.'

담배를 한 대 꼬나 문 나무가 어느 정도 감정이 가라앉았는지 표정이 조금씩 풀어졌다.

"뭐, 맞는 말이야. 우리 아빠 나도 걱정되니까. 그래도 너 심했어."

그녀의 중얼거림에 진혁이 미안함이 담긴 얼굴로 고개를 끄덕였다.

"결혼… 하자."

"뭐?"

나무가 입에 있는 담배를 꼬나 물고 진혁을 휙 보더니 담배 연기를 푸 하고 뿜어내고는 짜증스럽게 툴툴거리며 말했다.

"아… 결혼하자고."

진혁은 지금 나무가 하는 말이 바로 입력이 되질 않는지 눈을 껌벅였다. 둘이 지금 실컷 싸우고 있질 않았는가. 그런데 갑자기 웬 결혼? 진혁이 여전히 정신을 못 차리고 꿈과 현실의 경계에서 헤매고 있는데 나무는 아직 풀리지 않은 실타래가 있는지 미간을 좁히며 말을 계속 중얼거렸다.

"근데 어쩌면 사랑하고 싶어서일지도 몰라. 네가 부자니까. 물론 지금은 사랑한다고 생각하고는 있지만. 과연 진짜인지는 나도 잘 모르겠어. 내가 날 속이고 있는 건 아닐까 그런 의심이 들거든."

그녀가 난감하다는 얼굴로 머리를 긁적거렸다. 그리곤 손에 쥔 담배꽁초를 재떨이에 비벼 껐다.

"큭큭큭."

진혁의 음흉한 웃음소리가 들려왔다. 그러자 나무가 의아한 얼굴로 쳐다보았다.

"왜 웃어? 난 심각한데… 으윽."

진혁이 갑자기 나무를 꽉 끌어안자 그녀가 짧은 비명을 질렀지만 그는 개의치 않고 크게 웃음을 터뜨렸다.

"쳇, 그렇게 좋냐?"

그의 웃음소리에 전염이 됐는지 나무의 얼굴에도 웃음기가 서서히 번져 갔다.

"응!"

강하게 고개를 끄덕인 진혁이 나무에게 열정적인 키스를 퍼붓기 시작했다. 진혁이 한참 동안 그녀의 입에서 떨어지지 않더니 그녀의 귓불과 이마, 그리고 코에도 입맞춤을 하기 시작했다. 쪽쪽 소리를 내며. 몽롱한 정신 속에서 나무는 생각했다.

'어? 행복하네.'

05

"아니, 네가 웬일이냐? 부르지도 않았는데 친히 행차까지 하시고?"

어머니의 장난 섞인 비아냥거림에 진혁이 현관문에서 신발을 벗다가 작게 웃음을 터뜨렸다. 요즘 들어 집에 온 날이 거의 없었다. 최근 몇 달 동안 식구들 기념일 정도만 챙기고, 나머지 주말은 나무와 놀러 다니느라 바빴던 것이다. 그리고 오늘 그는 어머니에게 결혼에 대한 포문을 열기 위해 왔다. 쉽게 받아들이기는 힘든 조건임이 사실이었고, 그렇다고 나무가 어른들이 좋아하는 천상 여자 스타일도 아니었기에 진혁은 요 며칠 동안 어떻게 공략해야 할까 고민에 고민을 거듭했다. 그리하여 첫 포문은 집안의 의사결정에서 실질적인 힘을 발휘하는 어머니를 공략하는 것이 우선이라 판단 내렸다. 토요일 오후, 아직은 저녁이 이른 시간이라 어머니는 주방에서 과일과 차를 내왔고, 진혁은 소파에 앉아 약간은 굳은 얼굴로 어머니가 앉기를 기다렸다.

"그래, 연락도 없이 웬일이야?"

눈을 동그랗게 뜨고 아들을 쳐다보는 어머니에게 진혁이 미소가 어린 얼굴로 진지하게 말을 꺼냈다.

"드릴 말씀이 있어서요."

"뭔데?"

진혁의 어머니는 아들이 진지한 얼굴로 말하자 눈을 더 동그랗게 뜨고는 아들을 바라보았다. 그러나 정작 말을 토해내기엔 부딪쳐야 할 벽이 예상되는지라 진혁은 호흡을 가다듬으며 탁자에 있는 차 한 잔을 마셨다. 그리고 어떠한 반대의견이라도 부딪칠 각오가 되어서야 천천히 입을 열어 말했다.

"어머니, 저 결혼하고 싶은 여자가 있습니다."

어머니는 놀라워하면서도 지금 그의 말이 믿겨지지 않는지 약간은 의아하다는 얼굴로 반문했다.

"그래?"

그동안 여자라고는 눈 씻고 찾아볼 수도 없던 놈이 갑자기 결혼할 여자가 있다고 하니 사실 얼마나 놀랐겠는가. 수진이랑 선자리를 마련할 때까지도 아무 말 없던 놈이 말이다. 어느 정도 놀라움이 가라앉았는지 어머니는 이제 진지한 얼굴로 아들의 얼굴을 응시했다.

"결혼하고 유학 같이 가고 싶어요."

"흐음."

어머니는 긍정도, 부정도 아닌 그저 고개를 끄덕일 뿐이었다. 아직은 선택할 수 없다는 뜻이리라.

"그래, 어떤 아이니?"

어머니의 질문에 진혁이 나무가 생각났는지 빙그레 웃음을 지으며 말했다.

"저랑 동갑이에요. 그림 그리는 친구고요."

어머니는 이번에도 그저 고개를 끄덕였다.

"그래, 부모님은 뭐 하시는 분인데?"

당연한 질문을 예상했는지 진혁이 입가에 미소를 그리며 부드럽지만 당당한 어조로 말했다.

"평범한 노동자세요. 건축설비 쪽 일 하시고요."

순간 부드러운 얼굴을 하고 있던 어머니의 얼굴이 조금 경직되었다.

"그래?"

말을 읊조리듯 중얼거리며 어머니는 진혁의 얼굴을 찬찬히 살폈다. 아무래도 그냥 하는 말 같진 않았고, 또 가볍게 저런 말을 꺼낼 놈도 아니었다. 웃는 얼굴 속에 강한 결심이 스며들어 있어 어머니는 쉽게 아들의 말을 내칠 분위기가 아님을 직감했다. 그리하여 우회도로로 가는 길을 택했다.

"아직 나이도 있는데 벌써 결혼을 해도 괜찮겠니? 유학공부 마치고 자리 잡으면 갔다 와서 해도 늦지 않잖아. 그리고 몇 년 정도는 여자 쪽에서 기다려 줄 수 있는 문제고."

혹시나 여자 쪽에서 재촉하는 게 아닐까 하는 생각에 어머니는 슬며시 그의 상황을 떠보았다. 물론 저번에 선 자리에 말한 거완 다른 입장이었지만 그때는 그때고 지금은 지금이었다. 어머니는 아들이 난감한 얼굴이 되어 침묵을 지키자 자신의 판단이 옳았다고 생각했다. 그러나 곧바로 들려온 아들의 말은 의외의 대답이었다.

"그게, 그렇지가 않아요. 제가 결혼해 달라고 몰아세웠거든요. 저랑 동갑인데다 나무가 기다려 준다는 보장이 없어요."

"나무?"

진혁의 말을 듣고 있던 어머니가 순간 나무의 이름을 반동적으로 외쳤다. 얼핏 스쳐 지나가는 얼굴이 있어서였다. 이름이 특이한데다 담배 때문에 유심히 본 여자였기에 어머니는 나무를 기억하고 있었던 것이다.

"세상에… 그 여자애를 말하는 거니? 그 담배 피우던……."

경악스럽다는 듯 어머니는 눈을 휘둥그레 뜨고 크게 소리치며 말했고, 진혁은 순간 침을 꿀꺽 삼켰다.

'젠장. 일이 꼬이는군.'

진혁이 속으로 욕을 삼키곤 얼른 미봉책을 들이밀었다.

"그 친구가 힘든 일 있으면 아주 가끔 한 대 피워요. 가끔요."

자기가 생각해도 미봉책이지만 어쩔 수 없었다. 여기서 더 덮으려고 오버하면 의심만 커질 것 같았다.

"그… 래?"

어머니는 미심쩍은 얼굴로 진혁을 힐끔 쳐다보곤 작은 한숨을 토해냈다. 아들 놈 표정을 보니 그 문제를 걸고넘어진다고 넘어갈 분위기가 아니었던 것이다. 어머니는 말없이 앞에 있는 사과조각 하나를 한입 베어 물곤 오독오독 씹었다. 수많은 생각이 오갔다.

'어떻게 해야 할까.'

사실 자식이 좀 좋은 집안의 자녀와 결혼하면 좋겠다고는 생각하지만 그건 어느 부모나 다 가지는 바람 정도일 뿐이었고, 특별히 집안을 따지며 경계를 긋는 집은 아니었다. 진혁의 부모님이 그 옛날에 반대 결혼을 한 당사자들이었고, 그들 자신이 살아오면서 믿을 건 사람밖에 없다는 생각이 강했기 때문에 결혼도 사람을 봐야 한다는 주의였다. 그래서 큰아들도 오랫동안 연애를 한 여자가 있어 평범한 집안이었지만 결혼을 시켰다. 문제는 평범함 정도의 집안도 안 된다는 거지. 그리고 큰아들 댁은 제대로 교육받고 자란 아이였다.

'흠……'

어머니는 말없이 사과 하나를 다 먹고는 작은 포크를 접시 위에 살짝 놓았다. 그리곤 큰 결심을 한 것처럼 고개를 끄덕이며 말했다.

"그래, 알았다. 일단 얼굴 먼저 보자."

"네."

진혁이 씨익 웃으며 반짝반짝 눈을 빛냈다. 그 표정이 얄미웠는지 어머니는 눈살을 찌푸리며 엄포를 놓았다.

"꼬리치지 마, 이놈아. 보고 아니면 아닌 거니까."

"맘에 드실 거예요."

자신감있게 그가 단호하게 말하자 어머니는 입술을 샐쭉하게 만들며 아들을 노려보았다.

"그래, 어련하겠냐. 네 눈에는 지금 다 예뻐 보이겠지."

"이 팸플릿 대상층이 사오십 대니까요. 색깔이나 캐릭터 나이대를 신경 써주세요."

"네."

나무는 고개를 끄덕이며 기획사의 요구사항을 수첩에 꼼꼼하게 적어 나갔다. 포스터에 들어갈 그림이라 함께 컨셉에 대한 논의가 이루어져야 하는 일이었기에 나무가 직접 기획사에 나와 있던 것이다. 약 두 시간 정도가 지나고 어느 정도 회의가 마무리될 쯤 나무의 핸드폰이 울렸다.

"예, 나무입니다."

그녀가 핸드폰을 받으며 기획자에게 인사를 건넸다. 그리고 가방을 들고 사무실 밖으로 걸음을 옮기며 핸드폰에서 상대가 말하길 기다렸다. 그러나 핸드폰 안에서는 침묵만 들려올 뿐이었다. 나무가 살짝 눈썹을 찌푸리며 말했다.

"예, 말씀하세요. 누구시죠?"

발신번호가 모르는 번호였기에 나무는 광고 전화인가해서 핸드폰을 귀에서 떼려는데 그 순간 낯선 중년여성의 목소리가 들려왔다.

[나, 진혁이 어미예요.]

순간 나무의 얼굴이 흠칫 굳어졌다. 진혁의 어머니가 침묵을 지키며 뜸을 들인 만큼 나무도 얼른 대답을 하지 못하고 뜸을 들였다. 사실 이렇게 직접적으로 연락해 올 거라는 생각을 못 했던 나무는 지금 마음의 준비를 하느라 시간이 필요했던 것이다. 나무가 핸드폰 아래쪽을 한 손으로 꼭 감싸 쥐고는 심호흡을 몇 번 토해냈다. 그리곤 다시 핸드폰을 귀에 갖다댔다.

"예, 안녕하세요."

[오늘 시간 좀 있나요?]

부드러운 목소리였지만 그 안에 담긴 묘한 딱딱함에 나무는 자신도 모르게 굳은 얼굴이 되어 공손히 말했다.

"네, 괜찮습니다."

그녀가 있는 곳으로 차를 보내겠다는 진혁의 어머니의 말에 나무가 공손히 거절을 하고는 약속 장소를 향해 걸었다. 만나는 곳이 강남에 있는 어느 카페였기에 기획사에서 그리 멀지 않은 곳이었다. 잠시 후 지하철로 몇 정거장을 지나니 나무는 약속 시간보다 30분 정도 일찍 카페에 도착했다. 그녀가 커피를 시켜놓고 멍하니 창밖으로 시선을 돌렸다.

결혼을 선택했을 땐 어차피 이런저런 과정을 감수하겠다는 뜻이기는 했다. 분명 쉽게 결혼 허락을 받지는 못할 거라고 생각했고, 어쩌면 혼담이 오가는 중에 비굴함과 자존심에 금이 가는 경험도 하게 될 것이라 예상하고 있었다. 그런 모든 과정의 어려움을 겪겠다는 뜻이 〈결혼을 한다〉라는 말에 담겨 있었던 것이다. 설혹 일이 안 풀리고, 진혁의 부모님이 강하게 반대해서 결혼성사가 안 되더라도 그게 진혁에 대한 최소한의 예의이고 그에 대한 사랑을 표현하는 방식이었다. 솔직히 될 수 있으면 결혼이란 걸 피해 진혁과 그냥 이 상태로 지내고 싶었지만 그건 그녀의 입장만을 내세우는 것이고, 진혁의 입장을 전혀 생각하지 않는 것이리라.

여하튼 반대를 각오하고 있었다 하더라도 나무는 안 좋은 인상을 주게 될까 봐 내심 떨고 있었다. 자신의 직접적인 성격과 말투가 실수를 낳을까 더 긴장이 되었다.

그녀가 커피 한 잔을 다 마셔갈 때쯤 카페 문이 작은 종소리를 내며 열렸다. 평일 한낮이라 카페 안은 손님이 거의 없어 한적하고 조용했다. 얼마 전 호텔 로비에서 봤던 고우면서도 동시에 강단있어 보이는 진혁의 어머니가 그녀의 시야에 들어왔다. 진혁의 어머니가 잠시 카페 안을 둘러보자 나무가 먼저 자리에서 일어나 고개 숙여 인사를 했다.

"갑자기 불러내서 미안해요."

진혁의 어머니가 먼저 엷은 미소를 지으며 맞은편에 앉았다. 입가에는 부드러운 미소를 띠고 있었지만 눈은 상대를 관찰하는 듯 예리하게 빛을 발했다.

"괜찮습니다."

나무가 예의 바른 대답을 하곤 같이 자리에 앉았다. 테이블로 점원이 다가와 주문을 받았고, 나무는 리필을 부탁했다.

"일찍 도착했나 보죠?"

리필을 부탁하는 나무를 보며 진혁의 어머니가 약간은 의아한 얼굴로 물었고, 나무는 순간 원래의 자신의 얼빠진 얼굴로 잠시 눈을 깜박이다가 털털한 웃음을 터뜨리며 말했다.

"아… 네. 사실은 이 근처에 일 때문에 나와 있었거든요. 그래서 빨리 도착했습니다."

"그림 쪽 일 한다고 하던데."

진혁의 어머니가 여전히 관찰하는 눈빛으로 질문을 하자 나무의 웃음기 어렸던 얼굴이 이내 진지하게 변했다.

"네. 삽화 일을 하고 있습니다."

"미대를 나왔겠네요?"

너무나 당연한 듯이 물어보는 듯한 태도에 나무가 복잡함이 어린 미소를 지었다.

"아뇨. 전공은 국문과였습니다. 3학년 때 중퇴했고요."

〈중퇴〉라는 단어가 나오자 진혁의 어머니가 살짝 눈썹을 찌푸렸다. 그리곤 얼른 다시 부드러운 얼굴이 되어 궁금하다는 표정으로 물었다.

"왜요? 대학 졸업하고 해도 늦지 않았을 텐데."

나무가 그저 미소만 담은 얼굴로 어머니의 얼굴을 바라보곤 조용히 자신 앞에 있는 커피를 마셨다. 긍정도, 부정도 할 수 없는 질문이었다. 언제나 이런 질문을 받게 되면 괄괄하고 털털한 나무가 침묵을 지키게 되었다. 예전엔 그녀의 입장을 이해할 수 없는 상대가 나타나면 이해시키려고 애를 쓰고, 왜 중퇴를 하게 되었나를 조목조목 설명했지만 그렇게 자신의 상황을 설명하고 나면 항상 구차함을 느끼곤 했다. 그 막막함. 그 허허로움. 왜 중퇴까지 했냐는 질문을 받으면 항상 그런 감정을 느꼈다. 스스로 〈선택〉을 하는 주체적인 인간으로서 느끼며 살려 하지만 이런 질문을 받으면 선택이란 걸 했을 당시의 그 복잡함을 다시 느끼는 거였다.

하고 싶었다, 공부라는 걸. 누구보다 공부에 대한 욕심이 컸고, 공부를 좋아했다. 그러나 하고 싶은 공부를 병행하면서까지 가고 싶은 길을 준비하는 그럴 여유는 그녀에게 허락되지 않았다. 결국 그녀 스스로 힘들게 들어간 대학을 포기하고 그림을 선택했지만 여전히 울컥한 응어리가 가슴에 남아 있어 〈왜 중퇴까지 했냐〉 같은 질문을 받으면 담담히 공부가 하기가 싫었다거나 아니면 그림이 더 좋았다거나 같은 단편적인 대답을 할 수 없었다. 두 대답 모두 나무의 마음을 표현할 수 없는 대답이었으니까.

그런 복잡한 심리와 함께 나무는 지금 진혁의 어머니와 자신 사이에 큰 강이 하나 놓여 있음을 깨달았다. 그 강을 나무가 담담히 바라볼 뿐이었다. 그녀가 대답을 하지 않고 그저 씁쓸한 미소로 대답을 대신하자 진혁의 어머니는 방금 전보다 더 유심히 그녀의 얼굴을 응시했다. 진혁이 선택한 여자의 조건과 내심 바래왔던 며느리상에 나무라는 여자애가 일치하지 않았지만, 여자의 묘한 표정 속에서 그녀가 쉽게 살아온 아이는 아니라는 느낌을 받았다.

그래, 그렇겠지.

진혁이, 그 아이는 어릴 때부터도 진지했으니까.

그래서 이 아이를 좋아하는 걸까?

27살, 여타의 여자애들에게서 느껴지는 젊음의 여유와 어설픈 사랑스러움 같은 게 나무라는 여자에게서는 거의 느껴지지 않았다. 진혁의 어머니는 잠시 그렇게 생각에 빠져들었다. 왜 자신의 아들이 이 여자를 선택했을까, 그런 생각을.

그러나 진혁의 어머니는 나무의 그늘이 저어되었다. 강한 의지를 보이며 단단하게 보이는 여자의 얼굴 위로 어른들은 알 수 있는 그늘이 드리워져 있었다. 분명 살아오면서 스스로를 다독이느라 허세도 부리고 스스로를 채찍질했겠지만 그 안에 어쩔 수 없이 생겨나는 비틀린 마음과 힘든 현실에서 오는 복잡한 마음이 있을 것이다. 바로 그 그늘진 마음이 싫었다. 진혁이가 진지하고 약간은 외곬수인지라 여자는 세상때가 안 묻은 밝은 여자이길 바랬다.

꽤 긴 시간 동안 말없이 나무를 물끄러미 쳐다보고만 있던 진혁의 어머니가 천천히 입을 열었다.

"아가씨가 스스로 생각했을 때 이번 결혼을 할 자격이 된다고 생각하나요?"

그건 비아냥거림이 아니었다. 감히 높은 데를 쳐다보지도 말라는 엄포성도 아니었다. 정말 묻는 것 같았다. 나무 스스로 자신이 자격이 된다고 생각하는지, 정면으로 그녀에게 부딪혀 오는 느낌이었다. 나무는 순간 커다란 바위 앞에 직면해 있는 느낌이 들었다. 결혼해서 얻은 떡고물이나 진혁이란 남자의 조건을 보고 뭔가를 바라는 마음으로 결혼을 하겠다는 마음 같은 건 아예 용납하지 않겠다는 태도였다. 뭔가를 바라지 말라는 뜻이 아니라 그만큼의 자격이 되는지를 묻고 있었다.

'자격……'

나무의 입술 위로 무거운 미소가 어려졌다. 그녀는 미동없이 눈앞에 보이는 커피 잔을 뚫어지게 응시했다.

'사랑하니까? 결혼에 무슨 자격을 따지냐고?'

그녀의 입가로 비틀린 미소가 짙게 드리워져 갔다.

'그런 말은 떼를 쓰는 거다. 상대한테 나 당신께 줄 거 없어도 봐달라는 그런 어리광이다.'

"자격… 안 된다고 생각합니다."

잔뜩 굳은 얼굴로 나무가 또박또박 말했다. 그녀가 그 이상의 부언 설명 없이 질문에 대한 답만 하자 진혁의 어머니는 조금은 여유로운 태도로 말을 이었다.

"그러면서 결혼을 하겠다고 나선 이유가 뭐예요? 뻔히 아가씨가 그 대답을 알고 있으면서?"

조금은 공격적이다 싶을 정도로 진혁의 어머니가 말을 끝마치자 나무가 그런 어머니의 모습을 빤히 응시했다. 놀란 것도, 섭섭한 것도 아닌 뭐랄까. 강 너머에 있는 타인을 바라보는 그런 시선.

조용히 입을 다물고 있던 나무가 앞에 있는 커피 한 모금을 마시곤 다시 탁자 위에 조심히 내려놓았다. 덜거덕거리는 소리가 정적 사이로 크게 울리며 이 침잠된 기운을 더 강조하는 듯했다. 그녀의 침묵에 진혁의 어머니는 더 이상 서로 할 말이 없다는 생각에 옆에 있는 핸드백에 손을 가져갔다. 그 순간 나무의 낮지만 똑바른 그런 중얼거림이 흘러나왔다.

"저도 모르겠습니다, 왜 그럴 수 있었는지. 제가 왜 이 결혼을 하겠다고 했는지 저도 잘 모르겠습니다."

핸드백에 가던 어머니의 손길이 멈추어졌다.

"어머니는 제가 마음에 들지 않아 이 결혼을 반대하시겠지만 저도 이 결혼이 그렇게 반가운 건 아닙니다. 사실 이렇게 부담스러운 자리에 가고 싶지 않았던 게 제 솔직한 마음입니다."

나무의 말에 진혁의 어머니는 말없이 그녀를 보고만 있었다.

이젠 거의 될 대로 되라는 심정일까? 속에 있는 말이 얼떨결에 튀어나와 버린 나무는 이제 스스로 제동을 걸지 못하고 계속 속에 있었던 말을 꺼내기 시작했다.

"어머님이 결혼 반대하는 거 어쩌면 당연하다고 생각합니다. 어머님이 반대하신다면……."

막힘없이 흘러나오던 나무의 말이 잠시 멈추어졌다. 적당한 단어를 고르는 건지, 그녀가 잠시 곰곰이 무언가를 생각하더니 다시 말을 이었다.

"네, 반대하세요. 전 반대할까 봐 도망가는 건 진혁이에게 기본적인 예의가 아닌 것 같아서 결혼하겠다고 했습니다. 최소한 진혁이에게 제가 그 정도는 해주고 싶었을 뿐입니다."

물끄러미 나무의 얼굴을 바라보고 있던 진혁의 어머니가 작은 한숨을 토해냈다.

'한마디로 아들 녀석이 목매고 있다는 얘기군.'

나무는 마음속에서 있던 말을 꺼내서 속이 시원한지, 아니면 긴 말을 한꺼번에 토해내서 그런지 약간은 붉어진 얼굴로 탁자 위에 있는 물을 꿀꺽 마셨다. 할 말을 다 했다는 얼굴로 나무가 다시 침묵을 지켰다. 그러자 진혁의 어머니가 옆에 있는 핸드백을 들곤 자리에서 일어났다. 나무가 벌떡 일어나 고개를 숙여 인사를 건넸다. 걸음을 옮기려던 어머니는 갑자기 뭔가가 궁금했는지 지나가는 말처럼 나무에게 물었다.

"근데 사귄 지는 어느 정도 된 거죠?"

갑작스런 질문에 나무가 인사를 하다 말고 어벙한 얼굴로 눈을 떼구르르 굴렸다. 그리곤 셈을 하는지 손가락으로 개월 수를 세고는 말했다.

"사귄 건 6개월이 안 됩니다."

어머니의 얼굴 표정이 눈에 띄게 안도한 듯한 얼굴이 되었다. 시간이 별로 오래되지 않은 사이니 어느 정도 여지가 있다는 생각이 든 것이다. 너무 짧은 시간을 들이댄 것 같아 나무는 약간 멋쩍은 얼굴로 중얼거렸다.

"계속 친구 사이였거든요."

"언제부터요?"

진혁의 어머니가 약간 예민하게 물어보자 나무는 의아한 얼굴로 싱거운 미소를 지었다. 그리곤 멀뚱하게 대답했다.

"고등학교 3학년 때 만났습니다."

"으음……."

순간 진혁의 어머니 얼굴이 눈에 띄게 굳어지며 입술 사이로 신음 소리 같은 목소리가 흘러나왔다.

진혁이가 그동안 여자에게 관심이 없었던 게 그럼 이 애를 만나서? 아이구, 맙소사.

어머니는 갑자기 하늘이 같은 자리에서 뱅글거리는 느낌이 들었다.

진혁의 어머니와 헤어진 나무는 곧장 어딘가로 향하지 못하고 카페에 잠시 앉아 있었다. 카페 문 너머로 까만 차에 올라타 너무나 부드러운 움직임으로 떠나는 그의 어머니가 보였다. 비싼 차라 부드럽게 움직이는 것일 거라고 그렇게 냉소적인 추측을 하며 나무는 그 모습을 멍하니 보고 있었다. 방금 전 있었던 대화에서 오간 말들을 곱씹으며.

웃겼다.

가족이라는 틀거리에 다시 들어간다는 생각만으로도 끔찍해했던 자신이 막상 진혁의 어머니를 보자 자신을 어떻게 생각하는지 너무 궁금하고 신경 쓰였다.

왜 그런다지 않는가. 부모에게 사랑받지 못한 여자가 시집식구의 사랑을 받고 싶어서 착한 며느리 콤플렉스에 시달린다고. 그렇게, 그렇게 여자들은 길들여져 가는 걸까?

나무는 자신의 마음에서 떠올랐던 생각들을 들여다보며 스스로를 비웃었다.

'그래서 네가 시부모님께 예쁨받으려고 그분들이 원하는 대로 살 거니?'

인상을 찡그리고 있던 그녀가 어느 순간 속이 타는지 앞에 있는 커피를 벌컥벌컥 마셔댔다. 이제는 차가워진 커피는 향이 안 나는 그냥 쓴물 같았다. 입 안에 그 쓴맛이 감돌아 나무는 쩝쩝대며 입을 다셨다.

'설혹 결혼을 한다 해도 과연 결혼이란 삶을, 그것도 쉬워 보이지 않는 그런 집안의 며느리 역할을 내가 참아낼 수 있을까? 그래서 진혁이랑 헤어져?'

그가 없는 상상을 해보던 나무는 자신의 심리상태가 맘에 안 들었는지 입술을 앞으로 부루퉁하게 내밀었다. 그리곤 한 모금 남아 있는 커피를 약을 삼키듯 입 안에 털어 넣고는 자리에서 일어났다. 어느새 밖은 초저녁의 어둠이 드리워져 있었다.

퇴근 시간이 되자 진혁은 바로 책상에 널려 있던 서류들을 정리하고 사무실을 나왔다. 며칠 전까지 프로젝트로 진행됐던 일이 늦춰지면서 시간이 널널해진 것도 있었지만 요즘 시간에 쫓겨 나무랑 이야기를 못했던 것이다. 아침 일찍 그가 출근할 땐 나무가 자고 있었고, 나무가 깨어 있는 밤은 그가 녹초가 되어 밤늦게 들어온지라 둘 다 깊은 이야기를 할 시간이 안 됐던 것이다. 그리하여 그는 오늘 부모님과의 문제를 둘이 상의해야 겠다고 생각하면서 퇴근길을 서둘렀다. 그가 엘리베이터에서 내려 로비로 들어서는데 뒤에서 누군가의 발자국 소리가 들려왔다. 워낙 로비에 퇴근하는 사람들로 붐볐기 때문에 그는 별 신경을 쓰지 않았다.

"어이, 총각. 어딜 그렇게 바쁘게 가슈?"

'엥? 이 목소리는?'

진혁이 눈을 휘둥그레 뜨며 얼른 뒤를 돌아보자 나무가 짓궂은 미소를 얼굴 가득 지으며 그를 바라보고 서 있었다. 예상치도 않은 곳에서 불쑥 모습을 드러낸 나무를 보며 진혁이 자신도 모르게 헤벌쭉한 얼굴로 물었다.

"어, 웬일이야?"

"그냥."

나무가 어깨를 으쓱이며 별일없다는 듯 대답을 하곤 되물었다.

"밥 먹었냐?"

진혁이 고개를 젓자 나무가 그의 손을 덥석 잡고는 건물 밖으로 향했다.

"맛있는 거 먹고 싶다. 나 맛있는 거 좀 사주라."

배고프다며 난리를 치는 나무 때문에 진혁은 자신이 알고 있는 맛있는 집엔 가지 못하고 회사 근처에 있는 스파게티 집에 들어갔다. 둘 다 스파게티 광인지라 둘은 주저없이 낙찰을 본 것이다. 주문을 하면서 음료수를 고르는데 진혁이 얼그레이를 시키자 나무가 툭 하고 말을 뱉었다.

"역시 아들은 아들인가 보다, 똑같은 걸 시키는 걸 보니."

묘한 거다. 별것도 아닌데. 그리고 별게 아니란 걸 뻔히 잘 알고 있으면서. 나무는 낮에 그의 어머니가 시킨 차와 똑같은 걸 시키는 진혁을 보며 기분이 묘했다. 진혁과 단둘이 있을 때 그의 집안과 그가 잘 매치가 안 되었는데 어머니를 만나고 난 지금 순간 그가 집안이라는 연계성을 가진 사람으로 인식되는 것이다. 여하튼 무심결에 나무가 말을 뱉어내자 진혁이 의아스런 얼굴로 나무를 응시했다.

"무슨 소리야?"

나무가 순간 침묵을 지키며 입술을 부루퉁하게 하고 있자 진혁이 눈을 가늘게 뜨며 그녀를 살폈다. 나무가 손으로 콧잔등을 긁적거리며 약간 주저하더니 담담하게 말을 꺼냈다.

"낮에 네 엄마도 너랑 똑같은 걸 시키더라."

"우리 엄마를 만났어?"

그의 얼굴이 단번에 굳어졌지만 나무는 뭐 그렇게 큰일 날 일이냐는 듯 멀뚱한 얼굴로 고개를 끄덕였다.

"음."

'선수를 치셨군.'

그의 눈빛이 복잡해졌다 이내 침착한 얼굴이 되었다. 그가 점원이 미리 갖다놓은 피클 하나를 입에 넣으며 말했다.

"뭐라셔?"

나무도 까끌까끌한 입 안에 피클 하나를 넣어 아작아작 씹었다. 진혁이 대답을 기다리며 나무를 쳐다보는데도 나무는 두 번째 피클을 입 안에 넣곤 또 씹었다. 그리곤 옆에 있는 물 한 모금을 마시고는 말했다.

"그냥, 뭐 이것저것 물으셨어."

진혁이 구체적으로 말하라는 암묵적 시선을 보내자 나무가 어깨를 으쓱이며 말을 이었다.

"그냥, 직업 같은 거. 별로 길게 이야기한 게 아니라서……."

나무가 구구히 설명하고 싶어하지 않는다는 걸 눈치 챈 진혁이 더 이상 묻는 걸 포기했다. 둘은 스파게티가 나오자 일단은 먹는 거에 집중했다. 각자 앞에 놓인 음식을 입 안에 넣으며 맛이 이렇네 저렇네 떠들었지만 둘 다 머리 속이 복잡했다. 그는 그대로 생각대로 일이 안 풀리는 게 아닐까 하는 생각에, 나무는 나무대로 앞으로의 일이 걱정이었다.

막상 결혼을 하겠다고는 했지만 나무는 덜컥 겁이 났다. 뿌옇게 보였던 결혼이 이제 구체적인 현실이 되어 나타나자 예전부터 갖고 있었던 결혼에 대한 회의가 새삼스레 밀려온다고나 할까. 둘은 식사를 마치고 집에 들어가는 내내 각자의 생각에 푹 빠져 있었다.

집에 도착하자마자 나무는 입고 있던 옷을 훌렁 벗어버리고는 욕실로 바로 들어갔다. 낮부터 나가 있었던 것도 있지만 가끔씩 일 있을 때만 밖에 나갔다 오는지라 다른 사람들보다 더 예민하게 찐득함을 느꼈다. 그녀가 욕실에서 가볍게 샤워를 마치고 나올 때쯤엔 진혁은 간단한 옷으로 갈아입고 거실에서 담배를 피우고 있었다. 서로 변하지 않은 일상의 얼굴을 하고 있었다가 문득 욕실 문을 열고 나와보니 그는 어떤 생각에 몰두한 얼굴이었다. 나무가 그 무거움이 어려 있는 진혁의 얼굴을 응시하자 그는 언제 그랬냐는 듯 그녀에게 시선을 돌리며 가벼운 어조로 물었다.

"다 했냐?"

"응."

그녀가 고개를 끄덕이곤 물기 어린 머리카락을 수건으로 마구 비벼댔다. 진혁이 상의를 벗으며 그녀 곁을 지나 욕실로 향하면서 그녀의 짧은 머리카락을 손으로 더 헝클어뜨렸다. 나무가 평소에 린스로 마무리하는 걸 귀찮아해서 가끔씩 샴푸로만 감는지라 원래부터 말총 같던 머리가 수건으로 비벼대면 그야말로 고슴도치처럼 사방으로 뻗쳐졌던 것이다. 그녀가 밖에 나갈 땐 항상 그 머리를 단정히 보이려고 신경 쓴다는 걸 아는지라 진혁이 심술궂은 장난을 친 것이다.

무거운 분위기를 조금은 가볍게 하려는 그의 의도를 나무도 알고 있는지라 똑같이 심술궂게 손에 들려져 있는 수건을 진혁의 얼굴에 덮어버리려는 행동을 취했다. 그가 끔찍하다는 듯한 얼굴 표정을 지으며 얼른 욕실 안으로 들어가 버렸다. 작은 코웃음을 터뜨리며 입가를 올리던 나무가 진혁의 모습이 사라지자 천천히 얼굴 표정이 가라앉아 갔다. 그녀의 입에서 작은 한숨 소리가 흘러나왔다. 멍하니 그 자리에 서 있던 그녀가 발걸음을 돌려 거실에 던져 놓은 가방을 챙겨 방 안으로 들어갔다. 그리곤 낮에 기획사에서 받은 일거리를 정리하게 시작했다. 찾아야 할 자료와 그려야 할 목록을 꼼꼼히 상세하게 적어 나간 후 책장에 있는 삽화모음집을 빼내어 다양한 구성의 그림을 살피기 시작했다. 해야 할 일이 정리가 안 되면 잠을 설치는 성격인지라 나무는 작업은 내일 하더라도 일단은 어느 정도 방향을 정해놓고 자야겠다는 생각을 했다.

그녀가 한참 책장을 넘기며 그림 하나하나를 보며 어떻게 그렸을까 방법을 추측하고 있을 때쯤 진혁이 샤워를 마치고 방으로 들어왔다. 처음엔 각 방으로 각자의 물건이 정리되어 있었지만 이젠 둘의 물건이 양쪽 방으로 흩어져 있었던 것이다. 그러다 보니 진혁의 면도기는 나무의 책상에 놓여 있었다.

"언제까지 마감인데?"

멀리서 면도하는 쇳소리와 함께 진혁의 목소리가 들려왔다.

"아니, 양 자체는 안 많은데 포스터로 들어가는 그림이라서 좀 시간이 걸릴 것 같아. 이런 건 수정사항이 많이 들어오니까."

그녀의 귓가로 면도기 돌아가는 소리가 들려왔다. 처음엔 신기해하며 그가 면도하는 모습을 빤히 구경하던 나무도 이젠 어느새 익숙해져 자연스럽게 느껴졌다. 진혁의 집에 들어와 초반엔 아침에 면도 소리가 들려오면 나무는 자다가도 짜증 섞인 신음을 흘리고 했었다.

"근데 이 밤에 웬 면도냐?"

나무가 여전히 시선은 책에 두고는 별 의미 없이 말을 꺼냈다. 워낙 깔끔한 녀석이라 진혁은 퇴근하고도 면도를 하는 경우가 종종 있었다. 별다른 반응이 들려오지 않자 나무도 그냥 그런가 보다 생각하고 자신의 일에 집중하려고 했다. 그런데 거실 너머로 그의 말소리가 들려왔다.

"예, 아버지. 저 진혁이에요."

'응?'

나무가 귀를 쫑긋 세우곤 거실에서 들려오는 말소리에 귀 기울였다.

"예, 드릴 말씀이 있어서요."

책장을 넘기던 그녀의 손길이 딱 멈추어지며 고개를 돌려 방문 쪽을 바라보았다. 거실은 쥐 죽은 듯 조용했다. 나무가 의자에서 일어나 거실로 나갔지만 거실엔 아무도 없었다. 그녀가 두리번거리며 집 안을 둘러보고 있는데 진혁이 자신의 방에서 옷을 갈아입고 모습을 드러냈다. 나무가 의아한 얼굴로 훑어보며 말했다.

"어디 가는 거야?"

"집에 좀 갔다 올게."

무슨 슈퍼에 담배 사러간다는 말처럼 진혁이 집에 갔다 오겠다고 하자 나무가 눈썹을 찌푸리며 반문했다.

"이 밤에? 왜?"

진혁이 굳어진 얼굴로 잠시 침묵을 지키고 서 있다가 입가에 엷은 미소를 지으며 나무를 바라보았다. 마치 나무의 얼굴을 음미하듯 그렇게 찬찬히 그녀의 얼굴을 조목조목 시선으로 뜯어보던 그가 부드러운 목소리로 대답했다.

"아버지랑 결혼 문제 상의하고 올게."

그의 말에 나무가 입을 꽉 다물곤 근심이 가득한 눈빛으로 진혁을 빤히 쳐다보았다. 그가 싱긋 미소를 짓더니 이제 거의 다 말라가는 나무의 머리카락을 손으로 다시 헝클어뜨렸다. 그리곤 그녀의 입술에 짧은 입맞춤을 하고는 거실을 가로질러 현관으로 걸어갔다. 그녀는 정말 나무인 것처럼 그 자리에 우뚝 서서 미동없이 진혁이 문을 열고 나가는 소리를 듣고 있었다.

어떤 말을 해줘야 하는데, 어떤 말을 해줬으면 좋겠단 생각은 드는데 아무런 말도 할 수 없었다. 자신이 뭘 말하고 싶은지 정확히 알 수가 없었기 때문에. 뭐라고 말한단 말인가? 가서 잘 싸워서 이기라고? 아니면 여기서 되도 않는 싸움 하지 말고 헤어지자고?

둘 다 나무가 하고 싶은 말이 아니었다. 그녀의 입술에 남긴 그의 입맞춤이 왠지 서늘해서 나무는 울컥 눈물이 나올 것 같았다. 바보 같게도 마음 저 깊은 곳에서 떠오른 말은 그런 거였다. 만약 집에서 널 버린다고 하면 그때도 날 선택할 거냐고. 우습게도 그런 유치하고 자기연민적인 질문이 떠올라 버린 것이다. 장승처럼 꼼짝 않고 서 있던 나무가 쓴웃음을 터뜨렸다.

'그래, 이게 내 솔직한 마음이구나. 결혼에 대한 회의로 망설였지만 사실은 그가 날 떠나지 않기를 바라는구나. 이렇게 난 아이 같은 마음을 숨기고 있었구나.'

깊은 숨을 토해낸 나무가 현실과 딴 세상의 경계에 서 있는 것 같은 얼굴로 방으로 들어갔다. 그리곤 방금 전 하고 있었던 일을 손에 잡았다. 어쩌겠는가. 그건 그의 선택사항이니 그녀가 어떻게 할 수 없는 문제이지 않은가. 결국 진혁이 어떤 선택을 하던 그녀가 서 있는 땅이 흔들리지 않게 해야겠다는 생각이

들 뿐이었다.

　나무가 책상에 있는 책을 다시 들추어 그림들을 눈으로 훑었다. 그녀의 얼굴이 조금씩 찌푸려져 갔다. 나무는 지금 자신의 심리상태가 마음에 들지 않았다. 타인의 선택에 따라 자신의 상황이 바뀌는 걸 두려워하는 자신을. 그가 결국 부모님의 반대에 무릎 꿇고 항복을 선언했을 때를 상상하면 나무는 두려웠다. 그녀가 지금 갈 곳이 없지 않은가. 어느새 그의 기반에 안주해 그가 자신을 선택해 주기를 바라고 있었다는 생각에 나무의 얼굴은 심하게 구겨졌다. 위험하다는 신호가 사방에서 들어오는 느낌이었다.

　같은 시간, 진혁이 집을 향해 차를 운전하고 있을 때 그의 부모님은 서재에서 이야기를 나누고 있었다. 밤늦게 전화를 걸어 드릴 말씀이 있다는 아들의 태도에 아버지는 뭔가 심상치 않은 기운을 느꼈고, 그의 마누라는 뭔가 생각에 빠진 얼굴로 저녁 내내 굳은 얼굴이었다.

　"무슨 일인지 당신, 아는 거 있으면 말해 봐."

　이 회장이 거실에서 TV를 보고 있는 부인에게 대뜸 말을 꺼내자 진혁의 어머니가 짧은 한숨을 토해냈다. 따라 들어오라는 의미의 시선을 보낸 이 회장이 먼저 서재로 들어갔다. 오 여사가 서재로 들어가니 이미 이 회장은 어서 말을 꺼내보라는 의미로 의자에 앉아 그의 부인을 쳐다보았다.

오 여사가 맞은편 의자에 앉아 못마땅한 기색이 역력한 얼굴로 팔짱을 끼었다.

"진혁이가 결혼한답니다. 아마 그 얘기 하려고 오는 걸 거예요."

"그래?"

이 회장이 놀라움과 반가움이 섞인 얼굴로 약간 큰 소리로 말했다.

"아니, 그 녀석 여자가 있었던 거야? 음흉스러운 놈 같으니."

그의 반응에 오 여사가 입맛살을 찌푸리며 면박을 주었다.

"그렇게 좋아할 일이 아니에요."

"왜?"

상황을 혼자만 알고 있는 오 여사가 속이 답답하다는 얼굴로 약간 짜증스럽게 말했다.

"아유~ 이따 진혁이랑 말해 보면 알게 돼요. 어디서 데려와도 그 조건보다 낫겠어요, 글쎄."

이 회장이 무표정한 얼굴로 부인을 빤히 응시하고는 말했다.

"그래? 어느 정돈데 그래? 애는 만나봤어?"

그의 차분한 질문에 오 여사가 짜증이 가라앉은 얼굴로 담담하게 말했다.

"예, 오늘 낮에 봤어요."

이 회장의 눈 속에 궁금하다는 기색이 언뜻 스쳐 지나갔다.

"어떤데?"

진혁의 여자에 대해 묻자 오 여사의 얼굴이 조금 부드럽게 풀어졌다.

"뭐, 애는 그런대로 괜찮았어요. 싹싹하고 예의도 바르고 생활력은 강해 보이더군요."

그나마 안심이라는 얼굴로 이 회장이 고개를 끄덕였다.

"음……."

이제야 혼자 속 안에 담고 있던 문제를 풀어내 시원하다는 얼굴로 진혁의 어머니가 말을 이었다.

"기억나실지 모르겠네. 그때 왜 진혁이한테 수진이 보여주던 날이요. 호텔에서 친구라고 인사했던 애들 있었잖아요."

"아……."

그가 기억난다는 얼굴로 고개를 끄덕이자 오 여사의 말도 이제 장단을 맞추며 말하기 시작했다.

"그래요. 그 애들 중에 여자애 하나 있었잖아요. 나무라고 인사했던 애."

곰곰이 기억을 거슬러 올라가며 눈을 위로 치켜뜨던 이 회장이 머리 속에 나무의 얼굴이 떠올랐는지 얼굴 표정이 무표정하게 변했다. 사회 생활하는 사람들, 특히 나이 먹은 남자들 보면 감정을 잘 얼굴에 표현 안 하는 사람이 많은데 이 회장이 딱 그런 스타일이었다. 도통 그 저의를 알 수 없는 그런 무표정한 얼굴이 되어 오 여사의 얼굴을 바라보자 오 여사는 답답하다는 얼굴로 말했다.

"그 아이예요, 그 아이. 오늘 만나보니까 진혁이가 목매고 있는 것 같더라고요."

"그래?"

별다른 표정 변화 없이 진혁의 아버지가 고개만 묵묵히 끄덕이자 진혁의 어머니가 눈을 흘기며 그를 노려보았다. 살면서 저런 태도 때문에 얼마나 답답했는지 오 여사는 순간 짜증이 확 올라오는 느낌이었다.

"아, 그것밖에 할 말이 없어요?"

진혁의 아버지가 입술을 부루퉁하니 내밀고 한마디를 툭 뱉었다.

"글쎄, 예전에 우리도 반대를 당해봐서 알잖소."

"아, 그거랑 지금 이게 같아요? 그때야 우리 아버지가 당신을 오해해서 그런 거지."

옛날에 두 사람이 결혼한다고 했을 때 오 여사의 아버지가 이 회장을 돈 보고 딸을 꼬신 놈으로 취급했던 것이다. 두 사람은 그때 몇 년 동안 밑바닥에서 시작하느라 죽을 고생을 했고, 나중에서야 오 여사의 아버지가 둘을 받아들였다. 진혁의 아버지가 몇 년 전 끊었던 담배를 책상 서랍에서 하나 꺼내 물었다.

"그래, 당신은 어떻게 했으면 좋겠소?"

이 회장이 진지하게 의사를 묻자 오 여사는 잠시 침묵을 지키고 앉아 있었다. 이것저것 생각을 하는 눈치였다. 꽤 긴 시간을 그렇게 입을 다물고 있던 오 여사가 신음 섞인 한숨을 토해내며 말했다.

"알고 보니까 고등학교 때부터 둘이 친구 사이였대요. 어차피 반대해도 쉽게 헤어질 수 있을지도 미지수고 진혁이가 또 고집이 세잖아요."

수심이 가득한 얼굴로 오 여사가 잠시 말을 중단했다. 그렇게 뜸을 들이고 무언가를 더 생각하더니 다시 입을 열었다.

"차라리 애를 잘 가르치는 게 어떨까 싶기도 하고 그러네요. 그리고 알잖수? 반대하면 둘이서 더 안 헤어지려고 할 거예요. 우리는 그랬잖아요."

오 여사의 말에 이 회장이 고개를 끄덕였다.

"그래, 우리도 그랬지."

이 회장의 반응은 거기에서 끝났다. 왈가왈부 뭐라고 한마디 없이 침묵을 지켰다. 서재 안은 묘한 침묵이 깔렸다. 자신들이 겪어봤던 일이었기에 반대했을 경우 일이 어떻게 풀려갈지 알 수 있었던 것이다. 서로 감정 소모전을 하고, 씻을 수 없는 상처를 받고 그렇게 될 것이다. 두 사람 다 다시 각자의 집안에 받아들여졌을 때도 그 당시 받았던 상처와 두 사람이 고생했을 때 모두 등을 돌렸다는 것이 아직도 마음속에 앙금으로 남아 있었다. 결과적으로 진혁이란 아들과의 관계만 악화될 가능성이 컸다. 그렇다고 쉽게 결혼을 그냥 받아들이기엔 두 사람 다 마음이 편치 않았다. 큰아들 진우야 어차피 진로 자체가 사업과는 거리가 먼 녀석이니 결혼을 자기 짝 찾아서 하면 그만이지만 진혁이는 달랐다. 다른 집안과의 정략결혼 정도는 아니더라도 최소한 아들이 사업체를 꾸려 나감에 며느리가 옆에서 힘이 되는 여자이길 바랐던 것이다.

두 사람 다 말을 아끼고 침묵을 지키고 있는데 서재 문이 열리며 가정부가 진혁이가 왔음을 알렸다. 오 여사가 이 회장의 뜻에 따르겠다는 시선으로 남편을 쳐다보곤 서재를 나갔다. 그리곤 잠시 후에 진혁이 문을 두드렸다.

"들어오너라."

문이 천천히 열리며 진혁의 모습이 보였다. 이 회장이 아들 녀석 얼굴을 눈을 가늘게 뜨고 응시하자 진혁이 상황을 눈치 챈 얼굴로 아버지를 마주 보았다. 그리곤 방금 전 어머니가 앉았던 의자에 앉았다.

"들으셨어요?"

"그래."

짧은 질문에 짧은 대답이었다. 어쩌면 강한 반대에 부딪칠 거라고 그렇게 예상하면서도 나무를 선택한 진혁이기에 말없이 아버지의 얼굴을 바라볼 뿐이었고, 이 회장도 그런 진혁의 속내를 알 것 같았기에 별다른 말없이 담배를 피울 뿐이었다. 뻐끔뻐끔 하얀 담배 연기가 서재를 가득 채울 때쯤 진혁이 조심스러운 어조로 말했다. 조심스럽지만 의지가 어려 있는 말투였다.

"아버지, 허락해 주세요."

그의 말에 이 회장은 묵묵부답이었다. 진혁도 재촉하지 않고 입술을 꽉 다문 채 고집스런 얼굴로 앉아 있을 뿐이었다. 그런 아들의 얼굴을 이 회장이 힐끔 쳐다보더니 손에 있는 담배를 재떨이에 비벼 껐다.

"내가 한발 양보해서 이 결혼을 허락하면 넌 뭘 양보할 셈이냐?"

뭔가 거래를 제의하는 것 같은 아버지의 말에 진혁이 의아한 얼굴로 아버지 얼굴을 뚫어지게 응시했다.

"네가 연구원 쪽으로 알아보고 있는 거 알고 있다."

진혁의 눈 속에 작은 일렁임이 스쳐 지나갔다. 사실 그는 아직 회사를 경영하는 걸로 길을 정한 게 아니었다. 실질적인 회사 경영보다는 경영학 그 자체에 재미를 느끼고 있었기에 일단 유학을 가서 일을 쳐볼 생각이었다. 그쪽에서 학교를 졸업하고 연구원으로 들어가는 과정을 그가 미리 알아보고 있었던 것이다. 아직 어느 쪽으로 정할지 유학 가서 고민해 볼 생각이었기에 알리지 않았는데, 아마도 상의를 하기 위해 함께 근무하는 실장과 의논을 한 게 귀에 들어간 것 같았다.

이 회장이 여유로운 얼굴로 아들의 얼굴을 살폈다. 사실 진혁이 어떤 여자와 결혼하든 여자 하나만 괜찮다면 이 회장은 됐다고 생각했다. 여자야 시간이 지나면 집안에 적응할 것이고, 못하는 건 가르치면 되는 문제니까. 괜히 반대하고 자시고 하다 서로 감정 상하고 어긋나는 것보단 이렇게 실질적인 거래를 하는데 더 낫다는 생각이 든 것이다. 차라리 이 기회에 아들 녀석이 딴생각을 못하게 하는 게 더 이득이 아닐까?

"간단하게 결혼식만 올리고 바로 출국했으면 합니다. 학기 준비하려면 시간이 빠듯하니까요."

날카롭게 탁자 한곳을 응시하고 있던 진혁이 이내 마음을 정했는지 말을 꺼냈다. 그러자 이 회장이 진혁의 대답을 알았다는 의미로 고개를 끄덕였다.

"이번 주 안에 인사하러 오거라."

"네."

한 시간 정도의 시간이 흐르고, 집 밖으로 진혁이 대문에서 나오는 모습이 보였다. 이 회장이 결혼을 허락했다는 말에 진혁의 어머니는 바로 혼수 문제며 결혼 문제에 관련된 상의를 나누었다. 나무의 세세한 상황에 대해서도.

거대한 철문이 쇳소리를 내며 닫히자 진혁이 어두운 밤 속에 홀로 서 있었다. 집에 있는 기사가 그의 차를 내오자 진혁이 열쇠를 받아 운전석에 올라탔다. 그의 차가 소리를 내며 골목길을 빠져나오고, 그의 시야에 도로가 나타나자 진혁이 딱딱하게 굳은 얼굴을 일그러뜨리며 손으로 운전대를 강하게 내려쳤다. 그의 입술 사이로 씨근덕거리는 분노의 숨이 터져 나오고 있었다.

젠장, 젠장, 젠장.

이런 식으로 자신을 손바닥에 놓고 조종하려 하다니.

그의 입술이 비틀리듯 일그러졌다.

어차피 쉽게 넘어갈 거라고 생각하진 않았다. 어쩌면 이 정도에서 허락을 해주는 것도 부모님으로서는 대단한 걸 수도 있다. 잘 알고 있다. 아무리 가진 거 없이 시작했고, 연애결혼을 하셨다 해도 쉽게 받아줄 만한 상황이 아니란 거. 그러나 기분이 더러웠다. 경영이란 거, 자신이 가는 길을 자신이 선택했다고 생각했지만 어쩌면 아버지의 의도대로 풀려왔던 게 아닐까 하는. 언제나 그게 고민이었다. 자신이 어떤 사람인지, 어떤 길을 가고자 하는지, 정말 이 길을 좋아서 걷는 건지, 그냥 당연히 해야 된다고 생각해서 내면화가 돼버린 건지 점점 알 수 없게 되었다. 그렇다고 남들처럼 자신이 뭘 좋아하는지 품목을 분류해 가며 자신을 해석하고 싶지도 않았다. 어쩌면 있는 그대로의 자기 자신을 그냥 인정하는 게 가장 현명한 길이라는 걸 알면서도 진혁은 방금 전 아버지와 이루어졌던 거래 아닌 거래에 다시 한 번 그 질문을 하게 되었다.

유유히 도로를 달리고 있던 진혁의 차가 자신의 집이 있는 골목길에 들어섰다. 차가 멈췄지만 차 안에서 그는 나오지 않았다. 깊은 밤, 어둠 속에서 차는 그렇게 멈춰 있었다.

진혁이 집에 들어온 건 이미 자정이 넘은 시간이었다. 평소 이 시간이라면 나무의 활동시간이지만 어제 새벽 늦게 잠들었다가 오늘 기획사에 가느라 잠을 설쳤던 나무는 이미 잠들어 있었다. 12시가 다 되어도 진혁이 돌아오지 않자 집에서 자고 바로 출근할 생각인가 보다 하고 그녀는 현관문을 꼭꼭 잠그고 침대에 누웠다. 그래도 혹시나 올지도 모른다는 생각에 나무는 진혁이 오면 일어날 생각으로 침대에 누워 있었다. 그러다 그녀가 설핏 잠들었을 때 진혁이 현관문을 열고 집 안으로 들어왔다. 거실에 들어서자 집 안은 조용한 기운만 감돌고 있어, 그는 나무가 작업을 하고 있나 해서 방문을 열어 살폈다. 그의 눈에 잠들어 있는 나무가 보였다.

"후우……."

짧은 한숨을 토해낸 진혁이 침대가로 다가가 나무 옆에 걸터앉았다. 나무의 얼굴을 말없이 쳐다보고 있던 그가 손으로 그녀의 머리카락을 부드럽게 헤집어 헝클어뜨렸다.

이 와중에도 잠이 오냐, 이 여자야?

따스함이 담긴 눈이었지만 그래도 못마땅한 얼굴로 그녀를 노려보고 있던 진혁이 문득 그녀가 옷을 다 입은 채로 이불도 안 덮고 누워 있는 게 보이자 조금은 마음이 누그러졌다. 그가 결혼을 허락받든 안 받든 상관없다는 듯 잠이 들어버린 게 아닐까 해서 그녀에게 살짝 화가 치밀었지만 자는 모양새를 보니 기다리다 지쳐 잠이 든 것 같았다. 진혁이 옆에 있는 이불로 그녀를 덮어주곤 잠옷으로 갈아입었다. 그가 이불 속으로 들어가 나무 옆에 눕자 그녀가 자연스럽게 그의 품속으로 파고들었다. 밤이슬을 맞아 아직은 서늘한 그의 몸에 나무가 얼굴을 비비적거렸다. 의미를 알 수 없는 말들을 중얼거리면서 그렇게 잠투

정을 하던 그녀가 어느 순간 잠이 살짝 깼는지 눈을 게슴츠레 뜨고 가까이에 있는 진혁을 쳐다보았다. 하품을 하며 그녀가 잠이 가득한 목소리로 중얼거렸다.

"후아아암, 왔어?"

"응."

그의 작은 대답에 나무가 조용히 그의 얼굴을 유심히 살폈다. 그의 얼굴 표정이 가라앉아 있는 걸 느낀 나무가 다시 눈을 감곤 말했다. 그리곤 씁쓸한 미소를 부드럽게 지으며 속삭였다.

"반대하시지?"

나무의 머리카락을 손으로 만지작거리던 진혁이 씁쓸하게 중얼거리는 나무의 말에 싱긋 미소를 지었다.

"허락하셨어."

그가 부드럽게 나무의 귓가에 속삭이자 나무가 눈을 번쩍 뜨고 그를 응시했다.

"뭐?"

"허락하셨다고. 결혼식만 간단하게 치르고 출국하기로 얘기 됐어."

누워 있던 나무가 벌떡 자리에서 일어나 앉았다. 흡사 귀신을 본 인간처럼 눈을 땡그랗게 뜨고 그를 쳐다보더니 이내 의심이 가득한 눈길로 그를 노려보았다.

"너… 나에 대해서 거짓말했니?"

진혁이 기가 막힌 듯 허탈한 웃음소리를 내며 고개를 저었다. 그의 반응에 나무가 눈을 떼구르르 굴리며 인상을 썼다.

"네 부모님 이상한 분인 것 같아. 어떻게 이렇게 쉽게 허락을 할 수 있지?"

정말 이해할 수 없다는 얼굴로 나무가 팔짱을 끼고 앉아 있자 진혁이 시니컬한 미소를 지었다.

허락은 쉽게 했지만 그냥 허락한 건 아니야.

내 인생을 차압당했다고나 할까.

〈차압〉이란 단어가 머리 속으로 떠오르자 진혁의 얼굴이 순간 딱딱하게 굳었다.

"왜 그래? 무슨 일 있었어?"

나무가 걱정스러운 얼굴로 묻자 진혁이 얼굴을 풀고는 말했다.

"아냐, 별일없었어. 자자. 시간이 너무 늦었다. 자세한 건 내일 이야기할게."

"으… 응."

아침 일찍 출근해야 하는 사람 붙잡고 계속 말을 붙이기가 난감한지라 나무는 일단 거기에서 질문을 멈췄다. 어차피 자신도 자다 깨서 몸이 무거웠기 때문에 그녀는 다시 베개에 머리를 대고 누웠다. 그가 잠드는 걸 방해하지 않기 위해서, 그리고 혼자만의 생각에 빠져들기 위해서 나무가 등을 돌려 옆으로 누웠다. 그러나 잠은 오지 않고 머리 속이 선명해져만 갔다.

〈허락〉 그 단어가 그녀의 머리 속을 맴돌았다. 별다른 생각이 떠오르는 건 아니었지만 왠지 기분이 이상했다. 결혼을 하겠다는 말을 하긴 했지만 설마 이렇게 결혼이 쉽게 허락될 것이라고 생각하지 않았던 것이다. 막상 허락이 됐다는 소식을 접하자 나무는 내심 당혹스러웠다. 심장 어딘가가 덜컥 내려앉는 느낌이랄까. 멍하게 자신을 휩쓸고 있는 당혹스러움과 여러 가지 복잡한 감정들을 나무가 들여다보고 있는데 그녀의 허리 위로 진혁의 손이 느껴졌다. 그가 뒤에서 한쪽 팔로 그녀의 허리를 감아 자신의 품 안으로 끌어당겼다. 그리곤 그녀의 목덜미에 입맞춤을 하며 속삭였다.

"무슨 생각을 그렇게 해?"

"으음… 그냥……."

그녀의 허리를 지나 배에 닿아 있던 그의 손이 옷 안으로 들어왔다. 자연스럽게 그녀의 젖 봉우리를 한 손에 가득 감아쥔 그가 부드럽게 만지기 시작했다. 나무의 몸이 조금씩 그의 손길에 반응하며 예민해져 갔지만 이젠 둘 사이에 그런 접촉은 자연스러운 일이었기에 나무가 계속 말을 이었다.

"사실은 허락하실 줄 몰랐거든. 반대하실 줄 알았어. 그것도 아주 많이."

젖 봉우리를 애무하던 그의 손길이 순간 멈추어졌다. 진혁이 나무의 옆얼굴을 묘한 시선으로 응시하더니 부드럽게 속삭였다.

"만약 반대했으면 어쩔 생각이었는데?"

나무는 진혁의 얼굴이 묘하게 날카롭다는 것도 모르고 무심히 말을 뱉었다.

"그건 그때 가서 생각해 보려고 했지."

그의 눈 속에 반짝이는 뭔가가 스쳐 지나갔다. 그는 반대하면 모든 걸 버리려 했다. 진혁의 얼굴이 서서히 굳어져 갔다. 그러나 멈추어져 있던 그의 손은 다시 그녀의 젖가슴을 부드럽게 애무하기 시작했다. 그렇게 애태우듯 섬세한 손길로 그녀를 애무하던 그가 어느 순간 손 안에 꼬옥 맞게 들어오는 젖가슴을 엄지손가락으로 어루만지기 시작했다. 그의 손가락이 예민한 젖꼭지를 건드리자 나무가 발작적으로 소리를 지르며 몸을 마구 뒤틀었다.

"으아악, 간지러워어어어!!"

나무가 양팔을 들어 올려 가슴을 가리려고 하자 진혁이 빠르게 그녀의 두 팔을 가슴 위에 고정시켰다. 그리곤 나머지 한 손으로 그녀의 얇은 속옷을 찢어냈다. 그 순간 나무의 입에서 황당함과 경악에 가까운 신음 소리가 들려왔다.

"미… 미쳤나 봐. 야! 너 미쳤냐?"

두 손이 진혁에게 꽁꽁 묶여 있는지라 나무는 말밖에 할 수 있는 방법이 없었다. 그러나 그녀의 경악에 찬 외침에 진혁은 상관없다는 듯 눈앞에 보이는 나무의 등에 입술을 가져갈 뿐이었다. 아무리 그녀가 괄괄한 성격에 남자 같은 면이 있다 해도 맨살을 드러낸 등은 그녀가 여자임을 여실히 보여주고 있었다. 작은 어깨와 부드러운 곡선이 엉덩이에까지 이어진 등은 부드러운 살결로 이루어져 있었다. 진혁이 그녀의 작은 어깨를 입으로 물고 핥았다. 그리고 그녀의 등선을 따라 똑같이 내려갔다. 입술이 주는 부드러우면서도 묘한 감촉에 나무가 작게 숨을 들이켰다. 그러자 진혁의 움직임이 급해지며 그녀의 귓불을 입에 물곤 잘근잘근 부드럽게 움직였다. 그의 혀가 그녀의 귓가와 귓불, 그리고 턱으로 이어지는 선을 맛보자 나무의 입술에서 흥분된 신음 소리가 흘러나왔다. 그 소리에 진혁의 손길이 더 빨라졌다. 단단하게 그녀의 두 팔을 옭아매듯 한 팔로 감고 있던 그가 자유로운 다른 쪽 손으로 자신의 바지를 끌어 내렸다. 그리곤 그녀의 여성 안으로 곧장 들어가기 시작했다. 처음 경험해 보는 자세였기에 나무의 몸은 적응을 하지 못해 강한 저항을 보였다. 그가 안으로 들어오기 시작하자 나무가 아픈 신음을 흘리며 아픔에 대한 반동으로 몸을 뒤로 젖혔다.

"윽, 아파아아!"

나무가 순간 얼굴을 확 구기며 그에게서 떨어지려고 시도했다. 그러자 진혁이 그녀를 감싸고 있는 팔에 더 힘을 주어 빠져나가지 못하게 만들었다. 대신 그녀 안으로 들어가던 움직임을 잠시 멈추어 그녀가 적응할 수 있는 시간을 주었다. 방금 전 그녀를 강타한 아픔에 나무의 입에서 거친 숨소리가 터져 나왔다. 그녀가 아무런 반응 없이 쌕쌕거리며 거친 숨만 토해내자 진혁이 천천히 그녀의 입가로 손을 가져갔다. 그리곤 턱을 돌려 그녀의 입 안으로 혀를 밀어 넣었다. 뜨거운 그의 혀가 그녀의 입 안을 구석구석 애무했지만 화가 났는지 처음엔 아무런 반응을 보이지 않으며 나무는 딱딱하게 굳어 있었다. 성이 났다는 걸 보여주던 나무가 끈질긴 그의 부드러운 키스에 조금씩 반응을 보이기 시작했다. 진혁이 그녀를 감고 있던 팔을 천천히 내려 그녀의 배를 예민하게 손으로 쓸어 내렸다. 그녀의 여성으로 이어지는 작은 둔덕과 어쩌면 나중에 둘의 아이가 태어날 곳이 있는 그녀의 아랫배도.

어느새 그의 남성을 받아들이기를 거부하던 그녀의 여성이 서서히 부드럽게 열리기 시작했다. 진혁이 천천히 그녀 안으로 들어가 둘 사이에 한 치의 틈도 없이 깊게 파고들었다. 그의 키스에 붉게 부풀어 오른 나무의 입술 사이로 들뜬 신음 소리가 작게 흘러나왔다. 진혁이 천천히 그녀 안으로 깊숙이 들어갔다가 천천히 빼내기를 반복했다. 그의 부드러운 움직임에 나무가 숨을 들이키며 머리를 뒤로 젖히자 진혁이 그녀의 목을 손으로 쥐고는 목선을 따라 강한 입맞춤을 하기 시작했다. 거친 신음 소리가 그의 입에서 터져 나오며 천천히 움직이던 몸을 점점 빠르게 움직이기 시작했다.

'넌 내가 선택한 여자야. 이진혁이란 남자가 누구의 영향도 받지 않고, 원래부터 주어진 것도 아닌 온전한 나만의 선택으로.'

그의 움직임이 그녀를 쾌락의 정점으로 데려가자 나무가 흐느끼는 듯한 신음을 토해냈다. 그러자 진혁이 그 신음조차 자신의 것이라는 걸 주장하듯 나무의 입에서 나오는 신음 소리를 자신의 입으로 먹어버릴 듯 덮어버렸다.

'내가 선택한 내 여자야.'

그의 입 안에서 흥분 어린 외침을 내지른 나무가 숨을 헐떡이며 떨 듯이 미세하게 경련을 하자 그제야 진혁이 힘들게 참아온 마지막 욕망의 끈을 풀어내며 그녀를 향해 거칠게 파고들어 갔다. 잠시 후 그의 목 안 깊숙한 곳에서 희열에 찬 신음 소리가 터져 나왔다.

얼어죽을 놈 : "내가 네 인생에서 사라져도 상관없는 거야?

날 사랑하잖아. 음?"

나무 : "그래, 사랑해! 사랑한다구! 그래서 어쩌라구우우?!"

06

결혼 허락이 떨어진 지 며칠이 안 돼 인사를 드리러 가는 날짜가 잡혔다. 그동안 나무는 들어온 일러스트 일을 처리하느라 인사를 드리러 간다는 것에 대해 고민할 시간이 없었다. 진혁도 그냥 가서 인사만 드리러 가는 거라는 당연한 말만 했을 뿐이었다.

그렇게 며칠의 시간이 흐르고, 진혁의 부모님을 뵙기로 한 날이 이틀 앞으로 다가왔다. 일러스트를 파일로 웹하드에 올리고 난 후 배가 고파 냉장고를 열어보니 냉장고는 텅텅 비어 있었다. 그는 요즘 회사를 그만두기 위해 인수인계에 들어가느라 바빴고, 나무는 마감 시간이 촉박해서 식사는 대부분 시켜 먹었었다. 나무가 집 안을 멍하니 둘러보았다. 난리도 아니었다. 세탁기 옆에 있는 빨래 통에는 빨래들이 색색깔로 뒤엉켜 쌓여 있었고, 거실 바닥은 걸레질을 안 해 걸을 때마다 먼지가 밟히는 느낌이 생생하게 느껴졌다. 잠시 그렇게 일상이란 위력 앞에 나무가 서 있다가 청소를 하기 시작했다. 한 시간이 조금 넘은 후 집 안이 그런대로 정리가 되자 나무는 간단하게 잠바를 걸치고 시장엘 나갔다. 시장 골목을 들어서자 그녀의 눈에 옷 가게가 들어왔다. 밖으로 디스플레이 된 다양한 겨울 정장들이 그녀의 시선을 끌었던 것이다. 생각해 보니 예의를 차리는 곳에 갈 때 입는 옷이 마땅치 않았다. 혼자 생활을 꾸려왔던 것도 있고, 어릴 때부터 목돈을 쥐어본 적이 없었던 나무는 옷가지가 따로 각개격파였다. 항상 바지 하나, 윗도리 하나 따로 사다 보니 정작 어디 예의를 차리는 행사 때는 입을 옷이 없었다. 물론 그녀의 성향도 정장을 좋아하는 스타일이 아니었지만, 그리고 결정적으로 정장이란 옷들은 세탁기에 돌려 빨 수 없는 옷들이 대부분이라 유지비가 많이 들었던 것이다. 옷가게 밖에서 잠시 서성이며 디스플레이 된 정장을 뜯어보던 나무가 가게 안으로 들어갔다.

"어서 오세요."

가게 주인인지 중년의 여성이 인사를 건넸다. 나무가 손가락으로 디스플레이 된 옷들 중 보라색 모직으로 만든 옷을 가리키며 물었다.

"저거 얼마예요?"

"이십만 원이에요."

나무가 무표정한 얼굴로 고개를 끄덕이며 눈을 도르르 굴렸다. 가격이 그런대로 적당하다는 걸 알고 있었지만 목돈을 쓰자니 나무는 적응이 안 되었던 것이다. 망설이며 나무가 옷을 쳐다보았다. 튀지 않으면서 위트가 있는 디자인이었다. 차분한 보라색 정장은 가늘면서도 진한 보라색의 가죽 끈이 깃에 덧대어져 모직의 푸근하지만 자칫 밋밋할 수도 있는 느낌을 섬세하게 균형을 맞추어주고 있었다. 괜히 소비적으로 돈을 쓰는 게 아닐까 해서 그녀는 과연 저 옷이 이십만 원의 값어치를 하고 있나 하나하나 뜯어보고 있는데 아줌마가 입어보라고 옆에서 재촉하기 시작했다.

"한번 입어봐요."

나무가 뭐라고 제지하기도 전에 아줌마는 그 옷을 가져와 나무의 품에 떡하니 안겨주었다. 주춤거리며 잠시 망설이던 나무가 뻘쭘한 얼굴로 탈의실로 들어갔다. 그리곤 옷을 갈아입고 거울 앞에 섰다. 옷은 잘 맞았다. 거울을 보니 낯선 여자가 자신을 바라보고 있었다. 뭘 입어도 털털한 느낌 때문에 섹시니 여성적이니 그런 느낌을 잘 낼 수 없었던 나무는 거울 속의 보라색 정장을 입은 자신이 낯설어 보였다. 하지만 잘 어울렸다. 재단이 잘되어 있어서인지 옷은 깔끔하게 형태를 이루었다. 거울 속의 여자를 빤히 응시하고 있던 나무가 군말없이 옷을 샀다.

이틀 후, 토요일이라 진혁은 출근을 했고, 둘은 밖에서 만나 그의 집으로 가기로 했다. 두 시쯤 나무가 회사 근처에 있는 카페에 도착해 보니 진혁이 이미 와 있었다. 나무가 그가 있는 곳으로 걸어가자 진혁이 재밌다는 듯한 얼굴로 그녀를 바라보았다. 그녀가 민망함이 가득 담긴 얼굴로 생뚱맞게 소리쳤다.

"뭘 봐!"

여성스러움이 가득 묻어나는 정장에 곱게 화장을 하고 나타났으니 진혁은 앞에 있는 나무의 모습에 키득거리며 장난스러운 웃음을 터뜨렸다.

"야, 너도 그렇게 입으니까 꼭 요조숙녀 같다."

"됐어. 계속 긁으면 부모님 앞에서 담배 피운다."

반 협박조로 나무가 그를 노려보며 중얼거리자 진혁이 짓궂은 웃음이 담긴 얼굴을 얼른 거두어들였다.

"가자."

진혁이 자리에서 일어나려 하자 나무가 손을 들어 그를 제지하며 딱딱하게 말을 뱉었다.

"야, 사람 진정 좀 하고… 내가 소냐? 몰아대긴, 염병. 더럽게 몰아대내."

나무가 씨부렁거리며 일어나는 진혁을 다시 앉히고, 점원을 불러 차가운 냉커피를 시켰다. 얼음 왕창 띄워달라는 말을 강조까지 하며. 흡사 도살장에라도 끌려가는 얼굴로 그녀가 앉아 있자 진혁이 그녀의 마음을 편하게 해준다는 생각으로 비꼬는 말을 했다.

"너 그러다 이따가 무심코 욕이라도 하면 어쩌려고 그러냐?"

순간 나무의 얼굴이 더 굳어졌다.

"나도 그게 제일 걱정이야. 혹시라도 욕이 튀어나올까 봐."

'가관이군.'

진혁이 멍한 얼굴로 그녀의 얼굴을 노려보자 나무가 손사래를 치며 시큰둥하게 떠들었다.

"아, 몰라. 어떻게 되겠지."

말은 그렇게 했어도 나무는 뭔가 스스로에게 세뇌를 거는 듯한 얼굴로 앉아 있었다. 넌 지금부터 참한 여자야. 그런 세뇌랄까.

잠시 후 점원이 냉커피를 갖다 주자 나무가 벌컥벌컥 들이마시곤 트림까지 했다. 그리곤 지가 하곤 지가 놀라 말했다.

"어! 가서 뭐 먹으면 안 되겠다. 트림하면 어떻게?"

진혁이 못 말린다는 얼굴로 고개를 설레설레 저었다.

잠시 후 어느새 진혁의 차가 그의 집 앞에 도착했다. 먼저 주차장에 차를 세우고 문을 열고 나가 나무가 내리기를 기다리고 있던 진혁이 슬슬 끌어내서 업고 들어갈까 그런 고민을 하고 있을 때쯤 나무가 문을 열고 밖으로 나왔다. 그가 얼른 나무 곁으로 다가가 손을 꽉 잡곤 대문이 있는 쪽으로 끌어당겼다. 나무는 거의 소가 도살장 끌려가는 것처럼 고개를 푹 숙이고 그가 잡아끄는 대로 마지못해 걸음을 옮기기 시작했다.

이렇게 허락해서 다시 만날 줄 알았으면 그때 말 좀 곱게 할 걸. 그런 생각을 하며 나무는 얼굴이 점점 더 어두워져 갔다. 당근 안 될 줄 알고 진혁의 어머니를 만났을 때 그냥 생각나는 대로 얘기했었던 그녀는 지금 후회가 막심이었다. 그리하여 그녀 앞에 엄청난 크기의 대문이 보였을 때 나무는 이판사판 공사판이다 뭐 그런 생각으로 이제 머리를 비워 버렸다. 대학 때 동아리 대표로 오리엔테이션에서 신입생 앞에서 강의를 한 적 있었는데, 그때도 무대 뒤에서 엄청 떨다가 막상 무대에 오르니 강의 같은 건 매일 해먹고 사는 인간처럼 뻔뻔하게 잘도 했던 경험이 있었다. 나무는 그때의 기억을 떠올리며 자신을 믿기로 했다.

'그래, 무대에 오른다 생각하고 하면 돼. 일단 최대한 말을 안 하면 되지. 뭐.'

"어서 와요."

가정부를 따라 정원에 있는 계단을 올라가니 진혁의 어머니가 현관문 앞에서 두 사람을 기다리고 있었다. 나무는 주춤거리며 토막나무처럼 고개를 숙여 인사했다.

"안녕하세요."

우아하게 인사를 드리려 했지만 나무는 몸이 맘대로 움직이질 않는 느낌이었다.

"점심은 먹었니?"

진혁의 어머니가 그에게 식사했는지를 묻자 진혁이 망설임

없이 먹었다는 대답을 했다. 그러자 어머니는 집 안으로 들어가면서 둘을 안내했다. 진혁이 현관문 안으로 들어가기에 앞서 작은 목소리로 나무에게 속삭였다.

"너 여기서 점심 먹으면 체할 것 같아서……."

사실 둘은 점심을 안 먹었던 것이다. 나무가 얼른 동의한다는 얼굴로 고개를 끄덕이자 그가 씨익 엷은 미소를 지으며 속삭였다.

"인사 드리고 나가서 먹자."

마치 비장한 비밀을 공유하는 사람처럼 나무가 눈에 힘을 팍 주고 고개를 세차게 끄덕였다. 그리고 그녀가 긴장으로 입 안이 말라오는지 침을 꼴깍 삼키곤 진혁의 뒤를 따라 들어갔다.

'아… 이놈의 결혼이란 걸 꼭 해야 하나.'

머리 속으로 비집고 들어오는 생각을 나무가 고개를 저어 얼른 털어버리고는 그의 아버지가 있는 거실로 발걸음을 옮겼다. 그의 아버지도 방금 들어왔는지 양복을 입은 채로 소파에 앉아 있었다.

"어서 와요."

무뚝뚝한 얼굴로 신문을 보고 있던 그의 아버지가 나무를 보자 다정하게 말을 건넸다. 하지만 이 회장의 눈빛이 너무 날카로워서 나무는 순간 긴장의 끈을 놓으려다가 다시 확 잡아챘다. 상대를 속속들이 파악하는 듯한 그런 눈빛이었다. 오랫동안 사업을 해왔던 세월에 경영자라는 위치에서 수많은 사람들을 관리하고 조종하는 경험을 해와서 그런지 진혁의 어머니와는 또 다른 느낌이었다. 진혁의 어머니가 관찰자의 느낌이라면 진혁의 아버지는 꿰뚫어보는 듯한 위압감이 전해져 온다고나 할까. 동시에 속을 알 수 없는 그런 얼굴이었다. 가끔 진혁이 저런 얼굴로 자신을 바라보던 기억이 나서 나무는 속으로 〈그 아버지에 그 아들이군〉 하는 그런 생각을 했다. 나무가 고개만 숙여 인사를 건넸다.

거실에 둘러앉아 있으니 나무는 완전 동물원에 있는 원숭이 같은 느낌이 들었다. 식당 쪽에서까지 가정부와 집안 일꾼들이 자신을 흥미롭다는 듯 보고 있었던 것이다.

"부모님은 어디에 살고 계신가?"

그의 아버지가 넌지시 질문을 하자 나무가 조심스럽게 입을 뗐다.

"경기도 양평에… 컥……."

긴장으로 목이 잠긴 나무가 대답을 하다 기침을 해대자 이 회장이 부인을 보며 타박 어린 말을 했다.

"이 사람아, 음료수라도 좀 내와야지."

"아이고, 내 정신 좀 봐. 예, 알았어요."

오 여사가 얼른 자리에서 일어나 식당 쪽으로 걸어갔다. 그제야 사람들이 흩어지며 각자의 위치로 돌아갔다. 잠시 후 탁자에 과일 주스가 놓여졌다.

약 한 시간 정도 나무는 부모님의 질문에 답을 하느라 정신이 없었다. 어느 정도 필터로 걸러내야 하는지라 신경이 곤두선 것이다. 예를 들면 아버지에 관한 얘기는 노름이란 걸 필터로 걸러야 했고, 언니의 경우는 이혼이란 걸 걸러야 했다. 처음부터 마음먹은 것도 아닌데 부모님을 막상 뵈니 예전처럼 까놓고 말하는 식은 되질 않았다. 굳이 그의 부모님께 다 알려야 할 의무가 있는 건 아니라는 걸 잘 알고 있으면서도 나무는 조금씩 기분이 착잡해져 갔다. 그렇게 한참 질문을 받아내고 있는데 거실에 있는 전화벨이 울리면서 대화가 끊겼다. 이 회장이 전화를 받더니 회사에 나가봐야겠다는 얘기를 하곤 자리에서 일어났다.

"먼저 일어나야겠군."

이 회장이 일어서자 모두들 일어나 배웅을 했다. 자신도 따라서 배웅하는 게 좀 어색한지라 나무는 소파에서 일어나 인사를 건네고 서 있었다. 문이 닫히고 다시 소파 쪽으로 걸어오던 진혁이 화장실을 갔다 오겠다고 말을 꺼내자 순간 나무가 불안함이 가득한 눈빛으로 그를 뚫어지게 응시했다. 그러자 진혁이 안심하라는 의미의 시선을 보내곤 화장실로 걸어갔다.

어느새 소파에 다시 자리를 잡고 앉은 진혁의 어머니가 두 사람만 남자 조용한 목소리로 말했다.

"가끔 담배 피운다고 하던데."

나무가 눈을 동그랗게 뜨고 주춤거리며 소파에 앉았다. 그리곤 입을 꽉 다물고 고개를 끄덕였다. 식은땀이 등에서 쪼로록 흘러내리는 것 같았다. 결혼을 하게 되든 안 하게 되든 일단 진혁의 부모님이란 생각에 미움받고 싶지 않다는 욕구가 생겼던 것이다.

'아… 이래서 시댁 식구가 어렵다고 하는 건가.'

"곧 있으면 아이를 가져야 할 몸인데 가끔이라도 하지 말아요. 아이한테 아주 안 좋다고 그러잖아."

부드럽게 동의를 구하면서도 너무 당연한 거 아니냐라는 어조로 말하는 진혁의 어머니를 보며 나무는 순간 기분이 정말 묘했다. 한마디로 너무 난감해서 뭐라고 말을 할 수가 없었던 것이다.

도대체 아이를 가진다고 말한 적도 없는데 당연히 애를 낳을 거라고 생각하는 것도 웃기거니와 담배가 아이한테 안 좋은 거 이전에 그녀 몸에 더 안 좋은데 아이 건강부터 걱정하는 건 뭐란 말인가? 어느 순간 아이 중심으로 나무가 해석되고 규정되고 있다는 생각에 나무는 마음 한구석 거부감이 들었다. 게다가 아이한테 담배가 안 좋은 거 누가 모르냔 말이다. 바보도 아니고 말이지. 여하튼 그런 모든 걸 알면서도 담배를 끊지 못하는 게 문제니 그렇지.

그러나 반박이란 걸 하기엔 진혁의 어머니가 말하는 논리, 그러니까 〈아이한테 안 좋으니 결혼을 앞둔 여자는 담배를 끊어야 한다〉라는 논리는 사회적으로 지지받는 공신력있는 논리였고, 또 틀린 얘기가 아니니 뭐라 가타부타 할 수가 없었다. 그리고 한편으론 수긍하는 면도 있었다.

몇 초 안 되는 아주 짧은 시간이었지만 나무는 머리 속으로 스쳐 지나가는 수많은 생각들로 약간 멀뚱한 얼굴이 되어 있었다. 진혁의 어머니는 당연한 얘기인지라 나무의 대답은 들을 문제가 아니라고 판단을 했는지 다른 얘기를 꺼냈다.

"우리 집안이 자식이 귀해요. 나도 아이가 안 생겨서 꽤 고생했었거든. 그러니까 외국에 나가 있다고 피임하지 말았으면 좋겠어."

어느새 어머니의 말투는 반말이 되어 있었다. 같은 여자로서의 친밀감을 느낀 건지 아니면 며느리로 인정한다는 뜻인지 알수는 없었지만. 이번엔 오 여사가 나무의 대답을 요구하는 눈빛을 보냈다. 나무가 주저하며 띄엄띄엄 말했다.

"네."

엉겁결에 대답을 한 나무는 속으로 돼지 멱따는 듯한 비명을 질렀다.

'나중은 무슨 나중이야야야야야! 애새끼 생겼는데 어떻게 여자가 공부를 하냐구우우우? 그렇다고 어머니가 금쪽 같은 아들이 애새끼 기르는 걸 봐줄 인간도 아니잖아요오오오오!'

휴우…….

목구멍까지 치밀어 오르는 말들을 나무가 꿀꺽 삼키곤 포크에 찍어 과일을 건네주는 어머니에게 억지스런 미소를 보이고 있었다.

나무가 인사를 드리고 난 후, 둘은 결혼식 전까지 따로 살기로 얘기했다. 아무래도 결혼 준비하면서 부모님에게 들킬 가능성이 컸고, 이제 와서 문제를 만드는 게 귀찮기도 했다. 어차피 최대한 빨리 결혼식장을 잡는 대로 식을 치를 생각이었기에 늦어도 석 달 안에는 출국할 것 같았다. 그 시간 동안 나무는 친구의 집에 있기로 했다. 대학 때 친하게 지냈던 친구 한 명이 지방에서 올라온지라 직장 때문에 여전히 서울에서 자취를 하고 있었다.

그렇게 시간이 흘러가고 있었다. 상견례가 이루어지고, 진혁과 앞으로 살 계획을 세우고 그러다 보니 이제 돌아가는 상황은 나무의 제어 아래 놓여 있지 않았다. 나무의 어머니가 아프다는 얘기에 이미 진혁의 어머니가 식장과 혼수를 틈틈이 알아보고 있었고, 진혁은 유학 갈 준비에 본격적으로 들어갔다. 마치 도도히 흐르는 거대한 물살을 바라보는 느낌이랄까. 그렇게 모든 상황이 나무의 주변을 둘러싸고 진행되고 있었다. 결혼을 해본 적 없는 나무가 절차를 알 리 없으니 당연히 부모님의 뜻에 따르게 되었다. 시간이 흐를수록 거대한 물살처럼 보이던 강물은 조금씩 그 느낌이 변해갔다. 장마 때 폭우가 쏟아지면 모든 잡동사니와 동물들이 떠내려가는 거대한 흙탕물 같은 느낌이 들기 시작한 것이다. 그녀의 마음속으로 전해져 오는 느낌을 알아채고 뭔가를 분석하고 상황이 어떻게 돌아가는 건지 눈을 부릅뜨고 지켜보기엔 어안이 벙벙했던 것이다. 어쩌면 마음속에 떠오르는 어떤 감정을 들여다보기 싫어서일지도 모른다는 생각도 들었다.

그녀가 친구의 집으로 이사한 지 이틀이 지난 어느 날, 오랜만에 여유로운 시간을 갖게 되었다. 그녀가 일어났을 땐 친구는 이미 출근을 한 후였고, 방 안으로 한낮의 햇살이 내리쬐며 나른한 기운을 뿜어내고 있었다. 생활 터전이 갑자기 바뀐 것도 있었고, 친구의 집이다 보니 알게 모르게 신경을 썼는지 나무는 왠지 지친 기분이었다. 한참을 방바닥에서 뒹굴거리며 일어나지 않던 나무가 삭신이 쑤시는지 허리를 손으로 투덕거리며 일어났다.

세수하고, 양치질하고, 스킨과 로션을 바른 나무가 가스렌지에 커피 물을 끓였다. 그리곤 다시 화장대로 걸어가 얼굴을 살폈다. 요즘 얼굴에 신경을 전혀 안 써서인지 피부가 까칠했다. 게다가 담배를 오랫동안 피워서 얼굴빛이 약간 검은 것 같기도 했다. 그녀가 미간을 찌푸리며 요리조리 얼굴을 돌려보다가 물끓는 소리에 다시 부엌으로 걸어갔다.

커피 한 숟갈, 설탕 한 숟갈, 컵 안에 팔팔 끓는 물을 쪼르륵 따르며 그녀의 머리 속으로 며칠 전 있었던 상견례가 떠올랐다. 우물쭈물하시면서 아무것도 준비할 수 없는 처지를 얘기하며 연신 죄송하다는 말을 입에 담은 엄마와 뭐가 그렇게 잘났는지 뻔뻔할 정도로 주접을 떨었던 아빠, 그리고 나름대로 담담한 얼굴을 하고 있었던 언니의 모습이 차례대로 지나갔다. 유학을 간다는 얘기와 시집에서 혼수를 다 마련할 거라는 얘기를 했을 땐 담담히 앉아 있던 언니도 질투 섞인 눈빛으로 나무를 쳐다보았다. 나무는 남의 속도 모르고 그런 눈빛을 보내는 언니에게 알 수 없는 화가 치밀었다.

'봉 잡은 걸로 보이냐구. 아마 봉 잡은 게 아니라 그쪽에서 그만큼 나한테서 뽕을 빼낼걸.'

아직도 결혼이 여자의 인생을 확 바꿀 수 있는 어떤 기준이 될 거라고 생각하는 건지. 과연 그렇게 될까?

나무는 착잡해져 갔다. 이 답답함을, 그리고 불안함을 털어 놓을 데가 없었다. 친구조차도 대단한 집에 시집가는 거면 그 정도의 부담은 안고 가겠다는 말로 눈을 흘겼다.

'딱히 뭐가 잘못된 것도 없는데 왜 이렇게 마음이 무거운 걸까. 어쩌면 결혼을 앞둔 여자의 너무나 평범한 고민들일까.'

나무가 깊은 한숨을 토해내며 커피 잔을 들고 방으로 들어왔다.

유학을 가기 전까진 그냥 참는다고 쳐도 갔다 오면? 나무의 얼굴빛이 조금씩 흙빛이 되어갔다.

쉽지 않은 결혼 생활이 될 것 같았다. 설혹 갔다 와서 분가를 한다 해도 그 집안에 맞춰 살려면 나무 성격대로 할 수는 없을 것이다. 그렇다고 이제 와서 없었던 일로 하는 건 엄두도 나지 않는 일이었다. 생각에 골몰해 있던 나무가 어느 순간 두 손으로 머리를 잡고 인상을 찌푸렸다. 머리가 빠개질 것 같았다.

'왜 자유롭게 그냥 동거하면 안 되냐고. 아… 젠장. 왜 남자 때문에 생활방식까지 바꿔야 하냔 말이야. 시댁 식구며 집안일 챙기는 것과 아이 양육 같은 걸로 인생을 채우고 싶진 않단 말이야.'

그녀가 그렇게 골머리를 썩이며 불안과 불만의 늪에서 허우적거리고 있는데, 충전기에 꽂혀 있는 핸드폰이 울려댔다. 나무가 벌떡 일어나 번호를 확인해 보니 진혁의 집 번호였다. 순간 나무의 얼굴이 긴장으로 굳어졌다. 그녀가 작은 숨을 토해내며 핸드폰 폴더를 열었다.

"네, 나무예요."

언제 그랬냐는 듯 나무가 부드러운 목소리를 한껏 내며 전화를 받았다.

[나다.]

"예. 그동안 잘 지내셨어요?"

진혁의 어머니는 별말없이 바로 본론으로 들어갔다.

[나무야, 오늘 집에 좀 올래? 오늘 제사가 있는데 와서 좀 배웠으면 하는데.]

"네? 제사요?"

나무가 엉겁결에 반문을 하자 진혁의 어머니는 그녀가 저어하는 거라고 해석했는지 조금 딱딱한 목소리로 말했다.

[그래, 결혼하고 바로 나갈 텐데 미리 좀 배워놔야 할 것 같아서.]

"아… 네."

'별로 배우고 싶지 않다고요.'

억지로 가겠다는 대답을 한 나무는 완전 죽쑨 얼굴로 입을 댓발 내밀고 핸드폰을 노려보았다.

그날 나무는 한마디로 죽는 줄 알았다. 집안일이라는 게 옆에서 보기만 하면서 배워지는 게 아니기 때문에 전체과정을 조금씩이라도 한 번씩 해봐야 했고, 집안 사람들에게 밉보일까 꾀를 부리지도 못했다. 제사라는 게 상에 올려진 음식은 간단해 보여도 일일이 준비하려면 손이 엄청 많이 가는 일이었다. 그리고 그 많은 식구들 먹을거리를 준비하려니 양이 또 엄청났다. 나무가 앉아서 전을 부친 지 세 시간여가 지나자 목에서 쓴물이 올라오는 듯했다. 불 앞에서 계속 음식을 한지라 나무의 얼굴이 벌게져 있었다.

"나무야, 이리 와서 이것 좀 보렴."

"예."

가정부 아줌마가 준비하는 나물무침을 보라고 진혁의 어머니가 손짓을 하자, 나무가 자리에서 얼른 일어나 다가갔다. 순간 머리가 어질했다. 핑하니 눈앞이 뱅뱅 돌며 아무것도 보이지 않았다. 사실 나무는 그리 건강한 편이 아니었다. 어릴 때부터 잔병치레를 많이 했고, 신경성 위장병과 빈혈을 달고 사는 인간이었다. 그녀가 잠시 멈칫하고 우뚝 서 있자, 어머니가 의아한 얼굴로 물었다.

"왜 그러니?"

"아… 아뇨. 좀 어지러워서…….."

어지럽다고 그러면 좀 덜 부려먹지 않을까 하는 생각에 나무가 솔직히 말했다. 하지만 진혁의 어머니는 나무의 말에 이렇게 반응했다.

"에구, 그렇게 몸이 약해서 어떻게 아이를 가지니? 건강 좀 신경 써야겠구나."

"아… 예."

나무는 하도 기가 막혀 정말 옳으신 말씀이라는 듯 대답을 넙죽하면서 헛헛한 웃음소리를 냈다. 시어머니 될 사람 앞이라 마치 쑥스럽다는 듯한 표정을 지어 보였지만 속으론 〈젠장〉을 부르짖었다.

'내 인생의 목표가 애 낳는 데 있는 줄 아냐구요오오오!'

어느 정도 제사 준비가 다 마련되고, 나무가 조금 쉬려고 하는데 가방 안에서 핸드폰이 울렸다. 이젠 전화 오는 것도 짜증이 났다. 그녀가 예의 바르게 양해를 구하고, 핸드폰을 꺼내보니 진혁이었다.

"음."

사람들 앞이라 나무가 짧게 대답을 했다.

[나무야, 나 오늘 저녁에 못 만날 것 같아. 집에 제사 있는 날이야.]

"응, 알았어."

[화났냐?]

"아니. 그럼 잘 지내고 와!"

나무가 간단히 말을 마치고 전화를 끊었다.

"누구니?"

진혁의 어머니가 궁금하다는 얼굴로 묻자 나무가 씨익 웃으며 말했다.

"같이 사는 친구가 오늘 워크샵을 간다고 그래서요."

별다른 반응 없이 오 여사가 다시 식당으로 들어가자, 웃고 있던 나무의 얼굴에 분노 섞인 짜증이 묻어났다.

마치 앞으로의 일을 예고하는 것 같았다. 자신은 집안에 끌려 다니면서 소위 내조하는 여자가 되어갈 것이고, 진혁은 이렇게 자기 일 하다 제사 때는 와서 절만 하면 되는. 진혁이 절을 하든 씨름을 하든 그건 중요한 게 아니었다. 그가 제사 준비에 참여하든 말든 나무는 자신이 집안이란 테두리에서 벌어지는 여러 가지 뒤치다꺼리에 자신이 이렇게 끌려 다니는 게 짜증이 났다. 큰집이니 매년 이런 짓을 열 번 정도는 할 게 아닌가. 생각만 해도 정말 아찔했다. 너무 황홀해서. 그녀가 목구멍까지 치미는 화를 간신히 삼키고 식당으로 들어갔다.

한 시간 후, 진혁이 집에 도착했다. 나무는 나갈 생각도 안 하고 음식을 담을 제기를 마른 수건으로 묵묵히 닦고만 있었다. 가정부가 문을 열어주러 나가자 그의 목소리가 들려왔다.

"어머니는요?"

"식당에 계세요."

그의 걸음 소리가 미세하게 들리는가 싶더니 진혁이 식당에 와 어머니에게 인사를 건네려 했다. 그런데 눈앞에 나무가 행주치마 곱게 두르고 그릇을 닦고 있는 게 아닌가.

〈여기서 뭐 해?〉

진혁이 눈을 휘둥그레 뜨고 입 모양으로 나무에게 말했다. 그러나 나무는 아무 반응 없이 뚱한 얼굴로 그를 한번 쳐다보곤 다시 그릇에 시선을 가져갔다. 그리곤 입을 꽉 다물고 그저 닦기에만 열중했다.

제사가 다 끝나고, 진혁의 형 진우네 가족은 집으로 돌아갔다. 함께 음식 준비를 하며 고생했던 형님 될 분은 졸립다며 칭얼대는 아이를 안고 있었다. 그 모습을 나무가 물끄러미 바라보았다. 집이 부자면 양육은 남의 손에 맡길 거라고 생각했지만 부자들은 오히려 자식 교육에 열을 올리다 보니 어머니는 한마디로 신사임당이 되어야 할 판이었다. 아까도 이제 세 살 된 아이가 영어를 할 줄 안다며 좋아하지 않았던가. 더 가관인 것은 형님 될 사람이 그런 아이를 보고 자랑스러운 듯 뽐내고 있었다.

'웃기고 있네. 꼭 공부 못하는 것들이 애한테 난리예요.'

비틀린 속이 이젠 한껏 공격적으로 변하려 하고 있었다.

밤 10시, 어느 정도 마무리가 되어 나무가 슬슬 갈 채비를 하려는데, 오 여사가 거실로 그녀를 불렀다. 오늘 그런대로 친해진 아줌마 한 분이 차를 내왔다.

"오늘 보니까 몸이 약한 것 같던데, 일은 그만둘 거지?"

오 여사가 부드러운 어조로 넌지시 말을 꺼내자 나무가 어벙한 얼굴로 어머니의 얼굴을 바라보았다.

"네?"

진혁의 어머니는 앞에 있는 차를 한 모금 마시더니 짧은 한숨을 토해내고 말했다.

"나무도 알다시피 앞으로 진혁이가 본격적으로 경영 수업을 받게 되면 안사람이 챙겨야 할 일이 한두 가지가 아니야. 사업하는 데 여자가 해야 할 몫도 만만치가 않거든."

나무는 누군가 뒤통수를 갈기는 것 같은 느낌이 들어서 그나마 지금까지 해왔던 호응 어린 대답조차 안 하고 묵묵히 듣고만 있었다. 설득조의 말인 것 같았지만 진혁 어머니의 어조는 거의 당연한 걸 참고 삼아 이야기해 주는 그런 느낌을 주었다.

"그래서 유학 가서 공부하더라도 취미 삼아 한다고 생각하고 해. 안사람도 기본적인 소양은 갖춰야 사람들을 접대할 수 있는 거니까. 혹시라도 계속 일을 할 생각으로 공부를 하는 걸까 봐 미리 말해 두는 거야."

나무는 여전히 아무 말 없이 탁자에 있는 찻잔만 뚫어지게 응시할 뿐이었다. 그녀가 딱딱한 얼굴로 무표정하게 앉아 반응을 안 하자 진혁의 어머니가 조금 민망하다는 듯 웃으며 말했다.

"에구, 내가 너무 잔소리가 많지? 피곤할 텐데."

"아닙니다."

어느새 그녀의 표정은 차분하게 가라앉아 있었다. 오 여사는 나무가 피곤해서 그런가 보다 하고 기사를 불러 집까지 태워다 주고 오라고 지시했다. 그때쯤 서재에서 아버지와 회사에 대한 이야기를 나누고 있었던 진혁이 위층에서 내려왔다. 거실로 들어오는 기사를 본 그가 자신이 데려주겠다는 말로 상황을 정리해 버렸다.

진혁이 나무의 친구 집을 향해 운전을 하는 내내 그녀는 한마디 말도 없이 그저 창밖으로 지나가는 길 쪽으로 고개를 돌리고 있을 뿐이었다. 나무의 분위기가 심상치 않다는 걸 눈치 챈 진혁이 조심스럽게 말을 시켰다.

"무슨 일 있었어?"

'일은 무슨 일. 그냥 시집에 대한 충성맹세를 강요당했을 뿐이지.'

"아니."

여전히 창밖으로 고개를 돌리고 있는 나무가 서늘한 어조로 대답했다. 운전을 하고 있는 그가 슬쩍 나무를 쳐다보다가 다시 앞에 있는 도로를 바라보았다. 그녀가 입을 꼭 다문 채 완전 굳은 얼굴로 앉아 있자 그가 핸들을 돌려 친구의 집과는 다른 방향으로 차를 운전했다. 그래도 나무는 반응이 없었다. 무언가 깊은 생각에 빠져 있는 사람처럼 주변의 변화에 관심을 기울이지 않았다. 어느 정도 길을 달리고 나니 차는 한강고수부지에 도착해 있었다.

"얘기 좀 하자."

진혁이 주차장에 차를 세우고, 먼저 밖으로 나가 나무가 앉아 있는 쪽의 문을 열었다. 겨울이 다가오는 계절인지라 밤늦은 한강엔 인적이 드물었다. 몇몇 사람들만 드문드문 보일 뿐. 그녀가 내리기를 기다리며 서 있는 진혁을 나무가 무표정한 얼굴로 스윽 한번 쳐다보더니 차에서 내렸다. 둘은 한강 가까이에 있는 벤치에 앉았다.

"담배 좀 줘."

나무의 말에 진혁이 주머니에 있는 담배를 꺼내 한 개피를 나무의 입에 물려주었다. 그리곤 바람에 불이 꺼질까 손으로 불 주위를 감싸 라이터를 켰다.

가로등의 연한 불빛이 둘을 비추면서 담배 연기는 약간 몽환적인 느낌을 자아냈다. 뻑뻑 담배만 피워대고 있는 나무를 진혁이 아무 말 없이 바라보면서 그녀가 말을 꺼내기를 기다려 주었다. 아까 집에서 제기를 닦고 있던 나무의 표정이 심상치가 않았다. 빨갛게 타고 있는 담배 끝을 나무가 말없이 응시하고 있다가 담담하게 말을 꺼냈다.

"아무래도 욕심을 부린 것 같아."

진혁이 한쪽 눈썹을 치키며 의아하다는 표정을 지었다.

"무슨 욕심?"

"대가없이 손에 쥐어지는 게 있다고 생각했던 병신 같은 내

욕심."

이를 갈며 말을 뱉어낸 나무가 빨고 있던 담배를 이젠 필터를 이빨로 질겅질겅 씹어댔다. 그리곤 다 타 들어가 꽁초가 된 담배를 땅바닥에 떨어뜨리고 발로 비벼 껐다. 사소한 그 행동이 마치 억눌려진 감정이 들어가 있는 것 같아 진혁이 무참히 발에 밟히고 있는 담배를 물끄러미 쳐다보았다.

'얘가 혹시 내 면상을 저렇게 밟고 싶은 거 아니야?'

담배를 끄고도 잠시 씩씩거리며 숨을 몰아쉬던 나무가 침착한 얼굴로 눈앞에 흐르고 있는 한강을 바라보았다. 그녀의 침묵에 서서히 조급증이 나기 시작한 진혁이 약간 성을 내며 말했다.

"도대체 무슨 얘길 듣고 그러는 거야? 아니면 오늘 일 때문에 이러는 거야?"

오늘 집에 와서 일하는 정도 같고 그러냐는 뜻으로 그가 말하자 나무가 허탈하면서 비틀린 웃음을 터뜨리며 그에게 쏘아붙였다.

"그래, 만약에 오늘 일 때문이라면 어쩔 거야? 제사 때 와서 그렇게 일하는 게 억울하냐구? 그래, 억울해. 나는 그 정도의 감수도 못하겠어. 어쩔 거야?"

나무가 거의 비꼬듯 말을 뱉어내자 진혁이 화가 치미는지 그의 가슴이 거친 숨으로 들썩거렸다.

"그럼, 결혼해서 그냥 우리 둘이서만 살 줄 알았어? 연애랑 결혼도 구분 못하는 거야? 그 꼴란 제사, 일 년에 몇 번 안 돼.

세상 사는 여자들 다 겪는 거야. 너만 그런 게 아니고. 그 정도는 감수해 줄 수 있잖아."

진혁이 훈계하듯 말하자 나무가 폭발 직전의 얼굴로 그를 노려보았다. 그렇게 죽일 듯이 진혁을 노려보던 나무가 도저히 못 참겠는지 벤치에서 일어나 고래고래 소리를 지르기 시작했다.

"으아아아아아아아아아!!"

흘러가는 강물은 말이 없었다. 그저 제 갈 길만 향해 흘러갈 뿐. 그 강물을 향해 냅다 소리를 지른 나무가 몸을 휙 돌려 진혁에게 발악하듯 말하기 시작했다.

"세상 여자들 다 겪는 거라구? 그래서 별거 아니니까 감수하라구? 넌 내가 바보로 보여어어어?! 바보로 보이냐구우우우!!"

하루 종일 일을 했는지라 나무는 소리를 지르면서 머리가 띵했다. 잠시 띵한 머리를 가다듬은 그녀가 주먹을 쥐고 이를 갈 듯 말을 내뱉었다.

"제사 때 가서 좆나게 일하고 나면 그 다음은 뭔데? 애새끼를 위해서 담배를 끊으면 그 다음은 도대체 뭐가 있는 건데? 네 뒷바라지 위해서 내 그림을 취미로 하는 거? 그게 그 다음이야. 또 그 다음이 뭔지 알아? 그렇게 살다가 어느 날 뒤돌아보면 난 네 집안 똥구멍 닦아주는 휴지가 되어 있겠지."

흥분 어린 나무의 말을 통해 상황을 깨달은 진혁이 무거운 한숨을 토해냈다. 그녀가 뭣 때문에 고민하는지 이제야 정확히 알 것 같았다. 아니, 어쩌면 모른 척 스리슬쩍 넘어가려던 문제를 나무가 정면으로 꺼내들고 있어 그도 더 이상 피할 수 없었다. 두 손으로 자신의 얼굴을 거칠게 쓸어 내린 그가 나무를 설득하기 시작했다.

"왜 모든 걸 그런 식으로 다 단정 지어 생각해? 살면서 하나씩 싸워 나갈 수도 있는 거잖아."

그가 어르고 달래듯 말했지만 여전히 나무의 얼굴은 뚱해 있었다. 지친 듯 그녀가 중얼거렸다.

"그럼 난 평생 싸우는 거야. 어릴 때부터 쭈욱 징하게 싸우면서 살았는데 내가 왜 이제 와서 내 맘대로 못하고 또 하나부터 열 가지 싸워가면서 살아야 되는지 모르겠어. 그게 가장 의문이야. 내가 왜 그래야 되는지, 계속 회의가 들어."

진혁은 계속 딴곳을 응시하는 나무가 이상하게 신경 쓰였다. 금방이라도 그녀가 어디론가 날아가 버릴 것 같아서 가슴 어딘가가 불안하게 뛰기 시작했다. 우두커니 서서 다른 곳을 보고 있는 나무가 딴 생각에 빠져 있는 듯한 얼굴로 침묵을 지키자 진혁이 천천히 벤치에서 일어나 그녀의 양 어깨를 잡아 자신을 보게 만들었다. 그녀의 시선을 뺏어 자신만을 보게 만들려는 것처럼 그는 뚫어지게 그녀의 눈을 응시했다. 그의 입에서 꽉 잠긴 듯한 절박한 목소리가 흘러나왔다.

"널 사랑해. 오랫동안 내 눈엔 너밖에 안 보였어. 널 너무나 원한단 말이야, 나무야."

너무나 진지하게 간절히 그녀에게 고백하는 그를 나무가 심각한 얼굴로 바라보았다. 차츰 그녀의 얼굴이 조금씩 일그러져 갔다.

'나도 널 원해, 이진혁. 나도 널 사랑해. 하지만…….'

인상을 쓰며 입술을 깨물고 있는 나무의 얼굴을 진혁이 손으로 부드럽게 쓰다듬었다.

"내가 네 인생에서 사라져도 상관없는 거야? 날 사랑하잖아. 음?"

순간 나무가 짜증스럽게 소리쳤다.

"그래, 사랑해! 사랑한다구! 그래서 어쩌라구우우!!"

짜증석인 그녀의 외침이 어느새 울먹거림이 되어 있었다. 그녀의 눈에서 닭똥 같은 눈물이 뚝뚝 떨어지기 시작했다. 결혼이란 문제가 대두되면서부터 그동안 켜켜이 쌓아왔던 감정이 지금 터져 나오고 있었다. 진혁이 그런 나무를 꼭 끌어안았다. 그러자 나무가 그의 어깨에 얼굴을 묻고 아이처럼 울기 시작했다.

"미치겠단 말이야. 답답해서 미칠 것 같아."

격한 감정에 그녀가 가슴을 들썩이며 훌쩍거리자 그가 손으로 그녀의 눈물을 닦아주었다. 나무는 힘이 빠졌는지 지친 목소리로 중얼거렸다.

"자신이 없어. 네 아내로 살아갈 자신이 없어. 나한테 그림이란 걸 빼앗으면 나보고 죽으란 소리란 말이야."

그렇게 말을 뱉어내면서 나무가 휴지가 있나싶어 가방에 손을 넣어 꼼지락거리며 뒤지고 있는 데 진혁이 너무나 자연스럽게 주머니에 있는 손수건을 건네주었다. 나무는 그 순간 절감했다. 그가 옆에 있는 것에, 그리고 그의 보살핌을 받는 것에 뼛속까지 익숙해져 버렸다는 것을. 그녀가 손수건에 코를 힘차게 풀면서도 짜증으로 얼굴이 찌푸려졌다.

'도대체 언제부터 이놈하고 이렇게 가까워진 거지? 젠장.'

자기 옷이 아닌 걸 뻔히 알고 있으면서도 그 옷을 걸치려고 하는 그녀 자신이 너무나 짜증스러웠다. 코를 팽 하고 푸는 나무를 진혁이 물끄러미 응시했다.

후우… 어쩌면 불 보듯 훤한 일이었다. 나무가 자신의 집 안에 들어오면 답답해서 괴로워할 것이라고. 그걸 알면서도 그녀를 원했다. 욕심을 부린 건 나무가 아니라 그 자신이었다. 그럼에도 놔줄 수 없었고, 그녀를 곁에 두고 싶었다. 외곽에 배치하는 일부분이 아닌 동반자로 갈 수 있는 전체로. 눈앞에서 이렇게 괴로워하는 걸 뻔히 보면서도 그는 나무에게 별다른 대안을 말할 수 없었다. 그래 봐야 어머니와 상의해서 나무의 직업 정도를 보장해 주는 정도. 그 외에 많은 수행해야 할 의무들을 그녀가 져야 할 것이다. 그건 그의 아내가 되는 이상 어쩔 수 없는 노릇이었다.

그래, 욕심을 낸 건 바로 나야.

날개를 가진 너를 내 새장 속에 넣고 싶어하니까.

그래도 난 널 날려 보내지 않을 거야.

네가 새장 속에서 괴롭다고 해도.

단지 이렇게 내 품에서 가끔씩 새장을 잊게 하는 방법밖에 없어.

"이 자식, 결혼한다고 통 연락도 안 하냐?"

술집에 도착하자마자 수영이 불평 섞인 말을 뱉어냈다. 먼저 도착한 진혁이 담배를 피워 물다가 피식 너털웃음을 흘리며 친구의 타박을 가볍게 넘겼다. 결혼하자마자 바로 유학을 가야 했기에 진혁은 요즘 통 친구들을 만날 수 없었다. 그러나 오늘은 친구가 필요했다. 나무와 부모님 사이에서 갈등을 맛보고 있는 요즘, 그는 상황을 일일이 설명하지 않아도 마음이 통하는 친구와의 술 한잔이 절실했다.

"결혼한다는 녀석이 왜 그렇게 얼굴이 죽상이야?"

진혁이 무표정한 얼굴로 술잔을 기울이자 수영이 퉁명스러운 얼굴로 말을 건넸다. 어릴 때부터 집안끼리 친한 사이라 초등학교 때부터서 얼굴은 알고 있었지만 두 사람은 서로가 못마땅해 경계를 하다 지금은 누구보다 친한 사이가 되어 있었다. 진혁이 겉으로 보면 속을 알 수 없을 정도로 평온한 얼굴을 하고 있는 놈이었기에 아무 생각 없는 놈이라고 수영은 그를 폄하했고, 수영은 오지랖이 넓어 일을 만드는 스타일이라 진혁이 피곤해했다. 그런 두 사람은 시간이 지나면서 겉모습으로 상대를 판단했음을, 아니, 스스로의 편견으로 상대를 쉽게 단정 지었음을 깨닫게 되면서 둘도 없는 친구가 되었던 것이다. 그리하여 이렇게 둘 중 누군가가 갑갑한 일이 생기면 가장 먼저 찾게 되는 사이가 되었다. 그의 무표정한 얼굴만으로도 기분을 눈치 채버리는 수영을 보며 진혁이 그제야 편안한 얼굴이 되어 입을 열었다.

"막상 결혼을 하려고 하니까 걸리는 게 한두 가지가 아니다."

"그래?"

결혼을 앞두고 남자나 여자나 마음이 복잡한 게 당연한 일이라 수영이 느긋하게 반문했다. 그러나 며칠 전 나무의 눈물을 봤던 진혁은 친구의 반문처럼 느긋하게 자신의 감정을 흘려버릴 수가 없었다.

"미치겠단 말이야. 답답해서 미칠 것 같아."

자꾸만 귓가에 맴도는 나무의 말이 그를 괴롭혔다. 손가락 사이에서 다 타버린 담배꽁초를 재떨이에 비벼 끈 진혁이 얼굴을 거칠게 쓸며 중얼거렸다.

"잘하는 짓인지 모르겠다."

웬만하면 얼굴 굳히는 인간이 아닌데 진혁이 굳은 얼굴로 표정을 풀지 못하자 그제야 느긋하게 술잔을 기울이던 수영도 진지한 얼굴이 되었다.

"무슨 문제 있는 거야? 부모님이 결혼 허락하는 게 제일 큰

난관이었잖아. 그게 해결돼서 난 다른 문제는 없을 거라고 생각했는데……."

진혁이 친구의 말에 동의한다는 듯 고개를 끄덕이며 빈 술잔을 앞에 있는 바텐더에게 내밀었다. 그리곤 바텐더가 말리브를 만드는 모습을 물끄러미 응시하며 말을 이었다.

"그 녀석이 많이 힘들어해."

수영이 잠시 의아한 얼굴이 되었다가 이내 이해할 수 있다는 얼굴로 고개를 끄덕였다. 수영 자신도 비슷한 문제를 겪어본 적이 있었기에 누구보다 진혁의 입장을 헤아릴 수 있었다. 진혁의 집안만큼이나 그 자신도 남의 이목에 신경 쓰고 살아야 하는 집안인지라 대학 때 사귀었던 여자 친구와 헤어졌다. 3년 넘게 만난 여자였지만 결국 집안의 반대를 그는 넘지 못했다. 사실 누군가가 반대해서 헤어졌다기보다 반대를 당하는 과정에서 두 사람이 서로가 겪는 갈등으로 헤어졌다는 게 더 정확한 표현이리라. 결혼을 허락받았지만 진혁도 자신처럼 갈등을 겪고 있는 게 아닐까 하는 예상을 하게 되면서 수영이 말없이 앞에 있는 술잔을 집어 들었다.

"그래서 헤어질 거냐?"

어떤 여자인지는 모르지만 그녀가 힘들어한다고 잔뜩 가라앉아 있는 진혁을 보며 수영이 놀리듯 떠보았다. 그러자 무표정한 얼굴로 입가에 술잔을 가져가던 진혁이 너털웃음을 터뜨렸다. 수영이 친구의 풀어진 얼굴을 보곤 짓궂은 미소를 그리며 말했다.

"차라리 우리 수진이는 어떠냐? 그 녀석 너 때문에 요즘 아주 심난해 보이던데. 수진이랑 결혼한다고 하면 아마 네 집에서 두 팔 벌려 좋아하지 않겠어?"

농담처럼 흘러나온 말이었지만 수영의 말속엔 진혁에 대한 약간의 섭섭함이 깃들어 있었다. 아무리 수진이가 감정이 안 생기는 상대라지만 진혁이 차갑도록 매몰차게 대했던 것이다. 수영의 말에 진혁이 침묵을 지키자 수영이 서운한 기색이 담긴 얼굴로 씁쓸하게 말했다.

"수진이가 너 꽤 따랐잖아."

"그래, 그랬지."

진혁이 무언가를 회상하듯 엷은 미소를 지으며 친구의 말을 말없이 듣고 있다가 말했다.

"근데 수영아, 내가 경험해 봐서 아는데, 그럴 때 잘해주는 게 더 잔인한 거야."

수영이 물끄러미 진혁의 얼굴을 응시하자 진혁이 친구의 얼굴을 마주 보며 말했다.

"나무, 그 녀석이 그렇게 내 속을 썩였거든. 친구라는 이름으로 떠나지도 못하게 했지."

오랜 시간 동안 한 여자의 주위를 맴돌았던 남자의 쓸쓸함이 묻어 나오는 말투였다. 그리고 이제 그렇게 원하던 여자를 아내로 맞아들이는데 정작 아내가 될 여자가 힘들어하자 진혁은 복잡한 감정을 어떻게 털어내야 할지 모를 정도로 기분이 착잡했다. 그런 친구의 기분을 알겠다는 듯 수영이 시원스레 말을 건넸다.

"그럼 더 이상 고민하지 마. 그냥 밀고 나가야지 뭐."

"그래, 방법이 없지."

두 사람은 조용히 술잔을 기울였다. 은은한 불빛으로 어둠이 드리워진 술집 안에서 오랜만에 두 친구의 시간이 그렇게 지나가고 있었다. 밤 12시가 다 되어서야 둘은 밖으로 나왔다. 둘다 술이 얼큰하게 취한 상태라 차를 두고 가야 했기에 둘은 택시를 타기 위해 도로가 있는 곳을 향해 걸었다.

"결혼식 때 내 꼭 가마. 네 속을 그렇게 썩인 여자가 어떤 여자인지 내 눈으로 한번 봐야겠어."

진혁은 마치 보물을 내놓을 사람처럼 흐뭇한 얼굴로 웃음을 지었다.

"그래, 꼭 와라."

기분 좋게 화답하던 진혁이 어느 순간 얼굴이 굳어졌다. 갑자기 뭔가가 생각난 듯한 얼굴로 수영을 쳐다보더니 걸어가는 그를 잡아 세웠다.

"수영아, 참……."

비틀거리며 갈지자 걸음을 걷던 수영이 풀린 눈으로 진혁을 쳐다보았다.

"왜?"

술이 확 깬 사람처럼 진혁의 얼굴은 진지하게 변해 있었다. 그가 얼른 말을 꺼내지 못하고 뜸을 들이다 중요한 말을 꺼내듯 긴장된 얼굴로 입을 열었다.

"너, 나종문 씨 기억하지?"

"나종문?"

뜬금없이 나온 이름에 수영이 잠시 기억을 되짚었다. 그리곤 검사라는 직업에 훈련된 사람답게 정확히 그 이름의 얼굴과 죄명까지 기억해 냈다.

"아, 그 사람. 네가 부탁했던……."

"그 사람이 나무 아버님이야."

수영의 두 눈동자가 휘둥그레졌다.

"뭐? 그럼 그때 왜……."

진혁이 단 한 번의 부탁이라며 다른 이야기는 꺼내지 않았기에 수영은 도저히 이해할 수 없다는 얼굴로 인상을 찌푸렸다. 될 수 있으면 수영이도 이 사실을 모르게 하고 싶었지만 결혼식장에서 나무의 아버지를 보면 더 수습하기 어려워질까 싶어 진혁은 지금 미리 말을 하고 있었다.

"어쩌다 보니 그렇게 됐어."

수영이 짧은 한숨을 토해내며 머리를 긁적였다.

"후우, 복잡하네. 알았어, 임마. 입 다물고 있어달라는 거지?"

진혁이 침묵으로 대답을 대신했다.

나무와 진혁이 결혼이란 걸 앞두고 겪는 갈등과 관계없이 결혼식은 그 이후로도 착착 진행되고 있었다. 예식장엔 두 사람의 가족과 친구, 그리고 가까운 사람 정도만 부르기로 했기에 크게 신경을 세울 일은 없었지만 나무는 진혁의 집안과의 관계 문제로 여전히 골머리를 썩고 있었다. 아니, 까놓고 말해 진혁 어머니, 그러니까 시어머니와의 신경전으로 힘들어해 있다. 보름 전 나무가 진혁에게 소리를 지르고 난 후 그녀의 일에 대해선 부모님 쪽에서 받아들이기로 일단 합의를 봤지만 여전히 그의 어머니는 나무에게 다른 해야 할 뭔가를 계속 품에 안겨주었다. 유학 가기 전에 다잡아놔야 한다는 강박관념이 있는 건지 소위 말하는 신부수업을 나무에게 시키려고 했던 것이다. 며칠 전에도 시어머니는 요리수업을 배웠으면 하는 말을 꺼냈고, 나무는 차마 거절하기 어려웠다. 직업 문제로 한발 양보한 어머니에게, 그것도 혼수니 뭐니 대단한 걸 들고 가는 며느리도 아닌 자신이 〈싫어요〉라는 대답을 할 수는 없었다. 게다가 지랄맞게도 딱 일이 없을 때였다. 결국 시어머니가 등록해 놨다는 유명한 요리가에게 일주일의 세 번은 가기로 했는데, 그 이틀 후에 일러스트 일이 들어왔다. 나무는 쓰린 속을 부여잡고 처음으로 일을 거절했다.

　그렇게 시간이 흐르면서 이제 그녀는 감정적인 답답함에 힘겨워하기보단 이성적으로 이번 결혼에 대해 고민하기 시작했다. 과연 정말 가도 되는 길인지에 대해서. 여전히 진혁을 사랑하고, 함께 있고 싶고, 그가 없는 건 상상할 수 없을 정도로 그를 원했지만 그를 얻기 위해 자신이 어느 정도의 감수를 해야 하는 건지, 정말 사랑이 인생에서 어느 정도의 기준으로 적용되어야 하는 건지 이젠 근본적인 질문을 하게 되었다.

예전에 본 사회과학 책에서 읽은 사랑에 대한 분석까지 떠오르고 있었다. 근대사회에 들어와서 생겼다는 〈사랑〉이라는 개념. 자본주의 사회에서 노동창출을 위해 노동의 회복을 담당하는 가족의 형태가 필요했다고. 그 속에서 여성을 가정으로 옭아매기 위해 사랑이란 이데올로기가 필요했다는 그런 요지였다. 현대사회에서 가족이나 동료, 공동체적인 어느 집단으로서의 결속력이 약해지면서 사람들은 이제 자기의 짝, 그러니까 운명의 짝이 있을 것이라는 환상에 시달리게 되었다는 분석이었다.

이제 나무는 자신이 사랑이라는 이데올로기에 휘둘리고 있는 게 아닐까 스스로를 의심하게 되었다. 오랫동안 진혁이란 남자를 만나왔고, 또 함께 살면서 자연히 이성으로 바라보게 되었으니, 다른 남자와도 가능한 그런 감정적 착각상태가 아닐까 하는.

그렇게 그녀 혼자 내면의 고민이 계속 됐지만 시간은 그녀에게 여유를 주지 않고 바짝바짝 다가와 결혼식 날을 상기시켜 주었다. 시간에서 오는 압박감과 내면의 혼란 속에도 나무는 진혁을 점점 놓고 싶어하지 않아했다. 그는 그녀의 감수에 대한 보상이라도 하는 것처럼, 나무가 발악하며 소리 지르고 땡깡을 부리고 난 후 엄청 잘해주었다. 매일 아침 꽃다발과 하루를 시작하는 카드를 보내왔고, 저녁이면 근사한 곳에 데려가 바람을 쐬었다.

어느 날이던가. 그날도 나무가 요리강습을 배우며 하루 종일 무릎 꿇고 예의 바르게 대하는지라 거의 미쳐 버릴 것 같은 날이었다. 그놈의 요리가가 가르치는 곳은 국내에서 소위 유명한 집안에서 며느리나 딸들을 교육시키는 곳인지라 함부로 행동할 수도 없는 곳이었다. 좀 튀는 행동이라도 할라치면 다음날이면 소위 그쪽 세계에 소문이 쫙 나는 것이다. 첫날도 나무가 잘 안 만들어지는 꽃 모양의 장식을 하다가 무심결에 〈이런, 쌍〉이란 욕을 중얼거렸더니 사람들이 다 힐끔거리며 귓속말을 하는 게 아닌가. 다음날 바로 진혁의 어머니에게 조크를 먹었다. 여자는 말을 곱게 써야 마음가짐도 고와지고, 아이들도 고와지고 어쩌면서.

여하튼 온몸에서 비명을 질러댈 것만 같았던 그날, 나무가 그놈의 요리수업이란 걸 끝내고 씩씩거리며 나오고 있는데 진혁이 그녀 앞에 나타났다. 그녀를 기다리고 있었던 것이다. 나무가 퉁명스럽게 무슨 일이냐고 하자 진혁이 싱긋 웃으며 일단 차에 타라고 했다. 그가 데려간 곳은 어느 별장이었다. 물론 지 아버지 별장이겠지. 마치 얻을 것이 있다는 걸 상기시켜 주듯 진혁은 정말 절묘한 때에 그녀를 별장으로 데려간 것이다. 나무로서는 처음 누려보는 호화였기에 그런 생각이 들었음에도 얼이 빠져 있었다. 연신 〈야, 죽인다〉라는 말을 되뇌며. 둘은 별장 뒤에 있는 숲을 거닐고, 앞에 흐르는 호숫가를 바라보며 커피를 마셨다. 그렇게 아름다운 자연을 보노라니 나무의 마음은 그런대로 부드럽게 풀렸다. 물론 밤에는 너무나 아름답고 달콤한 육체적 결합이 있었다.

그렇게 채찍과 당근 속에서 이도저도 결정을 못 내리는 사이, 이제 결혼식은 한 달 앞으로 다가와 있었다. 그날은 요리수업도 없어 나무가 나무늘보처럼 늘어지게 잠을 자고 있는데 진혁의 어머니에게서 전화가 왔다. 오늘이 회사 창립기념일이라서 간단하게 축하파티가 있으니 참석하라는 내용이었다.

이젠 그런가 보다 하고 나무가 넙죽 그러겠다는 대답을 하곤 다시 잠이 들었다. 말짱하게 일어나 있는 사람처럼 목소리까지 가다듬으며. 바퀴벌레도 직방으로 약을 맞지 않는 이상 내성이 붙는다지 않는가. 그렇게 내성 붙은 바퀴벌레처럼 이제는 여유를 부리며 늘어지게 자고 난 나무가 뭘 입고 갈까를 고민하기 시작했다. 도대체 파티라는 걸 가봤어야 말이지. 그리고 파티는 무슨. 잔치겠지.

6시쯤 진혁과 함께 연회장이란 곳에 도착해 보니 파티는 파티였다. 생각보다 많은 사람들이 북적였고, 연회장 앞은 각계에서 보낸 축하화환이 놓여져 있었다. 회사 내부 사람들이 많이 왔는지 부부동반이 많이 보였다. 아직은 공식적으로 진혁이 회사에서 나선 경우가 아니었기에 그는 가족의 일원으로, 나무는 그의 약혼자로 참석하는 입장이었다. 그러다 보니 누군가에게 인사를 다니기보단 자유롭게 창립행사를 보는 정도였다. 진혁이 다른 곳에 잠시 가 있는 동안 그녀가 한쪽 구석에 서서 담배를 언제 피우러 나갈까, 어디에서 피워야 안 걸릴까를 심각하게 고민하고 있는데 홍수진이 그녀에게 다가와 인사를 건넸다.

"안녕하세요."

"아… 예."

살짝 고갯짓을 하며 밝게 웃는 수진에게 나무가 어정쩡한 얼굴로 그녀를 대했다. 아이보리 빛 정장을 입은 그녀는 간단한 진주목걸이만 하고 있었음에도 참 우아해 보였다. 어찌 됐든 예쁜 걸 보면 기분이 좋아지는 나무는 그 모습을 빤히 바라보고 있었다. 수진이 싱긋 미소를 지어 보이며 말했다.

"결혼식 날짜 잡혔다면서요?"

"아… 네……."

나무가 어벙하게 대답하자 수진이 더 묘한 웃음을 지으며 말했다.

"결국 진혁이 오빠 뜻대로 되네요."

비웃는 건가? 잘 판단이 안 되지만 묘하게 신경을 긁는 수진의 말에 나무가 입꼬리만 억지로 올리면서 대답했다.

"네, 그렇게 됐네요."

'아… 진짜 오지랖 넓은 애네.'

나무가 별로 말 섞고 싶지 않다는 의미로 행사를 진행하는 사회자에게로 시선을 돌렸지만 수진은 그녀의 옆에 서서 계속 말을 이었다.

"근데 나무 씨도 정말 대단한 것 같아요, 아빠를 잡아가게 한 사람하고 결혼까지 할 생각을 하는 거 보면. 알았을 때 화 안 났어요?"

수진은 나무가 알고 있을 거라고 생각했는지 호기심 어린 얼굴로 말했지만 나무는 그녀의 말을 곧장 해석하지 못하고 멍한 시선으로 수진을 응시했다. 나무가 미간을 찌푸리며 수진을 뚫어지게 응시하자 수진은 나무가 정확하게 무얼 말하는지 이해를 못하는 거라 생각하고 자세하게 말하기 시작했다.

"이상하네. 나무 씨 아버지 잡게 된 게 진혁 오빠가 우리 오빠한테 부탁해서라던데."

수진이 계속 진혁에 대한 마음을 정하지도 못한 상태에서 나무와 결혼하려 하는 진혁에게 이상한 미련을 보이자 수영이 진혁이 오랫동안 마음에 두고 있던 여자가 있다는 것을 말하다가 얼떨결에 거기까지 이야기를 꺼내게 되었다.

여하튼 나무는 별다른 표정 변화 없이 담담하게 수진의 말을 듣고 있었다. 원래 너무 놀라거나 믿을 수 없는 얘기를 들으면 사람은 담담해지는 법이다. 나무의 침착한 반응에 수진은 수진대로 그녀가 알고 있다고 생각했고, 이미 지나간 문제라 여겨 가볍게 웃음을 터뜨리며 떠들었다.

"진혁 오빠도 참 대단해요, 그렇게까지 해서 언니를 잡으려고 했다는 게."

'왜? 나 같은 여잘 잡으려고 그런 짓까지 꾸민 진혁이 웃기냐?'

나무의 머리 속으로 수진의 말에 대한 반응이 떠올랐지만 지금은 그런 말을 신경 쓸 상태가 아니었다. 옆에서 은근히 사람 신경 긁으며 호감있는 척 떠드는 수진을 내버려 두고 나무가 천천히 연회장 밖으로 걸어 나갔다.

그렇군.

그랬던 거야.

그렇게 일이 됐던 거구나.

연회장을 거의 나왔을 때쯤 진혁이 그녀를 부르며 뒤에서 빠른 걸음으로 쫓아왔다.

"나무야, 어디 가? 화장실 가는 거야?"

사람들과 인사를 나누고 있던 진혁이 나무 곁에 수진이 서 있는 게 이상하게 신경 쓰여 나무를 지켜보고 있었던 것이다. 무표정한 얼굴로 나무가 연회장을 나가는 모습이 묘하게 마음에 걸려서 화장실을 가는 걸 거라고 생각하면서도 이렇게 따라온 것이다.

하나부터 열까지 배려하고 챙겨주는 진혁을 나무가 물끄러미 응시했다. 어느새 그의 손길에 길들여져 혼자 무얼 하는 게 두려워진 자신이 느껴졌다.

'그렇게 해서 네가 얻는 건 뭐였니?'

침묵을 지키고 있던 나무가 메마른 음성으로 말했다.

"담배 한 대 피우려고."

진혁이 고개를 끄덕이며 자상하게 물었다.

"옥상 있는데 갈래?"

나무가 대답없이 고개를 끄덕였다. 그러자 진혁이 나무의 손을 잡고 엘리베이터가 있는 곳으로 향했다. 나무는 순순히 그가 이끄는 대로 걸어가면서 그의 손에 잡혀 있는 자신의 손을 유심히 바라보았다. 어느새 타인의 손에 잡혀 있는 것에 익숙해져 있는 자신의 손을.

옥상은 회색 빛 도시의 매연과는 어울리지 않게 숲으로 조경이 되어 있었다. 물론 겨울이라 나무는 메마른 가지를 드러내고 있었지만 그 모습도 나름대로 운치가 있어 그나마 삭막한 도시의 차가움을 어루만져 주는 듯했다. 작지만 고전적인 모양의 벤치들이 여기저기에서 자리를 잡고 마치 어느 집 정원 같은 착각마저 불러일으키는 곳이었다. 나무가 담배를 물고 옥상 가장자리로 걸어갔다. 시리도록 파란 하늘과 옹기종기 떠다니는 뭉게구름, 그리고 높은 건물들을 그녀가 물끄러미 바라보고 있었다. 진혁도 그 옆 벽에 기대어 담배를 피웠다. 둘의 담배 연기가 하늘로 올라가 하나의 희미한 연기로 뭉뚱그려지며 허공 속에서 흩어져 갔다. 요즘 들어 저렇게 딴생각에 빠져 있는 얼굴을 많이 보이는 나무이기에 진혁은 더 이상 재촉하지 않고 그냥 곁을 지키고 있었다. 사실 재촉한다고 될 문제가 아니라는 걸 잘 알고 있었다. 한 개피를 다 피운 나무가 주머니에 있는 담배를 꺼내 다시 입에 물었다.

"웬 줄담배야?"

담배에 불을 붙이려던 그녀가 힐끔 진혁을 한번 보고는 다시 고개를 숙여 불을 붙였다. 그리곤 멀뚱한 얼굴로 무심히 말했다.

"그냥……"

무슨 생각을 하는지 그녀가 다시 담배를 물고 하늘까지 치솟으려 하고 있는 건물 하나를 뚫어지게 응시했다. 나무가 그 건물을 물끄러미 응시하면서 뜬금없는 이야기를 꺼냈다.

"아빤 아빠였나 봐."

"응?"

진혁이 무슨 소리냐는 의미의 시선을 그녀에게 보냈지만 나무는 여전히 앞을 응시하며 자기만의 생각에 빠져 있는 것 같았다.

"오랫동안 아빠랑 나랑 타인처럼 살아서 그냥 정말 타인이라고 생각했었는데……"

진혁은 혹시 홍수진이 나무에게 아빠에 대한 이야기를 하며 자존심을 긁었나, 추측하기 시작했다. 그는 일단 나무가 무슨 얘기를 하는지에 귀를 기울이기로 했다.

"예전에 내가 고등학교 때 하교를 하다 아빠랑 길에서 마주친 적이 있었어. 건축자재를 리어카에 싣고 오는 아빠랑 횡단보도에서 딱 마주쳤는데… 너무 낯설었어. 순간 모르는 사람이라고 생각해서 얼결에 그냥 지나쳐 버린 거 있지."

진혁이 별다른 표정 변화 없이 그저 고개만 끄덕였다.

"난 있지. 아빠가 내 인생이랑은 전혀 다른 수레바퀴를 타고 굴러갈 거라고 생각했거든."

갑작스런 나무의 아빠 이야기에 진혁이 머리를 갸우뚱거리며 물었다.

"근데 왜 갑자기 아빠 생각을 한 거야?"

그의 말에 정면만 하염없이 응시하고 있던 나무가 스윽 고개를 돌려 진혁을 쳐다보았다. 마치 처음 보는 낯선 인간을 보는 것 같은 그런 시선이었다. 그리곤 다시 원래 시선을 주었던 곳으로 다시 고개를 돌렸다.

"그냥, 갑자기 아빠 생각이 나네. 문득 그런 생각이 들었어. 나정문이라는 남자가 어찌할 수 없는 나의 구성요소라서 약점으로 작용할 수도 있겠구나, 그런 생각."

결혼이란 과정 속에서 아버지에 대한 원망, 또는 비교에서 오는 괴로움, 그런 걸 느꼈던 걸까? 진혁은 아버지에 대해 담담히 고백을 하고 있는 나무를 유심히 살폈다. 그러나 나무는 더 이상의 말은 하지 않고 다시 침묵을 지켰다. 그가 모르는 사이,

그녀가 자신의 집안에 대한 부담감을 넘어 그녀의 집에 대한 서러움을 느꼈구나 하는 생각에 그는 마음이 무거워졌다. 사실 그도 나무의 아버지가 노름한다는 걸 약점으로 삼아 그녀의 기반 자체를 허물어뜨린 사람이라 나무에게 어떤 말을 할 수가 없었다. 그도 침묵을 지키며 주머니에 있는 담배를 다시 꺼내고 있는데, 나무가 전혀 다른 게 생각났다는 얼굴로 고개를 돌려 그를 응시했다.

"진혁아."

"응?"

담배 갑에서 담배 한 개피를 꺼내고 있던 그의 손이 멈춰졌다. 나무는 정말 궁금한 걸 묻는 것 같은 표정을 지으며 말했다.

"사랑이란 이름은 어떤 행동까지 용납되는 걸까?"

추상적인 그녀의 질문에 그가 미간을 좁히며 반문했다.

"무슨 뜻이야?"

"예를 들면 아내가 바람을 피운다고 생각해서 아내를 때리는 남편을 보면 때리면서도 여전히 그 아내를 사랑한다고 하잖아."

진혁이 담배를 입에 가져가려다 그녀의 말에 어처구니없다는 표정을 짓다가 다시 곰곰이 생각하는 얼굴로 입을 열었다.

"글쎄, 당사자들이 사랑이라고 하면 사랑이겠지. 근데 그 남편은 여자를 마음대로 주무르면서 사랑이라고 합리화하고 있는 거 아닐까?"

나무가 입술을 삐쭉 내밀고 미간을 찌푸렸다. 그리곤 동의한다는 의미로 고개를 끄덕였다.

"그렇겠지? 아마도 그런 거겠지?"

그렇게 말을 마무리한 나무가 잠시 멍한 얼굴로 있다가 진혁에게 말했다.

"나 먼저 좀 갈게. 몸이 안 좋다."

몸이 안 좋다며 얼굴을 찡그리는 나무에게 진혁이 걱정이 가득한 얼굴로 그녀의 상태를 살폈다.

"많이 안 좋아?"

"응, 좀 쉬고 싶어. 부모님께 네가 얘기 좀 잘해줘."

그가 고개를 끄덕이며 그녀의 이마를 손으로 짚어 열을 쟀다. 열은 없는 것 같았다.

"조금만 기다려 봐. 얘기하고 데려다 줄게."

그녀가 시큰둥한 얼굴로 손을 저었다.

"아니야, 됐어. 그냥 택시 타고 갈래. 둘 다 사라지면 어떡하냐. 너라도 있어야지."

그가 어쩔 수 없다는 듯 짧은 한숨을 쉬었다.

"그래, 그렇긴 하다."

그녀가 집으로 먼저 들어가고 난 후 세 시간이 더 지나서야 일정이 끝난 진혁은 늦은 밤에 나무에게 전화를 걸었다. 하루 종일 그녀의 말이 마음에 맴돌아 그의 마음이 무겁기도 했고, 몸이 안 좋다고 했으니 괜찮은지 물어보려 했던 것이다. 또 내일은 둘의 웨딩복을 맞추기로 예약된 날이기도 했다. 겸사겸사

전화를 걸었지만 나무는 전화를 받지 않았다. 밤 10시가 넘은 시간이라 진혁은 그녀가 자고 있나 해서 더 이상 전화를 걸지 않았다. 내일 아침 다시 전화를 걸어야겠다는 생각을 하며 진혁이 책상에 앉았다. 요즘 그는 한창 공부 중이었다. MBA 과정을 밟으려면 토플 시험과 GMAT(미국경영대학원 입학시험)을 치러야 하기에 오랜만에 공부에 손을 대려니 애를 먹고 있었다. 여하튼 그 밤은 그렇게 지나갔다.

다음날 아침, 진혁이 아침 식사를 하고 느긋하게 경영학 관련 논문을 읽다가 10시쯤에 나무에게 전화를 걸었지만 그녀는 여전히 전화를 받지 않았다. 긴 통화음을 가만히 듣고 있던 그가 혹시나 그녀가 너무 아파서 일어나질 못하고 있는 건가 하는 생각에 벌떡 일어나 나무가 있는 곳으로 향했다.

30여 분 후, 그가 집에 도착해 있을 때 문은 잠겨 있었다. 혹시나 정신을 잃은 건가, 진혁은 노심초사였다. 그가 초조하게 문을 두드리며 나무의 이름을 불렀다. 그러나 문 안에서는 아무런 소리도 들려오지 않았다. 잠시 후 문을 두드리며 속을 애태우던 그가 핸드폰을 꺼내 나무의 친구에게 전화를 걸었다. 몇 번의 신호음이 울리더니 나무의 친구는 고맙게도 얼른 전화를 받았다.

"예, 저 이진혁입니다."

[아, 안녕하세요. 근데 어쩐 일이세요?]

"나무가 연락이 안 돼서요. 혹시 나무 집에 있습니까? 어제 몸이 안 좋다고 했거든요."

그의 말이 떨어지기 무섭게 핸드폰에서 의아한 목소리의 말이 들려왔다.

[예? 어제 나무랑 같이 있던 거 아니에요? 어제 집에 안 들어왔는데.]

그의 미간이 심하게 찌푸려졌다.

"그래요?"

진혁이 잠시 말을 멈추었다가 혹시나 하는 마음으로 물었다.

"저… 혹시 어디 간다는 말은 없었나요?"

[아뇨. 어제 낮에 나가서 소식이 없는데요.]

"아… 예."

전화를 끊고 난 후 그는 이상하게 빠르게 뛰는 심장을 느끼며 그녀가 어디에 갔나를 따져 보기 시작했다. 엄마한테 갔나. 아니면 일이 들어와서 기획사에 간 건가. 가끔 핸드폰을 놓고 다니는 인간인지라 별일 아닐 수도 있는데 왜 이렇게 가슴이 뛰는 걸까.

"그냥, 갑자기 아빠 생각이 나네. 문득 그런 생각이 들었어. 나정문이라는 남자가 어찌할 수 없는 나의 구성요소라서 약점으로 작용할 수도 있겠구나, 그런 생각."

진혁은 계속 머리 속에 맴도는 나무의 말을 생각하며, 끈적끈적하게 땀이 차 있는 자신의 손바닥을 쥐었다 펴기를 반복했다.

아무 일 아닐 거야.

그래, 아무 일 아닐 거야.

그렇게 불안한 자신의 마음을 다잡은 진혁이 다시 나무에게 핸드폰을 해보았다. 여전히 전화를 받지 않았다. 그날 나무는 결국 밤까지 연락이 되지 않았다. 밤 12시까지 연락이 안 되자 진혁은 어제 나무 옆에서 뭐라고 떠들고 있었던 홍수진에게 전화를 걸었다. 수진과의 짧은 통화가 있고 나서야 진혁은 나무가 지금 잠적했다는 것을 깨달았다. 밤새도록 수많은 생각에 잠을 못 이루고 밤을 새운 그는 아침이 되자마자 그녀의 어머니에게 전화를 걸었다. 그러나 그곳에도 그녀는 없었다.

'도대체 어디로 간 거야?'

진혁의 얼굴 가득 초조함과 불안이 드리워졌다.

그가 초조함에 속이 새까맣게 타다 못해 재가 되어가고 있을 때 나무는 어느 호텔에서 성규와 술을 퍼먹고 있었다. 어제 밤새도록 성규와 술 퍼먹고, 노래방 가서 고래고래 소리 지르며 모든 노래를 락으로 부르고 난 후 둘은 얼큰하게 취해 새벽 다섯 시쯤 소주를 바리바리 싸서 호텔로 들어온 것이다. 성규가 너무 비싼 곳에 가는 거 아니냐는 말에 나무가 따라오라는 말만 하고는 강남에 있는 호텔로 들어갔다. 둘은 동이 틀 때까지 소주잔을 기울이며 이러저러한 얘기를 하며 아침까지 시간을 보내고 있었다. 대학 때부터 이렇게 밤늦게까지 술 마시고 사람들이랑 여관 가서 밤새도록 술 마시며 이야기하는 문화에 익숙해져 있는 둘은 별 생각 없이 예전 그대로 그렇게 놀고 있던 것이다. 문제는 둘만 있는 걸 남들이 오해하는 거겠지만.

이야깃거리가 떨어지고 둘 사이에 침묵이 찾아오자 멍하니 술잔을 기울이던 성규가 대뜸 말을 꺼냈다.

"야, 결혼 날짜까지 잡힌 새신부가 이렇게 외간 남자랑 호텔에 있어도 되는 거야?"

나무가 헛소리 말라는 식으로 손을 내저으며 말했다.

"뭘 상관이야? 내 맘이지."

성규가 갑자기 터져 나오는 하품을 참을 수 없다는 듯 정말 입이 찢어지도록 늘어지게 하품을 했다.

"나 이제 가봐야겠다. 너무 졸리다."

밤새는 거에 도가 튼 인간들인지라 둘은 아침 아홉 시가 되어서야 졸린다는 말을 꺼냈다. 어지간히도 징한 인간들이었다. 하품을 늘어지게 하며 일어서려는 성규를 나무가 풀린 눈으로 빤히 응시하다가 씁쓸한 웃음을 흘리며 말했다.

"형을 사랑했으면 좋았을 텐데."

나무의 말에 성규가 약 오른다는 얼굴로 그녀를 노려보며 장난스럽게 말했다.

"야, 사랑 안 한다는 말보다 더 무섭다. 절대 안 된다는 얘기잖아."

"얘기가 그렇게 되나. 하하하."

나무가 허허로운 웃음을 터뜨렸다. 그러자 성규가 그녀의 그런 웃음을 말없이 듣고 있다가 싱긋 웃으며 힘없이 손을 흔들어 인사를 했다.

"아이구, 이젠 나이가 먹으니까 이 짓도 힘들다. 그럼 나 간다."

"응."

나무가 눈을 감고 앞뒤로 흐느적거리며 고개를 끄덕였다. 잠시 후 성규의 발걸음 소리가 멀어지고, 그녀의 귓가로 문이 닫히는 소리가 들려오자 나무가 퍼뜩 눈을 뜨고 성규가 방금 사라진 문을 바라보았다.

'정말, 저 사람이랑 사랑에 빠졌으면 좋았을 텐데.'

진혁이 머리 속에 떠오르자 나무의 얼굴이 순간 딱딱하게 굳어졌다. 귀찮다는 듯 그녀가 머리를 설레설레 흔들고는 욕실로 들어갔다. 어제부터 씻지를 않았으니 온몸이 끈적끈적해서 간단하게 샤워라도 하고 자야겠다는 생각이 들었다. 그녀가 비척거리며 욕실 문을 열고 샤워기를 틀었다. 쓰러질 것 같았던 육체의 피로함은 샤워를 하자 말짱하게 정신이 드는 듯했다.

성규가 호텔방 문을 열고 나와 로비를 조금 걷고 있는데 눈앞에 사람이 보였다. 술에 취해 있는지라 그는 순간 누구인지 알아보지 못하고 그저 엘리베이터가 있는 곳으로 걸어가려는데 상대가 자신을 죽일 듯이 쳐다보고 있질 않은가. 번뜩이는 두 눈이 날카롭게 자신의 얼굴에 꽂혀 있자 성규는 정신을 차리고 상대를 확인했다. 진혁이 엘리베이터에서 멀리 떨어지지 않은 곳에 서서 자신을 경악과 분노에 찬 시선으로 보고 있었다. 그의 표정을 보고 지금 진혁이 상황을 이상하게 해석하고 있다는 것을 깨달은 성규가 다급하게 말했다. 그러나 혀가 꼬였다.

"야 임마, 오해하지 마. 밤새 술만 먹었어."

귀에 안 들리는지 진혁은 씩씩거리며 치솟는 분노를 내리누르고만 있는 것 같았다. 성규가 말릴 새도 없이 진혁이 성규를 밀쳐 내고 성큼성큼 나무가 있는 방으로 걸어갔다. 성규가 그 모습을 뒤에서 바라보다가 어깨를 한번 으쓱이고는 그냥 엘리베이터 안으로 들어갔다.

'아… 나도 모르겠다. 니들끼리 해결 봐라.'

진혁이 나무의 방 앞에 우뚝 서서 잠시 망설였다. 만약, 정말 만약 생각한 대로의 장면이 펼쳐지면 어떡하나 그런 생각이 들어서 그는 두려워하고 있었다. 그러나 이내 그런 두려움의 시간도 지나 버리고 그가 거칠게 문을 열고 안으로 들어갔다. 방 안에 아무도 없었다. 그가 잠시 주의를 두리번거리다 어느 한 곳으로 시선을 돌렸다. 물소리가 나고 있는 욕실이었다. 그가 한참 동안 그 욕실 문을 뚫어지게 응시하고 있는데, 욕실 문이 벌컥 열리며 나무가 목욕 가운을 입은 채 나왔다. 나무는 머리를 숙여 수건으로 털어내고 있는지라 앞에 진혁이 와 있다는 것을 모르고 있었다. 물방울이 툭툭 떨어지는 그 모습을, 그리고 비스듬히 걸치고 있는 가운을 진혁이 부들부들 떨며 보고 있었다. 나무가 수건을 내리며 고개를 들어 앞에 있는 진혁을 발견했지만, 그녀의 표정은 별다른 변화가 없었다. 그저 무표정한 얼굴로 그를 바라볼 뿐이었다. 주먹을 움켜쥐며 진혁이 그녀의 얼굴을 노려보고 있다가 그녀에게로 성큼 걸어갔다. 그리곤 그녀의 양 어깨를 움켜쥐었다.

"잔 건 아니지? 그렇지?"

아마도 그럴 거라고 믿고 싶어하면서도 눈앞에 펼쳐져 있는 둘의 모습에 진혁은 지금 의심하고 있었다. 나무가 어떠한 대답도 거부하고 무표정한 얼굴로 그를 응시했다. 그녀의 모습에 진혁이 초조함과 분노 섞인 짜증이 가득 묻어나는 얼굴로 크게 소리를 질렀다.

"말해애애애애!! 잤어, 안 잤어?!"

그가 거칠게 그녀의 어깨를 흔들어대자 나무가 인상을 구기며 그의 손을 떨쳐 내려고 몸을 뒤틀었다. 하지만 우악스러운 그의 손 힘을 떨치기에는 역부족이었다. 방금 있었던 거칠었던 행동에 나무가 숨을 씩씩 몰아쉬며 그에게 냉소적으로 쏘아붙였다.

"잤으면 어쩔 거야?"

순간 진혁이 어금니를 힘 주어 물었다. 그의 얼굴 근육이 짧은 경련을 일으켰다. 그러나 그의 그런 반응에 상관없이 나무는 비꼬는 듯한 어조의 말을 계속했다. 그녀의 눈이 날카롭게 반짝이고 있었다.

"왜? 네 맘대로 내가 안 움직이니까 짜증나니? 내가 성규 형이랑 빠구리라도 뛰었다면 어쩔 건데? 이번엔 날 가둬두기라도 할 거야?"

분명 그 일에 대한 비꼼이었다. 너무나 감정적으로 지금 나무가 진혁에게 공격을 가하고 있다는 것을 그도 느끼고 있었지만 그도 지금 이성을 차리지 못할 만큼 화가 나 있었다. 주변 사람 모두에게서 연락이 닿지 않아 나무의 행방을 모르고 있었을 때 진혁은 거의 피가 마르는 듯했다. 그리고 오늘 아침 조사원에게서 그녀가 호텔에 있다는 소식을 듣게 되었을 땐 만나면 무작정 빌어야겠다는 생각으로 달려왔었다. 그러나 눈앞에 성규가 있었고, 나무는 밤새 그 자식과 있었던 게 분명했다. 예전부터 둘의 가까운 사이를 신경 쓰고 있던 그에게 그건 도화선처럼 작용을 한 것이다. 지금 그녀의 말에 같이 맞대응하기보단 한발자국 뒤로 물러나야 한다는 걸 알면서도 진혁은 스스로를 제어하지 못하고 결국 맞대응을 해버렸다. 그가 이를 갈듯이 말했다.

"더 이상 방법이 없다면 그것도 좋지."

나무가 기가 막힌 듯 웃음을 터뜨렸다. 그녀가 진혁을 낯선 타인 보듯 바라보면서 냉소적으로 비꼬기 시작했다.

"그래, 이게 너야. 그치? 모두들 네가 나한테 너무 잘해주니까 네가 굉장히 착할 거라고 생각하지만… 이게 바로 네 본모습이야."

잠시 말을 멈춘 그녀가 진저리난다는 얼굴로 차갑게 말했다.

"사실은 누구보다 오만하고, 타인을 제 손 안에서 주무르려하는 게 바로 너야. 그렇지, 이진혁?"

날카롭게 그를 공격해 대는 나무의 말에 진혁이 조용히 침묵을 지켰다. 무표정한 얼굴로 그녀를 응시하고 있는 그를 보며 나무는 방금 전보다 더 화가 치밀기 시작했다. 그는 그녀가 생각했던 것보다 더 냉정하고 차분한 사람이었다는 생각이 들자 자신이 받은 상처를 그대로 갚아주고 싶다는 충동을 느꼈다. 살얼음처럼 긴장된 공기를 가로지르며 나무가 날카로운 목소리로 말했다.

"꺼져."

순간 진혁의 눈동자가 예리한 빛을 냈다. 한 조각의 미련이나 여운없이 그를 내쳐 버리는 나무의 모습을 보며 진혁이 너무나 서늘하고도 서늘한 목소리로 속삭이듯 말했다.

"네가 〈꺼져〉 그러면 내가 네 말대로 〈예〉 하고 꺼질 줄 알았니? 내가 네 말이면 다 받아줄 거라고 생각하는 거야?"

나무가 그의 말에 받아칠 새도 없이, 그가 나무를 그대로 들어 올려 안고는 침대로 데려갔다. 그녀가 거칠게 저항하며 악을 써대려 하자 진혁이 움직이지 못하게 나무를 품 안에 가둬 버리고는 그녀의 입에 폭력적인 키스를 하기 시작했다. 마치 자신을 받아들이라는 강요 같았다. 그의 그런 키스에 나무가 머리를 저어대며 완강하게 저항하자 그가 그녀의 아랫입술을 아프도록 깨물었다. 나무의 입에서 비명이 터져 나오자 그가 상체를 일으켜 나무의 두 손을 한 손으로 잡아 위로 올리고는 다른 손으로 그녀의 가운을 벗기기 시작했다. 나무가 그런 진혁의 행동을 노려보며 씹어뱉듯이 말했다.

"너 하기만 해. 가만 안 둔다."

그녀의 가운 끈을 풀고 있던 진혁의 손이 잠시 멈추어졌다가 다시 움직였다. 그가 가운 끈을 풀자 여며져 있던 가운이 바깥쪽으로 벌어지며 나무의 몸이 그대로 드러났다. 진혁이 잠시 그녀의 몸을 응시하고는 나무의 눈을 똑바로 쳐다보았다. 그가 피식 웃음을 흘리곤 속삭이듯 말했다.

"내가 널 모른다고? 너야말로 날 모르고 있어. 도대체 넌 날 뭐라고 생각하는 거야? 네 손에서 맘대로 쥐었다 폈다 할 수 있다고 생각하나 본데."

그의 눈이 반짝하고 날카로운 빛을 내며 잔인한 빛을 띠었다.

"그래서 내가 어떤 사람인지 지금 가르쳐 줄 생각이야."

진혁이 말을 마치자마자 자신의 바지 버클을 풀고 지퍼를 내렸다. 나무가 잔뜩 긴장 어린 눈빛으로 그 모습을 응시했다. 자신도 모르게 공포감이 스쳐 지나갔던 것이다. 너무나 잘 안다고 생각했던 이진혁이란 남자가 지금 생소하게 보였다. 그리고 무서웠다. 그렇게 폭력적인 진혁의 모습에 얼어붙은 나무가 그의 손이 자신의 가슴을 움켜쥐곤 입술 사이로 혀를 집어넣으려

하자 순간 놀란 듯 몸을 움찔거렸다. 그러나 그녀의 그런 반응에도 상관없다는 듯 진혁이 뜨거운 혀를 그녀의 입속으로 집어넣으며 그녀 안으로 들어가기 위해 그녀의 여성 안에서 자리를 잡기 시작했다. 그러자 돌처럼 얼어붙어 있던 나무가 순간 미세하기 떨며 눈물을 흘렸다. 충격이, 그리고 공포가 그녀의 눈속에 자리 잡고 있었다. 조용히 흐르던 눈물방울이 어느새 큰 울음소리로 변했다.

그 울음소리를 듣고서야 진혁의 행동이 멈춰졌다. 그가 자신의 행동을 이제야 깨달았는지 자기경멸이 가득한 얼굴로 나무에게서 떨어져 앉았다. 그리곤 한 손으로 자신의 얼굴을 가렸다. 그가 잔뜩 힘을 주고 있던 온몸에 힘을 빼며 거친 숨을 뱉어냈다. 가슴을 들썩거리며 울던 나무가 어느 정도 눈물이 잦아지자 조용히 자리에 일어나 앉았다. 그리곤 여전히 놀란 눈으로 믿을 수 없다는 듯 그를 바라보더니 천천히 침대에서 내려갔다. 그리곤 이 낯선 공기에 자신을 방어하듯 의자에 걸쳐져 있는 자신의 옷을 챙겨 입었다. 말없이 자신의 얼굴을 가리고 앉아 있는 진혁을 무표정한 얼굴로 바라보던 그녀가 뭔가를 말하려고 입을 벌리다가 다시 다물었다. 그리곤 가방을 집어 들곤 호텔방을 나갔다. 진혁의 귓가로 문이 닫히는 소리가 울려 퍼지자 순간 그의 몸이 움찔거렸다.

나무 : "너와 난 이렇게 달라. 너무 달라서 앞으로도 이런 상처를 받겠지."

얼어죽을 놈 : "그럼, 넌 너랑 똑같은 사람을 만나면

상처받지 않을 거라고 생각하니?"

07

이틀의 시간이 지나도록 둘은 연락을 취하지 않았다. 단순히 상대를 보기 싫다거나 끝내자거나 하는 마음보다는 그날 미처 알지 못했던 상대의 일부분을 본 충격에 시간이 필요했던 것이다. 진혁은 진혁대로 자신에게 꺼지라고 말했던 나무의 눈빛을 떠올리며 분노를 느꼈고, 또 스스로의 폭력성에 놀라기도 했다. 어쩌면 그녀를 원한 게 다른 여자보다 더 기가 세서 꺾고 싶은 마음이었을까 하는 의아심이 새삼 고개를 들었던 것이다. 나무 또한 진혁의 무섭도록 냉정한 얼굴을 떠올리며 기가 막혀 하고 있었다. 아버지에게 집착해 내내 휘둘리고 살고 있는 엄마를 보면서 나무는 어쩌면 남자를 제 손에서 휘두르고 싶어했

는지도 모른다는 생각이 들었다. 그래서 진혁의 사려 깊은 행동을 보며 마음 놓고 그를 쉽게 생각했던 것은 아니었을까 하는 고민에 빠져들었다. 그도 그녀만큼이나 고민스러웠고, 무섭도록 성질머리가 있다는 걸 어느 날 갑자기 알게 된 느낌이었다. 아니, 그녀보다 더 하면 더 했지 못하진 않을 거라는 생각이 들면서 나무는 이제 그를 대하기가 난감했다.

며칠의 시간이 그렇게 조용히 흐르고 있었다. 내면에의 혼란으로 둘 다 누군가에게 속내를 털어놓기보다는 자신 안에 있는 혼란을 들여다보느라 침묵을 지켰고, 사람들은 아무 문제 없이 결혼 준비가 되어가고 있다고 생각하고 있었다. 두 사람이 연락을 하지 않은 지 5일째가 되어서야 진혁이 나무의 핸드폰으로 연락을 취했다. 혼란에서 온 의구심이 시간으로 가라앉아 가면서 이제야 그는 나무를 붙잡아야 한다는 생각이 들었다. 그리고 보고 싶었다. 또 걱정되었다. 그러나 나무는 전화를 받지 않았다. 긴 신호음에도 반응이 없는 핸드폰을 귀에 오랫동안 대고 있던 진혁이 깊은 한숨을 내쉬며 폴더를 닫았다.

다음날, 진혁은 주말여행을 떠나는 차들과 함께 도로를 달리고 있었다. 지선에게 전화를 걸어보니 나무가 부모님이 살고 있는 양평으로 갔다는 소식이었다. 몇 시간이 지나고, 아침 일찍 길을 나섰던 그가 점심때쯤 양평 언저리에 도착했다. 막상

도착하고 보니 나무가 구체적으로 어디에 살고 있는지를 알 수
가 없었다.

"어머니, 저 진혁입니다."

[그래, 오랜만일세.]

진혁의 전화에 나무의 어머니가 반가움이 가득한 목소리로
대답했다. 가끔씩 문안인사로 전화를 하긴 했지만 이렇게 생뚱
맞게 전화를 걸어 주소를 물어보자니 진혁이 짧은 순간 난처한
얼굴로 말을 잇지 못했다. 그러나 그가 어떤 말을 꺼내기도 전
에 나무의 어머니는 얼른 그가 궁금한 걸 알려주었다.

[나무 지금 밖에 나갔는데. 핸드폰으로 연락해 봤나?]

그녀가 집에 와 있다는 걸 진혁이 알고 있다고 생각했는지
어머니는 당연한 듯 말을 건넸다. 진혁이 집 근처에 와 있다는
말을 꺼내려는데 어딘가에서 나무의 목소리가 들려왔다.

"왔어?"

그가 천천히 등을 돌려 소리가 난 쪽을 쳐다보았다. 무표정
한 얼굴로 나무가 멀찍이 서서 그를 바라보고 있었다. 진혁이
시선은 그녀에게 고정시킨 채 핸드폰에 대고 말했다.

"어머니, 이따가 제가 다시 전화드릴게요."

[나무 들어오면 전화 왔다고 전해주겠네.]

"예."

둘은 사이에 놓여 있는 거리를 좁히려고 하지 않고 그저 서
로를 응시했다. 진혁이 핸드폰 폴더를 닫고 그녀를 향해 발걸

음을 옮겼다. 산책을 갔다 온 건지 나무는 대충 잠바를 걸치고 운동화를 신고 있었다.

"어디… 갔다 오는 길이야?"

그가 긴장된 분위기를 누그러뜨리려고 일상적인 말을 건넸지만 나무는 대답이 없었다. 차분할 정도로 가라앉은 얼굴로 그를 응시하고 있다가 그가 그녀 가까이에 다가서자 조용히 고개를 젓고는 걸음을 옮겼다. 진혁이 리모콘으로 차를 잠그곤, 나무가 가는 길을 뒤따라 함께 걸었다.

서울에서만 지내온지라 발에 밟히는 흙의 촉감과 소리가 새삼스레 묘하게 다가왔다. 나무를 잘 알고 있다고 생각한 진혁은 지금 앞에서 걷고 있는 그녀의 뒷모습을 유심히 응시했다. 편안한 복장에 자신에겐 지독히도 낯선 시골의 동네 어귀를 편안하게 걷고 있는 나무의 모습이 낯설게 느껴졌다.

몇 분이나 걸었을까. 낮은 지붕들이 즐비한 동네 골목길을 걷고 있는데 나지막한 나무의 목소리가 들려왔다.

"꼭 그렇게까지 했어야 했니?"

그 일을 말하고 있었다. 급습을 당한 사람처럼 진혁이 긴장한 얼굴로 숨을 들이켰다가 괴로움이 깔린 신음을 뱉어내며 담담히 말했다.

"절박했어. 영영 네 곁에 다가갈 기회가 없는 건가 싶어서 초조했거든."

조용히 그의 말을 듣고 있던 그녀가 우뚝 걸음을 멈추고 그를 응시했다.

"넌 모를 거야, 지금 내 기분이 어떤지."

씁쓸하면서도 가라앉은 그녀의 마음이 전해져 와 진혁은 긴장했다.

"잘못했다."

절실함이 묻어나는 목소리로 진혁이 사과했지만 나무의 얼굴은 여전히 무표정하게 굳어 있었다.

"넌 네가 뭘 잘못했는지 몰라. 아니, 사실은 그렇게 큰 잘못이 아닐지도 몰라. 단지 내가 그 전세금을 모으기까지 감내해야 했던 일들을 떠올리면서 스스로 상처를 크게 만드는 것일 수도 있어."

가슴 아프게 흘러나오는 그녀의 속내에 진혁이 입술을 깨물며 그녀의 얼굴에 손을 가져갔다. 그러나 그녀를 쓰다듬으려는 그의 손을 나무가 살짝 피하며 거부했다. 위로받고 싶어서 하는 말이 아니란 걸 알려주듯 그녀가 한 발자국 뒤로 물러나더니 다시 말을 이었다.

"내가 이경섭이란 사람을 아버지로 둔 경험이 없듯이 너도 나종문이라는 사람을 아버지로 둔 경험이 없어. 그래서 넌 나종문이란 남자를 잡아가게 한 게 나한테 어떤 느낌이 들 게 하는지 짐작도 못 할 거야."

그는 아무런 말도 건넬 수 없었다. 분명 나무에게 커다란 상처가 되는 일이란 것도 알고 있었고, 알려지면 이렇게 나무가 펄펄 뛸 거라는 것도 알고 있었다. 그럼에도 그는 그렇게 했고, 여전히 후회하지 않았다. 건너지 말아야 할 선이라는 걸 잘 알았지만 그렇게 해서라도 그녀를 잡고 싶어했던 그의 마음은 어디에 가서 토로할 수 있단 말인가. 그때 두 손 놓고 저 여자를 무작정 기다리고만 있어야 했단 말인가. 아니면 거절당할 걸 알면서도 나무에게 사랑을 고백해야 했단 말인가.

다시 그때로 돌아간다면 그러지 않을 거라는 말 같은 건 할 수 없었다. 그는 후회하지 않았다. 다시 그때로 돌아가도 그렇게 할 것 같았다. 한 마디의 변명도 꺼내지 않고 나무가 뱉어내는 아픈 말들을 묵묵히 듣고만 있던 진혁이 복잡한 심정이 담긴 목소리로 그녀의 이름을 불렀다.

"나무야……."

그녀의 입술에서 헤어지자는 말이 나올까 그는 목이 타 들어가는 느낌이었다. 성급하게 결론짓지 말고 시간을 갖자는 의미가 담긴 그런 뜻으로 그가 그녀의 이름을 조용히 부르며 멈추지 않고 내달려 가고 있는 그녀의 감정에 제동을 걸었다. 그러자 다른 곳을 쳐다보며 그의 시선을 외면하고 있던 나무가 그의 얼굴을 빤히 쳐다보았다. 그녀의 입에서 쓸쓸함과 괴로움이 깃든 목소리가 부드럽게 흘러나왔다.

"저쪽에 작은 대문이 보이니?"

진혁이 나무의 얼굴에 고정되었던 시선을 들어 앞에 있는 철문을 응시했다. 작은 대문은 부식되어 녹이 슬었고, 그 안쪽엔

재활용품 같은 게 잔뜩 쌓여 있었다. 그의 귓가로 나무의 담담한 목소리가 들려왔다.

"저기가 우리 집이야."

무슨 말을 하고 싶은 거냐고 묻는 듯 진혁이 나무를 빤히 응시했다. 그의 시선을 받아내며 나무가 씁쓸한 미소를 입가에 그렸다.

"너와 난 이렇게 달라. 너무 달라서 앞으로도 이런 상처를 받겠지."

누군가가 상처 주려고 의도하지 않아도 스스로 상처를 받을 수밖에 없는 사이라는 걸 말하는 나무를 보며 진혁이 못마땅한 시선으로 그녀를 노려보며 낮게 중얼거렸다.

"그럼, 넌 너랑 똑같은 사람을 만나면 상처받지 않을 거라고 생각하니?"

이건 언어를 가장한 둘의 싸움이었다. 그러나 언어라는 매개체를 물고 늘어져 논박을 벌이기엔 나무는 이미 상처를 받아 가라앉아 있었다. 그로서는 알 수 없는 기분, 결혼이란 걸 하기로 마음먹은 그날부터 느껴야 했던 수많은 감정과 알 수 없는 비굴함, 그리고 답답함. 그걸 하나하나 논리적 언어로 풀기엔 그녀는 지쳐 있었다. 일일이 그녀가 느끼는 소외감을 말하는 게 이젠 짜증이 났다.

"그냥 있는 그대로의 나라도 눈치 안보고 살 수 있는 그런 환경의 남자를 만나는 게 덜 상처를 받을 것 같은데……."

피식 웃음을 흘리며 서늘하게 말을 뱉어내는 나무를 보며 진혁이 질끈 눈을 감았다. 그리곤 천천히 눈을 떠 그녀의 눈을 마주 응시했다.

"나는 너랑 헤어질 생각 없어. 서울에서 기다리고 있을게."

그가 할 말을 다 했다는 듯 단호하게 말을 마치곤 등을 돌려 걸음을 옮겼다. 그녀가 느끼고 있는 회의감과 쓸쓸함을 받아들일 수 없다는 그의 태도에 담담하게 가라앉아 있던 나무의 얼굴이 서서히 일그러져 갔다.

이건 완전히 속은 느낌이었다. 부드럽고 친절하기만 한 줄 알았던 진혁은 알고 보니 고집불통에 제멋대로인 완고한 남자였다. 그녀가 치밀어 오르는 성을 참을 수 없다는 듯 그의 등 뒤에 대고 소리쳤다.

"그건 네 생각이지! 이진혁! 난 결혼할 생각 없어!"

동네 전체가 떠나갈 듯 울려 퍼지는 그녀의 목소리에도 그는 멈추지 않고 걸어갈 뿐이었다.

다시 며칠의 시간이 흘렀다. 양평에서 나무와 만났던 진혁은 가슴속에서 날뛰려는 불안함을 잠재우며 하루하루를 버티듯 지내고 있었다. 헤어질 생각이 없다고 단호하게 말은 했지만 혹시라도 그녀가 정말 헤어지자고 하는 건 아닐까, 그녀가 떠나는 건 아닐까 하면서 말이다.

진혁이 왔다 간 후, 그 이튿날 나무도 서울로 올라왔지만 그에게 연락을 취하지 않았다. 일이 들어온 게 있어서 일단은 다시 서울로 돌아왔지만 여전히 나무는 고민 중이었고 혼란스러웠다.

두 사람이 이렇게 일상이란 걸 간신히 견뎌내고 있었지만 시간이란 일정은 둘 다에게 다가와 다음 행동을 요구했다. 일단 그녀가 다니고 있던 요리수업이 펑크가 났고, 예복을 맞추기로 한 집에서 날짜를 언제쯤으로 하겠냐는 재촉전화가 왔다. 결국 둘이 연락을 안 하고 지낸 지 일주일째가 되었을 때 진혁의 어머니가 그를 불렀다. 오 여사는 요즘 들어 얼굴이 까칠하게 변한 아들의 모습을 유심히 살피고는 조심스럽게 말을 꺼냈다.

"둘 사이에 무슨 문제 있는 거니?"

말없이 탁자 위에 있는 커피를 한입 마신 진혁이 아무 일 없다는 얼굴을 애써 지어 보이며 대답했다.

"아니에요. 일은 무슨……."

그러나 아들의 대답 한마디로는 모든 의문점이 풀리지 않았던 오 여사는 조금은 집요하게 추궁하기 시작했다.

"아무 일 없는데 둘이 요즘 왜 그러는 거야? 그렇다고 무슨 일이 생겨서라는 얘기가 있는 것도 아니고."

어머니가 답답하다는 듯 계속 말을 쏟아내는 동안 진혁은 딴 생각에 빠져들었다. 그녀에게 가장 충격이 최소화될 수 있는 방법을. 지금 나무와 자신 사이에 있었던 일을 얘기하는 건 문제가 크게 만드는 것이고, 그렇다고 나무가 지금 결혼을 안 할지도 모른다는 얘기를 하는 건 그의 부모님이 나무에게 노여워할 것이다. 어떻게 말해야 하는 걸까? 곰곰이 생각에 빠져 있던 진혁이 문득 정신을 차려 앞에 있는 어머니를 바라보니 오 여사는 이제 못마땅하다는 듯 아들을 뚫어지게 응시하고 있었다. 진혁이 쓰디쓴 미소를 짓고는 뭔가를 말하려고 입을 열었다. 그러나 주저하며 입을 떼던 그가 다시 입을 닫았다. 그렇다고 그가 지금에 와서 결혼을 할지 안 할지 고민한다고 해서 나무의 탓을 부모님이 안 할까? 아니, 안 한다고 해도 어쩌면 얼씨구나 하시며 유학을 뒤로 미루자고 나올 가능성이 컸다. 결국 어머니의 끈질긴 시선에도 진혁은 벙어리 냉가슴 앓는 사람처럼 침묵을 지킬 뿐이었다.

그가 서재에서 나와 자신의 방으로 들어가려는데 방 안에서 핸드폰이 울리는 소리가 들려왔다. 순간 그의 발걸음이 빨라지며 그의 심장이 터질 듯 뛰기 시작했다. 거칠게 숨을 내쉬던 그가 심호흡을 깊게 하고는 전화를 받았다. 짧은 순간 전화 너머에서는 아무런 소리도 들려오지 않았다.

[나야.]

며칠밖에 연락하지 않았을 뿐인데, 그전에도 서로 일이 바쁠 땐 이번보다 더 길게 연락하지 않은 적도 있었는데 둘은 묘하게 낯설어했다. 나무의 담담한 목소리에 진혁도 차분하게 대답했다.

"응, 그래."

[애기 좀 하자.]

둘은 예전부터 자주 가던 술집에서 만나기로 했다. 진혁이 전화를 끊고는 두 손으로 얼굴을 가리고 깊은 한숨을 토해냈다.

삼십여 분 후, 그가 칵테일 바에 도착해 보니 나무는 이미 도착해서 벌써 칵테일 한 잔을 반쯤은 마시고 난 후였다. 아마도 여기에서 그에게 전화를 걸었던 것 같았다. 둘 다 스파게티를 좋아했고, 그리고 칵테일을 좋아했다. 이곳에서 둘은 가끔씩 바람을 쐬고, 올 때마다 새로운 칵테일을 맛보며 서로에게 맞는 칵테일을 찾게 되면 즐거워하기도 했다. 그가 나무가 있는 곳으로 다가가자 나무가 칵테일을 입에 대려다가 그가 온 걸 발견하곤 시선을 마주쳤다. 일상의 힘이란 참 무서운 것이어서 둘 다 끝장날 것처럼 싸워도 이렇게 담담하게 얼굴을 마주 볼 수 있는 것 같았다. 상대가 가장 자신의 아픈 곳, 건드리지 말아야 했을 곳을 건드렸어도 함께했던 시간 동안 쌓아온 친밀감이 둘 사이에 놓여 있었기에 칼로 무 자르듯 그렇게 되지 않았다.

진혁이 즐겨 마시는 말리브가 탁자에 놓이자 조용히 그녀의 얼굴을 응시하고 있던 그가 입을 열었다.

"잘 지냈니?"

"음."

별다른 말 없이 나무가 고개를 끄덕였다. 칵테일 잔을 손 안에서 이리저리 돌리며 무언가 생각에 빠진 듯 앉아 있던 그녀가 읊조리듯 중얼거렸다.

"결혼식은 어떻게 됐어? 부모님께는 알렸니?"

시간이 지나면 그녀가 돌아올 거라고 그렇게 믿고 싶었던 진혁이기에 그는 순간 컵을 쥐고 있는 손에 힘을 주었다. 그리곤 컵 안에 있는 말리브를 벌컥 들이마시고는 거친 숨을 내쉬며 말했다.

"아니. 아직 아무것도 변한 거 없어."

나무가 깊게 가라앉은 눈빛으로 그를 응시했다. 그녀가 시니컬한 웃음을 터뜨리며 말했다.

"변한 게 없다고?"

나무의 말에 진혁이 낮은 목소리로 부드럽게 말을 이었다.

"그래, 너만 돌아오면 아무것도 변하지 않아."

조용히 그의 말을 듣고 있던 나무가 화가 난 어조로 쏘아붙였다.

"넌 변한 게 없겠지. 하지만 난 변했어. 그것도 아주 많이. 이건 내가 감수한 부분도 아니고 내가 예상한 부분도 아니거든."

비틀린 무언가를 살짝 내비친 그녀에게 진혁이 그녀를 달래듯 부드러운 어조로 말했다.

"이번 한 번만 넘어가자, 나무야. 응?"

나무가 복잡함이 가득 깃든 시선으로 그를 응시했다. 한 번만 넘어갈까. 그 생각은 진혁만 하는 게 아니라 그녀도 했다. 이번 한 번만 그냥 눈 딱 감고 넘어가면 그래도 가난 때문에 고생

할 일은 없을 텐데! 그리고 그녀를 사랑해서 한 짓이라고 하지 않는가. 하지만 그녀는 잘 알고 있었다. 사랑 때문이 아니라 진혁이란 인간이 저지를 수 있는 그 사람의 한 부분임을. 지긋지긋한 생활고보단 그와 결혼하는 게 훨씬 편한 생활이 될지도 모른다. 그런 면 때문에 마음속 깊은 곳에서 떠오르는 의문과 진실들을 합리화하여 덮어버리려 해도 마치 물 속에 던져 놓은 얼음 같아서 아무리 내리누르려 해도 그 모습을 드러내곤 했다. 그가 언제라도 그녀의 기반을 쥐고 흔들 수 있는 인간이란 걸.

이것이 사랑이라는 이유였기에 망정이지 만약 이혼 같은 걸 하게 된다면? 그가 나무에게 마음이 다 하는 날은?

아마도 시간이 지날수록 자신은 진혁이 자신을 사랑하는지 안 하는지 계속 신경 쓰게 될 것이다. 얼마나 많은 여자들이 자신의 기반 때문에 남자의 마음 하나를 예민하게 살피고 사는가.

그러나 유혹이 강했다. 그냥 결혼해 버릴까 하는 유혹. 그러나 그 유혹에 넘어가는 척하려 해도 수면 위에 떠올라 버린 진실이 그녀의 마음을 흔들어놓았다. 그녀의 심장을 차갑게 식게 했다.

나무가 피식 비틀린 웃음을 짓고는 쓰게 무언가를 삼켰다.

"시간을 가졌으면 좋겠어, 너와 나 둘 다. 당분간 떨어져서 서로에 대해 깊게 생각해 보고 다시 결정하자. 응? 지금 결혼하는 거 나한텐 무리야."

나무가 상황을 정리하듯 그렇게 자신의 입장을 피력하자 진혁의 눈빛이 무겁게 가라앉았다. 그의 눈 속에 아픈 유리 조각이 반짝이다 다시 빛을 잃었다. 무언가가 그의 마음 어딘가를 내리누르는지 그는 괴로운 듯 인상을 찡그리며 잇새로 말을 뱉었다.

"그 시간을 또 보내라고?"

나무가 무슨 뜻이냐는 의미의 시선을 보냈다. 그가 자조 어린 미소를 지으며 거칠게 말을 이었다.

"다른 남자가 널 채갈까 전전긍긍하며 그렇게 불안에 떨라고? 그것도 네 곁에 있을 수 있는 것도 아닌데? 네가 결정할 날만 숨죽이고 기다리며 속을 끓이라고? 그러다 만약 네가 안 하겠다고 결정하면 나는 뭐가 되는 건데?"

거칠게 분노 어린 어조로 말을 뱉어낸 진혁이 앞에 있는 술잔을 들이키곤 속에서 끓어오르는 흥분을 가라앉혔다. 차분한 얼굴과는 달리 그의 눈은 이제 비장할 정도로 날카롭게 날이 서 있었다. 더 이상의 여유를 허락하지 않겠다는 듯 그가 냉정하게 말을 뱉었다.

"할지 안 할지 지금 선택해. 너 이곳에 두고 그 먼 땅에서 기다리는 짓은 안 할 거야."

조용히 그의 말을 듣고 있던 나무가 슬슬 성질이 치미는지 씨근덕거리며 가쁜 숨을 뱉어냈다.

상황을 이렇게 만든 건 자신이 아니지 않은가? 그리고 결혼해도 현실이 변하는 건 자신이지 않은가. 일일이 허락받고 일일이 간섭당하고 사는 건 자신이 아닌가 말이다.

시간을 주지 않겠다고?

그렇게 내가 손에 넣었다 팽개쳐도 상관없는 사람이니?

나무가 굳은 시선으로 그를 노려보며 얼음처럼 차가운 기운을 가득 담은 목소리로 조용히 말했다.

"너는 내가 너랑 결혼하는 걸 감지덕지해야 한다고 생각하는 거 같아. 그렇지, 이진혁? 너랑 살면 내가 팔자편 다고 생각하지?"

나무의 입술 사이로 냉소 어린 비웃음이 흘러나왔다.

"웃기지 마. 네 집안 사람들, 특히 부모님을 보고 있으면 숨이 막혀. 시간을 못 주겠다고? 그럼 주지 마. 너 유학 가고 그 몇 년 동안 우리가 헤어진다면 우리 인연은 그게 다겠지. 그래, 네 말대로 지금 결정하자."

한 모금 남아 있는 자신의 칵테일을 나무가 한입에 털어 넣고는 소리나게 탁자에 탁 하고 내려놓았다. 그리곤 너무나 복잡해서 해석할 수 없는 그런 눈빛으로 그를 응시하며 중얼거리듯 말했다.

"유학 잘 갔다 와. 그동안 즐거웠다."

그녀가 내뱉는 마지막 인사를 진혁이 싸늘하게 굳어 있는 얼굴로 말없이 듣고만 있었다. 그 모습을 나무가 잠시 바라보더니 이내 가방을 들고 먼저 일어났다. 그리곤 발목에 휘감아져 오는 미련이란 이름의 감정에서 도망치듯 그렇게 가게 안을 빠져나갔다.

그녀가 가게를 나가도 반응없이 앉아만 있던 진혁이 천천히 술잔에 손을 가져갔다. 미세하게 떨리는 손으로 움켜쥔 술잔을 입에 갖다 대려던 그가 힘없이 컵을 탁자 위에 내려놓았다. 그리곤 한쪽 가슴이 죄어오는지, 손으로 가슴 한쪽을 움켜쥐듯 쥐고는 얼굴을 잔뜩 구겼다. 그의 눈에서 물기가 어렸지만 그가 입술을 꽉 깨물며 감정을 자제했다. 여기서 눈물이란 걸 흘리면 완전히 망가질 것 같은 그런 두려움에 그가 떨고 있었다. 터져 나올 듯한 괴로움이란 감정의 소용돌이를 그가 막으며 두 손으로 얼굴을 가렸다.

다신 이런 사랑은 하지 않을 것이다.

나에게 안 어울리는 사람을 욕심 내서 이렇게 괴로운 일은 당하지 않을 것이다.

나중에, 아주 나중에 만약 다시 사랑이란 걸 하게 되면 아니, 결혼이란 걸 하게 되면 나에게 맞는 그런 집안의 여자와 평탄한 관계를 가지리.

8년이란 시간 동안 바라만 봐도 행복했던 여자가 결국 내 것이 될 수 없다는 걸 왜 진작 인정하지 않았을까.

왜 그렇게까지 욕심을 부렸던 걸까.

'이 바보 같은 자식아!'

그가 일그러진 얼굴을 가리곤 자기 자신에게 욕을 퍼부었다.

마지막 인사를 건넨 지 며칠의 시간이 흘렀다. 나무는 다시 자신의 일상으로 돌아가 일을 하고 있었다. 일상으로 돌아가고 싶지 않아도 생활이란 이름이 그녀의 삶 구석구석에 끈덕지게 달라붙어 그녀에게 일을 하라고 명령했고, 그녀는 자신의 감정에 취해 괴로워할 새도 없이 묵묵히 일을 할 뿐이었다. 어제 새벽까지 마감을 하느라 아침에야 잠이 들었던 그녀가 문을 두드리는 소리에 얼핏 잠이 깼다. 옷을 입은 채 정신없이 잠이 든지라 나무는 눈을 비비며 현관 쪽으로 다가갔다.

"누구세요?"

문 밖에서 낯선 아저씨 목소리가 들려왔다.

"예, 소포 왔습니다. 나무 씨 되십니까?"

"네."

나무가 얼른 현관문을 열어주고는 우체부 아저씨가 건네주는 작은 소포를 받아 들었다. 멍한 얼굴로 고개 숙여 감사한다는 인사를 한 그녀가 다시 현관문을 닫고 방 안으로 들어왔다. 친구는 이미 출근을 한 뒤라 방 안은 정적이 감돌았다. 소포를 안아 들고 터벅터벅 방 안으로 걸어오던 그녀가 거의 잠에 취해 초점이 흐려진 얼굴로 머리카락을 박박 긁어대곤 소포를 옆에 있는 책상에 얹어놓았다. 그리곤 다시 잠이 들었다.

요 며칠 힘든 감정의 무게를 안고 일을 한 나무는 완전히 곯아 떨어져 거의 하루 동안 잠을 잤다. 그녀가 일어났을 땐 다음날 오후가 되어 있었다. 눈을 떴을 땐 소포가 왔다는 걸 잊어버린지라 나무는 일어나자마자 이를 닦고 홀로 밥을 먹었다. 홀로 밥을 지어 반찬을 챙겨 상에 놓고 밥을 먹던 나무가 점점 우울한 얼굴이 되어갔다.

'젠장, 그냥 결혼해 버릴 걸 그랬나.'

이제 진짜 다시 혼자가 되었다는 생각이 들자 나무는 울컥 뜨거운 무언가가 가슴속에서 치미는 것 같았다. 예전에 혼자 살 땐 외로운지도 모르고 살았는데, 왜 이제 와서 이런 걸까. 그건 아마도 진혁과 지내며 사람과 함께 사는 즐거움을 맛봤기 때문이리라. 집에서 혼자 뛰쳐나와 살 땐 혼자 사는 걸 당연히 받아들였기에 그러려니 힘든 상황을 자기 것으로 소화하려고 했고, 또 그만큼 독이 올라 있었던 것도 있지만 그와 살면서 받은 그의 보살핌과 배려가 그 독을 조금씩 희석시켰던 것이다.

'어쩌면 잘못 생각한 걸까. 어쩌면 엄마와 같은 상황에 몰리게 될까 봐 두려움에 떨었던 건 아닐까.'

생각에 빠져든 나무가 무심결에 밥을 한 숟갈 입에 넣고는 볶은 김치 한 조각을 더 넣고 우걱우걱 씹었다. 어느새 밥그릇은 바닥을 드러내 그녀가 밥 한 그릇을 다 먹었다는 걸 말해 주었다. 나무가 마지막 밥 한 숟갈을 입에 떠 넣곤 상을 치웠다. 그리곤 커피를 끓일 물을 가스렌지에 올려놓고 설거지를 했다.

잠시 후 그녀가 뜨거운 커피를 담은 컵을 손에 들고 다시 방으로 들어오다 책상에 있는 소포를 발견하고 눈을 크게 떴다.

맞다. 소포가 왔었지.

소포 쪽으로 시선을 주던 나무가 순간 눈을 휘둥그레 떴다. 보낸 이가 진혁이었던 것이다. 나무가 얼른 소포를 감싸고 있는 노란 종이를 뜯어냈다. 그러자 작은 상자 안에 서류 한 더미와 열쇠가 들어 있었다. 그녀가 미간을 찌푸리며 그 열쇠 꾸러미를 손가락으로 집어 올렸다.

'무슨 열쇠지?'

열쇠를 눈앞에 가까이 가져가 보니 그건 진혁과 살았던 집 열쇠였다. 나무는 입술을 이죽거리며 서류 뭉치를 하나씩 펼쳐 보았다. 그건 진혁의 집 계약서였다. 전세로 된 계약서에 그녀의 이름이 써 있었다. 순간 나무의 표정이 묘하게 변해갔다. 의아함에서 이내 추측하는 표정이 되었다가 다시 뭔가를 알아챘다는 얼굴이 되어갔다. 사실 그 열쇠는 나무에게도 있는 것인지라 굳이 진혁의 열쇠를 보낼 이유는 없었다. 그런데 이렇게 열쇠와 집문서를 보낸 걸 보면…….

나무는 약간 기고만장한 얼굴이 되어 다시 열쇠를 집어 들었다.

'흥! 네가 그런다고 내가 결혼할 줄 알아? 네 집 줬다고 그 일이 없어져?'

하지만 진혁의 행동에 나무의 얼굴은 조금 샐쭉해져 있었다.

사실 앞으로 살 집 때문에 골머리를 썩고 있었지만 죽어도 진혁한테 다시 돌려달란 얘기를 하고 싶지 않았다. 그냥, 왜인지는 모르겠지만 마음이 그랬다. 분명 그녀의 돈이었지만 어찌 됐든 그녀의 아버지가 빌미를 제공한 거니까. 그게 구차하게 느껴져서 사실 그 부분을 얘기해야 하나 말아야 하나 고민하고 있었던 것이다. 그런데 진혁이 알아서 이렇게 문제를 해결하니 나무의 마음은 묘하게 양편으로 갈라지는 듯했다.

〈그래, 너한텐 그 정도 돈은 우습다 이거지〉라는 생각과 〈쳇! 그래도 알아서 기는군〉 뭐 그런 생각으로.

여하튼 샐쭉하게 입술을 내밀고 있던 나무가 상자 안을 더 뒤져 봤다. 당연히 같이 첨부된 편지나 카드가 있을 거라고 생각했던 것이다. 그러나 상자 안쪽에 껴 있나 해서 그녀가 상자를 거꾸로 들어 탈탈 털어보기까지 했지만 결국 편지 같은 건 나오지 않았다.

며칠 후 나무는 이제는 엄연히 그녀의 집이 된 진혁의 집으로 이사를 갔다. 뭐 이사라고 해봐야 간단하게 옷가지와 세면도구, 그리고 그림 재료 등만 가방에 싼 게 다지만. 하고 있던 일러스트 일이 어느 정도 정리가 되고, 친구랑 한판 거나하게 술을 마신 다음날 나무는 뒤돌아보지 않고 이사를 했다. 사실 갑자기 생활공간이 바뀌는 바람에 꽤 불편했던 것이다. 계속 허공에 붕 떠 있는 느낌에 빨리 안정된 공간이 마련되었으면 하는 바람이 강했었다.

짐을 바리바리 꾸려 택시에 올라탄 나무가 둘의 공간이었던 그 집으로 향하면서 일단 이사를 하고 좀 쉬고 나면 다른 곳으로 옮겨야겠다는 생각을 했다. 진혁과의 추억이 있는 곳에서 사는 건 아마도 꽤 괴로운 일이 되리라.

어느새 익숙한 골목길이 그녀의 시야에 들어오고, 나무는 택시에서 내려 가방을 메고, 양손에 종이 가방과 그림 가방을 들고 현관문이 있는 곳을 향해 계단을 올라갔다. 한쪽 벽에 손에 들고 있는 가방을 기대어놓고 나무가 진혁이 보낸 열쇠가 아닌 원래 갖고 있던 자신의 열쇠로 현관문을 열었다. 집은 묘하게 어두웠고 조용했다. 이상하게도 사람이 없는 것보다 더한 적막의 기운이 흘러 나무는 현관에서 신발을 벗다 말고 거실을 둘러보았다.

무표정한 얼굴로 거실을 보고 있던 그녀가 서서히 안색이 창백해지면서 그녀의 입술이 조금씩 벌어졌다. 거실을 채우고 있었던 진혁의 물건이 하나도 없었던 것이다. 한쪽 벽면을 가득 채우고 있던 책장 중 진혁의 책이 들어 있던 책장이 휑하게 비어 있었다. 그러나 가구는 여전히 그 자리에 자리 잡고 있어 나무는 아직 사태파악을 못하겠다는 얼굴로 거실 안으로 들어갔다. 그리고 곧장 방문 앞으로 다가가 문을 열었다. 그곳에도 진혁의 물건은 없었다. 책상 위에 있던 그의 스킨과 그리고 한쪽 벽에 있던 수많은 시디들이. 이제 나무의 발걸음은 빨라져 그녀가 장롱을 벌컥 열고 안으로 살피자 진혁의 옷이 걸려 있던 장롱도 어두컴컴하게 존재하고 있는 빈공간만 마주 대할 수 있을 뿐이었다. 조금씩 그녀의 얼굴빛이 흙빛으로 변해갔다. 나무는 넋을 잃은 듯한 얼굴로 욕실로 터벅터벅 걸어가 아직도 공간이 주는 의미를 인정하지 못하겠다는 듯 물건들을 살폈다. 그가 쓰던 면도기가 보이지 않았다. 쉐이브 크림도. 가끔씩 그 크림을 턱가에 바르고 나무의 얼굴에 묻히겠다고 짓궂은 장난을 치던 쉐이브 크림이 없었다. 손잡이를 움켜쥐고 있던 나무가 조용히 욕실 문을 닫고 거실 한쪽에 있는 소파에 털썩 소리를 내며 주저앉았다.

자신의 물건만 다시 가지런하게 정리되어 있는 거실 공간을 나무가 멍한 얼굴로 응시하더니 그녀의 눈에서 눈물이 툭 하고 떨어졌다. 눈물방울이 연이어 떨어지는가 싶더니 나무가 엉엉 울기 시작했다. 헤어진다고 생각했지만 그건 생각이었을 뿐이었나 보다. 정말 자신의 물건만 덩그러니 놓여 있는 공간을 대하고서야 나무는 그가 진짜로 떠났음을 실감하고 있었다. 그리고 자신이 혼자 남았다는 것을. 다시 혼자가 되었다는 것을 이제 확연히 깨닫게 되었던 것이다.

한 시간 정도를 그렇게 주저앉아 울어대던 나무가 울음을 그치고 가방이 있는 곳으로 걸어갔다. 그리고 핸드폰을 꺼냈다.

[뚜르르르르—]

상대방이 받지 않는데도 멍하니 핸드폰 폴더를 열어두고 있던 나무에게 전화를 받는 기계소리가 들려왔다. 나무는 상대방이 말이 없자 급하게 말을 꺼냈다.

"이진혁 너……."

분노랄 수도 없고, 그렇다고 서운함은 다가 아닌 알 수 없는 복잡한 감정이었다. 나무가 그런 감정을 담은 목소리로 진혁을 부르자 전화기 안에서 그의 어머니 목소리가 들려왔다.

[나무니?]

나무가 엉겁결에 침묵을 지키다가 다시 차분한 목소리로 말을 이었다.

"어머니, 저 나무예요."

[그래, 알아.]

오 여사의 목소리 속에 낮은 한숨 소리가 배어 있자 나무가 중얼거리듯 말했다.

"죄송합니다."

[아니다. 네가 죄송할 게 뭐 있니. 우리가 미안하지.]

"네?"

의외의 대답에 나무가 의구심 가득한 얼굴로 반문하자 어머니는 계속 말을 이었다.

[나도 그 녀석이 이럴 줄은 몰랐다. 결혼식 앞두고 이렇게 판을 엎어버릴 줄은……. 휴우… 난 그 녀석이 꽤나 신중한 성격인 줄 알았는데… 너 볼 낯이 없구나.]

나무가 미간을 찌푸리고 어머니가 하는 말을 열심히 해석하고 있었다. 아마도 진혁은 자신이 결혼을 엎어버리는 걸로 부모님에게 얘기한 듯싶었다. 나무가 열심히 추측을 하고 있는데 그의 어머니는 그것도 모르고 계속 사과 아닌 사과를 하고 있었다.

[둘이 이미 얘기가 다 됐다고 하던데. 맞니?]

나무가 엉겁결에 주춤주춤 대답했다.

"네……."

[그래, 그랬구나. 어쩌겠니. 그 녀석이 못하겠다는데. 이젠 외국에 나가 있으니까 마주칠 일도 없을 거야. 그러니 너도 다 잊고 새 출발하렴. 지금은 화가 나도 시간 지나면 다 잊혀질 거야.]

'이젠 외국에 나가 있다고?'

그녀를 위로하는 어머니의 말을 멍하니 듣고 있던 나무가 오 여사의 말을 끊으며 물었다.

"외국에 나가 있다뇨?"

아직 출국 날짜가 아닌데.

[몰랐니? 진혁이 어제 출국했단다. 미리 가서 시험 준비하겠다고.]

"아… 네……."

통화가 어떻게 끝났는지 나무는 인식하지 못했다. 입에서 나오는 대로 그냥 인사말을 중얼거린 나무가 핸드폰을 쥔 손을 천천히 바닥에 내려놓았다. 그녀의 얼굴이 넋을 잃은 아이처럼 그렇게 얼빠진 표정이 되어 있었다.

'어제 출국했다고?'

그녀의 눈에서 다시 눈물방울이 떨어져 내리면서 나무가 잇새로 욕을 중얼거렸다.

"나쁜 새끼. 그렇다고 말도 없이 출국을 해?"

얼어죽을 놈: "지나가다 들르다니? 내가 기생이야? 지나가다 들르게?"

나무: "그래, 기생이야, 미국에 사는 내 첩!"

08

미국에 도착한 날, 진혁은 곧장 예약해 놓은 호텔로 들어
갔다. 그리고 짐을 정리하자마자 곧바로 잠이 들었다. 아직 한
낮이었지만 한국 시간으로는 새벽에 가까운 시간이었다. 그는
한국에서 마지막 밤을 하얗게 지새운지라 피로가 잔뜩 쌓여 있
는 상태였다. 나무에게 열쇠를 보내고 난 후, 짐 정리를 하고 출
국 수속을 밟으면서도 내심 저 깊은 곳에서는 그녀가 연락해 오
기를, 그래서 자신을 잡아주기를 기대하고 있었던 것이다. 그
리하여 마지막 날까지 연락이 없었을 때 진혁은 그동안 그녀에
게 쏟아 부었던 자신의 감정들을 냉정하게 응시하며 밤을 지새
웠던 것이다.

사실 그녀에게 쏟아 부었던 그의 세심한 배려를 보면 사람들은 기이하게 여길 것이다. 그리고 그 자신도 스스로를 기이하게 여겨왔다. 맺고 끊는 거 정확하고, 남에게 받은 만큼 주고, 준 만큼 받는 것에 철저한 인간이 나무에게만은 유독 약했다. 그녀를 보면 뭐든지 해주고 싶었고, 보답받지 못해도 그리 속상하지 않았다.

하지만 나무가 결혼할 수 없다고 했을 때 진혁은 그동안 고찰없이 감정이 끌리는 대로 쏟아 부어졌던 감정의 발걸음에 제동을 걸었다. 너무 아파서, 가슴 한구석이 너무 아파서 그는 더 이상 나무에게 매달릴 수도, 다가설 수도 없었다. 나무의 거절은 그를 죽도록 아프게 했다.

그렇게 도망치듯 미국으로 가버린 그는 도착한 날 하루 종일 잠을 잤다. 그리고 새벽에 일어나 인터넷으로 살 집을 구하기 시작했다. 집이 여유가 있다고 해서 진탕으로 돈 쏟아 부어 자식 키우는 집이 아닌지라 그는 어느 학생들처럼 자취할 수 있는 작은 방들을 알아봤다.

며칠 후 작은 룸이 있는 어느 아파트로 이사를 간 진혁은 낮에는 아르바이트를 하고 밤에는 시험 공부로 바쁜 일상을 보내고 있었다. 처음 얼마간은 힘들었지만 시간이 지나면서 그는 다시 안정적으로 바뀌어갔다. 사실 육체가 힘들고, 할 일이 많으면 사람의 고민이라는 것도 멈춰서는 거다. 그렇게 시간이 지나갔다.

진혁이 출국한 지 한 달의 시간이 흘렀다. 그가 말도 없이 휙 하니 미국이란 곳으로 떠났다는 것을 알았던 그날부터 나무는 이를 바득바득 갈면서 그를 잊으려고 발버둥을 치고 있었다. 겉으로는 태연을 가장하며 원래 혼자 살았었던 예전의 그 생활로 돌아가려고 나무는 일부러 자신의 감정들을 꾹꾹 내리눌러 지신밟기 하듯 밟고 있었다.

진혁의 어머니와 전화 통화를 하던 날, 밤늦게까지 눈이 퉁퉁 붓도록 끝없이 눈물을 흘렸던 나무는 그 다음날부터는 거의 아무 일 없었다는 듯 얼굴로 하나하나 챙겨야 할 일들을 해갔다. 짐 정리를 하고, 쓸고 닦고, 밥 해먹고.

일단 다시 공과금이니 생활비 문제를 자기 혼자 다 관리해야 했고, 집을 팔기 위해 복덕방에 들르고 이사 갈 집에 대해 알아보고 있었다. 그러나 집은 나가질 않았다. 한겨울인데다가 세도 아니고 매물로 내놓았으니 쉽게 사람이 나타나지 않았던 것이다. 한 달여 동안 집 보러 오는 사람이 없자 나무는 거의 미칠 지경이었다. 집, 구석구석 어느 한 군데도 진혁과의 추억이 담겨져 있지 않은 곳이 없으니 말이다.

소파에 앉으면 둘이 소파에서 장난을 치던 기억, 소파에서 사랑을 나누었던 어느 날의 오후가 떠올랐고, 욕실에서 샤워를 하면 진혁이 등을 닦아주던 기억이 떠올랐다. 그리고 변기에 앉아 똥을 싸면 휴지가 없던 날 나무가 진혁에게 휴지 가져오라고 소리 지르던 기억, 싱크대에서 설거지를 하면 진혁이 설거지를 했을 때 그녀가 봤던 그의 뒷모습, 그리고 고무장갑을 탈탈 털어 널던 그의 버릇까지, 방 안에 있는 침대는 더 말할 바 없었다. 매일 같이 잤으니 이건 거의 고문이었다. 침대에 홀로 누운 게 너무 어색하고 허전해서 나무는 거의 한 달 내내 새벽까지 그림을 그리거나 콘티를 짜거나 또는 인터넷 쇼핑을 하며 새벽을 보냈다. 그리하여 허허로움 같은 건 느낄 새도 없이 기절하듯 잠이 들 수 있을 때 그때서야 침대에 눕곤 했다.

그날도 나무는 새벽까지 그림을 그리고, 괜히 빨래를 돌리고, 걸레로 구석구석 닦고 나서야 침대에 누웠다. 새벽 4시가 다 되어가는 시간이었다. 간신히 온몸을 혹사시킨 후에야 잠이 들어버린 그녀가 꿈결 속으로 한걸음을 내디뎠다.

그녀가 오랜만에 깊은 잠에 빠져드려 하는데 어디선가 달그닥거리는 소리가 들려왔다. 혼자 있는 집에, 그것도 한밤중에 소리가 나 나무는 신경을 곤두세우고 침대에서 일어났다. 그리곤 발소리를 내지 않고 발끝을 세운 채 방문 쪽으로 걸어가 살며시 문을 열었다. 조그만 틈 사이로 나무가 소리가 나는 쪽으로 시선을 집중시켜 보니 어떤 남자가 싱크대 앞에서 설거지를 하고 있는 게 아닌가. 그것도 툴툴거리면서. 남자의 뒷모습이 눈에 익어 나무는 뚫어지게 그 사람의 등을 응시했다. 설거지를 다 마친 남자는 쓰레기통에 시선을 힐끔 주더니 욕을 중얼거리며 쓰레기 봉지를 묶기 시작했다. 쓰레기통에 새 봉지를 갈아 끼운 남자가 허리를 들어 등을 돌리니 그는 진혁이었다. 나무가 순간 눈을 크게 뜨고 반가움과 여러 복잡한 감정의 움직임에 입을 벌렸다. 그리하여 목소리를 내어 그의 이름을 불렀다.

"진혁아!"

진혁은 그녀의 목소리를 못 들었는지 그저 싱크대에서 손을 씻을 뿐이었다. 소리가 작아 못 들은 건가 싶어서 그녀가 더 크게 이름을 불렀지만 그는 여전히 아무 반응 없이 수건에 손을 닦더니 현관이 있는 쪽으로 걸어갔다.

나무의 얼굴이 초조함과 조바심에 일그러져 갔다. 그녀가 방문을 벌컥 열고 거실로 달려갔지만 그는 신발을 신고 현관문을 열기 위해 손잡이에 손을 가져갔다. 나무가 현관 쪽으로 발을 내딛자 그가 문을 열고 밖으로 나갔다.

"진혁아아아아아!!"

잠들어 있던 나무가 눈을 퍼뜩 뜨고 자신이 있는 공간을 두리번거렸다. 현실인지 꿈인지 구분할 수 없었던 방금 전의 상황 때문에 나무는 방문을 뚫어지게 응시했다.

꿈이었다. 방문은 열려 있지도 않았고, 자신은 침대에 누워 있었다. 게다가 이미 동이 터오고 있었다. 꿈이었음을 깨달은 나무가 다시 눈을 감고 가만히 누워 있더니 어느 순간 잠이 안 오는지 그냥 침대에 일어나 앉았다. 끔벅끔벅 소처럼 눈을 끔벅이며 그녀가 이불 한곳을 물끄러미 응시했다. 너무나 현실 같은 꿈이어서, 꿈이란 걸 알고 있는데도 상실감이란 게 느껴질 정도였다. 그녀가 천천히 한 손을 들어 올려 자신의 이마를 만지작거렸다. 서늘한 이마를. 마치 방금 전에 누군가 쓰다듬었던 것 같은 감촉이 여전히 생생하게 느껴지는 자신의 이마를. 함께 살았을 때 나무가 이마를 쓰다듬어 주는 걸 좋아해 그에게 잠이 안 올 때면 항상 해달라고 말했었다. 그러면 진혁은 얄궂은 미소를 지으면서도 손길은 너무나 부드러워 나무는 그가 이마를 쓰다듬을 때면 너무나 포근한 느낌에 잠이 들곤 했었다.

이마에 올려져 있는 그녀의 손은 이제 마치 자신이 쓰다듬듯 그렇게 움직이고 있었다. 자신의 이마를 쓰다듬듯 그렇게 이마를 만지던 나무가 가슴을 들썩이며 울기 시작했다. 툭 하고 그녀의 손이 아래로 떨어지면서 나무가 다른 손으로 이마를 만지던 손을 잡았다.

진혁의 손이 아니다.

자신이 아무리 자신을 쓰다듬어도 진혁이 쓰다듬은 것과은 다른 거라는 걸.

나무는 절감했다.

멍하니 굵은 눈물을 떨어뜨리던 나무가 이내 인상을 쓰며 짜증난다는 얼굴로 울기 시작했다.

어쩌란 말인가. 그래서 어쩌란 말인가.

진혁이 떠나고 난 후 오기를 부리며 묵묵하게 일상을 영위하던 그녀는 지금 더 이상 버티지 못하고 무너지고 있었다. 그리고 동시에 지금 이 상황에 짜증이 났다. 또 이런 상황에 처한 자신에게 짜증이 났다.

진혁과 결혼해서 사는 건 맘에 들지 않고, 하나하나 개입당해 가면서 그 집안 며느리 노릇하는 것도 싫은데, 진혁을 잊지 못하고 보고 싶어하는 자신에게 짜증이 나고 화가 났다.

둑이 터진 것처럼 나무는 울었다. 그동안 꾹꾹 내리누르고 있었던 그리움과 갈등이 한꺼번에 폭발하는 듯했다. 꿈에서 그를 보고 깨어난 후 절망적일 정도로 상실감을 느끼고 나서야 나무는 진혁을 사랑한다는 것을, 그래서 떠날 수 없음을 깨닫고 미친 듯이 울기 시작했다. 한참을 울어대던 나무가 소리쳤다.

"씨팔, 씨팔, 씨팔! 아… 짜증나!"

욕을 씨부렁거리며 오랫동안 울음소리를 내던 그녀가 어느새 잠잠해져 갔다. 빨갛게 부푼 코와 퉁퉁 부은 두 눈을 휴지로 닦고는 나무가 곧바로 욕실로 들어갔다. 그리곤 세수를 하고 난 나무가 핸드폰을 꺼내 친구에게 전화를 걸었다. 예전에 대학 때 어학연수를 갔던 친구였다.

한창 출근 준비를 하고 있던 친구는 아침 일찍 울려대는 핸드폰을 보고는 발신자를 확인했다. 나무였다. 그 잠탱이 나무. 친구는 그녀에게 무슨 일이 있나 싶어 얼른 전화를 받았다. 그녀가 핸드폰 폴더를 열자마자 나무의 다급한 목소리가 들려왔다.

[야, 미국 가려면 어떻게 해야 되냐?]

"뭐?"

아닌 밤중에 봉창 두드리는 것도 유분수지. 친구는 벙찐 얼굴로 가만히 서 있다가 순간 진혁이가 미국 갔다고 이년이 술 먹으면서 했던 얘기가 떠올랐다. 친구의 얼굴은 더 벙쪘다.

이년이? 사랑 때문에 미국을 간다고? 남자 때문에?

친구는 짓궂은 얼굴이 되어 말했다.

"왜? 진혁이 보러 가려고?"

나무가 발끈 소리쳤다.

[아… 그래! 보러 간다, 보러 가! 그래서?]

"뭐… 아니야."

[빨리 말해. 가려면 어떻게 해야 돼?]

재촉 어린 나무의 목소리에 친구는 킥킥거리며 반문했다.

"왜? 보고 싶어 죽겠냐?"

[너 나한테 뒈지고 싶냐?]

짜증이 가득 묻어나는 나무의 협박이 이어졌다. 그녀의 분위기가 심상치 않다는 것을 알아챈 친구가 얼른 말했다.

"여권은 있니?"

[여권?]

핸드폰 속에서 나무의 괴성 같은 비명이 흘러나왔다. 여권이 없었던 것이다. 친구가 절차를 말하자 비명을 질러대던 나무가 어느새 받아 적는지 조용해졌다. 받아 적어야 할 게 많아지자 나무가 씨부렁거리기 시작했다.

[아, 씨팔. 그 새끼는 왜 유학은 가고 지랄이야. 갈 거면 전라 도나 경상도로 갈 것이지 뭐 찾아먹을 게 있다고 미국까지 가고 지랄이냔 말이야. 꼭 공부 못하는 것들이 유학 간다고 설쳐요.]

나무의 욕지거리를 묵묵히 들으며 출국수속에 대해 말하고 있던 친구가 짧은 한숨을 토해내며 말했다.

"야, 말이 되는 소리 좀 해라. 전라도나 경상도가 유학이냐?"

그러자 나무의 생뚱맞은 목소리가 들려왔다.

[알 게 뭐야.]

미국 서부 캘리포니아 팰로앨토.

진혁은 영어 수업을 마치고 바로 아르바이트를 하러 가기 위해 교정을 걸었다. 스탠포드 대학 교정은 수많은 나무와 잔디에 둘러싸인 곳이어서 마치 어느 공원에 와 있는 기분이었다. 예전에 그가 어렸을 때 아버지 출장 길에 같이 온 적이 있었다. 그때 아버지는 진혁의 손을 잡고 스탠포드 대학을 구경시켜 주고, 고풍스러운 건물을 보여주며 그곳에 어떤 사람들이 있는 지, 그리고 어떤 고민을 하고 어떤 꿈이 있는지 들려주었다. 공부에 욕심이 많았던 아버진 젊었을 때 스탠포드 대학에서 경영학을 공부하는 게 꿈이었다고 말했다. 세계의 수재들과 석학들을 만나 실물경제를 논하고 싶었다고. 그 꿈을 어머니를 만나접어야 했다고. 부모님들의 반대에 부딪쳤을 때 아버진 어머니를 두고 유학을 올 수는 없었다고 했다. 그때 어린 시절에 보았던 교정은 햇살에 눈부시게 빛나던 푸른 숲이었다. 야자수와 같은 나무들이 곳곳에 줄지어 있어 그는 그때 재밌는 공원에 왔다고 생각했을 정도였다. 그러나 아버지의 회환 어린 얼굴을 보면서 그는 아버지가 못한 걸 자신은 하겠다는 야물 딱진 다짐을 했었다. 오랫동안 말하지 않았지만 속으로 그렇게 그 길을 가겠다고 마음먹었다.

그러나 교정은 그때의 교정이 아니다. 어릴 때 아무것도 모르고 단지 바라만 보면 되는 이상이 아니다. 지금 그는 이 교정을 걷기 위해 다른 것을 손에 놓았고, 원하던 것을 포기했다. 묵묵히 길을 걷던 진혁이 잠시 멈춰 서서 교정을 바라보았다. 연말의 부산함이 사라지고, 학생들은 방학이라 거의 대부분이 집으로 돌아갔다. 교정은 진혁처럼 유학을 준비하는 외국인들이나 또는 입학 준비를 하는 예비신입생들만이 왔다 갔다 할 뿐이었다.

바쁘면 생각할 틈도 없을 거라고, 틈이 없으면 자연히 잊혀질 거라고 생각했던 나무, 그가 사랑했던 여자가 진혁은 아직도 생각이 났다. 그의 입에서 냉소적인 피식거림이 흘러나왔다.

'그래, 어떻게 그렇게 쉽게 잊을 수 있겠니. 8년이란 시간을 바라봤는데 최소한 그만큼의 시간은 필요하겠지.'

가슴 한구석이 욱신거리는 걸 느낀 그가 순간 인상을 찌푸렸다. 그렇게 스산한 바람이 부는 교정을 물끄러미 바라보고 서 있던 진혁이 다시 발을 움직여 걸었다. 그는 곧장 아르바이트 장소로 차를 몰았고, 그날 밤 열한 시가 다 되어서야 퇴근을 했다.

피곤함에 진혁은 멍하니 아파트 엘리베이터 버튼을 눌렀다. 잠시 후 엘리베이터에서 내린 진혁이 자신의 아파트 문 쪽으로 몸을 돌리려 하는데 계단 쪽에 누군가가 앉아 있는 게 보였다. 얼핏 보니 동양인이었다. 그리고 낯이 익었다. 진혁이 계단 쪽으로 다가가 고개를 숙이고 앉아 있는 여자를 유심히 살펴보았다.

나무였다.

그의 눈이 흡사 매처럼 그녀를 향해 날카롭게 꽂혔다. 그가 무표정한 얼굴로 이 놀라운 상황에 적응하며 서 있는데 웅크리고 졸고 있던 나무가 부스스한 얼굴로 고개를 올려 진혁을 확인했다. 그러곤 인상을 잔뜩 쓰며 투덜거렸다.

"야, 왜 이렇게 늦게 다녀?"

여전히 그녀의 얼굴에 시선을 고정시키고 있는 진혁이 무심결에 중얼거렸다.

"여긴 웬일이야?"

자신을 보면 우라지게 반가워하며 자신을 껴안고 난리를 칠 거라고 상상하고 있었던 나무는 진혁의 차가운 말에 순간 마음이 싸하게 가라앉았다. 보고 싶었다고, 너무 보고 싶었다고 말하려 했었는데 기분이 팍 상해 버린 것이다. 저녁 7시에 도착해서 정말 〈엄마 찾아 삼만리〉처럼 물어물어 간신히 그가 사는 아파트를 알아냈는데, 게다가 문이 잠겨 있어서 그녀는 꼬박 계단에 앉아 그를 기다리고 있었는데 저 시큰둥한 반응은 뭐란 말인가. 잠시 그의 얼굴을 빤히 노려보던 나무가 멀뚱한 얼굴로 말했다.

"그냥, 지나가는 길에 들렀어."

'지나가는 길?'

진혁은 이 가당찮은 대답에 잠시 코웃음을 칠까 하다 그냥 계속 무표정한 얼굴로 그녀를 응시했다. 오기를 부리고, 상대가 먼저 숙이고 들어오기를 기다리는 이 여자의 버릇을 고쳐 버려야겠다는 생각이 들었던 것이다. 그리도 동시에 그녀의 대답에 꼬리치듯 〈잘 들렀어〉라고 반응해 줄 만큼 지금 그의 마음이 따스한 상황도 아니었다. 차갑게 가라앉은 목소리로 진혁이 대꾸했다.

"그래? 그럼 들렀으면 가. 나 피곤해."

나무가 거의 경악에 가까운 표정으로 입을 벌리자 진혁은 속으로 흐뭇한 미소를 그렸다. 그러나 나무의 눈빛이 거의 죽일 듯이 변하고 있다는 것도 모르고 등을 돌린 진혁은 더 튕겨야겠다는 생각을 하며 자신의 아파트로 걸어갔다. 아주 짧은 보폭으로.

그가 등 뒤로 신경을 곤두세우고 걸어가는데 뒤에선 아무런 소리가 들려오지 않았다. 진혁이 입술을 꽉 다물고 아파트 현관문을 열쇠로 열기 시작하자 그의 귓가로 계단을 내려가는 발걸음 소리가 들려왔다. 순간 그가 고개를 휙 돌려 소리가 나는 방향 쪽을 바라보니 나무가 씩씩거리며 거의 땅을 부숴 버리겠다는 듯 힘을 주어 계단을 내려가고 있었다. 그 모습에 그는 자신도 모르게 벌써 계단을 향해 뛰고 있었다. 마치 먹이를 노리고 달려가는 표범처럼 진혁이 무섭게 나무를 향해 달려가 그녀의 어깨를 잡아 돌려세웠다. 하지만 이미 화가 나버린 나무가 순순히 그의 품에 안길 리 없었다. 그녀를 품 안에 가두려는 진혁의 행동에 나무가 몸을 뒤틀며 반항했다. 그러나 오래가지 않아 진혁이 쉽게 그녀의 저항을 제압해 품 안에 가뒀고, 나무는 오랫동안 계단에 앉아 있는 바람에 쉽게 지쳐 버렸다. 숨을 헐떡이며 나무가 소리쳤다.

"그 딴식으로 말하니까 기분 좋아?!"

나무랑 똑같이 숨을 헐떡이며 진혁이 이를 갈듯 말했다.

"너야말로 그렇게 말하면 자존심이 지켜져? 지나가다 들르다니? 내가 기생이야? 지나가다 들르게?"

나무가 고개를 치켜들고 해볼 테면 해보자는 얼굴로 대꾸했다.

"그래, 기생이야, 미국에 사는 내 첩!"

바락바락 그녀가 지지 않고 소리쳤지만 진혁은 이미 나무의 대꾸엔 신경 쓰지 않는 듯했다. 어느새 거칠었던 호흡이 진정되고 차분히 가라앉은 얼굴로 그가 나무의 얼굴을 빤히 응시했다. 두 달 만에 본 나무를. 조금은 핼쑥해진 얼굴에(네 눈에만 그렇겠지!) 여전히 또랑또랑한 눈빛과 그리고 자신이 너무나 좋아했던 그녀의 작은 코를. 탁하게 흐려진 눈빛으로 그가 나무의 얼굴을 애무하듯 응시하자 나무의 얼굴이 서서히 벌게져 갔다. 그러나 자신이 지금 쑥스러워한다는 게 맘에 안 드는지 나무가 비아냥거리듯 말하기 시작했다.

"흥! 보니까 죽겠지? 날 두고 감히 미국으로 도바리를 쳐? 네가 그러고도…….."

말을 하고 있던 나무의 입술에서 순간 침묵이 자리 잡았다. 진혁이 그녀의 입술에 거칠게 키스를 하기 시작했기 때문이다. 그의 뜨거운 혀가 그녀의 입 안으로 들어와 거침없이 그녀의 입 안을 파고들자 잠시 얼이 빠져 있던 나무도 뜨겁게 호응하며 그의 키스에 반응했다.

다음날 아침, 겨울 햇살이 화사하게 그의 작은 아파트로 쏟아져 들어올 때쯤 진혁의 눈이 떠졌다. 오늘은 토요일이라 수업과 아르바이트 모두 쉬는 날이었다. 느긋하게 잠에서 깨어난 진혁이 다른 날과는 다르게 다시 눈을 감고 옆 자리로 손을 가져갔다. 언제나 혼자 깨어나 바쁜 일정 때문에 부산스럽게 아침을 보냈던 진혁은 지금 오랜만에 찾아온 이 여유로운 아침을 느긋하게 즐기고 있었다. 손을 뻗으니 자연스레 등을 돌려 자고 있던 나무가 잠결에도 슬금슬금 그의 품 안으로 파고들었다. 어제 도착한 이후 새벽까지 그와 사랑을 나누느라 잠을 못 잤던 나무는 지금 파김치가 되어 잠에서 도통 깨어나지 못하고 있었다. 그의 손이 스멀스멀 그녀의 옷 속으로 들어가 작은 가슴을 어루만졌다.

"우웅… 간지러워."

졸음이 가득 묻어나는 목소리로 나무가 웅얼거리자 진혁이 씨익 미소를 지으며 그녀의 목가에 입맞춤을 했다. 헤어져 있는 동안 정작 그리운 것은 이 살내음이었다. 나무의 몸에서 맡아지는 우윳빛 살내음. 향수를 싫어해서 아기들이 쓰는 바디로션밖에 안 쓰는 나무였기에 그녀의 몸에선 아기 분내음 같은 게 났다. 밤에 돌아와 홀로 잠이 들 때면 그는 이 살내음이 미치도록 그리웠다. 그 살내음을 지금 그가 실컷 맛보겠다는 듯 입술로 그녀의 목과 어깨를 살짝살짝 깨물고 혀로 맛봤다. 나무는 짜증 섞인 신음을 흘리면서도 진혁을 향해 돌아누워 두 팔로 그의 목을 감쌌다. 진혁이 그녀를 품 안에 들어오게 꼭 끌어안고 그녀의 귓가에 속삭였다.

"결혼하자! 음?"

순간 그의 애무에 흠뻑 빠져 있던 나무가 감고 있던 눈을 퍼뜩 뜨고 그를 응시했다. 느슨하게 풀어져 있던 그녀의 얼굴이 조금은 딱딱하게 굳어져 갔다. 그녀의 묘한 표정에 진혁이 천천히 일어나 앉았다. 따스했던 방 안은 침묵으로 채워져 깨지기 쉬운 유리그릇 같은 질감으로 변해 있었다. 나무가 침대에서 일어나 베개에 등을 대고 비스듬히 앉자 진혁이 벌떡 일어나 식탁이 있는 곳으로 걸어갔다. 그 모습을 나무가 빤히 응시하며 작은 한숨을 토해냈다. 잠시 후 그의 두 손에 커피 두 잔이 들려져 있었고, 그녀에게 한쪽 커피를 내밀었다. 그는 잊지 않고 묽디묽은 숭늉 같은 커피를 만들어왔다. 나무의 위장이 약한지라 커피를 아주 연하게 마셨던 것이다. 그는 이 상황에도 잊지 않고 그녀의 입맛대로 커피를 타왔고, 나무는 그런 그의 세심한 배려를 잊지 않고 느꼈다. 그녀가 진혁이 내미는 묽은 커피를 바라보며 말했다.

"이대로 지내면 안 돼?"

나무의 손에 커피를 들려준 진혁이 자신의 커피를 한 모금 마시고는 침대 옆에 있는 의자에 앉았다. 둘 다 알고 있듯 그는 잠옷바지만 입은 채였다. 너무나 익숙해서 자연스럽고, 오히려 그게 더 편한 그런 아침풍경이었다.

진혁이 무언가를 생각하는지 팔짱을 낀 채 바닥을 뚫어지게 응시했다. 그의 입에서 다시 극단적인 선택의 말이 쏟아져 나올까 봐 나무가 조금은 불안한 어조로 말을 이었다.

"난 아직 결혼하고 싶은 생각 없어. 그냥 이대로 지내자. 응?"

그녀의 채근 어린 말에 진혁이 시선을 들어 그녀를 빤히 응시했다.

"너 자유로운 건 침해받을 수 없고, 나를 잃고 싶지도 않다?"

서늘한 그의 말투에 나무가 침묵을 지켰다. 그가 딱딱하게 말을 뱉었다.

"그리고 난 계속 결혼 압박을 받으며 너랑 사귀고?"

그의 가시 돋친 말에 나무가 질끈 눈을 감더니 다시 눈을 떠 그를 똑바로 응시했다. 그리곤 고개를 끄덕였다.

"그래."

진혁이 탁자에 커피 잔을 소리가 나도록 내려놓곤 조용히 말했다.

"너 이기적이야."

그러자 나무가 화가 나는지 차분했던 그녀의 얼굴이 굳어졌다.

"이기적이라구? 뭐가 이기적이야? 내가 원하는 대로 살겠다는데 그게 이기적이라는 거야? 네가 네 방식대로 결혼하자고 하는 건 이기적이지 않고? 너야말로 네 틀 속에 날 끼워 넣고 싶어하는 거잖아."

답이 나오지 않았다. 둘 다 도저히 타협점을 찾을 수 없는 부분이었다. 그렇다고 차마 헤어지자니 그건 괴로워서 못해먹겠고. 둘 다 미치고 환장할 일이었다.

이제 더 이상 결혼 안 할 바엔 헤어지자는 말 같은 건 할 수 없었다. 이미 그녀와 헤어져 있으면서 가슴이 휑하니 뚫린 그런 경험을 한 진혁으로서는 이제 그런 극단적인 말을 할 수 없었다. 입을 다물고 끓어오르는 감정을 지그시 누르고 있던 그가 갑자기 의자에서 벌떡 일어나 고래고래 소리를 지르기 시작했다.

"으아아아아아아! 미치겠네에에에에에!!"

그 모습을 나무가 난감한 얼굴로 물끄러미 응시했다. 진혁이 아직도 성이 안 풀리는지 방 안으로 이리저리 서성이기 시작하자 나무가 샐쭉한 얼굴로 말했다.

"정 그러면 내가 결혼하고 싶어지게 만들어 보든가."

진혁이 정말 얄밉다는 듯 눈을 가늘게 뜨고 그녀를 노려보았다. 그리곤 잇새로 말을 뱉어냈다.

"으이구, 잘났다 그래."

방 안 한가운데 서서 그녀를 노려보고 있는 진혁을 나무가 잠시 쳐다보더니 침대에서 냉큼 빠져나와 그의 곁으로 다가갔다. 그리곤 그의 목에 팔을 둘러 마치 유혹하듯 그렇게 속삭였다.

"자기… 나 없으면 미치잖아."

진혁이 나무토막처럼 꼼짝도 않고 그녀의 밉살스런 얼굴을 한껏 쪼려보았다. 그가 반응없이 무뚝뚝하게 서 있자 그녀가 애태우듯 그의 어깨를 손으로 어루만지며 진혁의 아랫입술을 혀로 핥았다. 그러자 그의 입에서 잔뜩 쉰 목소리가 흘러나왔다.

"그래, 갈 데까지 가보자. 네가 이기는지, 내가 이기는지."

나무가 씨익 웃으며 고개를 끄덕이자 진혁이 입술을 비틀며 그녀를 번쩍 안아 들었다. 그리곤 침대로 데려가 나무에게 키스를 퍼붓기 시작했다. 연신 욕을 중얼거리면서.

"젠장. 내가 미쳤지. 너 같은 여잘 좋다고… 어휴……."

나무: "너… 너… 진짜 이럴 거야? 너 내가 몸 좋아지면 진짜 가만 안 둔다."

얼어죽을 놈: "아, 그래, 그래. 몸 좋아지면 다시 싸우자고."

에필로그

"몇 시쯤 도착하는데?"

붓으로 무언가를 끼적거리고 있던 나무가 숙이고 있던 고개를 들어 통화에 집중했다.

[3시쯤엔 도착할 거야. 왜? 마중이라도 나오려고?]

진혁이 얄궂게 웃음을 담고 말하자 나무가 입술을 비틀며 말했다.

"개뿔, 마중은 무슨……."

그러나 욕을 중얼거리는 나무의 목소리엔 즐거운 기색이 묻어 있었다.

진혁은 지금 호주로 출장을 가 있었다. 그의 출장 일정이 거의 끝나갈 무렵 나무가 국제전화라는 엄청난 압박감 속에서 전화를 걸었고, 진혁은 그걸 잘 아는지라 짓궂은 농을 던진 것이었다. 둘의 전화 통화가 끝나고 호텔에 있는 소지품을 챙긴 그가 공항으로 향했다. 조금 있으면 나무를 볼 수 있다. 매일 붙어 있었던 것도 아닌데, 멀리 떨어져 있다는 생각 때문인지 못 본 지 일주일 정도밖에 되지 않았는데도 공항이 가까워올수록 괜히 조급증이 났다. 서둘러 입국절차를 밟은 그가 출발 시간이 정해져 있음에도 비행기가 있는 곳으로 신나게 걸음을 재촉했다.

같은 시간 나무는 통화를 끝내고 책상에 앉아 무언가를 그리고 있었다. 이틀 후면 진혁의 생일이었다. 사실 몇 년 전부터 진혁이 나무에게 초상화를 그려달라고 애걸복걸이었지만 나무는 마치 못 들은 사람처럼 매해 생일이면 어김없이 다른 선물을 내놓곤 했다. 넥타이라든지, 팬티라든지, 시계 뭐 그런 것들을. 그럴 때마다 진혁은 넥타이를 매면서 노려보고, 팬티를 입으면서 궁시렁거리다가 시계를 차면서 툴툴거렸다. 그러나 나무에게는 초상화 선물 같은 건 꽤 민망한 일이었다. 나이가 10대도 아니고, 이제 서른을 다 된 자신이 나잇살 처먹어서 연인한테 초상화를 그려주는 건, 그것도 그림을 직업으로 삼은 사람이 그런 짓을 하는 건 왠지 낯부끄럽게 느껴졌던 것이다. 진혁에게야 그림이란 게 의미가 마구 부여되는 어떤 신성시되는 호기심의 대상이겠지만 나무에게는 밥 벌어먹는 도구이며, 생활이기 때문에 그런 의미부여 같은 건 잘되지 않았다. 아니, 어쩌면 더 신성시해서 누구 생일 선물로 쓰이는 걸 별로 좋아하지 않는 것일 수도 있다.

여하튼 그렇게 고집을 부리며 진혁의 바람을 끝까지 무시하고 있던 나무가 지금 그의 얼굴을 그리고 있었다. 물론 초상화는 아니었다. 간단하게 특징만 잡아 그리는 캐리커처였다. 게다가 나무는 이 그림이 일로 쓰이는 그림이 아니기에 자기표현하고 싶은 대로 그리고 있는지라 진혁의 얼굴은 약간 기괴한 형상을 하고 있었다.

'아… 그래, 그려준다, 그려줘. 염병. 나이가 몇인데 초상화 타령이야.'

나무가 속으로 씨부렁거리며 천 위에 그려진 진혁의 얼굴을 마무리지었다. 여하튼 이렇게 낯 뜨거운 짓을 하면서도 나무의 손길은 의외로 꼼꼼하게 붓 터치를 하고 있었다. 특히나 진혁의 눈빛을 살리기 위해 고심에 고심을 하기까지 했다.

그녀가 작업을 다 마치고 물감이 다 마르기를 기다리며 잠시 여유를 가졌다. 고개를 들어 시계를 확인하니 진혁이 도착할 시간이 이제 거의 얼마 남지 않았다. 나무가 부리나케 책상에서 일어나 욕실로 달음질을 치려다가 중간에 우뚝 멈춰 섰다. 생각해 보니 진혁 혼자 출장을 간 게 아니었다. 그렇다면 공항에는 회사 사람들이 같이 도착할 게 뻔했다.

진혁과 결혼이 깨지고 나서 나무는 진혁과의 관계를 공식적으로 밝히기 싫어했다. 아직은. 어쩌면 앞으로도. 눈들이 많은 집단에 속한 그였고, 분명 그의 부모 귀에 들어갈 게 뻔한 일이었기에 둘은 남들 눈에 띄지 않게 만나왔던 것이다. 물론 둘의 친한 몇몇은 알고 있었지만 이렇게 회사 사람들이 있다든지, 그의 파트너로 나서야 할 자리 같은 건 나무가 극구 사양하고 있었다.

이런저런 생각을 하며 상황을 판단한 나무가 다시 책상 쪽으로 털레털레 걸어갔다. 진성그룹이라는, 그리고 가족이라는 테두리에 속박되는 게 싫어서 그녀가 선택한 길이었지만 이렇게 뒤에 숨겨진 여자 같은 느낌이 들 때면 기분이 이상하게 묘해졌다. 왠지 찜찜하다고나 할까. 그렇다고 둘의 관계를 공식적으로 밝히고 사귀자니 다시 겪어야 할 집안의 간섭과 여러 의무들이 싫었다.

'아… 머리 아파.'

그가 유학 가 있는 동안, 그리고 그가 유학을 마치고 회사에서 자리를 잡아가는 그동안 나무는 이 문제 때문에 골머리가 뻐근하게 아파올 정도로 고민했지만 언제나 답은 나오지 않았다. 뒤에 숨어 있다는 감정적인 찜찜함 때문에 사실을 밝히고 결혼이란 공식적인 어떤 것을 선택하기엔 감수해야 할 게 너무 많았다.

이제는 이런 일상이 되어버린 이 고민을 나무가 오랜만에 되새김질하다가 고개를 가로저으며 생각을 털어냈다. 이리 재고

저리 잰다고 답이 나올 것 같지 않았다. 아마도 어떤 계기가 있든지, 아니면 그냥 이 상태로 쭉 가든지 둘 중의 하나일 것이다.

책상 의자에 앉아 그림을 빤히 쳐다보고 있던 그녀가 벌떡 일어나 욕실로 걸어갔다. 씻고, 화장하고 옷 입고 그러다 보면 진혁이 공항에서 사람들과 헤어지고 연락을 할 시간이 될 것이다. 욕실에 들어가 샤워까지 마친 그녀가 오랫동안 옷을 고르다가 마침내 니트로 만든 까만 원피스를 입고는 오렌지 색이 감도는 루즈를 발랐을 땐 시간은 이미 진혁이 도착하고도 남을 시간이 되어 있었다.

'이상하네. 지금쯤이면 도착했을 텐데.'

나무가 숄을 손에 집고는 괜히 거실에 서성이다 결국 예정 시간의 한 시간이 지나도록 연락이 안 오자 핸드폰을 집어 들었다.

[뚜르르르르— 뚜르르르르—]

긴 신호음이 끝없이 계속되자 그녀가 의아해하며 핸드폰 폴더를 덮으려 할 찰나에 낯선 목소리가 들려왔다.

[예, 이진혁 씨 핸드폰입니다.]

"아… 저……."

상대의 신원을 알 수 없자 나무가 주저하며 말을 잇지 못했다.

[예, 말씀하십쇼. 지금 이진혁 씨가 병원에 있어서 대신 받았습니다.]

"예?"

순간 나무의 심장이 철렁 내려앉았다. 둘의 관계를 그의 주변에 알리고 싶지 않다는 생각에 말을 주저하고 있던 나무가 〈병원〉이란 단어를 듣자 경황없이 말을 쏟아내기 시작했다.

"병원이요? 왜요? 비행기 사고가 난 건가요? 무슨 일이에요? 예?"

진혁과 함께 출장에 갔던 김 실장은 그의 애인이구나 싶어 순순히 설명을 하기 시작했다.

[아… 차 타고 오다가 작은 사고가 있었습니다.]

작은 사고라는 말에 나무의 입에서 안도의 한숨이 터져 나왔다. 바짝 말라 까슬거리는 듯한 목을 그녀가 마른침을 넘기곤 조용히 물었다.

"어느 병원이에요?"

나무가 발을 동동 구르며 부리나케 택시를 잡아타고 병원으로 향했지만 시간은 더디 지나갔다. 그렇게 한 시간여 동안 그녀가 택시에서 속을 태우고 나자 택시는 병원 앞에 그녀를 데려다 놓고 떠났다. 병원 정문에 내려서자마자 나무는 앞뒤 잴 거 없이 1층에 있다는 응급실을 찾아 급하게 걷기 시작했다. 길 잃은 아이처럼 그렇게 물어물어 응급실 방향을 찾던 그녀가 문 위에 있는 응급실 표시를 보고는 우뚝 발걸음을 멈추었다. 〈작은 사고〉였다는 전화 받은 사람의 말을 위안 삼아 그녀가 심호흡을 하고는 살며시 문을 열었다. 열어보니 응급실엔 빼곡이 침대가 놓여져 있었고, 여기저기에서 다쳐서 온 사람들이 난리를 치고 있었다. 울음을 터뜨리는 아이의 목소리와 의사들과 간호사들의 부산한 움직임에 응급실 안은 지금 누가 문을 열었는지는 신경 쓰지 못하는 듯했다. 그 속에 진혁이 있었다. 그리고 그의 부모님과 전화를 받았던 것 같은 회사 사람이 그의 곁에 있었다. 급하게 달려왔는지 그의 부모님은 약간 사색이 되어 있었고, 진혁은 너털웃음을 흘리며 그들을 안정시키고 있었다. 그 모습을 나무가 물끄러미 응시하다가 소리나지 않게 문을 닫고 밖으로 나갔다. 깊은 한숨을 토해낸 그녀가 병원 건물이 둘러싸고 있는 정원으로 발걸음을 향했다.

일단 안심은 되었다. 눈으로 확인한 진혁은 그리 크게 다친 것 같지는 않았다. 팔에 붕대를 친친 감은 모습이 조금은 신경 쓰였지만 그나마 다행이었다. 걱정으로, 그리고 불안감으로 잔뜩 날이 서 있던 신경줄이 이제야 흐느적거리며 온몸에 맥이 빠졌다. 병원 밖 한쪽에 있는 벤치에 나무가 앉아 담배 하나를 꺼냈다. 담배를 입에 물고 멍하니 앉아 있는 나무를 주변에 지나가던 사람들이 쳐다보고 있다는 것을 느낀 그녀가 입술을 비틀며 라이터로 불을 당겼다.

'젠장, 고뇌할 틈이 없군.'

뻑뻑 담배를 피워댄 나무가 휴지통에 꽁초를 튕긴 다음, 복도에 있는 자판기를 향해 걸었다. 그녀가 동전을 넣고 커피 버튼을 누르고 있는데 그녀의 귓가로 진혁의 부모님 목소리가 들려왔다.

"천만다행이에요. 아휴……."

"그러게."

뚜벅뚜벅, 또각또각 두 분의 구두 소리가 조금씩 그녀의 귓가에서 멀어져 갔다. 나무는 버튼을 누르려던 그 자세로 그대로 굳어 가만히 숨을 죽이고 있었다. 알아보면 어떤 표정으로 인사를 해야 하나. 진혁이를 만나러 온 거라고 할까, 아니면 다른 이유를 댈까 머리를 굴리며.

멀리서 어렴풋이 진혁의 어머니 목소리가 들려왔다.

"이 녀석, 빨리 결혼시켜야겠어요. 나이 먹은 놈이 저렇게 혼자 있는 거 보니까 안 되겠어요."

"그 녀석이 결혼 얘길 입 밖에도 못 내게 하니… 그게 문제지."

그들의 뒷모습이 거의 사라질 때쯤이 되어서야 나무가 버튼을 누르려고 손가락을 움직였지만 이미 동전은 기다리지 않고 밖으로 나와 있었다. 나무가 그 동전을 빼내곤 응급실로 향했다.

"어이구, 빨리도 왔다."

부루퉁한 얼굴로 문을 열고 들어오는 나무를 보고 진혁이 웃음기 어린 얼굴로 비아냥거렸다. 무심한 듯한 목소리 속에 그녀를 기다렸다는 느낌이 가득 묻어나고 있었다. 나무가 미안함이 담긴 얼굴로 조용히 말했다.

"많이 다친 거야?"

그녀의 얼굴이 왠지 시무룩하자 장난기가 어려 있던 진혁의 얼굴이 진지하게 변했다.

"걱정 많이 했냐?"

짧은 순간 말없이 그를 응시하던 나무가 묵묵히 고개를 끄덕였다. 그 모습에 진혁이 민망한 얼굴로 웃으며 말했다.

"크게 다친 거 아니야. 팔만 살짝 긁혔어. 너무 조금 다쳐서 그게 더 민망하다."

가라앉아 있는 그녀의 마음을 가볍게 만들기 위해 진혁이 약간 오버하며 웃음을 터뜨렸지만 여전히 나무의 얼굴은 진지했다.

간호사의 몇 가지 지침이 있고 나서 진혁은 곧장 병원을 나섰다. 20바늘 정도를 꿰맨 꽤 큰 상처였지만 진혁이 내색을 안 하고 얼른 가방을 챙겼다. 가방을 들고 나서려는 그를 나무가 획 하니 가방을 뺏어 들고는 그의 곁에서 걸었다. 처방전을 받아 약국에 들러 약을 제조하는 동안 나무가 물끄러미 그를 응시했다.

그가 하나부터 열까지 배려하고 양보하는 것에 익숙해져서일까, 아니면 그녀만을 바라보고 있는 그에게 익숙해져서일까. 언제나 그녀 곁에 있을 거라고, 그리고 당연히 그가 있을 거라고 생각해 왔다. 왜 갑작스런 사고로 그가 떠날 수도 있다는 생각은 안 해봤을까. 그의 사고 소식을 듣고 택시를 타고 오는 내내 나무는 그런 생각이 들었다. 그리고 그런 결론을 내렸다. 결혼을 하게 되든 안 하게 되든 그의 아이를 낳아야겠다는 그런 생각. 문득 그가 아무것도 남기지 않고 훌쩍 떠날 수도 있다는 생각이 들자 그녀는 그를 닮은 아이를 낳아놔야겠다는 생각을 한 것이다.

우습다고 생각했다, 상대를 닮은 아이를 갖고 싶다는 생각이나 상대의 분신으로 아이를 생각하는 그런 사고방식을. 그런데 우습지 않았다. 막상 그런 상황에 처하자 나무도 똑같은 생각이 들었다. 이해할 수 없었다, 남편이 죽은 여자가 아니면 사랑하는 남자가 죽었을 때 유복자라는 걸 감수하고도 아이를 낳는 여자들을. 그러나 이제 이해할 수 있었다. 왜 여자가 남자가 떠나도 뱃속에 있는 아이를 지우지 못하는지. 그건 아마도 상대가 남긴 유일한 흔적이고, 행복했던 두 사람의 생의 증거이기 때문이리라. 아무런 흔적도 없이 상대가 사라지는 게 세상에서 가장 무서운 일이기 때문이리라.

진혁이 팔을 다치고 일주일 정도가 지나자 상처는 거의 아물어서 이제 붕대를 풀어도 되었다. 그러나 나무의 생각은 점점 강해져 갔다. 그의 상처가 이제 작은 바늘자국만 남기고 완전히 치료되어 새살이 돋아 있을 때쯤 연말이 되어 있었고, 진성그룹의 망년회가 있는 호텔에서 둘은 각자의 위치에서 우연히 마주치게 되었다. 그리고 나무의 술자리가 거의 끝나갈 때쯤 미리 방을 잡아놓은 진혁에게 그녀가 술 냄새를 폴폴 풍기며 말했다.

"아이 가지고 싶어."

그녀의 브래지어를 풀고 있던 진혁이 갑자기 얼빵한 얼굴로 나무의 얼굴을 응시했다.

"뭐?"

다음날, 망년회가 끝나고 호텔에서 함께 지낸 둘이 낮이 되어서야 눈을 떠보니 그날은 한해의 마지막 날이었다. 새벽녘 아이를 가지겠다며 진혁에게 피임을 하지 말자고 강짜를 부린 나무와 그걸 말리느라 진땀을 뺐던 진혁은 결국 둘 사이에 놓여 있는 문제를 다시 한 번 인식하고 무거운 마음으로 잠이 들었다.

둘이 누워 있는 침대 위로 햇살들이 사각거리며 시트에 드리워져 갈 때쯤 나무가 잠에서 깨어나 몸을 뒤척였다. 그러다 자신의 허리를 감싸고 있는 그의 팔을 느끼며 그녀가 고개를 돌려 잠들어 있는 진혁의 얼굴을 살폈다. 새벽, 잠들기 직전에 둘 사이에 존재해 온 지리멸렬한 공방전에 지쳐 나무가 침묵을 지키자 진혁이 강하게 그녀를 끌어안고 잠든 것이다. 새근거리며 들려오는 그의 숨소리를 가만히 듣고 있던 나무가 씨익하니 음흉스럽게 입술 한쪽을 올렸다. 두 눈이 마치 골 때리는 개구쟁이의 눈과 흡사했다.

'흥! 애를 내가 가지겠다는데. 생기고 나면 네가 어쩔 거야?'

진혁이 무엇을 고민하는지 대강 추측은 되었다. 아이를 가지고 싶지 않다거나 그런 것보단 아이를 숨겨놓고 키우는 꼴이 되는 걸 걱정하는 것이리라. 사실 나무도 그 부분을 고민하지 않은 것은 아니었다. 하지만 그런 문제, 그러니까 아이에게 부권을 주기 위해서 결혼을 한다는 건 아무리 생각해도 아니었다. 그리고 호주제가 폐지돼서 일인호적제가 된다면 그 문제는 훨씬 더 경감될 것이다. 이런저런 생각을 마친 나무가 아주 천천히 돌아누워 잠들어 있는 진혁을 마주 보았다. 요즘 1년 사업을 마무리하고 다음 해 계획을 짜느라 그는 마치 물먹은 종이처럼 퍼져 있었다. 언제나 그녀보다 먼저 일어나던 놈이 완전 곯아떨어져 있었던 것이다.

기회 포착!

어젯밤 사랑을 나누다가 바로 잠이 들어버린지라 둘은 아무것도 걸치고 있지 않은 맨몸이었다. 얼마나 좋은 기회인가. 옷 벗기다가 들킬 염려도 없고.

그가 깨지 않도록 조심스럽게 몸을 돌려 그의 몸에 바싹 붙은 나무가 한쪽 손을 슬금슬금 움직여 그의 허벅지 안쪽을 쓰다듬었다. 그리곤 조금씩 위치를 움직여 그의 아랫배를 쓰다듬었다. 그녀의 무서운 손길에도 진혁은 잘도 자고 있었다. 나무가 방금 전보다 더 짙은 미소를 지으며 손을 그의 하체 쪽으로 움직였다. 그러자 그의 남성이 묵직하게 손 안으로 들어왔다. 진혁의 남성은 아침에 어떤 남자나 다 그렇듯 약간은 탱탱하게 부풀어 있었다. 뜨거운 공단 같은 감촉이 그녀의 손바닥으로 전해지면서 나무가 입술을 앙다물고 손 안에 있는 그의 남성을 쥐었다 펴기를 반복했다. 경험해 본 사람은 알겠지만, 사실 사랑하는 남자의 남성은 익숙해지면 그만큼 재밌는 놀잇감도 없다. 귀두 부분은 특히나 너무나 부드러워서 손가락 끝으로 만지작거리면 거의 죽음이었다. 나무의 집요한 손길에 그의 남성이 팽팽하게 힘이 들어갔고, 조용히 잠들어 있던 진혁의 입에서 묘한 신음 소리가 흘러나왔다. 그러나 몸으로 타고 흐르는 감각에 깨어나기엔 그는 지금 너무나 피곤한 상태였다. 그의 남성이 잔뜩 흥분한 상태임을 확인한 그녀가 손을 빼내곤 이제 그의 위로 올라가기 위해 몸을 천천히 일으켰다. 그리곤 살며시 두 사람을 감싸고 있는 시트를 걷어내곤 그의 위로 조심스럽게 올라갔다. 그리곤 천천히 그의 남성을 들어오게 했다. 아침인지라 나무의 몸은 조금 경직되어 있어서 그녀의 입술 사이로 아픈 신음이 흘러나왔다. 나무가 조금 더 깊게 넣으려고 몸을 낮추려는데 순간 잠들어 있던 진혁이 눈을 팍 뜨고 그녀를 응시했다. 사실 진혁은 꿈속에서 나무와 사랑을 나누고 있었다. 새벽녘에 욕구를 미처 다 풀지 못하고 잠이 들었던 데다 요즘 일이 바빠 나무와 관계를 맺지 못하는 바람에 몸은 욕구불만으로 가득 차 있었던 것이다. 꿈속에서 나무의 열렬한 키스를 받은 그가 그녀 안으로 들어가는 찰나 그 느낌이 너무 생생해서 그는 잠이 깨버렸던 것이다.

온몸을 긴장시키고 살얼음 위를 걷듯이 움직이고 있던 그녀가 진혁의 눈과 허공에서 딱 마주친 순간 화들짝 놀라며 힘이 풀렸다. 그 바람에 진혁의 몸 위에서 아슬아슬하게 구부리고 있던 그녀의 몸이 털퍼덕하니 그의 하체 위에 앉게 되면서 둘의 결합은 이제 완전히 종이 두 장을 딱풀로 붙인 것처럼 되어버렸다. 순간 그의 남성을 꽉 죄어오며 깊숙이 감싸고 있는 그의 여성을 느낀 진혁이 괴로움이 잔뜩 묻어나는 신음을 흘리며 인상을 찌푸렸다. 그가 지금 참을 수 없을 정도로 흥분해 있다는 걸 알아챈 나무가 얼른 그의 입술에 키스를 퍼부었다. 그러자 진혁이 화가 났는지 씩씩거리며 그녀의 얼굴을 두 손으로 감싸 떼어냈다. 결합 상태로 둘은 서로를 뚫어지게 응시하며 모든 움직임을 멈추었다. 진혁은 땀을 뻘뻘 흘리며 자신의 하체를 압박하고 있는 그녀의 몸을 느끼지 않으려고 발악을 하고 있었지만 잔뜩 힘이 들어간 그의 하체는 이미 그를 혼미하게 만들고 있었다.

안 되는데…

이 상태에서 애까지 가지면 이 녀석이랑 결혼하는 건 정말 물 건너가 버릴 텐데.

아이까지 낳으면 평생 이런 관계로 갈 공산이 컸다.

그가 눈을 번뜩이며 그녀를 노려보고 있는데, 나무가 슬쩍 몸을 움직여 그의 흥분에 불을 붙이고 열라게 기름을 부었다. 차마 쾌락을 포기하지 못하고 그녀 안에 들어간 채로 머리를 굴리고 있던 진혁이 순간 몸을 움찔거렸다. 그녀의 작은 움직임에 오싹할 정도의 쾌락이 그의 등을 타고 스쳐 지나갔던 것이다.

"낳자. 응?"

그의 계속되는 저항에 나무가 떼쓰듯 간절하게 속삭이며 그를 애태웠다. 진혁이 입술을 비틀며 그녀의 얼굴을 죽일 듯이 노려보았다.

'으이구, 이 웬수.'

그의 굳은 시선에 나무가 입술을 부루퉁하게 내밀고 몸을 빼려하는데 진혁이 순간 그녀의 몸을 두 팔로 감싸 몸을 휙 돌렸다. 그러자 그녀의 몸이 그의 몸 아래에 놓여져 있었다. 갑자기 움직이는 바람에 나무가 숨을 헐떡이는데 진혁은 한계에 다다랐다는 얼굴로 그녀의 몸 안으로 깊숙이 파고들었다. 그녀의 어깨와 허리를 두 팔로 강하게 껴안아 마치 제물을 탐하는 사람처럼 그가 나무를 품 안에 가둬 그녀의 목과 가슴에 거친 키스를 퍼붓기 시작했다.

'아, 모르겠다. 젠장.'

그동안 피임을 하느라 둘은 배란기 때는 관계를 잘 가지지 않았고, 평소에 콘돔을 써왔던지라 진혁은 사실 지금 한껏 흥분한 상태였다. 콘돔이라는 걸 하지 않고 게다가 배란기 때의 나무의 몸은 감각 하나하나 세밀하게 그의 몸으로 다 느껴져 엄청난 흥분을 불러일으켰던 것이다. 그리고 사람이란 자기도 누울 자리에 다리를 뻗는다고, 아이를 가지고 싶다는 나무의 말에 진혁은 어쩌면 저 깊은 속 어딘가에서 아이가 생겨도 된다는 생각이 자리 잡게 된 것인지도 모른다.

여하튼 진혁은 지금 아무 생각도 할 수 없었다. 그녀를 가져야겠다는 절박함에 그는 거의 이성을 잃고 나무를 소유해 나가기 시작했다. 그를 그 상태로 만든 장본인인 나무는 그의 사나운 몸짓에 나중엔 힘겨워했다. 방 안 가득 두 사람의 거친 숨소리가 채워질 때쯤 나무가 절정의 문 앞에서 쾌락의 신음 소리를 내지르려 하자 진혁은 그녀의 몸 안에서 살짝 남성을 빼내어 그녀가 절정에 다다르지 못하게 막아섰다. 그러자 나무가 짜증이 묻어나면서도 여전히 쾌락에 들뜬 얼굴로 그의 어깨를 주먹으로 치기 시작했다.

"벌이야."

진혁이 그녀의 입술에 닿을락 말락 입술을 대고 감미롭게 속삭였다. 붉게 달아오른 얼굴로 나무가 씩씩거리며 그를 노려보았다. 자고 있을 때 나무가 그를 흥분시킨 것에 대한 앙갚음인 것 같았다. 그러나 벌은 오래가질 못했다. 왜냐하면 진혁에게도 벌이었으니까. 여유로운 얼굴을 힘겹게 유지하고 있던 그가 참고 있던 숨을 토해내며 다시 그녀 안으로 깊숙이 밀고 들어갔다. 열기에 잔뜩 달아올라 있던 그녀의 여성이 들어오는 그의 남성을 꽉 죄어들자 진혁이 쥐어짜는 듯한 괴로운 신음 소리를 내며 온몸을 긴장시켰다. 이미 나무는 정점에 올라 흐느끼고 있었다. 그가 나무의 목에 얼굴을 묻고 뜨거운 입김을 뿜어내며 그 자신을 그녀 안에 쏟아냈다. 찐득하게 둘의 몸은 땀으로 뒤범벅이었다. 둘의 육체가 주었던 짜릿한 쾌감과 마음으로 전해져 오는 기쁨에 나무가 어느새 킥킥거리며 장난스런 웃음을 터뜨리자 진혁이 욕을 중얼거리며 그녀의 목을 아프게 깨물었다.

"아야!"

나무가 인상을 찌푸리며 짧은 비명을 지르자 그가 그녀의 어깨도 꽉 깨물었다. 도망가려고 발버둥 치는 그녀를 진혁이 얼른 붙잡아 품 안에 가까이 끌어당기면서 그는 속으로 생각했다.

'그래, 지금은 네 맘대로 다 되는 것 같지? 일단 너 아이만 생겨봐. 그래, 생기기만 해라.'

그가 지금 속으로 음흉스런 웃음을 짓고 있는 것도 모르고 나무는 벌써부터 기대에 찬 얼굴로 떠들기 시작했다.

"이름은 라종금 어떨까?"

"라종금?"

"나라종금."

"뭐?"

"나라종금의혹사건으로 유명하니까 애 이름은 안 잊혀질 거 아냐."

"야, 야."

천연덕스런 나무의 발언에 진혁이 언성을 높이며 딴죽을 걸었다. 그러자 나무가 수긍한다는 얼굴로 다른 이름을 내놓았다.

"무아미타불은 어때? 괜찮지?"

무아미타불?

잠시 멍한 얼굴로 그녀의 성과 이름을 합쳐 보던 진혁이 눈을 가늘게 뜨고 그녀의 얼굴을 노려보았다.

나무아미타불?

뻔뻔하게도 괜찮치 않냐는 얼굴로 그를 응시하고 있는 나무를 향해 진혁이 마뜩찮은 얼굴로 중얼거렸다.

"네 머리 속에 아예 이씨는 없냐?"

나무가 말도 안 된다는 얼굴로 눈을 동그랗게 뜨고 받아쳤다.

"억울하며 네가 낳아라. 내가 낳은 건 내 성 붙일 거니까."

진혁이 약이 올라 죽겠다는 얼굴로 정말 뱁새눈처럼 눈이 찢어지도록 그녀를 응시했다.

'그래, 너 애만 생겨봐.'

슬슬 2차전에 돌입할 때가 되었음을 깨달은 진혁이 속으로 계획을 세우기 시작했다.

보름 후 나무는 인사동에 있는 갤러리에 있었다. 몇몇 동료들과 함께 일러스트 전시회를 열기로 하면서 사전답사를 온 것이다. 기존 출판에서 쓰이는 일러스트로는 작가들의 심상을 표현하는 데 한계가 있었고, 한편으론 일러스트라는 장르의 다양성과 깊이를 전시회를 통해 보여주자는 의욕으로 동료들과 뜻을 함께한 것이다. 1, 2층으로 이루어진 전시회장을 둘러보면 나무는 작품의 크기라든지 스타일이 어떻게 공간 속에 표현될 것인가를 예상할 수 있는 기회였다. 각자 서너 작품씩을 모아 전시를 하기로 했지만 일정이 촉박한지라 작가들은 발등에 불 떨어진 격이었다. 모두들 집으로 돌아가면 의뢰되는 일을 하는 틈틈이 전시 작품들을 준비해야 했다. 전시회장을 서성이며 조명이라든지 동선의 흐름을 파악하고 있던 나무가 갑자기 주의를 두리번거리더니 화장실이 있는 곳을 찾아 밖으로 나갔다.

생리 예정일이 일주일이 지났음에도 생리가 시작되지 않아 나무는 요즘 약간 긴장 상태였다. 밖에 나왔다가 언제 어디서 생리가 시작될지 몰라 불안불안한 것이다. 물론 임신을 하겠다고 배란기에 맞춰 관계를 가졌지만 오랫동안 준비한 것도 아니고 번갯불에 콩 구워먹듯 가진 관계라 설마 임신이 될까 싶어 거의 생리를 하는 것으로 생각하고 있었다. 일주일째 생리가 없긴 하지만 워낙 불규칙하게 생리를 하던 몸이라 확실하게 임신이란 생각이 안 들었다.

전시회장을 나온 나무가 동료들과 전통찻집에서 차 한 잔을 마시면서 앞에서 담배를 뻑뻑 피워대는 친구 한 명을 거의 태워버릴 듯 뚫어지게 쳐다보았다. 손을 가만히 두지 못하고 쥐었다 폈다 불안스럽게 손을 움직이고 입을 쩝쩝대던 나무가 결국 담배 연기의 유혹에 못 견디고 먼저 자리에서 일어났다. 만약에라도 임신되었을까 봐 요즘 나무는 거의 살인적인 인내심으로 담배를 참고 있었다. 담배를 못 피운 지 보름이 되자 나무가 이를 바득바득 갈며 아이를 가져야겠다고 생각한 것에 슬슬 후

회란 걸 하기 시작했다. 감정이란 것에 충실해서 일 쳤다가 담배를 못 피우는 일상의 괴로움을 겪으니 나무는 아직 때가 안 되었음을 깨달은 것이다. 여하튼 임신이 아니라는 게 판명만 되면, 그러니까 생리만 시작되면 마구마구 피워대리라 결심하면서 나무가 찻집을 나섰다.

집으로 돌아가는 도중 나무는 혹시나 싶어 약국에 들러 임신 테스트기를 샀다. 테스트기가 오천 원이란 걸 안 나무가 집으로 향하면서 투덜투덜거렸다. ph로 판단하는 아주 간단한 종이 하나를 오천 원이나 받아처먹다니. 그러면서 동시에 관계를 가진 지 얼마 정도가 지나야 테스트를 해야 되는 건지 헷갈려 하면서. 그러나 약사에게 그걸 묻기에는 왠지 저어되었다. 이 주 전에 관계를 가졌다는 말을 하는 게 왠지 민망했던 것이다. 여하튼 집에 도착하자마자 화장실로 들어간 나무가 눈을 껌벅이며 손에 쥔 테스트기를 쳐다보았다. 임신이었다.

그녀의 입이 조금씩 벌어졌다. 그렇게 멍한 얼굴로 테스트기를 쳐다보던 나무가 어느새 씩씩거리며 얼굴을 일그러뜨렸다. 물론 아이를 먼저 가지겠다고 한 건 자신이었지만 이렇게 빨리 임신이 될 줄은 몰랐던 것이다. 그것도 한방에. 담배를 못 피우면서 나무는 사실 임신이 안 되었으면 하는 바람이 더 커졌고, 나중에 조금 더 마음의 준비가 되고 담배를 완전히 끊고 몸을 정화시킨 다음에 다시 생각해 봐야겠다는 생각을 하고 있었던 것이다. 여하튼 나무는 흙놀이 하려고 땅을 파다가 땅굴을 발견한 그런 느낌이었다.

테스트기를 쓰레기통에 던져 버리고 욕실에서 뛰쳐나온 나무가 두 손으로 머리를 감싸곤 혼란스러운 얼굴로 서 있었다.

'아니야, 이제 일주일 지났는데 뭐.'

괜히 추측하며 골머리 썩지 말고 내일 병원 가서 확실히 알아봐야겠다는 생각으로 정리를 한 나무가 저녁을 먹으려고 냉장고를 열었다. 그러자 냉장고 안에서 풍겨오는 음식 냄새에 나무가 비위가 상해 인상을 찌푸렸다. 얼른 냉장고 문을 닫아 버린 나무가 근시일 안에 냉장고 청소를 해야겠다는 생각을 하며 다시 냉장고 문을 열었다. 반찬 그릇들을 꺼내 상에서 뚜껑을 열자 나무는 자신도 모르게 구역질을 했다.

"우욱."

위장이 뒤집혀지는 느낌에 나무가 반찬 뚜껑을 다시 닫고는 스스로에게 비아냥거리는 웃음을 흘렸다. 얼마나 웃기는가. 설혹 임신을 했다 하더라도 한 달도 안 됐을 텐데 입덧이라니.

'놀고 있네.'

저녁 9시, 모두가 퇴근한 텅 빈 사무실에서 혼자 수두룩이 쌓여 있는 서류를 보고 있던 진혁이 손목에 있는 시계를 확인하고는 서류를 챙겨 한쪽에 정리하기 시작했다. 그가 양 옆으로 목을 돌리며 뻣뻣하게 굳어 있는 근육을 풀고는 사우나나 가볼까 해서 양복 상의를 챙겨 입다가 문득 무슨 기억이 떠올랐는지 중간에 우뚝 멈춰 섰다. 생각해 보니 사우나를 갈 수 없었다. 아니, 가면 안 된다.

그의 입에서 묘한 신음 소리가 흘러나왔다. 오늘 그는 나무가 생일선물로 준 팬티를 입고 있었던 것이다. 몇 년 동안 초상화를 그려달라고 애걸복걸했더니 이번 생일 때 드디어 초상화를 그려주긴 했다. 문제는 팬티에다 그려주었다. 남들 보기 민망하다고 혼자만 알라면서 팬티 중앙에 그의 얼굴을 아주 기괴하게 그려놓은 것이다. 그러나 그림은 그런대로 괜찮았다. 게다가 천에 쓰는 염료물감을 구해 힘들게 만든 티가 역력했다. 여하튼 그는 울며 겨자 먹기로 생일 선물을 받고는 그녀에게 시위하듯 뻔질나게 틈만 나면 그 팬티를 입었다. 그러나 이렇게 사우나를 가고 싶을 땐 주저할 수밖에 없었다. 웬 망신이란 말인가. 다 큰 남자가 멀쩡하게 생겨서리 무슨 생쇼란 말인가.

어쩔 수 없이 사우나는 포기한 그가 나무나 보러 가야겠다 생각하고 사무실을 나갔다. 요즘 나무가 전시회를 준비하느라 바빴고, 그도 치이는 일에 파묻혀 둘은 보름 전 호텔에서 함께 지낸 후로 전화 통화만 했을 뿐 만나질 못한 것이다. 오늘은 될 수 있으면 둘만의 시간을 가져야겠다는 생각을 하며 진혁이 나무에게 전화를 걸었다.

"나야. 오늘 시간 되면 나랑 좀 쉬자."

[그래. 어차피 할 이야기도 있고.]

약간은 힘이 없는 나무의 목소리에 진혁이 걱정스럽게 말했다.

"왜 그래? 무슨 일 있는 거야?"

잠시 침묵을 지키던 나무가 담담하게 대답했다.

[아니, 만나서 이야기할게.]

나무가 기운없는 목소리로 말을 마치곤 먼저 전화를 뚝 끊자 진혁이 의아한 얼굴이 되어 잠시 입맛살을 찌푸렸다. 잠시 무언가를 곰곰이 생각하던 진혁이 이제야 알겠다는 얼굴로 피식 웃었다.

'임신이 안 됐구만.'

생각해 보니 지금쯤이면 나무가 생리 할 때가 되었다. 아마도 생리를 시작한 것이리라. 특히나 생리 때면 생리통이 심한지라 나무는 누구보다 예민해지고 짜증을 많이 냈다.

잠시 후 나무가 있는 화실을 향해 차를 운전하던 진혁이 아쉽다는 얼굴로 입술을 일그러뜨렸다. 오늘 오랜만에 그녀를 안고 싶었는데, 그럴 수 없다는 사실에 진혁은 너무 아쉬웠던 것이다.

화실이 있는 건물 앞에 도착한 진혁이 나무에게 도착했냐는 말을 하기위해 핸드폰을 꺼내는데 나무가 터벅터벅 계단을 내려왔다. 오늘 작업은 끝났는지 크로스 가방을 맨 나무가 한쪽 손에 까만색 화판 가방을 들고 어깨를 축 늘어뜨린 채 그의 차가 있는 곳으로 다가왔다. 그러자 운전석에 있던 그가 문을 열고 나가 나무의 가방을 받아 쥐곤 말했다.

"생리 시작한 거야?"

그의 질문에 나무가 눈을 가늘게 뜨고 그의 얼굴을 노려보더니 말없이 운전석 옆 자리로 걸어갔다. 진혁이 어깨를 으쓱하고는 운전석에 타려고 차 문을 여는데 나무가 차 안으로 들어가 문이 부서지도록 소리가 나게 차 문을 닫았다.

"왜 그래?"

뒷좌석에 화판 가방을 놓은 그가 나무의 얼굴을 유심히 살피며 말했다. 차 유리창을 뚫어지게 응시하고 있던 나무가 팔짱을 끼고 고개를 휙 돌려 진혁을 노려보았다.

"너 아주 능력 좋더라."

비아냥거리듯 느물거리며 말하는 나무의 표정을 진혁은 반어법이라고 생각하고는 너털웃음을 지으며 받아쳤다.

"야! 그럼 한 번에 성공할 줄 알았어?"

나무가 입술을 일그러뜨리며 웃고 있는 진혁의 얼굴을 노려보더니 어느새 걱정이 가득한 얼굴로 다시 유리창을 응시했다. 그녀가 거의 울 것 같은 얼굴로 침묵을 지키고 있자 진혁이 그제야 진지해진 얼굴로 나무의 얼굴에 손을 가까이 가져갔다. 그리곤 그녀의 얼굴을 돌려 자신을 쳐다보게 하곤 위로하듯 부드럽게 말을 꺼냈다.

"그렇게 아이가 가지고 싶었어?"

나무가 무표정한 얼굴로 그를 응시하자 진혁이 한층 더 부드러운 어조로 그녀를 달랬다.

"아직 시간이 많은데 뭐 그렇게 속상해하냐? 그러지 말고 맛

있는 거 먹자. 응? 그리고 힘내서 또 하면 되잖아."

말을 하던 진혁이 말 끝머리에 가선 짓궂은 미소를 지었다. 그의 장난기 가득한 얼굴을 서늘한 시선으로 노려보고 있던 나무가 자신의 얼굴에 닿아 있는 그의 손을 휙 뿌리치고는 지랄맞게 큰 소리로 쏘아붙였다.

"놀고 자빠졌네. 하긴 뭘 해애애, 이 인간아아아아!! 벌써 3개월인데에에에에!!"

침묵. 나무의 앙칼진 외침이 있고 난 후 차 안은 한마디로 정적이 감돌았다. 진혁이 벙찐 얼굴로 눈을 껌벅이며 말했다.

"뭐?"

아직 현실에 적응 못하고 우왕좌왕 자신이 들은 말을 확인하고 있는 진혁을 내버려 두고 나무가 울먹이기 시작했다.

"난 몰라. 어떻게 해. 3개월 전이면 담배 피우고 술 먹고 다 했는데……."

멍하니 얼어 있던 진혁이 울먹이고 있는 나무를 보면서 입가를 징그럽게 올리며 말했다.

"3개월이라구? 그럼 임신했단 말이야?"

나무가 짜증스럽게 외쳤다.

"아, 씨팔. 귓구녕 막혔냐? 그래, 3개워워워월!!"

〈3개월〉이란 단어를 가열차게 강조한 나무가 다시 우울한 얼굴로 속삭였다.

"어떡하지? 아이 괜찮을까?"

이제야 제정신이 돌아왔는지 잠시 딴 세상에 간 얼굴로 헤벌 죽해 있던 그가 차분한 얼굴로 물었다.

"병원엔 가본 거야?"

"응."

"병원에선 뭐래? 위험하대?"

진혁이 차근차근 질문을 하자 잔뜩 얼굴을 구기고 있던 나무 가 무표정한 얼굴이 되어 중얼거렸다.

"초기에 피운 건 괜찮대. 앞으로 안 피우면 된다고는 하는 데… 그래도 만약에……."

진혁이 나무의 말을 싹둑 끊고는 말했다.

"괜찮을 거야. 병원에서 괜찮다고 했으니까. 응?"

하루 종일 온갖 상상을 하며 괴로워했던 나무는 진혁이 옆에 서 달래자 그제야 감정이 북받치는지 눈물을 툭 떨구었다.

"그래도……."

나무가 눈물을 툭툭 떨구며 말하자 진혁이 손으로 그녀의 눈 물을 닦아주며 기운을 북돋듯 말했다.

"앞으로 좋은 거만 먹고, 좋은 운동 하고 그러면 괜찮을 거 야."

나무가 고개를 끄덕이며 옆에 있는 휴지로 코를 팽 풀었다. 진혁이 씨익 웃고는 차에 시동을 걸었다.

"뭐 먹을까?"

코는 빨개가지고 두 눈은 벙벙하게 부풀어 오른 나무가 기다렸다는 듯이 대답했다.

"감자탕."

안 물어봤으면 어쨌을까나.

진혁이 피식 터져 나오는 웃음을 참으며 새벽에도 하는 감자탕 집을 향해 운전을 했다. 그러나 감자탕 집에 도착해서 나무가 가게 문을 열자마자 구역질을 하며 뒤로 돌아서 버렸다. 결국 아무것도 먹지 못한 나무가 비실거리며 차에 올라타자 그가 나무의 집으로 같이 가겠다고 나섰다. 그러나 나무가 오버하지 말라는 말로 일축을 해버리곤 혼자 집 안으로 들어갔다. 사실 진혁이 그녀의 집으로 들어온다고 해결될 건 별로 없었다. 입덧이란 게 사람이 옆에 있다고 가라앉을 문제도 아니거니와 진혁도 일이 바빠 밤늦게 퇴근하기 일쑤였다. 괜히 일거리만 늘어나기만 할 뿐이지. 결국 나무가 침대에 눕는 것까지만 챙긴 진혁이 떨어지지 않는 발걸음으로 나무의 집을 나섰다. 그리곤 자신의 집으로 향했다. 요즘 진혁은 본가에서 살고 있었다. 그 혼자 살림이란 걸 꾸려가며 일하기엔 벅찬 문제라 차라리 본가에서 회사를 다니는 게 속이 편했던 것이다.

그날 밤, 진혁이 인맥을 동원해 어느 여성지 기자와 전화 통화를 했다. 여성지는 유명한 정재계 사람들, 특히나 후계자들의 사생활에 관심이 많은 곳이니 진혁이 나무와의 관계를 만천하에 공개하는 장으로 이용할 생각이었다. 평소에는 철저하게 사생활을 지켜왔지만 이젠 더 이상 미뤄둘 수 없는 문제였다. 결혼까지는 나무가 정 거절하면 어찌할 수 없다 해도 공식적으로, 특히나 부모님이 알아야 할 문제였다. 차라리 이런 식으로 소스를 흘리는 게 서로 처음엔 좀 놀라더라도 일이 풀릴 수 있는 계기가 될 것이다. 진혁이 부모님에게 알리면 나무가 난리를 칠 테니 이렇게 소스를 흘리고 그도 어쩔 수 없다는 식으로 발뺌을 할 작정이었다.

전화 통화를 마친 진혁이 생각만 해도 행복하다는 얼굴로 창밖에 있는 달을 쳐다보았다. 나무를 닮은 여자 아이면 골 질하는 게. 귀여울 거고, 남자 아이면 장난꾸러기가 나올 것 같았다.

'내 아이… 나무와 나 사이에 아이가 태어난다니.'

가슴이 벅차오르는지 그가 지그시 눈을 감고 가슴 가득 달빛을 가득 들이마셨다.

다음날 일을 칠 생각으로 잔뜩 벼르고 있던 진혁은 회사에 출근해 보니 뜻대로 계획이 풀리질 않았다. 아버지가 가기로 했던 유럽출장 건이 갑자기 그에게 떨어진 것이다. 그의 아버지가 골프 치러 나갔다가 허리를 삐끗하는 바람에 부사장이 대신 출장을 가기로 했는데 진혁이 수행원으로 그 과정에 참여하라는 명령이었다. 일단 기자에게 다음 기회를 노리라는 전화를 하곤 진혁이 나무에게 연락을 했다. 나무를 두고 유럽을 갔다 오자니 마음이 편치 않았다. 그래 봐야 열흘 정도 갔다 오는 거지만 그래도 걱정이 되는지라 진혁이 전화를 걸어 사람을 보낼까 이야기를 꺼냈다.

[아, 됐어. 아줌마 보내면 네 집에 이야기 들어가는 거 시간 문제고, 모르는 사람이면 불편해서 싫어.]

"괜찮겠어?"

[괜찮아. 무슨 병 걸렸냐? 출장이나 잘 갔다 와. 저번처럼 사고당하면 가만 안 둘 줄 알아.]

씩씩한 나무의 태도에 진혁이 알았다는 대답을 하며 기분을 가볍게 하기 위해 한마디 조크를 날렸다.

"나 다친 게 그렇게 가슴 아팠어?"

전화기 너머로 숨을 들이키는 소리가 생생하게 들려왔다.

[놀고 있네. 너 죽으면 애새끼 양육비 나 혼자 벌어야 하니까 그렇지.]

진혁이 무슨 웃긴 얘기라도 들은 것처럼 시원한 웃음을 터뜨렸다. 지금 그에게 나무가 설혹 칼을 들이대며 협박해도 그는 지금 웃을 기분이었다. 그녀의 욕지거리도 어찌나 달콤하게 들려오는지(이 자식, 미쳤군).

열흘 후, 출장을 마치고 돌아온 진혁이 공항에 도착하자마자 곧장 나무의 집으로 향했다. 도착 시간에 맞춰 대기하고 있던 운전기사가 그에게 차 문을 열어주자 진혁이 차에 올라타자마자 기자에게 전화를 걸었다.

잠시 후, 여성지 사진기자가 그녀의 집이 있는 골목길 근처를 서성였다. 기자는 둘이 나오는 순간을 포착하기로 했고, 진혁은 10분 후에 나오겠다는 말을 하곤 나무의 집 현관문을 두드렸다. 안에서 기척이 없자 그가 여러 번 문을 두드렸고, 그제야 현관문이 쇳소리를 내며 천천히 열렸다. 자다가 나왔는지 나무가 눈을 끔벅이며 문을 열었다.

진혁은 현관문을 열고 안으로 들어가다 나무의 몰골을 보곤 경악했다. 맙소사. 열흘 만에 본 나무의 얼굴은 말이 아니었다. 통통했던 볼 살이 홀쭉하게 들어가서는 얼굴에 핏기가 없어 아픈 사람처럼 보였다.

"왔냐?"

힘없이 진혁에게 인사말을 중얼거린 나무가 등을 돌려 거실로 발걸음을 옮겼다. 그 순간 진혁은 말 그대로 심장이 멎는 줄 알았다. 거실로 들어서려던 나무가 포물선 그리듯 옆으로 고꾸라졌던 것이다.

"나무야야야야야!!"

도끼질을 당한 나무가 펑하고 고꾸라지듯 그렇게 쓰러져 있는 나무는 진혁이 겨를없이 안아 들고 소리를 질렀지만 나무는 깨어나지 않았다. 피죽도 못 먹은 사람처럼 창백한 나무의 얼굴을 보고 진혁의 표정은 말 그대로 죽쏜 얼굴이 되어 있었다.

골목길에서 두 사람이 나오기를 기다리며 카메라를 들고 있던 기자는 현관에서 여자를 안고 뛰쳐나오는 진혁을 보고 잠시 얼어 있었다.

'이런 사진을 찍으란 말이었나?'

어리둥절한 얼굴로 기자가 둘의 모습을 한번 찍더니 고개를 갸웃거리며 입맛살을 찌푸렸다.

'이 사진은 완전 납치 사진인데……'

혼란을 참지 못한 기자가 정신없이 차에 올라타는 진혁에게 소리쳤다.

"이진혁 씨, 이 사진 올려도 되는 겁니까?"

차 문을 닫으려던 진혁이 귀찮다는 듯 말했다.

"아, 상황 보면 모르겠소?"

그리곤 시동 소리와 함께 기자 앞에서 사라져 갔다. 차 뒤꽁무니를 보면서 기자가 성질이 치미는지 욕을 중얼거렸다.

"이런, 씨이… 상황을 모르는데 어쩌라고?"

한참 동안 욕을 중얼거리며 짜증을 부리던 기자는 담배 하나를 뻑뻑 피워대곤 자리를 떴다. 어떤 집안이 다 그렇겠지만 진성그룹 또한 집안 얘기를 외부로 흘리지 않는 집인지라 다음 코멘트가 있기까진 기다려야 할 입장이었다.

무작정 차에 타고 도로로 나온 진혁은 눈에 보이는 병원으로 곧장 나무를 데려갔다. 〈산부인과〉라는 단어가 눈에 들어오자 바로 응급실로 향했고, 의사는 〈임신〉이란 이야기를 듣자마자 일단은 링거를 그녀의 손목에 꽂았다. 짧은 진찰이 이루어지고, 나무가 입원실로 옮겨질 때까지도 그녀는 깨어나지 못하고 있었다. 의사의 부름에 나무 곁에서 불안스럽게 서 있던 진혁이 진찰실로 들어갔다.

"왜 저런 겁니까?"

진혁이 불안한 눈으로 절박하게 질문을 하자 의사가 싱긋 미소까지 보이며 담담하게 설명했다.

"입덧 때문이에요. 아마도 입덧이 심해서 아무것도 못 먹은 것 같더군요."

"예? 그렇다고 저렇게……."

〈입덧〉 때문에 쓰러지기까지 한단 말인가?

그가 기가 막힌 듯한 얼굴로 멍하니 의사를 바라보자 머리가 희끗희끗한 의사는 의뭉스런 웃음을 흘리며 그에게 짐짓 경고조의 말을 했다.

"아니, 당연한 거 아닙니까? 다른 사람보다 두 배로 영양분을 뺏기는 데다 입덧까지 하니 당연히 사람이 쓰러지죠."

진혁이 소처럼 순한 눈망울을 끔벅이며 순진한 아이처럼 되물었다.

"두 배라뇨?"

그제야 의뭉한 미소를 짓던 의사가 몰랐냐는 듯 반문했다.

"아니, 그럼 모르고 있었습니까? 쌍둥이에요."

"……."

진혁이 입을 쩍 벌리고 침묵을 지키자 의사는 고개를 주억거리며 중얼거렸다.

"모를 수도 있겠군. 초기 때는 잘 안 잡히니까……."

비실거리며 진찰실을 나온 진혁이 아직도 충격이 가시지 않았는지 고개를 흔들어 제정신을 찾으려 했다. 꿈을 꾸고 있나 잠시 자신의 볼을 꼬집던 그가 볼이 아파오자 주머니에서 핸드폰을 꺼냈다.

[띠리리리리— 띠리리리리—]

이 회장의 비서가 전화를 받자 진혁의 목소리를 듣고 이 회장에게 연결시켜 주었다. 허리가 아파 잠시 소파에 누워 있던 이 회장이 눈썹을 찌푸리며 전화를 받았다.

[그래, 출장은 잘 갔다 왔냐?]

입국 날짜라 그가 공항에 도착했다는 인사를 건네려고 전화한 줄 안 이 회장이 안부를 묻자 진혁은 대뜸 이런 말을 했다.

"아버지, 쌍둥이래요."

[음?]

허리에 침 맞으러 갔는데 배에다 쑥뜸 떠주는 게 이런 기분일까. 핀트 마구 안 맞추며 불쑥 〈쌍둥이래요〉라고 말하는 아들 녀석의 말을 들은 이 회장은 묵묵히 그 다음 말을 기다렸다. 그러나 전화기 안에서 여자의 괴성이 들려오며 전화가 뚝 끊겨 버렸다. 이 회장은 〈뭐냐〉 이런 표정으로 수화기를 빤히 응시했다.

"싸… 싸… 싸… 쌍둥이이이이이??"

쌍둥이라는 말을 의사에게 들은 나무가 한바탕 소리를 지르더니 너무 기가 막히는지 말을 더듬으며 자기가 들은 걸 재차 확인하고 있었다. 나무의 괴성 소리를 듣고 냅다 병실 안으로 뛰어들어 온 진혁은 갑자기 날아오는 베개에 반사적으로 팔로 얼굴을 가렸다. 그러자 나무가 울그락불그락한 얼굴로 옆 침대에 있는 베개를 집어 다시 던지며 소리쳤다.

"미쳤어, 미쳤어. 쌍둥이를 갖게 하면 어떡해애애애애애!!"

뚜벅뚜벅 양손에 베개를 들고 진혁이 그녀에게 걸어오면서 지그시 그녀를 노려보았다.

"누가 먼저 이런 건데?"

순간 나무가 입을 앙다물고 씩씩거리더니 그래도 억울하단 얼굴로 다시 소리쳤다.

"네가 쌍둥이 생기게 하는 인간인 줄 내가 알았냐고오오오오!!"

진혁이 멋쩍은 얼굴로 슬며시 비집고 나오는 웃음을 보이지 않으려고 한 손으로 입가를 가렸다. 그러자 나무가 씨근덕거리며 그를 죽일 듯이 노려보았다.

"그래, 웃음이 나오냐, 이 인간아? 그래, 아주 고소해 죽겠지?"

진혁이 무표정한 얼굴로 고개를 끄덕이고는 의사에게 다가가 말했다.

"그럼 입원을 해야 할까요?"

의사가 병실 문이 있는 곳으로 향하면서 말했다.

"아니, 입원까지는 필요없을 것 같고, 옆에서 누가 보살펴 줄 필요는 있을 것 같은데……."

"아, 예, 그건 걱정 마십쇼."

그의 단호한 대답에 의사가 고개를 주억거리며 병실을 나갔다.

무슨 생각을 하는지 나무는 입을 다물고 창밖을 쳐다보고 있었다. 진혁이 침대에 걸터앉아 그녀의 손을 잡으려 하자 나무가 그의 손을 뿌리쳤다. 그가 다시 손을 잡으려는데 핸드폰이 울려댔다. 그의 어머니였다.

"예, 어머니, 진혁입니다."

[진혁아, 쌍둥이라니 그게 무슨 소리냐?]

"아버지께 들으셨어요?"

[그래, 회의 들어가느라 전화 못한다고 나한테 전화 좀 해보라고 하더라.]

아까 의사와 상의할 때 이미 본가로 데리고 들어야겠다는 생각을 굳힌 그가 심호흡을 한번 하더니 어머니에게 말했다.

"어머니, 나무가 제 아이를 가졌어요. 그것도 쌍둥이를……."

그 순간 누워 있던 나무가 벌떡 일어나 진혁의 전화를 빼앗아 폴더를 닫아버리고는 소리를 질렀다.

"야야야야야야야!!"

그러나 순간적으로 소리를 지른 나무가 앞이 어쩔한지 휘청대면서 손으로 이마를 짚으며 다시 누워버렸다. 그럼, 그럼. 소리 지르는 게 얼마나 기운이 필요한 일인데.

식은땀을 흘리면서도 나무가 협박조로 그에게 중얼거렸다.

"너 진짜 이렇게 나올 거야?"

그의 얼굴은 어느 때보다 진지하게 변해 있었다.

"그럼 혼자 숨어서 키울래? 그것도 쌍둥이를?"

나무는 말없이 그를 노려볼 뿐이었다. 더 이상 답이 없다고 생각했는지 진혁이 밖에 있는 운전기사를 들어오게 하더니 링거를 들라고 지시했다. 그리곤 막무가내로 저항하는 나무를 안아 들곤 차가 주차된 지하 주차장으로 내려갔다. 몸이 아픈 나무로서는 속수무책으로 그의 행동을 놔둘 수밖에 없었다. 그녀가 주먹을 쥐고 부르르 떨면서 계속 중얼거렸다.

"너… 너… 진짜 이럴 거야? 너 내가 몸 좋아지면 진짜 가만 안 둔다."

"아, 그래, 그래. 몸 좋아지면 다시 싸우자고. 일단 지금은 몸추스를 때까지 내 옆에 갖다놓을 테니까 그때 지지든지 볶든지 하자고."

아이 어르듯, 어른 설득하듯, 그가 두 가지 어조를 다 띠고 능글맞게 대답했다.

5년 후.

퇴근한 진혁이 어디론가로 향하고 있었다. 그의 운전기사도 너무나 잘 알고 있는 곳이라는 듯 그가 별다른 말이 없는 날은 강북에 있는 어느 빌라가 있는 곳으로 운전을 했다. 모두가 눈치 챘겠지만 그 빌라엔 나무가 살고 있었다. 그리고 그의 토끼 같은 아이들이 살고 있는 곳이기도 했다. 진혁이 내일 있을 중역회의에 발표할 보고서를 검토하고 있는데 핸드폰이 울려왔다.

"예, 어머니, 어쩐 일이세요?"

[내일 모레가 아버지 생일인 건 알고 있는 거냐?]

아, 벌써 날짜가 그렇게 되었나?

달이 바뀔 때 책상 앞에 있는 조그만 달력의 페이지를 넘기면서 아버지 생신임을 기억했지만 벌써 7월 중순으로 들어갔나 싶어 진혁이 눈을 깜박였다. 요즘 퇴근 후엔 아이들에게 둘러싸여 정신없이 보내는지라 그는 시간이 어떻게 지나가는지 알 수가 없었다.

"예, 알고 있어요."

그의 묵묵한 대답에 어머니는 약간은 기대감 어린 말투로 얼른 용건을 꺼냈다.

[그래서 말인데 그때 아이들 좀 데려올 수 있겠니?]

어머니의 말에 진혁이 미간을 찌푸리며 말했다.

나무가 진혁과의 결혼을 끝내 거부하자 진혁의 아버지 이 회장은 노발대발하시며 그녀뿐만 아니라 아이들도 보지 않겠다고 역정을 내셨다. 물론 그동안 그의 어머니가 나무와 연락을 하면서 가끔씩 아이들을 봐온지라 이 회장의 귀에도 아이들 소식이 들어가긴 했지만 이렇게 가족 모임에 공식적으로 얼굴을 내밀라는 말은 처음이었던 것이다.

잠시 생각에 빠져 침묵을 지키고 있던 진혁이 담담하게 사정을 설명했다.

"일단 나무랑 얘기해 보겠습니다."

그의 대답에 그의 어머니는 갑자기 혀를 끌끌 차면서 말했다.

[으이그, 이 팔푼아. 네가 뭐가 부족해서⋯⋯.]

그 다음 말은 둘 다 알고 있었다. 〈뭐가 부족해서 결혼도 못하고, 아이들도 맘대로 데려오지도 못하냐〉 진혁이 멋쩍은 얼굴로 입가에 미소를 그리자 어머니는 잠재워졌던 부아가 다시 치미는지 툴툴거리며 말했다.

[어미도 올 수 있으면 오라고 해. 괜히 어미 없는 자식 만들지 말고. 알았냐?]

"예."

진혁이 웃음기를 담은 목소리로 넙죽 대답을 하자 어머니는 전화를 뚝 끊는 걸로 못마땅한 속내를 보여주었다. 진혁이 천천히 핸드폰을 상의 주머니에 넣으면서 옅은 한숨을 내쉬었다.

애까지 생겼으니, 그것도 쌍둥이가 생겼으니 어쩔 수 없이 결혼을 할 거라고 생각한 나무는 끝까지 결혼을 안 해주고 버티고 있었다. 쉽지 않은 녀석이라는 건 이미 알고 있었지만 진혁은 그녀의 쇠고집에 고개를 절레절레 흔들 뿐이었다. 그렇다고 그 토끼 같은 아이들을 안 볼 수도 없고, 그녀를 안 볼 수도 없었다. 괜히 미끼로 삼고 나무에게 협박하다간 그녀마저 잃을 공산이 컸기에 진혁은 오래전 모든 마음을 비우고 그냥 이 상황을 받아들이기로 했다.

그리고 사실 결혼만 안 했을 뿐이지, 거의 결혼한 부부의 삶과 다를 바가 없었다. 진혁이 본가에 자신의 공간을 두고 있었지만 하루가 멀다 하고 나무의 집으로 퇴근을 했고, 생활비며 양육비도 그가 부담하고 있었다. 그렇다고 나무가 살림을 하느냐. 천만에 말씀, 만만에 콩떡이었다. 그의 돈으로 버젓이 아줌마를 쓰고 지는 유학 가겠다고 일한 돈을 차곡차곡 모으고 있었다.

창문 밖을 조용히 응시하고 있던 진혁이 나무의 유학 계획이 떠오르자 심술궂은 표정으로 변했다. 그의 눈이 몰래 무언가를 계획하는 눈처럼 음흉스럽게 반짝였다.

'애 둘을 나한테 던져 놓고 지는 유학을 가시겠다? 그 꼴은 또 못 보지.'

지금도 그가 모든 걸 양보하고 있는 판국인데 그것까진 허락할 수 없었다. 그러나 그런 얘기를 대놓고 하면 그녀와 다시 진한한 싸움을 할 판국이었다.

'애 하나만 더 낳으면 어디 가겠다는 생각을 못할걸. 훗!'

사실 그녀가 유학을 가겠다는데, 그것도 공부를 해보겠다는

데 그도 굳이 말리고 싶지 않았다. 솔직히 말해 아이들 교육 문제보단 그가 나무와 떨어져 있는 걸 참을 수 없을 것 같았다.

'너도 나 덮쳐서 애 가졌지? 이번엔 내 차례다.'

그가 음흉스런 미소를 지으며 오늘 밤 어떻게 그녀를 안을까 한창 계획을 세우는 동안 어느새 차는 빌라 앞에 도착해 있었다. 차가 도착하자마자 진혁이 튀어내리듯 차 안에서 빠져나와 빌라로 걸어갔다. 잠시 후 엘리베이터에서 내린 그가 초인종을 누르려다가 장난스런 표정을 짓더니 주머니에서 열쇠를 꺼내 문을 조용히 열었다. 오늘 일이 늦게 끝날 것 같아 야근이라고 전화를 이미 한 상태라 세 사람 다 그가 이렇게 일찍 올 거라고 예상을 못하고 있을 것이다.

발끝으로 거실을 향해 걷던 그가 앞에 보이는 광경에 멍한 표정으로 세 사람을 응시했다. 거실 한가운데 앉아서 나무는 일러스트 책을 넘기고 있었고, 나진이는 스케치가 되어 있는 그림을 지우개 질하고 있었다. 그리고 나혁이는 마스킹 테이프가 붙어 있는 종이를 헝겊으로 박박 문지르고 있었다. 나혁이가 너무 세게 문질러 한 귀퉁이가 일어나자 나무가 자근자근 나혁이에게 가르치기 시작했다.

"혁아, 끝부분은 부드럽게 문질러 줘야 해. 안 그러면 종이가 다 쓸려서 일어나거든."

"응."

혁이는 정말 진지한 얼굴로 끝부분을 유심히 응시하고는 형

겊으로 부드럽게 문지르기 시작했다. 진혁의 눈으로 헝겊을 쥐고 있는 혁이의 작은 손이 들어왔다. 그리고 작은 지우개를 손안 가득 쥐고 있는 진이의 손이 들어왔다. 진이의 진지한 자세에 나무가 손뼉을 치며 옆에서 진이를 부추겼다.

"어머, 우리 진이 너무 잘한다. 세상에, 세상에. 엄마는 할 때마다 서툴러서 망치는데 우리 진이는 정말 손끝이 여물구나."

엄마의 생쇼에 진이는 더 눈을 반짝이며 문지르는 데 집중했다.

지금 나무에게는 수채화 일이 들어온 것이다. 수채화는 담백한 느낌을 주는 만큼 절차가 많아 귀찮은 작업이었다. 일단 배경색을 연하게 붓자국 없이 내리면 스케치한 그림을 수채화 용지 위에 본을 떠야 하고, 그 본 뜬 그림 위에 마스킹 테이프를 빈틈없이 붙여 칼로 배경부분만 오려내야 한다. 그리곤 배경색을 큰 붓으로 칠하고 마르면 그때 본뜰 때 남은 연필 자국을 지우개로 지워야 한다. 열 개의 그림을 각개별로 그 공정을 다 거쳐야 하는지라 나무는 차라리 아이들에게 일을 분담시키고 있었던 것이다.

진혁이 멀찍이 떨어진 그 자세로 말없이 나무의 얼굴을 노려보고 있었다. 그가 온지도 모르고, 신나게 아이들에게 칭찬이란 당근을 날리고 있던 나무가 무심결에 지우개 질을 하고 있는 진이를 보려고 고개를 돌리다가 현관 쪽에 서 있는 진혁을 발견했다. 두 사람의 눈이 허공에서 딱 마주치자 나무가 억지스런 웃음으로 보이며 말했다.

"하하하, 왔어?"

그녀의 인사에도 그는 여전히 말없이 나무를 노려볼 뿐이었다. 혁이 얼른 고개를 돌려 아빠가 왔다는 걸 확인하곤 자리에서 벌떡 일어나 진혁에게 달려갔다.

"아빠아아아아아아!!"

진이는 지우개 질을 멈추고 아빠를 한빈 스윽 보고 웃음을 짓더니 다시 지우개 질에 열중헀다. 진이는 나무와 판박이라 지가 하고 있던 게 있으면 도중에 멈추지 못하는 버릇이 있었다.

진혁이 품 안으로 달려오는 혁기를 꽉 끌어안고 말했다.

"우리 아들, 사는 게 힘들지?"

"엉?"

혁이 어리둥절한 얼굴로 고개를 갸웃거리는데 진혁은 다시 나무를 노려보았다. 나무가 멋쩍은 웃음을 흘리며 머리를 긁적였다. 그녀가 진혁에게 다가오려고 걸음을 옮기는데 그 순간이었다. 정적이 흐르는 거실 안에 진이의 말이 툭 하고 내뱉어진 것은.

"아이! 씨팔, 왜 지우개가 부러지고 지랄이야."

헉―!!

그 순간 진혁과 나무 둘 다 멍한 얼굴이 되었다. 부모가 자신을 응시하고 있는 것도 모르고 진이는 부러진 지우개를 마저 뚝 끊어서 나머지 하나로 다시 지우개 질을 하기 시작했다. 진혁

의 얼굴이 슬슬 울그락불그락해지며 눈을 가늘게 뜨고 나무를
쳐다보자 나무가 슬슬 뒷걸음질을 쳤다. 그가 안고 있던 혁을
놔두고 자리에서 일어나려는 순간 나무가 입술 끝을 억지로 올
리며 중얼거렸다.

"아하하! 갑자기 오줌이 땡기네."

그러곤 냅다 화장실을 향해 튀어 들어가자 진혁도 그녀를 잡
기 위해 그 안으로 따라 들어갔다. 부모의 이상한 행동이 혁이
진이가 있는 곳으로 터벅터벅 걸어가더니 고개를 갸웃거렸다.

"진아, 아빠 화났나 봐. 엄마 때리러 들어간 것 같아."

진이 픽 웃음을 흘리며 말했다.

"때리긴… 야! 저게 때리러 들어가는 걸로 보이냐?"

"그럼?"

"후우……."

진이 고개를 절레절레 저으며 한숨을 쉬더니 뭔가 대단한 걸
가르쳐 주겠다는 듯 위엄을 부리며 말했다.

"아마 우리 동생이 생길걸."

혁이는 정말 알 수 없다는 얼굴로 연신 고개를 갸웃거릴 뿐
이었다.

얼어죽을 놈의 나무, 이 소설을 처음 쓰기 시작한 게 벌써 1년이 다 되어가는군요. 성격이 급해 시놉시스를 짜면 일사천리로 완결을 짓는 저(절대 자랑 아닙니다. 그만큼 어설픈 게 많죠.)였는데 이 소설만큼은 그렇게 되질 않았습니다. 연재 중간에 프리랜서에서 회사원으로 입사를 했고, 로맨스월드가 문을 닫아 로망띠끄에서 연필 방으로 연재 공간을 옮겨 다니고, 중간에 힘든 아픔을 겪는 등 수많은 일이 저에게 일어났었답니다. 그래서 흐름을 놓치지 않고 그들의 이야기를 써 내려가기가 정말 힘들었답니다. 한 장면을 쓰기 위해 처음부터 다시 읽기를 수없이 반복해야 했었답니다. 정말 얼어죽을이었죠.

사이트에서 이 글을 완결 지었을 때 전 제 자신이 대견하기도 하고 안타깝기도 했습니다. 이렇게 글을 다 쓰고 나니 한 조각의 기억이 떠오릅니다. 회사에서 야근을 하고 지친 몸으로 지하철에 탔다가 엉엉 울어버린 기억입니다. 글을 쓰고 싶은데 쓸 수 없었던 상황, 그때 틈틈이 한 단락씩 쪼개서 글을 쓰던 기억이 납니다. 그렇게 조각보 이어 붙이기식으로 썼던 그 문장들이 이렇게 책으로 나온다는 게 기분이 참 묘합니다. 눈물이 찔끔 나올 정도로 이 글이 저에겐 애틋하다면 좀 오버일까요?

이루어질 수 없는 사랑이나 운명 같은 사랑보다는 현실에서의 사랑을 그려보고 싶었습니다. 물론 현실의 있는 그대로를 옮기는 게 현실화된 소설이라고 보진 않습니다. 그러나 환상에의 욕구를 충족시키는 글보다는 내 스스로 살면서 고민하는 지점을 글에 풀어내고 싶었습니다.

사랑이란 이름 속에 수많이 들어 있는 인간적 고뇌와 현실의 문제, 그리고 서로의 환경에서 오는 문제들. 글 속에서 그 많은 것들을 다 다루지는 못했지만 그래도 일부분이나마 담아내려고 고민했었답니다. 나름대로 현실을 기만하지 않는 글을 쓰려고 무진장 고민을 했더랬지요.

진혁과 나무, 두 사람이 행복해졌나 아니냐는 저에겐 그리 중요하지 않았습니다. 그 두 사람이 어떻게 사랑이란 걸 삶에서 풀어가는지, 그 지점이 저에겐 중요했습니다.

사랑은 제가 가진 삶의 기준들을 송두리째 흔들어놓더군요. 그 흔들림 속에 전 나무처럼 고민하고 힘들어했습니다. 〈사랑은 어디까지 용납되는 걸까〉, 〈사랑은 삶에서 몇 퍼센트를 차지하는 걸까〉 하고 말입니다. 이 화두는 앞으로도 다른 작품에서 다른 이야기를 갖고 다루어질 것 같습니다.

에필로그가 유독 긴 것은 그 부분이 삶에서 우러나온 것이 아닌 제가 바라는 것을 썼기 때문입니다. 완결이라고 칭해진 마지막 부분이 제가 말하고 싶은 부분이었습니다. 굳이 결혼이 사랑의 완결지점이 아니라는 아주 단순한 명제로 나오지만 그 안에서 독자 여러분들이 느낄 수 있을 거라고 생각합니다. 연두라는 사람이 무얼 함께 공유하고 싶어하는, 또 무얼 함께 공명하고 싶어하는지 말입니다.

아픈 시간 속에서도 글을 쓸 수 있도록 저에게 힘을 주신 모든 분들께 감사를 드립니다.

감상 글을 남겨주신 모든 분들과 저의 칭얼거림을 받아주었던 친구들, 그리고 제가 방황할 때 말없이 기다려 준 연필 방의 사막여우님께 특히 감사를 드립니다. 그리고 이 글을 출판하기로 과감히 선택을 하신 청어람 식구 여러분에게도 감사를 전합니다. 또 글을 쓸 수 있게 프리랜서로 전환해 달라는 저의 엄청난 땡강을 받아준 회사 사장님과 실장님에게도 감사를 전합니다. 그리고 모두 일하는데 옆에서 쿨쿨 잠을 자도 아무 말 없이 봐주는(?) 회사 동료들에게도 고맙다는 말 전합니다.

그리고 내 이십 대를 다 바쳐 사랑했던 한 남자에게도 감사하다는 말 전합니다. 그대로 인해 많이 힘들었지만, 또 그대로 인해 내가 여기까지 살아낼 수 있었음을, 그대가 아니었다면 창작이란 걸 계속할 수 없었을 겁니다. 그대와 했던 지난 5년의 시간을 후회하지는 않겠습니다. 아마도 그대로 인해 겪었던 수많은 고통과 행복들이 제 창작의 밑거름이 되겠지요. 그렇게 얻고 싶은 밑거름은 아니었지만 말입니다.

얼어죽을 놈의 나무, 수많은 사람들의 사랑과 배려로 나올 수 있었습니다. 그 마음이 담긴 이 글을 독자 여러분께 바칩니다.